metro

Michael Dibdin
Entführung auf Italienisch

metro wurde begründet
von Thomas Wörtche

Zu diesem Buch
Polizeikommissar Aurelio Zen geht keinem Konflikt aus dem Weg. Das macht ihm nicht nur Freunde, und sein Spezialauftrag in Perugia entpuppt sich prompt als eine Art Strafversetzung: Bei der Entführung von Ruggero Miletti, dem Haupt einer der mächtigsten Familien Italiens, kann es eigentlich nur Verlierer geben. Alles scheint sich gegen den Neuankömmling aus Rom verschworen zu haben. Doch im Kampf gegen Korruption und Mafia entwickelt Aurelio Zen seine wahren Qualitäten.

»Unter den britischen Krimiautoren kann es keiner mit Michael Dibdin aufnehmen. Keiner reicht an seinen grandiosen Stil, seine Imaginationskraft und seinen Umgang mit den Abgründen der menschlichen Seele heran.« *The Times*

Der Autor
Michael Dibdin, geboren 1947 in Wolverhampton, studierte englische Literatur in England und Kanada. Vier Jahre lehrte er an der Universität von Perugia. Bekannt wurde er durch seine Figur Aurelio Zen, einen in Italien ermittelnden Polizeikommissar. Michael Dibdin starb 2007 in Seattle.

Im Unionsverlag sind außerdem lieferbar: *Vendetta; Himmelfahrt; Tödliche Lagune; Così fan tutti; Schwarzer Trüffel; Sizilianisches Finale; Roter Marmor; Im Zeichen der Medusa; Tod auf der Piazza* und *Sterben auf Italienisch*.

Die Übersetzerin
Ellen Schlootz arbeitet als Übersetzerin aus dem Englischen. Sie hat u. a. Werke von Ian Rankin und David Hosp ins Deutsche übertragen.

Mehr über den Autor und sein Werk auf *www.unionsverlag.com*

Michael Dibdin

Entführung auf Italienisch

Aurelio Zen ermittelt in Perugia

Kriminalroman

Aus dem Englischen
von Ellen Schlootz

Unionsverlag

Die Originalausgabe erschien 1988
unter dem Titel *Ratking*
im Verlag Faber and Faber, London.
Die deutsche Erstausgabe erschien 1992
im Goldmann Verlag, München.

Im Internet
Aktuelle Informationen, Dokumente und Materialien
zu Michael Dibdin und diesem Buch
www.unionsverlag.com

Unionsverlag Taschenbuch 730
© by Michael Dibdin 1988
© by Unionsverlag 2016
Neptunstrasse 20, CH-8032 Zürich
Telefon +41 44 283 20 00
mail@unionsverlag.ch
Alle Rechte vorbehalten
Reihengestaltung: Heinz Unternährer
Umschlaggestaltung: Martina Heuer
Umschlagfoto: Arghman/istock
Druck und Bindung: CPI – Clausen & Bosse, Leck
ISBN 978-3-293-20730-1
4. Auflage, Juni 2022

Der Unionsverlag wird vom Bundesamt für Kultur mit einem
Verlagsförderungs-Strukturbeitrag für die Jahre 2021–2024 unterstützt.

Auch als E-Book erhältlich

Hallo?«

»Hallo? Wer spricht da?«

»Wer ist da?«

»Ich möchte Senator Rossi sprechen.«

»Am Apparat.«

»Oh, Sie sind es, Senator. Verzeihen Sie! An diesem blöden Telefon kann man nie hören, wer dran ist, einer klingt wie der andere. Hier ist Antonio Crepi.«

»Commendatore! Welch eine Freude! Sind Sie hier in Rom?«

»In Rom? Um Himmels willen. Nein. Ich bin in Perugia. Zu Hause, in meiner Villa. Sie erinnern sich doch noch?«

»Aber ja doch, selbstverständlich.«

»Als mein ältester Sohn geheiratet hat.«

»Genau. Ein unvergesslicher Anlass. Ein wunderbares Paar. Wie geht es den beiden?«

»Ich kriege nicht allzu viel von ihnen zu sehen. Corrado ist nach Mailand gezogen, und Annalisa hat eine Affäre mit irgendeinem Fußballspieler, das hat man mir jedenfalls erzählt. Unsere Wege kreuzen sich nicht sehr oft.«

»Oh, wie schade.«

»Solche Dinge passieren eben heutzutage! Das ist mir mittlerweile wirklich scheißegal. In unserem Alter ist es absurd, sich noch irgendetwas vorzumachen. Sollen sie doch machen, was sie wollen. Solange ich meine Rebstöcke und meine Olivenbäume habe und ein oder zwei Freunde, mit denen ich reden kann. Leute, die ich verstehe und die mich verstehen. Sie wissen, was ich meine?«

»Ja doch, selbstverständlich. Ich sage immer, Freundschaft ist das Allerwichtigste im Leben. Das ist gar keine Frage.«

»Ich bin froh, dass Sie das sagen. Ich habe Sie nämlich angerufen, um Sie um Hilfe für einen Freund zu bitten. Einen gemeinsamen Freund. Ich spreche von Ruggiero Miletti.«

»Oh. Eine tragische Geschichte.«

»Wissen Sie, wie lange das nun schon geht?«

»Schockierend.«

»Seit fast viereinhalb Monaten. 137 qualvolle Tage und Nächte für die Familie Miletti und für all ihre Freunde. Ganz zu schweigen von Ruggiero selbst.«

»Entsetzlich.«

»Ein Mann so alt wie Sie und ich, Senator, in irgendeiner Hütte in den Bergen in Ketten gelegt, bei diesem bitterkalten Wetter, und einer Bande von herzlosen Schurken ausgeliefert!«

»Grauenhaft. Skandalös. Wenn man nur irgendwie helfen könnte …«

»Aber Sie können helfen! Sie müssen helfen!«

»Ich werde alles in meiner Macht Stehende tun, Commendatore! Ich bin nur allzu bereit dazu, glauben Sie mir. Aber wir müssen realistisch sein. Entführungen sind die Geißel unserer heutigen Gesellschaft, eine Seuche und eine Gefahr, angesichts derer wir alle gleichermaßen verwundbar, machtlos ebenso wie …«

»Unsinn! Entschuldigen Sie, aber wenn einem von Euch Politikern etwas passiert, wird das ganze Land in eine Art Belagerungszustand versetzt! Dann ist keine Mühe zu groß, werden keine Kosten gescheut. Aber wenn es um einen gewöhnlichen, anständigen, gesetzestreuen Bürger wie unseren Freund Ruggiero geht, wird das noch nicht einmal zur Kenntnis genommen. Man geht zur Tagesordnung über. ›Es ist seine Schuld.

Warum hat er keine besseren Sicherheitsvorkehrungen getroffen?«

»Commendatore, wir wollen doch nicht dem Irrtum verfallen, uns weiszumachen, dass irgendein Verantwortlicher es wagen könnte zu leugnen, wie ernst ...«

»Heben Sie sich diesen Kram für die Presse auf, Senator. Im Moment sprechen Sie mit Antonio Crepi! Versuchen Sie nicht, mir zu erzählen, wir wären immer noch gleichgestellt. Wenn Sie entführt würden, was Gott bewahre, würden für Sie die Spitzeneinheiten, die besten Männer eingesetzt. Nun, genau das wünsche ich für Ruggiero.«

»O ja, natürlich. Selbstverständlich!«

»Den Leuten hier in Perugia möchte ich keinen Vorwurf machen. Aber – wir wollen mal ganz ehrlich sein – wenn sie wirklich gut wären, wären sie nicht hier, oder? Dann wären sie in Rom und würden auf euch Politiker aufpassen.«

»Man sollte die Wirksamkeit der Maßnahmen, an die Sie da denken, vielleicht nicht überschätzen, Commendatore.«

»Hören Sie mal, wenn Sie Schmerzen im Brustkorb haben, gehen Sie doch zu einem Spezialisten, oder?«

»Unsere Spezialisten konnten selbst Aldo Moro nicht retten.«

»Ersparen Sie mir das Gerede, Senator! Wir haben weiß Gott genug geredet. Nun möchte ich Taten sehen, deshalb habe ich angerufen. Ich möchte, dass ein Topmann dort hingeschickt wird, der das ganze Unternehmen auf Zack bringt. Ein neues Gesicht, jemand, der die Sache anders anpackt. Sie können das im Handumdrehen in die Wege leiten, bei Ihren Kontakten.«

»Nun ja ...«

»Oder ist das zu viel verlangt?«

»Es ist nicht ...«

»Meinen Sie nicht, Ruggiero verdient, dass das Beste für ihn getan wird?«

»Selbstverständlich.«

»Senator, ich hätte mir nicht die Mühe gemacht, Sie anzurufen, wenn ich der Meinung wäre, Sie seien ein Mensch mit kurzem Gedächtnis. Davon laufen weiß Gott genug herum! Aber nein, sagte ich mir, Rossi ist nicht so. Er hat nicht vergessen, was die Familie Miletti für ihn getan hat. Senator, ich bitte Sie, denken Sie in dieser Stunde an sie. Denken Sie daran, was sie durchmachen. Bedenken Sie, was es für die Milettis bedeuten wird zu wissen, dass dank Ihrer Bemühungen einer der besten Polizisten Italiens nach Perugia geschickt wurde, um die Suche nach ihrem geliebten Vater voranzutreiben! Und dann bedenken Sie, dass Sie das alles mit einem einzigen Telefongespräch in die Wege leiten können, so einfach, wie ein Taxi bestellen.«

»Sie überschätzen meine Macht.«

»Das hoffe ich nicht. Ganz bestimmt nicht. Ich habe Sie immer für einen Freund und Verbündeten gehalten, und es würde mich sehr traurig stimmen, wenn ich das Gefühl hätte, nicht mehr auf Ihre Hilfe zählen zu können. Und Sie auf meine, Senator, und auf die der Familie Miletti und ihrer vielen Freunde.«

»Um Himmels willen, Commendatore! Wovon reden Sie? Wir wollen uns doch nicht dazu hinreißen lassen, irrtümlicherweise anzunehmen, dass ...«

»Ausgezeichnet. Dann gibt es nichts mehr zu sagen. Wann kann ich mit einer Nachricht rechnen?«

»Nun, in einer Situation wie dieser wäre es vielleicht vernünftig, keine kurzfristigen Termine zu setzen. Dennoch, im Großen und Ganzen möchte ich keineswegs die Möglichkeit ausschließen, dass ich in der Lage wäre ...«

»Ich möchte im Laufe des Nachmittags Bescheid wissen.«

»Ach ja, ich verstehe.«

»Oder haben Sie vielleicht wichtigere Dinge zu tun?«

»Hören Sie, Crepi, es hat keinen Sinn, ein Wunder zu erwarten, das sollten Sie wissen. Verzeihen Sie, dass ich das sage.«

»Ich verlange kein Wunder, Senator. Ich verlange Gerechtigkeit. Oder bedarf es dazu in diesem Land eines Wunders?«

»Lapucci.«

»Habe ich Sie geweckt, Giorgio?«

»Wer ist da?«

»Gianpiero Rossi.«

»Oh, guten Morgen, Senator! Nein, ich habe gerade im anderen Büro gearbeitet. Natürlich glaubt uns das niemand, aber hier in der Zentrale wird tatsächlich gearbeitet.«

»Hören Sie, Giorgio, ich habe da ein kleines Problem, bei dem Sie mir vielleicht helfen können.«

»Betrachten Sie es als erledigt.«

»Sie haben von der Miletti-Entführung gehört?«

»Der Reifenkönig von Modena?«

»Modena! Wie kommen Sie denn auf Modena? Würde es mich einen Dreck scheren, wenn er aus Modena wäre? Miletti, Miletti! Radios, Fernseher!«

»Ach natürlich. Verzeihen Sie mir. Aus Perugia.«

»Genau. Und das ist mein Problem. Einige Leute dort, Freunde der Familie, haben das Gefühl, dass nicht genug getan wird. Sie wissen, jeder erwartet besondere Aufmerksamkeit. Und dabei handelt es sich um Leute, denen man nur schwer was abschlagen kann. Können Sie mir folgen?«

»Vollkommen.«

»Wie man so sagt, die Armen beten um Wunder, die Reichen glauben, dass sie ein Recht darauf haben. Nun, ich möchte nichts rechtfertigen, was man nicht rechtfertigen kann und auch nicht soll. Ich beschönige nicht, und ich verurteile nicht. Tatsache ist jedoch, dass ich mich in einer schwierigen Situation befinde. Verstehen Sie, was ich meine?«

»Selbstverständlich. Doch was genau verlangen diese Leute? Wenn Sie mir diese Frage erlauben.«

»Sie wollen einen Namen.«
»Einen Namen? Wessen Namen?«
»Das überlasse ich ganz Ihnen. Es muss natürlich jemand sein, der vorzeigbar ist, damit ich nicht wie ein Idiot dastehe. Wenn er einen guten Namen hat, um so besser.«
»Und was soll derjenige tun?«
»Nun, dorthin gehen und die Sache in Ordnung bringen.«
»Nach Perugia gehen?«
»Natürlich nach Perugia.«
»Ein Polizeibeamter?«
»Genau. Können Sie mir helfen?«
»Nun, ich muss gestehen, das ist ein besonders ungünstiger Augenblick, Senator. Seit der Kabinettsumbildung sind die Beziehungen der Partei zum Ministerium ...«
»Wenn Sie so lange dabei sind wie ich, Giorgio, werden Sie wissen, dass der Augenblick immer besonders ungünstig ist. Aus diesem Grund habe ich Sie angerufen und nicht einige andere Leute, deren Namen mir in den Sinn kamen. Also, können Sie mir helfen?«
»Nun, trotz der Veränderungen, von denen ich gerade sprach, haben wir natürlich diverse Kontakte. Ich denke da an jemand bestimmten, der vielleicht in der Lage wäre ...«
»Die Einzelheiten interessieren mich nicht, Giorgio. Ich möchte lediglich wissen, ob Sie mir helfen können. Oder soll ich jemand anders anrufen? Vielleicht können Sie jemanden empfehlen?«
»Das ist doch wohl nicht Ihr Ernst, Senator. Ich werde alles, was in meinen Kräften steht, für Sie tun. Morgen um diese Zeit werden Sie ...«
»Morgen um diese Zeit werde ich in Turin sein. Erledigen Sie es noch heute Nachmittag. Ich bin bis sieben Uhr hier.«
»In Ordnung.«
»Ausgezeichnet. Ich wusste, es war richtig, Sie anzurufen. Ich habe ein Gespür für diese Dinge. Giorgio ist der Mann,

der am richtigen Hebel sitzt, habe ich mir gedacht. Tausend Dank. Ich warte auf Ihren Anruf.«

»Ja?«
»Enrico?«
»Wer ist da?«
»Giorgio Lapucci.«
»O Gott, ich dachte, es wäre seine Königliche Hoheit. Entschuldige, ich muss mir nur eine andere Hose anziehen.«
»Was soll diese Panik?«
»Er ist bei einer Konferenz in Straßburg und ruft mich andauernd an und verlangt einen vollständigen Bericht über den Stand der Dinge hier. Das gehört zu seinem neuen Führungsstil, über den man überall lesen konnte. Das hält uns auf Trapp, sagt er. Wie dem auch sei, was kann ich für dich tun?«
»Ich nehme an, die Leitung ist sicher?«
»Giorgio, du sprichst mit dem Innenministerium. Alles, was hier an Abhöraktionen läuft, das machen wir.«
»Natürlich.«
»Also, was gibts?«
»Nun, es ist die alte Geschichte, fürchte ich. Einer schiebt sein Problem auf den anderen, und der lädt es bei mir ab.«
»Und jetzt möchtest du das Ganze bei mir loswerden.«
»Sind Freunde nicht dafür da? Doch es sollte nicht allzu schwierig sein. Es geht darum, einen höheren Polizeibeamten vorübergehend nach Perugia zu versetzen, um einen Entführungsfall zu übernehmen.«
»Das ist alles?«
»Das ist alles.«
»Kein Problem. Das kann ich bei den routinemäßigen Versetzungen unterbringen und auf Abteilungsebene durchboxen. Das Zeug guckt sich sowieso nie einer an. Das einzige Problem könnte darin bestehen, jemanden zu finden. Wann sollen wir darüber reden?«

»Jetzt.«

»Scheiße. Sieh mal, ich muss ein bisschen darüber nachdenken. Ich rufe dich zurück.«

»Aber heute noch.«

»Ich werde mein möglichstes tun.«

»Das weiß ich zu schätzen, Enrico. Und bestell Nicola recht herzliche Grüße von mir.«

»Und du Emanuela. Hör mal, warum treffen wir uns nicht wieder mal alle zusammen?«

»Ja, das sollten wir tun. Ganz bestimmt.«

»Personalabteilung.«

»Mancini. Ich brauche jemanden, den wir in einem Entführungsfall nach Perugia schicken können. Wen schlagen Sie vor?«

»Niemand.«

»Wie meinen Sie das, niemand?«

»Ich meine, dass keiner verfügbar ist.«

»Was ist mit Fabri?«

»In Genua, wegen dieses Banküberfalls.«

»De Angelis?«

»Sardinien. Dort gab es allein in der vergangenen Woche drei Entführungen, falls Sie die Zeitungen nicht gelesen haben. An diesem Wochenende haben wir den Besuch des französischen Staatspräsidenten, plus eine englische Fußballmannschaft, Gott steh uns bei.

Sehen Sie, was los ist? Wenn nicht, kann ich Ihnen noch mehr aufzählen.«

»Beruhigen Sie sich, Ciliani. Ich weiß, dass die Lage schwierig ist. Aber es gibt immer jemanden. Man muss nur überlegen.«

»Es gibt niemanden außer Romizi, und der geht in Urlaub.«

»Dann sagen Sie ihm eben, er muss ihn verschieben.«

»Verzeihen Sie, Dottore, aber das müssen Sie ihm sagen! Er hat einen Flug nach Amerika gebucht.«

»Was will der in Amerika?«

»Woher soll ich das wissen? Hat da vielleicht Verwandte oder so.«

»Und wie sieht es mit Leuten außerhalb von Criminalpol aus?«

»Sie sagten doch, es wäre wichtig.«

»Wir könnten da immer noch ein Auge zudrücken. Gibt es nicht einen, der eine gewisse Erfahrung hat? Konnte den Anblick von Blut nicht ertragen und hat um einen Bürojob gebeten, irgendwas in der Art. Denken Sie scharf nach, Ciliani! Ich meine, hier geht es doch nur um eine Geste, nicht um einen guten Chef für die verdammte Squadra Mobile.«

»Das hilft mir auch nicht weiter.«

»Was ist mit ... wie war doch gleich der Name, den wir zur Hausarbeit abgestellt haben?«

»Zuccaroni?«

»Nein, der andere.«

»Zen?«

»Genau der.«

»Aber der ist doch ...«

»Was?«

»Nun, wissen Sie, ich dachte, es sei irgendwie problematisch, ihn einzusetzen.«

»Tatsächlich? Davon habe ich nichts gehört.«

»Ich meine nichts Offizielles.«

»Nun, solange das nicht offiziell ist, sehe ich kein Problem. Und außerdem eine Entführung! War er auf dem Gebiet nicht eine Art Spezialist? Das könnte gar nicht besser sein.«

»Wenn Sie das sagen, Dottore.«

»Es ist ausgezeichnet. In jeder Hinsicht ideal. Das Einzige, was das Ganze noch zunichtemachen könnte, wäre eine Verzögerung. Und deshalb werde ich es in Ihre Hände legen, Ciliani. Ich möchte Zen und die relevanten Akten innerhalb der nächsten Stunde in meinem Büro sehen. Haben Sie das verstanden?«

»Hm.«
»Caccamo?«
»Hm.«
»Ciliani. Hast du Zen gesehen?«
»Hast dus in seinem Büro versucht?«
»Nein, ich bin zu blöde, darauf zu kommen. Natürlich hab ichs in seinem Scheißbüro versucht.«
»Warte mal, ist er nicht irgendwo unterwegs? Treviso?«
»Triest. Er sollte heute Morgen zurück sein.«
»Habe ich dir jemals von diesem Mädchen aus Triest erzählt, das ich kennengelernt habe, als ich unten in Ostia am Strand Dienst machte? Sie sonnte sich vollkommen nackt hinter einer Düne, und als ich …«
»Verpiss dich, Caccamo. Du lieber Himmel, das hat mir gerade noch gefehlt. Wo steckt dieser Scheißkerl von Zen?«

I

Nein, das kann ich nicht glauben! Das ist unmöglich!«

»Es ist zwar unmöglich, aber es ist trotzdem passiert. Kurz gesagt, es ist ein Wunder!«

»Nur noch ein paar Hundert Meter bis zum Bahnhof, und die halten an! Das geht zu weit!«

»Nicht weit genug, würde ich sagen!«

»Lasst uns um Himmels willen aus diesem verdammten Zug raus!«

»›Und er bewegt sich nicht‹, hätte Galileo wahrscheinlich gesagt. Nun gut, seien wir geduldig.«

»Geduldig! Verzeihen Sie, aber meiner bescheidenen Meinung nach braucht dieses Land gerade ein paar Leute, die nicht länger geduldig sein wollen! Leute, die sich weigern, diese Stümperei und Unfähigkeit, die wir tagtäglich erleben, geduldig zu ertragen! Ja, genau das meine ich!«

»Man sagt, es sei besser, voller Hoffnung zu reisen, als anzukommen. Das sollte die staatliche Eisenbahn zu ihrem Motto machen.«

»Sie machen darüber Witze, Signore, aber meiner bescheidenen Meinung nach gibt es da nichts zu spaßen. Im Gegenteil, das ist eine Angelegenheit von allerhöchster Bedeutung, symptomatisch für all die schlimmen Missstände in unserem armen Land. Was erwartet man von einem Zug? Dass er einigermaßen schnell fährt und einigermaßen pünktlich ist. Ist das zu viel? Bedarf es dazu göttlicher Mithilfe? In keinem anderen Land der Welt. Und hier war das früher auch nicht so.«

»Sie können jederzeit in die Schweiz ziehen, wenn Sie das so sehen.«

»Doch was geschieht heute? Der Eisenbahnbetrieb ist wie alles andere eine Katastrophe. Und was macht die Regierung dagegen? Sie gibt ihren Freunden von der Bauindustrie Milliarden von Lire, um eine neue Eisenbahnlinie zwischen Rom und Florenz zu bauen. Und das Ergebnis? Die Züge sind langsamer als vor dem Krieg! Es ist unglaublich! Eine nationale Schande!«

Der neben der Tür sitzende junge Mann, römisch bis in die eleganten Fingerspitzen, lächelte sarkastisch.

»Ach ja, natürlich, alles war besser vor dem Krieg«, murmelte er. »Das kennen wir doch.«

»Verzeihen Sie, aber Sie kennen überhaupt nichts«, antwortete der energische, untersetzte Mann mit dem silbrigen Haarschopf und dem Veroneser Akzent. »Wenn ich mich nicht sehr täusche, waren Sie damals noch nicht einmal geboren!«

Er wandte sich zu dem dritten Insassen des Abteils, der am Fenster saß, ein distinguiert aussehender Mann von ungefähr fünfzig mit einem blassen Gesicht, dessen herausragender Zug eine Nase war, so exakt dreieckig wie der Klüver eines Segelbootes. Er hatte etwas leicht Exotisches an sich, als ob er Grieche oder gar Levantiner wäre. Sein Ausdruck war zynisch, weltmännisch und unnahbar, und ein abwesendes Lächeln spielte um seine Lippen. Das Bemerkenswerteste jedoch waren seine Augen. Sie waren grau mit einem blauen Schimmer und von einer leicht düsteren Unbewegtheit, die den Veroneser erschaudern ließ. Der da ist ein eiskalter Typ, dachte er.

»Was sagen Sie dazu, Signore?«, fragte er. »Meinen Sie nicht auch, das ist eine Schande, eine nationale Schande?«

»Der Zug wurde in Mestre aufgehalten«, bemerkte der Fremde so ernsthaft und bewusst höflich, dass es schon fast spöttisch klang. »Das hat natürlich den Fahrplan durcheinandergebracht. Es musste zu weiteren Verzögerungen kommen.«

»Ich weiß, dass der Zug in Mestre aufgehalten wurde!«, entgegnete der Veroneser in scharfem Ton. »Sie brauchen mir nicht zu sagen, dass der Zug in Mestre aufgehalten wurde. Und warum, darf ich fragen, wurde der Zug in Mestre aufgehalten? Wegen eines wilden Streiks der örtlichen Sektion einer der Eisenbahnergewerkschaften. Wilder Streik! Als ob wir nicht schon genug öffentliche Streiks hätten, sind wir auch noch der Gnade so einer lokalen Bande von Arbeitern ausgeliefert, denen irgendwas nicht passt, und die das gesamte Transportsystem des Landes in ein totales Chaos stürzen können, selbstverständlich ohne die geringste Angst vor irgendwelchen Sanktionen.«

Der junge Römer schlug mit dem zusammengerollten Exemplar eines Nachrichtenmagazins auf Hochglanzpapier gegen sein Hosenbein. »Natürlich ist das ärgerlich«, bemerkte er. »Aber wir sollten doch die Unannehmlichkeiten nicht übertreiben. Im Übrigen gibt es Schlimmeres als Chaos.«

»Und was wäre das?«

»Zu viel Ordnung.«

Der Veroneser machte eine verächtlich abweisende Geste. »Zu viel Ordnung! Dass ich nicht lache! In diesem Land wäre selbst zu viel Ordnung noch nicht genug. Es ist immer dasselbe. Die Züge haben Verspätung? Baut eine neue Eisenbahnlinie! Der Süden ist arm? Macht eine neue Fabrik auf! Die Jugendlichen sind Analphabeten und Verbrecher? Stellt mehr Lehrer ein! Es gibt zu viele Beamte? Schickt sie früher mit einer hohen Pension in den Ruhestand! Die Kriminalitätsrate steigt unaufhaltsam? Erlasst neue Gesetze! Aber erwartet um Gottes willen nicht von uns, dass wir die Eisenbahnen und Fabriken, die wir haben, leistungsfähiger machen, die Lehrer und Bürokraten auffordern, anständig zu arbeiten und die Leute dazu veranlassen, die bestehenden Gesetze zu achten. O nein! Denn das würde nach Diktatur und Tyrannei riechen, und das können wir nicht zulassen.«

»Das ist nicht der Punkt!« Der junge Römer hatte nun endlich seine ironisch distanzierte Haltung aufgegeben. »Was Sie wollen, Signore, Ihre berühmte ›Ordnung‹, das ist etwas Unitalienisches, Nichtmediterranes. Das ist eine Idee des Nordens, und dort sollte sie auch bleiben. Sie hat hier keinen Platz. Nun gut, wir haben ein paar Probleme. Überall auf der Welt gibt es Probleme! Sie brauchen nur in die Zeitung zu schauen oder fernzusehen. Glauben Sie, das hier ist das einzige Land, wo das Leben nicht perfekt ist?«

»Das hat nichts mit Perfektion zu tun! Und was Ihren wunderschönen mediterranen Mythos betrifft, Signore, so erlauben Sie mir zu sagen …«

Der Mann am Fenster schaute nach draußen auf die kahle Mauer des Campo-Verano-Friedhofs, die neben dem Gleis verlief. Weder diese weitere Verzögerung noch die dadurch ausgelöste Diskussion schien der heiteren Gelassenheit, mit der er am Morgen aufgewacht war und die ihn seitdem erfüllte, etwas anhaben zu können. Vielleicht war sie durch die Unterbrechung der Routine ausgelöst worden, durch den Schock, nicht zurück in Rom zu sein, sondern 560 Kilometer weiter nördlich, unerklärlicherweise aufgehalten in Mestre. Für einen Augenblick war es gewesen, als sei die Realität selbst zusammengebrochen wie ein Filmprojektor, und gleich würden alle ihr Geld zurückverlangen. Nach einem blinden Gerangel mit seinen Kleidern in der dunklen Enge seines Schlafwagenabteils ging er hinaus in die neblig-trübe Morgenluft, die durchdrungen war vom salzigen Gestank der Lagune und dem beißenden Dunst von Erdöl und Chemikalien der Schwerindustrie, die um ihn herum dröhnte. Er schlenderte den Bahnsteig entlang zur Bar, wo er sich zwischen eine Gruppe von Eisenbahnern schob, einen Espresso mit einem Schuss Grappa bestellte und erfuhr, dass bis auf Weiteres keine Züge aus Mestre herausfahren würden, wegen eines Streits über die Belegschaftsstärken.

Ich könnte verschwinden, hatte er gedacht. Ich hätte verschwinden können, dachte er jetzt, indem ich einfach in einen der orangefarbenen Busse gestiegen wäre, die am Bahnhof vorbeifuhren, mit den erleuchteten Schildern, auf denen die magische Buchstabenkombination Venezia stand. Doch er hatte es nicht getan, und er hatte recht gehabt. Die merkwürdige Hochstimmung, in der er sich befand, verleitete dazu, sich treiben zu lassen und leicht wie ein flaches Einmannboot über die Meeresarme und Kanäle der Lagune zu gleiten, deren melancholische Topografie er als Junge erforscht hatte. In seinem Alter waren derartige Gefühle selten, man musste behutsam damit umgehen und durfte nicht erwarten, dass sie sich angesichts seiner verworrenen Beziehung zu seiner Heimatstadt behaupten könnten. Seine Belohnung bestand darin, dass sich diese Stimmung völlig unerwartet als dauerhaft erwies. Weder die Verzögerung in Mestre noch die nachfolgenden Stopps in Bologna und Florenz konnten ihr etwas anhaben, und trotz des Wetters – grau und für Ende März ungewöhnlich kalt – fand er sogar die Rückkehr in die Hauptstadt weniger deprimierend als sonst. Er würde Rom niemals lieben lernen, sich niemals wohlfühlen unter dem Gewicht jahrhundertelanger Macht und Korruption in diesem toten Zentrum Italiens, Symbol und Quelle seiner Stagnation. Doch wie könnte er sich auch jemals in dieser gewichtigsten aller Städte zu Hause fühlen, wo er doch in ihrer leibhaftigen Antithese geboren und aufgewachsen ist, einer Stadt, die so leicht ist, dass sie zu schweben scheint? Trotz allem, wenn er gezwungen wäre, zwischen dem alten Veroneser und dem jungen Römer Stellung zu beziehen, gäbe es nur eine Möglichkeit. Er hatte keineswegs den Wunsch, in irgendeinem erbärmlichen Land im Norden zu leben, wo alles wie ein Uhrwerk funktionierte. Als ob es das wäre, was im Leben zählt. Nein, was zählte, waren beispielsweise diese beiden Jungs draußen auf dem Gang, typische harte Burschen aus der römischen Arbeiterklasse in Jeans und Lederjacke, die in die Abteile der ersten Klasse starrten, während sie den Gang entlangschlenderten, mit jener natürlichen Unverschämtheit, der keine noch so schlimme Armut etwas anhaben kann, als ob ihnen der ganze Zug gehörte. Das Land mochte zwar seine Probleme haben, aber solange es solch glühende Energie, einen so unwiderstehlichen Schwung und ein solches Flair hervorzubringen vermochte ...

Innerhalb einer Sekunde war die Tür wieder geschlossen, und der größere von beiden stand drinnen, in der einen Hand eine Sporttasche aus Kunststoff, in der anderen eine automatische Pistole. Ein flüchtiges Lächeln huschte über sein Gesicht. »Keine Sorge, ich bin kein Terrorist!«

Die Tasche landete auf dem Boden, zu ihren Füßen.

»Alles, was gut ist, hier rein! Brieftaschen, Uhren, Ringe, Feuerzeuge, Medaillons, Anhänger, Armreifen, Ohrringe, Seidenschlüpfer, was Sie gerade haben. Ausländische Währungen nur in größeren Banknoten, alle gängigen Kreditkarten werden angenommen. Nun los, macht schon!«

Die Mündung der Automatik richtete sich nacheinander auf jeden der drei Reisenden.

»Du verdammtes Stück Scheiße.«

Es war kaum hörbar, ein Bruchstück von aufgestautem Hass, das sich entlud. Die Pistole schwang zu dem silberhaarigen Mann herum.

»*Was* hast du gesagt, Opa?«

Der grauhaarige Mann am Fenster räusperte sich auffällig. »Bitte schießen Sie nicht auf mich«, sagte er. »Ich hole nur meine Brieftasche raus.«

Die Pistole drehte sich von dem Veroneser weg. Die Hand des anderen Mannes tauchte hervor; sie hielt eine große, braune Lederbrieftasche, aus der der Mann eine Plastikkarte herauszog.

»Was ist das?«, fuhr ihn der junge Mann an.

»Damit können Sie nichts anfangen.«

»Lassen Sie mich mal sehen! Und ihr zwei da, macht mal voran, verdammte Scheiße noch mal, oder wollt ihr einen Schuss ins Knie?«

Teures Leder und wertvolle Metalle landeten nach und nach auf dem Boden der Kunststofftasche. Der junge Mann warf einen Blick auf die Plastikkarte und lachte kurz auf. »Polizeikommissar? Äh, 'schuldigung, Dottore, das wusste ich nicht. Es ist okay, ihr könnt euren Kram behalten. Vielleicht können Sie mir eines Tages einen Gefallen tun.«

»Sie sind Polizeibeamter?«, fragte der Veroneser, während der Zug unter heftigem Ruckeln langsam anrollte.

Die Tür ging auf, und der andere junge Mann gestikulierte eindringlich zu seinem Kumpel hin. »Verdammte Scheiße, bist du immer noch nicht fertig? Lass uns um Himmels willen abhauen!«

»Nun machen Sie schon was!«, kreischte der silberhaarige Herr, während die beiden ihre Tasche an sich rissen und verschwanden. »Wenn Sie Polizist sind, dann tun Sie doch was! Halten Sie sie auf! Verfolgen Sie sie! Erschießen Sie sie! Sitzen Sie doch nicht einfach hier herum!«

Der Zug fuhr jetzt langsam am San-Lorenzo-Güterbahnhof vorbei. Nebenan knallte eine Wagentür. Der Polizeibeamte öffnete das Fenster und schaute nach draußen. Dort rasten sie davon, quer über die Gleise, um im Gewirr der Straßen zu verschwinden.

Der Veroneser war außer sich vor Zorn. »Sie wollen mir also nicht antworten, was? Das lasse ich mir nicht gefallen! Ich *bestehe* auf einer Antwort! Da kommen Sie nicht so leicht raus, das sage ich Ihnen! Gott im Himmel, schämen Sie sich denn überhaupt nicht, Commissario? Sie schauen seelenruhig zu, wie unschuldige Bürger vor Ihrer Nase ausgeraubt werden, während Sie sich hinter Ihrer Amtsgewalt verstecken und sich nicht die Bohne darum kümmern! Madonna! Ich meine, jeder weiß, dass die Polizei heutzutage nur ein schlechter Witz ist und uns zum Gespött aller anderen Länder in Europa macht. Das ist schon klar. Aber, lieber Gott, selbst in meinen schlimmsten Träumen hätte ich nicht erwartet, einen solchen eklatanten Fall von Pflichtversäumnis mitzuerleben. Nun? Sehr gut. Ausgezeichnet. Das lasse ich nicht auf sich beruhen. Ich bin nicht irgendjemand, mit dem man einfach so umspringen kann, müssen Sie wissen. Würden Sie mir freundlicherweise Ihren Namen und Ihren Dienstgrad nennen.«

Der Zug fuhr um die Kurve an der Porta Maggiore, und weiter vorne war nun der Bahnhof zu sehen.

»Also, Ihr Name?«, beharrte der silberhaarige Mann.

»Zen.«

»Zen? Sie sind aus Venedig?«

»Na und?«

»Aber ich komme doch aus Verona! Und wenn ich mir vorstelle, dass Sie uns so vor diesen Südländern blamiert haben!«

»Wen bezeichnen Sie hier als Südländer?«

Der junge Römer war aufgesprungen.

»Aha, plötzlich schämen Sie sich dieses Namens, was? Vor ein paar Minuten war das noch Ihr größter Stolz!«

»Ich schäme mich wegen gar nichts, Signore! Aber wenn ein Ausdruck als bewusste Beleidigung gebraucht wird von jemand, dessen Arroganz nur noch von seiner ungeheuerlichen Ignoranz der wahren Bedeutung der italienischen Kultur übertroffen wird ...«

»Kultur! Was wissen Sie schon von Kultur? Machen Sie sich nicht lächerlich, indem Sie große Worte in den Mund nehmen, die Sie nicht verstehen.«

Während der Wagen über mehrere Reihen von Gleisen ruckelte und langsam am Bahnsteig entlang einlief, verließ Zen das Abteil und quetschte sich durch eine Schlange von Menschen, die auf dem Gang warteten.

»Habens wohl sehr eilig, was?«, bemerkte eine verdrießlich aussehende Frau. »Manche Leute müssen immer die Ersten sein, da haben die anderen halt Pech gehabt.«

Der Bahnsteig war überfüllt mit Reisenden, die seit Stunden warteten. Als der Zug zum Stehen kam, fielen sie wie Sturmtruppen ein, wild entschlossen, einen Sitzplatz für die lange Strecke bis nach Neapel oder noch weiter zu ergattern. Zen kämpfte sich bis in die Bahnhofshalle durch. Alle Telefone waren besetzt. An dem Apparat unmittelbar vor ihm wiederholte eine müde aussehende, ärmlich gekleidete Frau immer wieder »Ich weiß ... ich weiß ... ich weiß ...« in einer durchdringenden, unmodulierten Stimme mit ländlichem Akzent.

Zen wedelte mit seinem Ausweis vor ihrem Gesicht. »Polizei. Das ist ein Notfall. Ich brauche dieses Telefon.«

Er nahm der Frau widerstandslos den Hörer aus der Hand und wählte 113. »Hier ist Kommissar Aurelio Zen. Nein, Zen. Z, E, N. Kein O. Gut. Dem Innenministerium unterstellt. Ich rufe von der Stazione Termini an. Hier hat es einen Überfall auf einen Zug gegeben. Sie sind in Richtung Via Prenestina davongerannt. Schicken Sie einen Wagen los, und dann gebe ich Ihnen die Beschreibung durch. Fertig? Der eine war ungefähr zwanzig, Größe um die einssechzig. Kurze, dunkle Haare, Militärschnitt, leistet also wahrscheinlich seinen Dienst ab, dunkelgrüne Lederjacke mit doppelten Reißverschlussaufschlägen, verwaschene Jeans, dunkelbraune Stiefel. Der andere war etwas größer, seine Haare länger und heller, Schnurrbart, große Nase, braune Lederjacke, neue Jeans, rotweiß-blaue Turnschuhe, er trug eine grüne Sporttasche aus Kunststoff mit der weißen Aufschrift: ›Banca Populare di Frosinone‹. Er hat eine kleine Automatik, also seien Sie vorsichtig. Haben Sie das? In Ordnung, ich hinterlege einen vollständigen Bericht bei der Bahnpolizei.«

Er hängte ein. Die Frau starrte ihn mit einem Ausdruck verhaltener Faszination an.

»War das ein Ortsgespräch?«, fragte er.

Die Faszination verwandelte sich in Angst.

»Was?«

»Haben Sie mit jemandem in Rom gesprochen?«

»Nein, nein! Salerno! Ich bin aus Salerno.«

Und sie fing an, in ihrer Tasche nach ihrem Ausweis zu kramen, ihrem einzigen armseligen Talisman gegen die dunklen Mächte des Staates.

Zen durchforstete sein Kleingeld, bis er eine weitere Telefonmarke gefunden hatte. »Da. Jetzt können Sie neu wählen.«

Die Frau starrte ihn misstrauisch an. Er legte die Marke neben das Telefon und wandte sich zum Gehen.

»Es war meine Schwester«, sagte sie plötzlich und packte ihn am Arm. »Sie arbeitet für den Papst. Im Vatikan! Sie putzt da. Die Bezahlung ist lausig, aber es ist doch was, für den Papst zu arbeiten, oder? Aber ihr Mann lässt mich nicht mehr ins Haus wegen einer Geschichte, die mein Bruder über diesen Dreckskerl rausgekriegt hat. Also rufe ich sie immer an, wenn ich hierher komme, um meinen Enkel zu besuchen. Sie hat kein Telefon, wissen Sie, also rufe ich vom Bahnhof aus an. Das sind knauserige Hunde, diese Priester. Aber es ist immer noch besser, als Anchovis zu verpacken, wenigstens stinken die Finger nicht dabei. Aber sagen Sie mal, darf dieser Verbrecher das? Mir verbieten, meine eigene Schwester zu sehen? Gibt es kein Gesetz dagegen?«

Indem er irgendetwas von einem Notfall nuschelte, entzog sich Zen dem Griff der Frau und durchquerte die Bahnhofshalle in Richtung auf das entfernte Neonschild mit der Aufschrift: ›Polizia Ferroviaria‹.

»Willkommen daheim«, murmelte er vor sich hin. Seine Stimmung vom frühen Morgen schien so fern und bedeutungslos wie eine Kindheitserinnerung.

Die schwere Eingangstür fiel mit einem endgültigen Schlag hinter ihm zu, sperrte ihn ein und die übrige Welt aus. Als er den Schalter betätigte, beendete die einzige Birne, die die Eingangshalle erleuchtet hatte, mit einem verschwenderischen Aufblitzen ihre bleiche Existenz und ließ ihn im Dunkeln stehen, so als sei er gerade aus der Schule zurück. Nachdem er seiner Mutter einen Kuss gegeben hatte, war er meistens draußen auf dem Hof Fußball spielen gegangen. Erstaunlicherweise schien es ihm jetzt, als hörte er entfernt das Geräusch von plätscherndem Wasser. Dann verschwand es, und eine dozierende Stimme begann, sich über die Ökologie des Po-Deltas auszulassen. Dieses sanfte Plätschern, das das permanente Rauschen des Verkehrs überdeckte, kam natürlich nicht aus den stillen Kanälen seiner Kindheit, sondern aus dem Fernseher.

Er tappte blind den Gang entlang, an Bildern und Möbeln vorbei, die schon so lange ein Teil seines Lebens waren, dass er sich ihrer Existenz nicht mehr bewusst war. Als er sich der Tür mit dem Glaseinsatz näherte, wurde das Geräusch aus dem Fernseher lauter. Und als er das Wohnzimmer betreten hatte, war es ohrenbetäubend. In der trüben Mischung aus Fernsehstrahlen und durch die Fensterläden sickerndem Zwielicht konnte er die zerbrechliche Gestalt seiner Mutter erkennen, die mit kindlicher Intensität auf den flimmernden Bildschirm starrte.

»Aurelio! Du bist zurück!«

»Ja, Mama.«

Er beugte sich über sie, und sie umarmten sich.

»Wie war es in Fiume? Hast du dich gut amüsiert?«

»Ja, Mama.«

Er machte sich nicht mehr die Mühe, sie zu verbessern, selbst wenn ihre Fehler ihn nicht nur räumlich, sondern auch zeitlich in die Irre führten, in eine Stadt, die bereits seit mehr als dreißig Jahren aufgehört hatte zu existieren. »Und wie gehts dir, Mama? Wie ist es dir ergangen?«

»Ganz gut. Du brauchst dir keine Sorgen zu machen, Maria Grazia ist ein Schatz. Das Einzige, was mir gefehlt hat, warst du. Aber ich habe es dir ja gleich gesagt, als du zur Polizei gingst. Du hast keine Ahnung, wie es da zugeht, habe ich gesagt. Mal schicken sie dich hierhin, mal schicken sie dich dorthin, und wenn du dich gerade eingelebt hast, dann schicken sie dich wieder woanders hin, bis du nicht mehr weißt, wo dir der Kopf steht. Und wenn ich mir vorstelle, dass du einen schönen Posten bei der Eisenbahn hättest haben können, wie dein Vater, einen schönen Aufsichtsposten, genauso sicher wie bei der Polizei und ohne dieses ewige Herumreisen. Und wir hätten niemals hier runter in den Süden ziehen müssen!«

Sie verstummte, als Maria Grazia aus der Küche hereineilte. Doch sie hatten Dialekt gesprochen, und die Haushälterin hatte sie nicht verstanden. »Willkommen daheim, Dottore!«, rief sie. »Man hat den ganzen Tag versucht, Sie zu erreichen. Ich habe gesagt, Sie wären noch nicht zurück, aber ...«

In diesem Augenblick klingelte das Telefon im Flur. Das wird dieser alte Faschist aus dem Zug sein, dachte Zen. Solche Typen haben immer Freunde. Aber »den ganzen Tag«? Maria Grazia hatte sicher übertrieben.

»Zen?«

»Am Apparat.«

»Hier ist Enrico Mancini.«

Allmächtiger Gott! Der Veroneser war direkt bis zur höchsten Stelle vorgedrungen. Zen umfasste zornig den Hörer. »Hören Sie, der kleine Scheißkerl hatte eine Pistole, und er stand zu weit von mir weg, um ihn anzuspringen. Was hätte ich also machen sollen, möchte ich gerne wissen? Mich erschießen lassen, damit der Commendatore seine lumpige Uhr behalten kann?«

Es knackte in der Leitung.

»Wovon reden Sie eigentlich?«

»Ich rede von dem Zug.«

»Ich weiß von keinem Zug. Ich rufe an, um mit Ihnen über Ihre Versetzung nach Perugia zu sprechen.«

»Was? Foggia?«

Die Verbindung war sehr schlecht, mit starken atmosphärischen Störungen und gelegentlichen Ausfällen. Zum hundertsten Mal fragte sich Zen, ob er immer noch abgehört würde, und zum hundertsten Mal sagte er sich, dass das keinen Sinn mehr hätte, jetzt nicht mehr. Es war nicht mehr wichtig. Diese Art von Verfolgungswahn war nur verdrehte Eitelkeit.

»Perugia! Perugia in Umbrien! Sie reisen morgen ab.«

Was um alles in der Welt ging hier vor? Warum sollte sich jemand wie Enrico Mancini für Zens stumpfsinnige Arbeit interessieren?

»Nach Perugia? Aber meine nächste Fahrt sollte nach Lecce gehen, und das nicht vor …«

»Vergessen Sie das erst mal. Sie sollen wieder Ermittlungsaufgaben übernehmen, Zen. Haben Sie von dem Fall Miletti gehört? Ich werde alle Unterlagen besorgen, die ich kriegen kann, und sie Ihnen morgen früh mit dem Wagen vorbeischicken. Doch im Großen und Ganzen klingt der Fall ziemlich eindeutig. Jedenfalls sind Sie ab morgen dafür verantwortlich.«

»Verantwortlich wofür?«

»Für die Ermittlungen im Fall Miletti! Sind Sie taub?«

»In Perugia?«

»Genau. Sie sind vorübergehend dorthin beordert.«

»Sind Sie da ganz sicher?«

»Wie bitte?« Mancinis Stimme hatte einen eisigen Klang.

»Ich meine, ich hatte angenommen, wissen Sie …«

»Nun?«

»Nun ich dachte, ich sei für immer von allen Ermittlungsaufgaben suspendiert.«

»Das ist das Erste, was ich höre. Wie dem auch sei, derartige Entscheidungen können unter besonderen Umständen immer wieder revidiert werden. Der Questore von Perugia hat um Hilfe gebeten, und es steht uns sonst niemand zur Verfügung. So einfach ist das.«

»Es ist also offiziell.«

»Natürlich ist das offiziell! Machen Sie sich darüber keine Sorgen, Zen. Konzentrieren Sie sich ganz auf die vorliegende Aufgabe. Es ist wichtig, dass wir bald Ergebnisse sehen, verstehen Sie? Wir verlassen uns ganz auf Sie.«

Lange, nachdem Mancini eingehängt hatte, stand Zen noch immer neben dem Telefon, den Kopf gegen die Wand gestützt. Schließlich nahm er den Hörer wieder ab und wählte. Er ließ es eine Zeit lang klingeln. Als er gerade auflegen wollte, meldete sie sich. »Ja?«

»Ich bins.«

»Aurelio! Ich habe nicht erwartet, vor heute Abend von dir zu hören. Wie ist es gelaufen, wo auch immer du diesmal warst?«

»Warum hast du es so lange klingeln lassen?«

Sie war mittlerweile an seine Launen gewöhnt. »Mein Liebhaber ist bei mir. Nein, wenn du es genau wissen willst, ich war im Bad. Ich wollte zuerst nicht drangehen, aber dann dachte ich, dass du es vielleicht wärst.«

Er grunzte, und für einen Moment herrschte Schweigen.

»Hör mal, es ist was passiert. Ich muss morgen schon wieder weg und weiß nicht, wann ich zurück sein werde. Können wir uns treffen?«

»Sehr gerne. Sollen wir irgendwo hingehen?«

»Ja gut. Zu Ottavio?«

»Fein.«

Zen hängte ein und schaute sich im Flur um. Er sah sich den Möbeln gegenüber, die seine Kindheit beherrscht hatten und nun zurückgekehrt waren, um sein Erwachsenendasein heimzusuchen. Alles in dieser Wohnung war aus seinem Elternhaus in Venedig hierher gebracht worden, als sich seine Mutter vor sechs Jahren endgültig bereit erklärt hatte, von dort wegzuziehen. Viele Jahre lang hatte sie sich dagegen gewehrt, selbst als schon längst klargeworden war, dass sie nicht mehr alleine zurechtkam.

»Rom? Niemals!«, schrie sie. »Ich käme mir vor wie ein Fisch auf dem Trockenen.«

Und ihr Keuchen und Schaudern ließ diese abgedroschene Phrase lebendig und schmerzvoll erklingen. Doch schließlich war sie gezwungen nachzugeben. Ihr einziger Sohn konnte nicht zu ihr ziehen. Seit der Moro-Affäre war seine Karriere festgefahren, am Ende, und die Jahre voll öder Routine, die ihm bis zur Pensionierung bevorstanden, konnten nur noch durch Worte beschönigt werden. Und es war niemand anders da, außer ein paar entfernten Verwandten, die in einer Gegend lebten, die jetzt zu Jugoslawien gehörte. Also war sie schließlich nach Rom gezogen und dem von ihr befürchteten Schicksal durch das einfache Mittel entronnen, dass sie all ihre Habe mitbrachte und Zens Wohnung in ein Aquarium verwandelte, aus dem sie nie auftauchte.

Zwar wurde sie auf diese Weise vor dem Ersticken bewahrt, doch auf Zen hatte das Ganze genau die umgekehrte Wirkung. Er hatte seine Wohnung, die in einer tristen, aber pompösen Straße genau nördlich vom Vatikan gelegen war, nie besonders gemocht, aber in Rom musste man nehmen, was man kriegen konnte. Was er an diesem Ort schätzen gelernt hatte, war die Anonymität, in der man hier leben konnte; es war, als wohnte man im Hotel. Doch mit der Ankunft seiner Mutter hatte sich alles geändert; die vom Vermieter zur Verfügung gestellte, spärliche Einrichtung wurde von Gegenständen überschwemmt, die mit trüben Erinnerungen und unklaren Bedeutungen beladen waren. Manchmal glaubte Zen, ersticken zu müssen. Dann schweiften seine Gedanken zu dem Haus in Venedig, das nun leer stand, in den Räumen nichts weiter als perlendes Licht, die Spiegelungen des Wassers und die Schreie von Kindern und Möwen. Er hatte geschworen, dass er sich eines Tages dorthin zurückziehen würde. In der Zwischenzeit war er oft so intensiv in Gedanken dort, dass es ihn nicht im geringsten verwundert hätte zu hören, die Leute glaubten, in dem Haus spuke es.

Aus der Küche ertönte das Klappern von Töpfen, untermalt von Maria Grazias Stimme, die abwechselnd den alten Herd beschimpfte, ein stumpfes Messer anspornte, ein paar Takte aus dem großen Frühjahrshit sang und die Madonna anrief, mit anzusehen, welche Qualen sie wegen der Qualität des Gemüses, das der Händler nebenan anbot, zu ertragen habe. Er würde hier erst etwas essen müssen, bevor er sich davonschlich, um Ellen zu treffen. Seine Mutter hatte in einer Woche Geburtstag, fiel ihm ein. Er würde sehr wahrscheinlich noch unterwegs sein. Auf jeden Fall musste er ihr mitteilen, dass man neue Pläne mit ihm hatte, und er würde sich wieder anhören müssen, wie leicht er einen so schönen Posten bei der Eisenbahn hätte bekommen können wie sein Vater. War ihr wirklich nicht bewusst, dass sie ihm das jedes Mal erzählte, wenn er zurückkam? Oder machte sie sich im Gegenteil auf seine Kosten lustig? Das war das Problem bei alten Leuten, man konnte sich nie sicher sein. Aber es war auch das Problem, mit jemand zusammenzuleben, den man mehr als jeden anderen auf der Welt liebte, mit dem man nun jedoch nicht mehr gemeinsam hatte als Fleisch und Blut.

»Aber ich verstehe das nicht. Du bist doch überhaupt kein richtiger Polizist. Du arbeitest doch für das Ministerium, oder? In der Verwaltung. Das hast du mir jedenfalls erzählt.«

Was Ellen damit sagen wollte, war klar; sie hätte sich niemals mit ihm eingelassen, wenn sie geglaubt hätte, er sei ein »richtiger« Polizist.

»Das stimmt auch. Seitdem ich dich kenne, war das meine Aufgabe. Die Runde bei den Polizeipräsidien in der Provinz machen und überprüfen, wie viele Büroklammern verbraucht werden, lauter solche Dinge. Inspektionsaufgaben, allgemein unter dem Namen Hausarbeit bekannt und ungefähr ebenso ruhmreich. Was dabei noch am ehesten an echte Polizeiarbeit herankam, war die große Gaunerei mit den gestohlenen Klorollen, die ich in der Questura in Campobasso aufdeckte.«

Ellen lächelte nicht. »Und davor?«

»Nun, davor war es anders.«

»Du warst ein richtiger Bulle? Ein Polizeibeamter?«

»Ja.«

Sie sah ihn so schockiert an, dass er nicht erkennen konnte, was sie möglicherweise sonst noch empfand. »Wo war das?«, fragte sie schließlich.

»Oh, an verschiedenen Orten. Hier zum Beispiel.«

»Du hast in der Questura gearbeitet, hier in Rom?«

»Das stimmt.«

»Du lieber Gott. In welcher Abteilung?«

Sie sah ihn durchdringend an.

»Nicht in der politischen Abteilung, falls es das ist, was dich beunruhigt.«

Natürlich war es das. Ellens ausländischer Bekanntenkreis betrachtete es als ziemlich merkwürdig, dass sie ein Verhältnis mit einem Beamten aus dem Innenministerium hatte. Ebenso waren die Freunde Zens eindeutig überfragt, wenn sie seine Liaison mit dieser geschiedenen Amerikanerin einschätzen sollten, einer typischen Straniera mit ihrem hellen, kleinen Apartment in Trastevere, vollgestopft mit Kunstgegenständen und Büchern in vier Sprachen, und ihrem falsch geparkten Fiat 500 vor der Tür. Die Antwort war jeweils gewesen, dass, was immer es auch war, es für beide funktionierte. Das schien die einzige unvermeidliche Antwort zu sein. Doch nun, ohne die geringste Vorwarnung, sah sich Ellen mit der Möglichkeit konfrontiert, dass ihr Beamter ein ehemals aktiver Angehöriger von La Politica war, einer von denen, die demonstrierende Studenten und streikende Arbeiter zusammenschlugen und Verdächtige aus dem Fenster stießen, während sie gleichzeitig die Neofaschisten schützten, die für das willkürliche Bombardieren von öffentlichen Plätzen, Cafeterien und Zügen verantwortlich waren.

»Ich habe dich gefragt, was du getan hast«, insistierte sie, »nicht, was du nicht getan hast.«

Sie verhielt sich nun wie einer von jenen harten und brutalen Bullen, für den sie Zen jetzt möglicherweise hielt, einer von denen, die Druck auf Verdächtige ausüben, um sie zu einer Aussage zu bewegen.

»Ich war in der Sektion, die für Entführungen zuständig ist.«

Bei diesen Worten entspannten sich ihr Züge ein wenig. Entführungen also. Nun, das war in Ordnung, oder? Ein netter, unproblematischer Bereich der Polizeiarbeit. Blieb nur noch die Frage, warum er ihn zugunsten der unrühmlichen Rolle des Ministeriumsschnüfflers aufgegeben hatte, der die eine Hälfte seiner Zeit damit zubrachte, ermüdende Fahrten in langweilige Provinzhauptstädte zu unternehmen, wo sich alle Betroffenen ganz unverblümt über seine Anwesenheit ärgerten, und die andere Hälfte damit, in seinem fensterlosen Büro in Viminale unlesbare und mit Sicherheit auch ungelesene Berichte zu tippen. Doch bevor Ellen die Chance hatte, ihn danach zu fragen, erschien Ottavio persönlich an ihrem Tisch, und man wandte sich dem Thema Essen zu.

Ottavio ließ sich in schmerzvollem Ton darüber aus, dass die Leute seiner Meinung nach heutzutage nicht genug äßen. Sie dächten nur noch an ihre Figur, eine egoistische und kurzsichtige Einstellung, die unmittelbar zur Verarmung der Gastronomen und zum Niedergang der uns bekannten Zivilisation führe. Was die Goten, Hunnen und Türken nicht geschafft hätten, das gelang jetzt allmählich einer Verschwörung von

Ernährungswissenschaftlern, die das Land mit all dem Gerede über Cholesterin, Kalorien und die schädliche Wirkung von Salz in die Knie zwangen. Wo sollte das noch hinführen?

Solcherart waren seine allgemeinen Kümmernisse. Doch sein besonderer Zorn galt Zen, der dem Kellner gesagt hatte, dass er nach der riesigen Schüssel Spaghetti alla Carbonara, zu der er sich zusätzlich zu der von Maria Grazia zu Hause bereiteten Gemüsesuppe gezwungen hatte, nichts mehr haben wollte.

»Was wollen Sie damit bezwecken?«, fragte Ottavio empört. »Mein Geschäft ruinieren? Hören Sie, das Lamm ist heute fabelhaft. Und wenn ich sage fabelhaft, dann ist das noch nicht einmal die halbe Wahrheit. Junge, zarte Tiere, so entzückend und schön, dass es eine Sünde war, sie zu töten. Doch wo sie nun schon tot sind, wäre es eine noch viel größere Sünde, sie nicht zu essen.«

Zen ließ sich überreden, vor allem um Ottavio loszuwerden, der nun weiterging, um die gute Kunde an anderen Tischen zu verbreiten.

»Und wie ist es dir ergangen?«, fragte Zen Ellen, nachdem er weg war.

Aber sie ging nicht darauf ein. »Warum hast du mir das nicht früher erzählt?«

»Ich dachte nicht, dass es dich interessiert. Außerdem gehört es nun schon längst der Vergangenheit an.«

»Und wann ist das alles passiert, damals?«

»Oh, ich glaube, es muss ungefähr … ja, jetzt ist es ungefähr vier oder fünf Jahre her. Mehr oder weniger.«

Sicher hatte er die Unbestimmtheit auf groteske Weise übertrieben. Doch anscheinend war sie mit dieser Auskunft zufrieden.

»Und nun setzen sie dich plötzlich wieder für diese Art von Arbeit ein? Das muss ziemlich überraschend kommen.«

»Das ist wohl wahr.«

Es gab keinen Grund, das zu verheimlichen.

»Du hast also 1979 aufgehört?«

»Genaugenommen ein Jahr vorher.«

»Und du hast dich auf einen Bürojob versetzen lassen?«

»Mehr oder weniger.«

Er wartete voller Spannung auf das, was nun folgen würde, doch es kam nicht. Na schön. Wenn Ellen nicht begriff, wie unwahrscheinlich es war, dass in dieser spezifischen Sektion der römischen Polizei ausgerechnet 1978 jemand die Erlaubnis bekommen hätte, sich auf einen Bürojob versetzen zu lassen, dann würde er sie ganz bestimmt nicht darauf hinweisen.

»Was hat dich dazu veranlasst?«

»Ach, ich weiß nicht. Wahrscheinlich hatte ich die Schnauze voll von der Arbeit.«

Das Essen wurde von Ottavios jüngstem Sohn aufgetragen, einem flinken, kleinen Windhund, der im Alter von vierzehn sein professionelles Gebaren bereits so perfektioniert hatte, dass es ihm gelang, zu verstehen zu geben, er sei mit einer Aufgabe von unschätzbarer Wichtigkeit für die Menschen betraut, die er trotz widrigster Umstände unter fast unmöglichen Bedingungen ausführe, und dass er, obwohl ein Denkmal draußen auf der Piazza kaum angemessen zum Ausdruck bringen könne, was die Gesellschaft ihm schulde, noch nicht mal ein anständiges Trinkgeld erwarte.

Einige Minuten lang aßen sie schweigend.

»Also, was hast du getrieben?«, beharrte Zen. »Wie gehen die Geschäfte?«

»Ziemlich ruhig. Am Dienstag findet allerdings eine große Auktion statt.«

Ellen verdiente ihren Lebensunterhalt als Agentin für einen New Yorker Antiquitätenhändler. Auf diese Weise war es ihr gelungen, aus einem Hobby Geld zu machen, und zwar aus einem Hobby, für das sie ihn vergeblich zu interessieren versucht hatte. Zen war bedient mit alten Möbeln!

»Wie lange wird das Ganze dauern?«

»Nicht lange, hoffe ich.«

»Kennst du Perugia?«

Perugia, überlegte er. Pralinen, Etrusker, dieser dicke Maler, Radios und Plattenspieler, die Ausländeruniversität, Sportkleidung. »Umbrien, das grüne Herz Italiens«, lautete die Fremdenverkehrswerbung. Was war dann Latium, hatte er sich gefragt, die reizbare Leber?

»Kann sein, dass ich mal mit der Schule da war, vor vielen Jahren.«

»Aber noch nie beruflich?«

»Keine Chance! Wir sind zu zweit bei der Hausarbeit. Doch man schätzt Zuccaroni mehr als mich, also kriegt er immer die bequemen Jobs, nicht weit von zu Hause entfernt.«

»Wird es schwierig sein?«

Er schob seinen Teller von sich und füllte ihre Gläser wieder mit dem flachen, faden Weißwein. »Das kann man nicht im Voraus wissen. Eine Menge hängt von dem Richter ab, der die Untersuchung leitet. Manche von ihnen wollen alle Entscheidungen selber treffen. Andere wollen nur das Verdienst für sich in Anspruch nehmen.«

Sie war jetzt ebenfalls mit dem Essen fertig, und endlich konnten sie rauchen. Er zog ein Päckchen Nazionali heraus. Ellen gab wie immer ihren eigenen Zigaretten den Vorzug. »Kann ich dich besuchen kommen?«, fragte sie mit einem warmen Lächeln.

»Das wäre wunderbar.«

Sie nickte. »Keine Mutter.«

Er erkannte plötzlich, in welche Richtung das Gespräch abdriftete.

»Findest du nicht, dass das lächerlich ist, in unserem Alter?«, fuhr Ellen fort. »Sie muss wissen, was los ist.«

»Ich nehme an, das weiß sie. Doch für sie bin ich immer noch mit Luisella verheiratet. Wenn ich die Nacht mit dir verbringe, dann ist das Ehebruch. Da ich ein Mann bin, spielt das keine Rolle, aber man spricht nicht darüber.«

»Für mich spielt das schon eine Rolle.« Ihr Ton war härter geworden. »Mir gefällt es nicht, wenn deine Mutter mich als deine Geliebte betrachtet.«

»Nicht? Ich genieße das regelrecht. Auf diese Weise fühle ich mich jung und ohne Verantwortung.«

Die Bemerkung war mit Absicht provozierend gemeint, denn er hatte seit Langem beschlossen, sich kein zweites Mal zur Ehe überreden zu lassen.

»Tatsächlich?«, entgegnete sie. »Nun, ich fühle mich dadurch eher alt und verunsichert. Und wütend! Weshalb sollte ich mein Leben von deiner Mutter beherrschen lassen? Und warum musst du das eigentlich tun? Was ist bloß mit den italienischen Männern los, dass sie sich ihr Leben lang von ihren Mamas terrorisieren lassen? Warum gebt ihr ihnen soviel Macht?«

»Vielleicht haben wir im Laufe der Jahrhunderte herausgefunden, dass sie die Einzigen sind, denen wir diese Macht anvertrauen können.«

»Oh, ich verstehe. Mir kannst du also nicht vertrauen? Vielen Dank.«

Ihm schien das vollkommen einleuchtend zu sein. Warum wurde sie bloß so wütend?

»Nicht dass meine Mutter eine Heilige wäre«, erklärte er. »Aber Mütter sind nun mal so. Sie können nicht anders, das ist biologisch.«

»Hervorragend! Jetzt hast du uns beide beleidigt.«

»Ganz im Gegenteil, ich habe euch beiden ein Kompliment gemacht. Meiner Mutter, weil sie so ist, wie sie ist, und dir, weil du vollkommen anders bist. Und vor allen Dingen, weil du so viel Verständnis zeigst in einer Situation, die für uns beide schwierig ist, die aber nicht ewig so bleiben wird.«

Von dieser Andeutung entwaffnet, wandte sie ihren Blick

ab, und Zen benutzte die Gelegenheit, Ottavio zu signalisieren, er möge die Rechnung bringen.

Die Luft draußen war angenehm kühl und frisch nach dem kleinen, stickigen Restaurant. Sie gingen schweigend in Richtung Viale Trastevere, dem dröhnenden Straßenverkehr entgegen. Auf der Piazza Sonnino wurde ein Bürogebäude nach einem Brand renoviert, und der von den Bauarbeitern errichtete Bretterzaun hatte die kriegerischen Farben rivalisierender politischer Gruppen angezogen. Der fünfzackige Stern der Roten Brigaden stach am meisten ins Auge, doch es gab auch Parolen vom Bewaffneten Kampf (»Es gibt kein Entkommen – wir erwischen euch alle!«), den Anarchisten (»Wenn Wahlen etwas veränderten, würde man sie verbieten«) und der neofaschistischen Neuen Ordnung (»Ehret unsere im Kampf gefallenen Gefährten – sie leben in unseren Herzen weiter!«).

Zen schien dieses Aufeinanderprallen von Slogans auf unheimliche Weise zutreffend. Denn falls es bei den Ereignissen von 1978 ein geheimes Zentrum gegeben hatte, und ein Teil ihres Grauens bestand darin, dass er das nie sicher wissen würde, dann war das in gewissem Sinne hier gewesen, bei der Endstation des Busses 97C und dem San-Gallicano-Krankenhaus auf der anderen Straßenseite. Wenn es ein unaussprechliches Geheimnis gegeben hatte, dann war einer der beiden Männer, die das erraten hatten, hier gestorben. Und seit diesem Augenblick, ob bei Tag oder in der Nacht, ganz gleich was er gerade tat oder dachte, war Zen voller Unbehagen bewusst gewesen, dass er der andere war.

2

Sämtliche in der Questura von Perugia vorhandenen Hilfsmittel stehen selbstverständlich zu Ihrer Verfügung. Meine Männer können es gar nicht erwarten, Ihren Befehl zu erhalten und in Aktion zu treten. Ihr Ruf eilt Ihnen voraus, und die Aussicht, unter Ihrer Leitung zu arbeiten, hat uns alle sehr beflügelt. Wer hätte noch nie von Ihren großartigen Erfolgen bei der Affäre Fortuzzi und der Affäre Castellano gehört, um nur zwei Namen zu nennen? Und wer könnte daran zweifeln, dass Ihnen ein ebenso spektakulärer Triumph hier auf umbrischem Boden gelingen wird? Unser zutiefst empfundener Dank wird Ihnen zuteilwerden, weil Sie sich als erfolgreich erweisen werden, wo andere, weniger vom Schicksal begünstigt und weniger verdienstvoll, gescheitert sind. Die Stadt Perugia verbindet, historisch gesehen, eine lange Beziehung mit der Hauptstadt, für die Ihr Einsatz hier ein konkretes Symbol ist. Meine Männer werden sich gewiss mir anschließen und Sie willkommen heißen.«

Schwacher Applaus war aus der Gruppe höherer Beamter zu vernehmen, die in dem geräumigen Büro des Questore im oberen Stockwerk zusammengekommen waren. Das Büro war unaufdringlich modern eingerichtet, mit Regalen voller juristischer Bücher und Topfpflanzen. Aurelio stand inmitten von alledem wie eine Siamkatze, die man in einen Käfig voll streunender Hunde geworfen hatte; angespannt und herausfordernd zugleich weigerte er sich, in die Augen der Männer zu blicken, die ihn mehr oder weniger unverhohlen spöttisch anstarrten. Sie wussten, was er durchmachte, das arme Schwein. Und sie wussten auch, dass er absolut nichts dagegen machen konnte.

Salvatore Iovino, ihr Vorgesetzter, ein korpulenter und temperamentvoller Fünfzigjähriger aus Catania, hatte eine meisterhafte Vorstellung gegeben. So übertrieben und nichtssagend, so voll unaufrichtiger Wärme und versteckter Spitzen seine Rede auch war, enthielt sie dennoch keinen berechtigten Grund zur Klage. Er hatte von Zens »Ruf« gesprochen, allerdings ohne dessen plötzlichen Abzug aus der Questura in Rom im Jahre 1978 zu erwähnen, der Anlass zu den wildesten Gerüchten und Mutmaßungen innerhalb der gesamten Polizei gegeben hatte. Die beiden Fälle, die er erwähnt hatte, gingen in die Mitte der Siebzigerjahre zurück und unterstrichen Zens mangelnde Berufserfahrung in jüngster Zeit. Iovino hatte die Versetzung als »Einsatz« bezeichnet, wodurch er betonte, dass sie ihm vom Ministerium aufgezwungen war, und er hatte sie ein Symbol für die historische Beziehung zwischen Rom und Perugia genannt, eine Beziehung, die in zweitausend Jahren zutiefst verabscheuter Vorherrschaft bestand.

»Ich danke Ihnen«, murmelte Zen und verbeugte sich mit einer zugleich stolzen und melancholischen Geste der Erwiderung.

»Und nun«, fuhr der Questore fort, »erlauben Sie mir, Ihnen Vicequestore Fabrizio Priorelli vorzustellen.«

Iovinos konziliante Sprechweise hatte Zen in keiner Weise auf die offene Feindseligkeit vorbereitet, mit der er sich von Priorelli gemustert fühlte. Der Questore sprach nach einer geschickt bemessenen Pause weiter, während der das Schweigen im Raum fast mit Händen zu greifen war.

»Bis heute hat er den Fall Miletti für uns bearbeitet.«

Iovino lachte kaum hörbar.

»Um ganz offen zu sein, dies ist eines der vielen Probleme,

das uns Ihre unerwartete Ankunft bereitet hat. Es ist eine Frage des Protokolls. Da Fabrizio rangmäßig über Ihnen steht, kann ich ihn schlecht zu Ihrem Untergebenen machen. Sollten Sie ihn jedoch um Rat fragen wollen, steht er Ihnen, so hat er mir versichert, trotz seiner zahlreichen anderen Verpflichtungen jederzeit zur Verfügung.«

Noch einmal brachte Zen seine Dankbarkeit murmelnd zum Ausdruck.

»Okay, Jungs, Mittagessen!«, rief der Questore forsch. »Ich denke, das könnt ihr jetzt gebrauchen, was?«

Während die Beamten nacheinander den Raum verließen, nahm Iovino den Telefonhörer hoch und brüllte: »Chiodini? Kommen Sie rauf zu mir!« Dann drehte er sich ostentativ zum Fenster und starrte so lange hinaus, bis ein Klopfen an der Tür zu hören war und ein kräftiger Mann mit einem gelangweilten, brutalen Gesicht eintrat; in diesem Augenblick schien sich der Questore plötzlich wieder Zens Existenz bewusst zu werden.

»Ich werde Sie Chiodinis sicheren Händen anvertrauen, Dottore. Und denken Sie daran, wann immer Sie irgendetwas brauchen, sagen Sie es nur.«

»Danke.«

Während sie die Treppe hinuntergingen, begutachtete Zen seinen Geleitschutz: kurz geschorene Haare, die einen muskulös aussehenden Kopf bedeckten, Blumenkohlohren, so gut wie keinen Hals, Schultern und Bizeps bildeten einen unbeweglichen Block, die »sicheren« Hände schwangen wuchtig vor und zurück. Chiodini wäre einer von denen, die man losschicken würde, wenn altmodische Verhörmethoden erwünscht waren.

Auf dem Absatz zum dritten Stock wies der Mann mit seinem Daumen abrupt nach rechts. »Hier entlang, drei-fünfeins«, rief er, ohne sich umzudrehen oder seinen Schritt zu verlangsamen.

Zen konnte sich gerade noch bremsen, ein weiteres »Danke« von sich zu geben.

Ja, man hatte alles vollkommen im Griff, das war keine Frage. Iovinos Ansprache war ein brillantes Kabinettstück gewesen, das sich sämtliche Schwerpunkte in Zens Position zunutze machte. Doch Worte sind nicht alles, und der Questore hatte keineswegs versäumt, seinen Standpunkt auch mit anderen Mitteln zum Ausdruck zu bringen. Zum Beispiel durch den Kontrast zwischen der bombastischen Formalität, mit der er den roten Teppich ausgerollt und die große Trommel geschlagen hatte, und der nachlässigen Geste, mit der er Zen den »sicheren Händen« eines drittklassigen Spezialisten übergeben hatte. Die Botschaft war klar. Man würde Zen das Blaue vom Himmel versprechen, aber wenn er eine Tasse Kaffee wollte, würde er sie sich selber holen müssen.

Er öffnete die Tür zu seinem Büro und sah sich misstrauisch um. Alles schien völlig normal. An der einen Wand hing das obligatorische Foto des Staatspräsidenten, auf der gegenüberliegenden der unvermeidliche, großformatige Kalender und ein kleines Kruzifix. In der Ecke stand ein grauer Aktenschrank aus Metall, die beiden oberen Schubladen waren leer und die untere voller Plastiktüten. In der Mitte des Raumes, an dominanter Stelle, stand ein Schreibtisch aus einem kränklich aussehenden gelben Holz, das anscheinend als Imitation irgendeines scheußlichen Kunststoffs gezüchtet worden war. Wie bei allen anderen Möbelstücken im Raum war auch an diesem Schreibtisch ein Schild mit der Aufschrift »Innenministerium« und eine aufgestempelte Seriennummer angebracht. Auf der Innenseite der Tür war mit Heftzwecken eine Liste befestigt, auf der jedes Möbelstück im Raum eingetragen war, bis hin zu dem metallenen Papierkorb, einschließlich der jeweiligen Seriennummer. Es war keineswegs so, dass das Ministerium seinen Angestellten nicht traute. Man war nur ordnungsliebend und konnte nachts nicht schlafen, wenn man nicht sicher war, dass alles an seinem Platz stand.

Zen ging zum Fenster hinüber und sah nach draußen. Unter ihm befand sich ein kleiner Parkplatz für Polizeifahrzeuge. Gegenüber war eine fensterlose Mauer aus Stein mit einem schweren Tor, das von zwei Männern, der eine in einer grauen Uniform mit Kappe, der andere im Kampfanzug mit kugelsicherer Weste, bewacht wurde. Beide trugen Maschinenpistolen, ebenso wie ein dritter Wachposten, der auf dem Dach des Gebäudes patrouillierte. Das war es also: Sie hatten ihm ein Büro mit Blick auf das Gefängnis gegeben. Sizilianer waren für so etwas berüchtigt.

Und das Telefon? Nie würde er die ersten Monate im Ministerium vergessen, als er in einem fensterlosen Büro im Souterrain saß und seine einzige Verbindung zur Außenwelt in einem Telefon bestand, das nicht angeschlossen war. Die Techniker sollten zwar immer wieder kommen, aber nie klappte es. Mehr als drei Monate hatte dieses Telefon wie eine Kröte auf seinem Schreibtisch gehockt, Symbol eines Fluchs, der niemals aufgehoben werden würde. Und als das Telefon schließlich funktionierte, wusste Zen, dass dies kein Zeichen für einen Sieg, sondern für eine totale Niederlage war. Nun konnte man ihm ein Telefon gestatten. Es spielte keine Rolle mehr, weil es niemals klingelte. Allen war sein »Ruf« bekannt. Er hatte die Regeln des Stammes gebrochen und war für tabu erklärt worden.

Hier in Perugia funktionierte sein Telefon problemlos, doch auch hier galt dieselbe Logik. Wen sollte er anrufen? Was sollte er tun? Sollte er sich zur Wehr setzen? Es Iovino gegenüber darauf ankommen lassen und seinen Einfluss geltend machen? Schließlich hatte das Ministerium ihn hierher geschickt und war somit verpflichtet, ihn zu unterstützen, und sei es rein formal. Mit ein bisschen Mühe und Energie würde er den Questore und seine Männer rasch an die Kandare nehmen können. Das Problem war nur, dass ihm die

Energie fehlte und er sich keine Mühe geben wollte. Im Grunde seines Herzens interessierten ihn diese provinziellen Beamten mit ihrem kleinlichen Stolz nicht sonderlich. Und auch der Fall selbst war ihm ziemlich gleichgültig. Neun von zehn Entführungen wurden ohnehin niemals geklärt, und es gab keinerlei Grund anzunehmen, dass es diesmal anders sein würde. Am Ende würden die Familien zahlen oder die Bande klein beigeben. Das war als Schauspiel ebenso wenig aufregend wie ein Ringkampf zwischen zwei Fremden.

Draußen vor der Questura stellte er fest, dass der Fahrer, der ihn von Rom hierher gebracht hatte, ein junger Neapolitaner namens Luigi Palottino, immer noch dienstbeflissen neben dem dunkelblauen Alfetta stand. Sein Anblick verstärkte Zens Gefühl von Demütigung, weil er ihn an die Szene erinnerte, die sich heute Morgen in seiner Wohnung abgespielt hatte. Als er nach Hause kam, nachdem er die Nacht mit Ellen verbracht hatte, musste er mit ansehen, wie Maria Grazia und seine Mutter versuchten, seine Koffer zu packen. Der Fahrer stand mit amüsiertem Gesicht dabei, und alle brüllten, um sich neben dem fröhlichen Geplapper aus dem Fernseher verständlich zu machen, der sich offenbar von alleine eingeschaltet hatte, um nicht ausgeschlossen zu sein.

»Was machen Sie hier?«, fuhr Zen ihn an.

»Ich warte auf Sie, Signore.«

»Mir ist ehrlich gesagt nicht nach Gesellschaft zumute.«

»Ich meine, ich warte auf Ihre Anweisungen, Signore.«

»Meine Anweisungen? Na schön, dann bringen Sie mich halt in mein Hotel zurück. Danach können Sie weiterfahren.«

Der Neapolitaner zog die Stirn in Falten. »Wie bitte?«

»Sie können nach Rom zurückfahren.«

»Nein, Signore.«

Zen betrachtete ihn aufmerksam und drohend zugleich. »Was heißt ›nein‹?«

»Mein Befehl lautet, hier bei Ihnen in Perugia zu bleiben,

Signore. Man hat mir ein Bett in der Polizeikaserne zugewiesen.«

Sie möchten mich im Auge behalten, dachte Zen. Sie trauen mir natürlich nicht. Natürlich! Und wer weiß, welche Befehle sie Luigi Palottino noch gegeben haben.

Eine halbe Stunde später saß Zen in einem Café und verzehrte genüsslich ein spätes Mittagessen, als er seinen Namen aus dem Munde eines ihm völlig Unbekannten hörte. Das Café schien noch aus einer anderen Epoche zu stammen, nicht zu vergleichen mit den üblichen, aus Chrom und Glas zusammengesetzten Abfüllstationen für Koffeinsüchtige. In dem langen, schmalen Raum befanden sich auf einer Seite die Theke, auf der anderen ein paar kleine Tische mit Stühlen. An den Wänden waren große hölzerne Vitrinen, in denen deutsche Pralinen und englische Marmelade standen, und Regale aufgereiht, die sich unter dem Gewicht von uralten und ungenießbaren Weinflaschen bedenklich neigten. Zeitungen baumelten an Rohrstöcken, und die Kellner mit den roten Jacken schienen alle Zeit der Welt zu haben; von der gewölbten Decke blickten verblichene Fresken mit ländlichen Motiven freundlich herab. Zen setzte sich an den einzigen freien Tisch, der sich zwischen dem Garderobenständer und dem Telefon befand, sodass er ständig von Leuten gestört wurde, die eins von beiden benutzen wollten. Doch er schenkte den übrigen Gästen keine besondere Aufmerksamkeit, bis er hörte, wie sein eigener Name buchstabiert wurde.

»Z, E, N. Ja, das ist richtig.«

Der Mann war Anfang sechzig, klein, kräftig gebaut, von beinahe aggressiv vitalem Aussehen, das auf eine bäuerliche Herkunft vor nicht allzu vielen Generationen hindeutete. Doch er war kein Bauer. Seine Kleidung und sein gepflegtes Äußeres ließen Reichtum erkennen. Sein Auftreten war das eines Mannes, der gewohnt ist, seinen Willen durchzusetzen.

»Das hat man mir gesagt. Vielleicht ist er noch nicht eingetroffen? Ja, ich verstehe. Hör mal, Gianni, tu mir bitte einen Gefallen. Wenn er zurückkommt, sag ihm ... Nein, lieber nicht. Vergiss es. Ich ruf ihn später selbst noch einmal an. Danke.«

Der Mann legte den Hörer auf und blickte nach unten. »Entschuldigen Sie die Störung.«

Er entfernte sich langsam und grüßte im Hinausgehen verschiedene Bekannte.

Die ältliche Kassiererin schien keine Ahnung von den Preisen zu haben, und bis der Kellner, der Zen bedient hatte, es ihr gesagt und sie sich in dem Wirrwarr von Fächern zurechtgefunden und das passende Wechselgeld herausgenommen hatte, war der Mann bereits verschwunden. Doch als Zen hinauskam, wäre er beinahe gegen ihn gelaufen, da er gleich links vom Eingang stand, wo er sich mit einem jüngeren, bärtigen Mann unterhielt. Zen ging an den beiden vorbei und blieb ein Stück weiter vor einem Glaskasten stehen, in dem die Titelseite der Lokalausgabe der Zeitung *Nazione* ausgehängt war, die Überschriften mit roter Tinte umrandet.

Tragödie auf der Strecke Perugia-Terni: Junges Paar findet grausiges Ende unter Lkw. Er konnte die beiden Männer, die sich in der Glasfläche vor ihm widerspiegelten, deutlich sehen und hören, wie der Jüngere übellaunig und jammernd protestierte: »Ich sehe immer noch nicht ein, warum man von mir erwartet, dass ich mich damit beschäftige.« Busverkehr in Perugia: Alles wird anders – Neue Strecken, neuer Fahrplan. »Dann sind wir uns also einig, oder?«, konstatierte der ältere Mann. »Aber ohne Daniele, weiß Gott, wozu der in der Lage ist!« Fussball: Wird Perugia einen weiteren Ausländer kaufen? Zen überflog die Zeitung nach einem Hinweis auf seine Ankunft. Aufgrund von Rivalitäten innerhalb der Questura war es ziemlich sicher, dass über ein Ereignis, das ganz bestimmt dem Ruf von irgendjemandem schaden würde, in der Presse berichtet wurde. Doch natürlich war die Zeit dafür noch zu kurz gewesen.

Als er wieder aufblickte, stellte er fest, dass die beiden Männer sich getrennt hatten und der ältere auf ihn zukam.

»Entschuldigen Sie!«

Der Mann wandte sich misstrauisch und ungehalten um. »Ja?«

»Ich konnte nicht umhin, Ihr Telefongespräch von eben mitzuhören. Ich glaube, Sie wollen mich sprechen. Ich bin Aurelio Zen.«

Aus der Ungehaltenheit des Mannes wurde erst Verblüffung und dann Verlegenheit. »Ach, Sie waren das, Dottore, der dort an dem Tisch gesessen hat? Und ich habe ganz einfach über Sie gesprochen. Was müssen Sie nur von mir gedacht haben!«

Seine Stimme verlor sich. Er schien ganz schnell in seinem Gedächtnis zu forschen, was genau er gesagt hatte. Dann fuhr er mit einer entschuldigenden Geste fort: »Ich werde alt, Dottore. Alt und indiskret. Nun, was passiert ist, ist passiert. Verzeihen Sie mir, ich habe mich noch nicht einmal vorgestellt. Antonio Crepi. Wie geht es Ihnen? Willkommen in Perugia! Darf ich Ihnen einen Kaffee anbieten?«

Sie gingen in das Café zurück, wo Crepi den Kellner mit vertraulicher Geste herbeiwinkte.

»Marco, das ist Kommissar Zen, ein Freund von mir. Ich möchte, dass Sie ihn immer gut bedienen, verstehen Sie? Nein, ich bekomme nichts. Wissen Sie, Dottore, die Ärzte sagen, wir sollen nicht zu viel Kaffee trinken. Ich beschränke mich jetzt auf sechs Tassen pro Tag, das ist mein Limit. Es ist wie bei einer Brücke, wissen Sie. Man kann die Anzahl der Stützpfeiler bis zu einem bestimmten Punkt reduzieren, je nach Konstruktionstyp, Beschaffenheit des Bodens und so weiter. Doch dann bricht die Brücke zusammen. Für mich ist dieses untere Limit sechs Tassen Kaffee. Mit weniger funktioniere ich nicht. Doch wie dem auch sei, wie gefällt Ihnen Perugia? Es ist sehr schön, nicht wahr?«

»Nun, ich bin gerade erst ...«

»Es ist eine Stadt von menschlichen Ausmaßen, nicht zu groß und nicht zu klein. Jedes Mal, wenn ich nach Rom komme, was heutzutage so gut wie nie mehr der Fall ist, habe ich das Gefühl zu ersticken. Es ist, als ob man sich einen Kragen umbindet, der zu eng ist, Sie verstehen, was ich meine? Hier kann man atmen. Ein Freund von mir hat einmal gesagt: ›Ganz ehrlich, Antonio, sobald ich mich außerhalb der Stadtmauern bewege, fühle ich mich nicht wohl.‹ Doch hören Sie, Dottore, ich möchte mich gerne richtig mit Ihnen unterhalten, nicht hier im Stehen in einer Bar. Können Sie heute Abend zu mir zum Essen kommen?«

Zen umging die Antwort, indem er einen Schluck Kaffee nahm. Er hatte immer noch nicht die geringste Ahnung, mit wem er es zu tun hatte.

»Ich bin sicher, dass Sie in Rom solche Dinge ganz anders erledigen«, fuhr Antonio Crepi fort. »Wahrscheinlich finden Sie es sogar ein bisschen merkwürdig, aber das stört mich nicht! Das Einzige, was für mich wichtig ist, ist Ruggiero freizubekommen. Alles andere ist mir egal! Verstehen Sie? Es ist wunderbar, dass Sie da sind, Ihre Anwesenheit gibt uns allen neuen Mut. Bitte kommen Sie zum Abendessen! Valesio wird auch da sein, der Anwalt, der bisher die Verhandlungen geführt hat. Unterhalten Sie sich ganz zwanglos, ganz im Vertrauen. Sagen Sie, was Sie wollen, und stellen Sie alle möglichen Fragen. Verhalten Sie sich genauso indiskret wie ich, wenn Sie das können! Niemand wird Ihnen das übelnehmen, und morgen früh, wenn Sie mit Ihrer Arbeit beginnen, werden Sie so viel über den Fall wissen wie jeder in Perugia. Was halten Sie davon?«

Diesmal konnte er nicht ausweichen. »Es wird mir ein Vergnügen sein.«

Crepi schien erfreut. »Ich danke Ihnen, Dottore. Vielen Dank. Ich bin froh, dass Sie das verstehen. Wir Umbrier sind einfache und aufrichtige Leute vom Lande. Rom ist eine andere Welt. Wenn wir Ihnen auf den ersten Blick ein wenig rau, ein wenig zu geradeheraus vorkommen, dann ist das einfach unsere Art. Nach einer Weile werden Sie sich daran gewöhnt haben. Uns fehlt ein wenig Schliff, das ist schon wahr, doch wir sind aus gesundem und kräftigem Holz geschnitzt. Sie sind doch bestimmt nicht aus Rom? Verzeihen Sie die Frage.«

»Ich komme aus dem Norden.«

»Das dachte ich mir. Aus Mailand?«

»Venedig.«

»Ah. Eine schöne Stadt. Doch Perugia ist auch sehr schön! Ich werde Ihnen gegen acht Uhr jemanden schicken, der Sie abholen kommt. Nein, ich bestehe darauf. Es ist einfacher, als wenn ich versuche, Ihnen den Weg zu erklären. Man muss schon hier geboren sein! Also dann bis heute Abend.«

Als Zen zum Hotel zurückging, fiel ihm auf, dass viele Leute ihn neugierig anstarrten, doch erst als er sein eigenes Spiegelbild in einem Schaufenster sah, wurde ihm klar, dass er ganz provokant mit einem Mona-Lisa-Lächeln durch die Gegend lief, sodass sich jeder verwundert fragen musste, weshalb er so mit sich und der Welt zufrieden war. Jedenfalls war es günstig, dass ihn keiner kannte, um ihn danach zu fragen, denn er hatte keine Ahnung, was er hätte antworten sollen.

Was auch immer der Grund für dieses Lächeln gewesen sein mochte, gegen acht Uhr war es endgültig verschwunden.

Zen hatte den Nachmittag und den frühen Abend damit zugebracht, die Hintergrundberichte, die er über den Fall Miletti bekommen hatte, zu lesen. Wie die meisten Polizeichaufeure hielt sich Luigi Palottino für einen verhinderten Formel-1-Rennfahrer, und die unbarmherzig hohe Geschwindigkeit und die Anzahl von Beinahe-Zusammenstößen hatten bei Zen einen milden Anflug von Übelkeit ausgelöst, unter der er häufiger beim Autofahren litt. So hatte er sich nicht in der Lage gefühlt, den Stapel von Unterlagen, die Enrico Mancini mit dem Alfetta geschickt hatte, in Angriff zu nehmen. Nicht dass er das nötig gehabt hätte, um zu wissen, wer Ruggiero Miletti war. Für die meisten Italiener seiner Generation war der Name gleichbedeutend mit dem Wort Grammofon. Ruggieros Vater hatte den Grundstein des Unternehmens gelegt, indem er in einem leer stehenden Raum hinter dem Möbelgeschäft seiner Eltern auf dem Corso Vanucci, der Hauptstraße Perugias, diese neumodischen Geräte zunächst reparierte und später auch baute. Das war 1910. Ruggiero war ein Jahr zuvor geboren worden. Als er aus der Schule kam, war die Firma Miletti-Phonografen bereits ein florierender Betrieb, für den die ursprünglichen Räumlichkeiten zu klein geworden waren, sodass man auf ein Gelände umziehen musste, das sehr günstig neben der Eisenbahnlinie unten im Tal lag.

Wenn auch keineswegs preiswert, so hatten die Miletti-Geräte von Anfang an den Ruf, gut gemacht zu sein, dauerhaft und auf dem neuesten Stand der Technik, verbanden sie doch »die alten umbrischen Handwerkstraditionen mit dem unaufhaltsamen Fortschritt«, wie es in der Werbung hieß. Franco hatte ein gutes Gespür für Publicity, und es dauerte nicht lange, bis Prominente wie D'Annunzio, das Fahrrad-Ass Bartali und der Komponist Respighi bereit waren, sich neben einem Gerät von Miletti fotografieren zu lassen. Seinen größten Coup landete Franco, als es ihm gelang, den Duce persönlich zu überreden, eine seiner typisch bombastischen Deklarationen abzugeben: »Hiermit erkläre ich feierlich, dass Ihre Phonografen wahrhaft überlegene Geräte sind und einen Triumph der faschistischen Zivilisation darstellen.« Inzwischen hatte das Radio-Zeitalter begonnen, und schon bald produzierte die Firma jene wuchtigen Apparate, die damals im Wohnzimmer jeder wohlhabenden Familie das Herzstück waren, um das sie sich am Samstagnachmittag mit Freunden und deren Anhang versammelten, um die Sendung mit dem Titel »Die vier Musketiere« zu hören, die schließlich eine solche Beliebtheit erreichte, dass die Fußball-Funktionäre die Spiele bis zum Ende der Sendung verschieben mussten.

Das Glück war der Familie weiterhin hold. Zwar kam Ruggieros älterer Bruder in Griechenland ums Leben, doch ansonsten verlebten die Milettis die Kriegszeit relativ ruhig. Nachdem er bereits einen Sohn geopfert hatte, war es für Franco kein Problem, einflussreiche Freunde davon zu überzeugen, dass Ruggieros kluger Kopf viel zu kostbar war, um ihn einer Gefahr auszusetzen. So kam es, dass am Ende der Feindseligkeiten sowohl dieser Kopf als auch die Werkstätten der Milettis noch intakt waren. Beide wurden rasch in Betrieb genommen. Der wirtschaftliche Aufschwung nach dem Krieg, von den Amerikanern künstlich angeheizt, um zu verhindern, dass Italien den Kommunisten in die Hände fiel, bot ideale Bedingungen für ein rapides Wachstum, und es stellte sich bald heraus, dass Ruggiero das technische Geschick seines Vaters mit noch größerem Ehrgeiz und Weitblick verband. Während der nächsten zehn Jahre expandierte das Unternehmen ständig und nahm viele neue Produkte in sein Programm auf, wenn auch häufig gegen den erbitterten Widerstand von Franco Miletti. Als sein Vater 1959 starb, war Ruggiero plötzlich Chef von einem der erfolgreichsten Konzerne im Land, der Hi-Fi-Anlagen, Radios, Fernseher und Kassettenrekorder herstellte und diese in alle europäischen sowie in viele südamerikanische Länder exportierte. Häufig wurde er als leuchtendes Beispiel für das wirtschaftliche Wiederaufleben der Nation zitiert. 1967 wurde aus der Firma die Società Industriale Miletti di Perugia, oder kurz SIMP, doch dieses hässliche modische Akronym änderte überhaupt nichts.

Die Familie Miletti, was in der Praxis Ruggiero persönlich bedeutete, hatte weiterhin die absolute und alleinige Kontrolle über das Ganze. Die Entführung wurde auf ein paar Seiten geschildert, die über Fernschreiber aus Perugia gekommen waren. Inhaltlich gab es da im Wesentlichen nichts Neues, doch immerhin erfuhr Zen, wer Antonio Crepi war, nämlich der im Ruhestand lebende, ehemalige Direktor einer Baufirma, mit dem Ruggiero Miletti gewöhnlich sonntags abends Karten spielte. Die eine Woche kam Crepi mit seinem Wagen zur Villa Miletti, in der nächsten fuhr Ruggiero zum Haus seines Freundes, das hoch über dem Tibertal lag. An jenem letzten Sonntag im Oktober vor viereinhalb Monaten war Ruggiero an der Reihe, Crepi zu besuchen. Er war wie gewöhnlich um acht Uhr von zu Hause weggefahren und zwanzig Minuten später bei Crepi angekommen. Die beiden hatten sich unterhalten und Karten gespielt bis ungefähr Viertel nach elf, dann hatte sich Ruggiero auf den Heimweg gemacht. Er war nie angekommen.

Der Alarm war von Silvio ausgelöst worden, einem der drei Söhne Ruggieros. Es war äußerst ungewöhnlich, dass Ruggiero nicht bis Mitternacht zurück war, und weil ziemlich starker Frost herrschte, begann Silvio sich Sorgen zu machen, sein Vater könnte einen Unfall gehabt haben. Deshalb rief er Crepi an, der bereits im Bett lag, und erfuhr, dass Ruggiero schon vor einer Stunde losgefahren war. Doch wie so oft dachte niemand an eine Entführung. Daniele, der jüngste Sohn, kam nach Hause, während sein Bruder gerade mit Crepi telefonierte, und anstatt die Polizei zu benachrichtigen, beschlossen die beiden, selber die Straße abzusuchen. Als sie bei Crepis Villa ankamen, ohne eine Spur von Ruggiero gefunden zu haben, wurde die Polizei endlich informiert. Das war um 0.37 Uhr.

Perugia ist mit einer der niedrigsten Verbrechensraten in Italien gesegnet, und um diese Uhrzeit war in der Questura nur noch eine Notbesetzung im Dienst. Es dauerte eine weitere Viertelstunde, die Männer, die Bereitschaft hatten, herbeizuholen, und es war bereits zwanzig nach eins, ehe man überall Straßensperren aufgestellt hatte. In der Zwischenzeit war die Strecke, die Miletti gefahren war, sorgfältig untersucht worden, und man hatte Spuren eines Kampfes entdeckt. Ruggieros Hut, seine Krawatte und seine Schuhe fand man am Straßenrand, nicht weit davon entfernt lag ein in Äther getränktes Stoffknäuel. Doch es dauerte bis zum Morgengrauen, bis das ausgebrannte Wrack des Wagens, den Ruggiero gefahren hatte – eine Fiat-Argenta-Limousine aus dem geleasten Fuhrpark, den sowohl die Familie als auch das obere Management von SIMP benutzte –, schließlich von einem Hubschrauber aus in einem verlassenen Steinbruch etwa elf Meilen nördlich der Stadt erspäht wurde. Die vordere Stoßstange war eingedrückt und einer der Scheinwerfer beschädigt, was darauf hindeutete, dass die Bande vor Ruggiero hergefahren war, dann in einer Kurve stark gebremst hatte, um einen leichten Zusammenstoß herbeizuführen und auf diese Weise Ruggieros Auto zu stoppen. Sie waren wahrscheinlich ausgestiegen, um den Schaden zu inspizieren, lächelnd und mit tausend Entschuldigungen. Doch im letzten Moment musste ihr Opfer erkannt haben, was los war, denn er hatte sich gewehrt, getreten und gekämpft. Aber da war es schon viel zu spät. Gegen Entführer hatte man nur eine Chance sich zu wehren, *bevor* sie zuschlagen, indem man sie überredet, woanders zuzuschlagen.

Der restliche Teil des Berichts bestand aus den vorläufigen Schlussfolgerungen der Ermittler. Die Bande hatte alles in allem zwei Stunden Zeit gehabt, um Miletti gefangen zu nehmen, sein Auto loszuwerden und sich aus dem Staub zu machen. Wenn man annimmt, dass die ersten beiden Schritte ungefähr 30 Minuten in Anspruch nahmen, dann blieben ihnen noch anderthalb Stunden, bevor die Straßensperren errichtet wurden. Das war mehr als genug. Wenn sie weiter nach Norden gefahren waren, wären sie innerhalb einer Stunde auf einer von circa einem Dutzend abgelegener Straßen hoch oben in den Apenninen gewesen. Es war sehr gut möglich, dass sie dort auf irgendeinem einsamen Bauernhof oder in einer Berghütte Unterschlupf gefunden hatten. Andererseits war auch denkbar, dass sie die Gegend ganz verlassen hatten, indem sie über den westlichen Zubringer auf die Autobahn und die ganze Nacht immer weiter in Richtung Süden gefahren waren. Bis zum Morgengrauen könnten sie dann das Aspromonte-Gebirge hinter Reggio di Calabria erreicht haben, ein Gebiet ungefähr fünfzigmal so groß wie San Marino und noch ein ganzes Stück unabhängiger vom italienischen Staat.

Kurz gesagt, es handelte sich um eine typische, profimäßige Entführung, gut geplant und gut durchgeführt. Das Opfer war sorgfältig ausgewählt worden, um einen maximalen Gewinn mit einem minimalen Risiko zu verbinden. Wie so viele hatte auch Ruggiero Miletti Entführungen als etwas betrachtet, was anderen Leuten in weniger begünstigten Gegenden des Landes passierte, und es verächtlich von sich gewiesen, irgendwelche Sicherheitsvorkehrungen zu treffen. Wie viele andere hatte er unrecht gehabt. Über Monate hinweg waren all seine Schritte aufgezeichnet und analysiert worden, bis die Entführer schließlich mehr über seine Gewohnheiten wussten als er selbst. Sie hatten ihn sich am Wochenende geschnappt. Am Montagmorgen würden dann die, die die praktische Arbeit geleistet hatten, mit Sicherheit wieder in die Garagen und Fabriken zurückkehren, in denen sie normalerweise arbeiteten. Ihre Kollegen würden ihren Spaß haben, weil sie sich gähnend durch den Tag schleppten und grobe Witze darüber rissen, dass ihre Frauen sie zu sehr strapazierten. Ihnen würde das nichts ausmachen. Sie würden ihr Geld bekommen, sowie die Sache erledigt war.

In der Zwischenzeit würden die Anführer der Bande mit der Familie in Verbindung treten und zu verhandeln beginnen. Zunächst wäre ihnen die Sache nicht allzu dringlich, auch wenn sie es am Telefon so darstellten, indem sie grauenvolle Drohungen ausstießen, was mit der Geisel geschähe, wenn sie nicht spätestens übermorgen ihr Geld kriegten. Doch sie hatten das Unternehmen mit Absicht für den Herbst geplant, um während der langen Wintermonate genügend Zeit zu haben, jeglichen Widerstand gegen ihre Forderungen zu brechen. Doch nun, Ende März, wurden sie allmählich unruhig und wollten den Gewinn ihrer beträchtlichen Investition sehen. Der Sommer stand kurz vor der Tür, und sicher wollten sie nicht das Risiko eingehen, auf ihren Urlaub am Meer verzichten zu müssen. Verbrecher haben dieselben Bedürfnisse wie alle anderen Menschen. Deshalb werden sie zu Verbrechern.

Die aktuelleren Informationen waren äußerst dürftig. Die Bande war offenbar schon bald nach der Entführung mit der Familie in Kontakt getreten, und man ging davon aus, dass ein Lösegeld vereinbart worden war. Die genaue Summe war nicht bekannt, doch sie bewegte sich wahrscheinlich im Bereich von zehn Milliarden Lire. Die Zahlung war vermutlich Ende November erfolgt, aber man hatte die Geisel nicht freigelassen. Nun verhandelte ein ortsansässiger Anwalt namens Ubaldo Valesio im Interesse der Familie. Dieser letzte Papierschnipsel war auf Mitte Dezember datiert, und falls nicht jemand die Akten, bevor sie auf den Fernschreiber gelegt wurden, gefilzt hatte, war das die jüngste Information, die die Polizei in Perugia besaß. Die Botschaft war klar: »... man ging davon aus, dass ein Lösegeld vereinbart worden war ... war nicht bekannt, doch sie bewegte sich wahrscheinlich im Bereich von ... war vermutlich Ende November erfolgt ... verhandelte anscheinend ...« Derjenige, der diesen Bericht verfasst hatte, wollte nicht den geringsten Zweifel daran aufkommen lassen, dass sich die Familie Miletti den Behörden gegenüber nicht kooperativ verhalten hatte.

Daran war nichts Ungewöhnliches. Das Problem an der Taktik der Behörden bei Entführungen war, dass alles viel zu schön klang, um wahr zu sein: Wir befreien das Opfer, bestrafen die Verbrecher *und* holen Ihnen Ihr Geld zurück! Außerdem machten die meisten Leute ihre Geschäfte lieber mit den Entführern, deren Motive sie verstanden und die, genau wie sie selbst, viel zu verlieren hatten, als mit den unpersönlichen, perfiden Agenten des Staates. Wenn Zen dennoch unangenehm überrascht war festzustellen, wie wenig kooperativ sich die Milettis verhalten hatten, dann lag das daran, dass dadurch seine Theorie, die er sich zurechtgelegt hatte, um seine plötzliche Rückversetzung in den aktiven Dienst zu erklären, zunichtegemacht wurde.

Die Erklärung, die Enrico Mancini ihm gegeben hatte, war offensichtlich falsch. Zunächst einmal bedurfte es keiner solchen Intervention, um jemanden in die Provinz zu schicken. Eine lokale Questura könnte um einen Experten von Criminalpol bitten, der sie bei einem spezifischen Problem beraten sollte. Doch das war etwas völlig anderes, als die gesamte Verantwortung an jemanden aus Rom zu übertragen. Eine solche Maßnahme wurde stets vom Ministerium angeordnet und als peinlicher Tadel für mangelnde Leistungsfähigkeit oder Inkompetenz angesehen. Aber ein noch viel gewichtigerer Einwand gegen Mancinis Geschichte bestand darin, dass er von ihm selbst kam. Enrico Mancini war ein ziemlich dicker Fisch, dessen natürliche Umgebung das weite Meer der großen Politik war. Im Augenblick zog er es jedoch vor, in den lokalen Gewässern des Innenministeriums herumzuschwimmen, wo er gerade eine abrupte Veränderung des politischen Klimas überlebt hatte, die sich für einige seiner Artgenossen als tödlich erwiesen hatte. Doch schon morgen könnte er wieder in einem der anderen Regierungsbereiche gesichtet werden, zwischen denen er sich mühelos hin und her bewegte, wie ein Tümmler vom Tyrrhenischen ins Adriatische Meer und wieder zurück. Nach Meinung einzelner Beobachter könnte sich diese zu offensichtliche Leichtigkeit gepaart mit Mancinis dreister und selbstbewusster Art jedoch langfristig als sein Ruin erweisen.

Wie dem auch sei, Leute wie Mancini gaben sich nicht mit so normalen und alltäglichen Angelegenheiten wie Personalversetzungen ab. Was das bedeutete, war klar. Entgegen allem Anschein war diese Versetzung weder normal noch alltäglich. Wenn dich ein stellvertretender Staatssekretär aus dem Ministerium persönlich anruft und dir sagt, du müsstest morgen abreisen, dann hat jemand seine Beziehungen spielen lassen. Die nächstliegende Möglichkeit wäre die Familie Miletti. Wenn sich die Milettis den Behörden gegenüber aber nicht kooperativ zeigten, würden sie kaum ins Ministerium laufen und sich beschweren, dass diese Behörden nicht genug taten. Was also ging hier vor?

Zen las das Material immer wieder durch und kritzelte dabei ein paar Notizen und eine Menge verschlungener Muster an den Rand. Doch das half ihm nicht weiter. Es gab zu viele Namen ohne Gesichter, oder, was noch schlimmer war, Namen, die irgendwie eine Reihe vollkommen irreführender Eigenschaften und Merkmale angenommen hatten. So war von Pietro, Silvio, Cinzia und Daniele immer als den »Miletti-Kindern« die Rede. Das hörte sich an wie ein Quartett von Kinderstars im passenden Outfit, obwohl Zen wusste, dass der Jüngste, Daniele, sechsundzwanzig und Pietro bereits Ende dreißig und verheiratet war und irgendwo im Ausland lebte. Was Cinzia betraf, so konnte auch sie wohl kaum ein reizendes kleines vorpubertäres Mädchen sein, da sie bereits selbst zwei Kinder hatte, von denen das älteste zwölf Jahre alt war.

Mittlerweile war es schon spät, und Zen war allmählich die volle Tragweite dessen, worauf er sich eingelassen hatte, als er Crepis Einladung annahm, klargeworden. Er hatte gehandelt, ohne nachzudenken, ein reiner Reflex, gelähmt durch seine Unkenntnis in Bezug auf Crepi. Doch nach alledem, was sich in der Questura abgespielt hatte, konnte er an der Schwäche seiner Position hier in Perugia keinen Zweifel mehr haben. Um zu überleben, müsste er sich mit Autorität wappnen, mit so vielen Insidern und Symbolen seiner Amtsgewalt umgeben, wie er nur aufbringen konnte. Stattdessen hatte er sich bereit erklärt, sich auf ein gefährlich zweideutiges Gebiet hinauszuwagen, halb gesellschaftlich und halb offiziell; ein tückisches Niemandsland, wo man allerlei ausgeklügelte Spielchen auf seine Kosten spielen könnte, wo alle Punkte, die er möglicherweise erzielte, nichts zählten, aber der kleinste Ausrutscher ihn für immer kompromittieren würde. Nun, auf jeden Fall würde er stilvoll auftreten. Er hatte bei der Questura angerufen und vereinbart, dass Palottino vor dem Hotel auf ihn warten solle. Sie würden dann hinter Crepis Chauffeur her zu Villa fahren.

Der Anruf kam um Viertel nach acht. »Hier ist jemand, der Sie abholen möchte. Er sagt, er würde erwartet.«

»Ich komme sofort runter.«

Die Hotelhalle war leer bis auf einen bärtigen Mann, der eine Zeitung las, und ein französisches Paar, das sich wegen irgendeines Postens auf der Rechnung mit dem Empfangschef stritt. Zen war schon fast an der Drehtür, als ihn jemand rief.

»Verzeihen Sie!«

Plötzlich hatte Zen das unangenehme Gefühl, dass die Ereignisse außer Kontrolle gerieten. Es war der bärtige Mann, mit dem Crepi am frühen Nachmittag vor dem Café gesprochen hatte.

»Sie sind Kommissar Zen?«

»Ja?«

»Ich bin Silvio Miletti. Wie geht es Ihnen?«

»Ich hatte keine Ahnung, dass Sie persönlich kommen

würden, um mich abzuholen«, murmelte Zen einigermaßen verwirrt. »Sie hätten sich nicht die Mühe machen sollen.«

»Es war keine Mühe.«

An der Art, wie er das sagte, wurde deutlich, dass das Gegenteil der Fall war. Für einen Augenblick war Zen versucht, sich auf dem Absatz umzudrehen, sich zu weigern mitzukommen und irgendeine Verpflichtung, die in letzter Minute dazwischengekommen war, vorzuschieben. Doch sie waren bereits draußen, und Silvio Miletti deutete auf die andere Straßenseite. Mein Auto steht da drüben.«

Palottino rettete ihn. Der Neapolitaner hatte den Alfetta direkt vor dem Hotel geparkt, wodurch er praktisch den Eingang blockierte, und nun stand er, heroisch und mit Nonchalance auf die Fahrertür gestützt, und ließ sich die Huldigung der Vorbeigehenden gefallen. Als er seinen Vorgesetzten gewahrte, den Mann, der ihm die Macht verlieh, sich in dieser Weise zu produzieren, den Leuten zu imponieren und die Parkvorschriften zu missachten, nahm er rasch Haltung an.

»Und meiner gleich hier«, antwortete Zen.

»Nein, nicht doch, Dottore«, insistierte Silvio Miletti. »Sie fahren mit mir. Deshalb bin ich doch schließlich gekommen.«

»Signor Miletti, mein Fahrer hat so wenig zu tun, dass er beinah verrückt wird. Doch wenn Sie mir gestatten, Ihnen ein Angebot zu machen …«

»Nein, auf gar keinen Fall. Ich bestehe darauf!«

»Ich auch.«

Zen versuchte seine Worte durch ein schwaches Lächeln zu mildern, doch in seinem Tonfall lag keinerlei Milde.

Silvio Miletti seufzte tief. »Wie Sie wünschen, Dottore, ganz wie Sie wünschen. Vielleicht hätten Sie jedoch die Güte, einen Moment zu warten, wenn das nicht zu viel verlangt ist.«

Er überquerte die Straße, ging zu einer großen, blauen Fiat-Limousine und sprach mit jemand, der darin saß. Zen beobachtete diese Szene, und sein kurzer Triumph schwand. Er war nicht nur unhöflich gewesen, er war ganz unsinnigerweise unhöflich gewesen. Durch sein kleinliches Beharren hatte er seine Schwäche, nicht seine Stärke bewiesen. Ich habe mein Gespür verloren, dachte er trübsinnig. Dann fuhr die blaue Limousine los, und Zen sah, dass der Fahrer eine Frau war. Das setzte dem Ganzen die Krone auf. Er hatte es nicht nur geschafft, Silvio Miletti zu beleidigen, sondern auch noch dessen Verlobte.

»Mir war nicht klar, dass Sie noch jemanden dabei hatten«, sagte er beiläufig, als sich die beiden Männer auf dem Rücksitz des Alfetta niederließen.

Silvio Miletti zuckte mit den Schultern. »Das war meine Sekretärin. Ich selber fahre nicht.«

Sie folgten dem blauen Fiat über eine keilförmige Piazza und dann eine steile, kurvenreiche Straße hinunter. An deren Ende bog der Wagen scharf nach rechts ab und verschwand durch einen engen Torbogen. Zahlreiche Kratzer auf den Steinen zeigten, wo Autofahrer die Breite unterschätzt hatten, doch Palottino ließ den Motor aufheulen und nahm den Bogen wie ein Löwe, der durch einen brennenden Ring springt, wobei er fast zwei Fußgänger gegen die Wand gequetscht hätte.

Aus den Augenwinkeln heraus beobachtete Zen Silvio Miletti. Von Nahem gesehen wirkte Ruggieros zweitältester Sohn wie ein übergewichtiger Geist, körperlos und korpulent zugleich. Seine Gesichtszüge, die vielleicht einmal stark und ausdrucksvoll gewesen waren, waren eingesunken wie zu dick aufgetragene Farbe. Er war kräftig gebaut, doch vermittelte er nicht den Eindruck von Vitalität, sondern von einer ungeheuren Lethargie, abgeschlafft wie jemand, dem alles zum Halse heraushängt, weil er sich nie mit dem abgefunden hat, was er jeden Morgen im Spiegel sieht. Angesichts seines schweren Körperbaus waren seine Gesten merkwürdig affektiert und verspielt; seine Stimme war schrill und ein wenig nörglerisch, unterlegt mit einem weinerlichen Ton voller Selbstmitleid.

So plötzlich wie auf einem mittelalterlichen Fresko war die Stadt zu Ende, und man war auf dem Land. Gerade waren sie noch durch eine dicht besiedelte Straße gefahren, im nächsten Augenblick befanden sie sich auf einer Landstraße, die so steil abfiel, dass es Zen in den Ohren wehtat. Ein gelbes Schild blitzte auf: »Alle Fahrzeuge, die diese Straße zwischen dem 1. November und dem 31. März befahren, müssen Schneeketten mit sich führen.« Palottino klebte mit dem Alfetta so dicht an der Stoßstange des langsam fahrenden Fiats, wie ein Hund, der einem Schaf nachstellt.

»Können Sie mir sagen, wann die Entführer zum letzten Mal mit Ihnen Kontakt aufgenommen haben?«

Zen stellte die Frage ganz lässig, um die Situation auszuloten.

»Die Verhandlungen werden von Avvocato Valesio geführt.«

Silvio Milettis Stimme klang so wenig zuvorkommend, dass Zen sich fragte, warum er sich überhaupt bereit erklärt hatte, mitzukommen.

»Er hält Sie aber doch wohl auf dem Laufenden.«

»Selbstverständlich berichtet er uns alles, von dem er glaubt, dass wir es wissen sollten«, antwortete Miletti mit einem aufgesetzten Schaudern und brachte die Falten seines Mantels wieder in Ordnung. »Auf der anderen Seite hat er volles Verständnis dafür, wie schwierig diese Erfahrung für uns ist, und ich bin sicher, dass er uns nicht unnötig beunruhigen würde.«

Damit machte er unmissverständlich klar, dass das Taktgefühl und die Besonnenheit des Unterhändlers als gutes Beispiel für weniger rücksichtsvolle Leute dienen könnten.

Als die Straße die Talsohle erreicht hatte, scherte Palottino aus, trat das Gaspedal durch und hängte den Fiat vollkommen ab.

»Um Gottes willen!«, tobte Zen. »Wir sollten doch diesem Auto nachfahren!«

»Oh, Scheiße. Entschuldigen Sie, Signore, ich vergaß.«

»Ich sage Ihnen Bescheid, wenn Sie abbiegen müssen«, bemerkte Silvio Miletti mit einem erneuten Seufzer. Diese Seufzer waren ungemein ausdrucksvoll. Sie schienen zu verstehen geben zu wollen, dass die Welt wieder einmal ihr unbegrenztes Potenzial an Dummheit, Geschmacklosigkeit und totalem Unverständnis für seine Bedürfnisse und Wünsche bewiesen hatte. Nicht dass ihn das verwunderte; im Gegenteil, er hatte sich seit Langem damit abgefunden, dass das Leben aus einer nicht enden wollenden Folge von Scheußlichkeiten bestand. Dennoch war jede Erinnerung daran ein weiterer Stein, der gedankenlos auf die bereits unerträgliche Bürde geworfen wurde, die er schleppen sollte, ohne zu klagen. Es war wirklich ganz schlimm!

»Wann hat sich denn die Bande Ihres Wissens zum letzten Mal gemeldet?«, fuhr Zen unbarmherzig fort.

Stoffrascheln war zu vernehmen, als Miletti durch eine Drehung der Hüften seine Position veränderte. »Ich fürchte, ich kann darüber nicht reden. Sicher werden Sie verstehen, warum?«

»Nein, ich verstehe überhaupt nichts. Mir ist bewusst, dass die Familie Miletti bisher noch nicht mit der Polizei kooperiert hat, doch da Sie nun schon bereit waren, heute Abend mit mir zusammenzutreffen, nahm ich an, dass Sie sich entschlossen hätten, diese Haltung zu ändern. Ansonsten kann ich mir kaum vorstellen, worüber wir sprechen sollten.«

Das Seufzen ertönte noch einmal in seiner ganzen Ausdruckskraft. »Was die Frage der Kooperation betrifft, so bin ich der Meinung, dass die Tatsache, Sie vom Hotel abzuholen, Beweis genug für meinen guten Willen ist. In Abwesenheit meines Vaters werden jedoch Entscheidungen von der Familie gemeinsam getroffen, und wir hatten beschlossen, dass alles, was mit den Behörden zu tun hat, von unserem gesetzlichen Vertreter, Ubaldo Valesio, geregelt wird. Er wird heute Abend da sein, und Sie werden reichlich Gelegenheit haben, ihm Fragen zu stellen.«

Die Straße lief zwischen zwei Hügeln hindurch, an einem schmalen Flüsschen entlang. Der Mond schien beinahe voll, und in seinem Licht wirkte die Landschaft flach und unwirklich, Formen ohne Tiefe, wie aus schwarzer Pappe ausgeschnitten. Selbst die wenigen Wolken am Himmel waren schmuck und unbeweglich wie in einem Prospekt. Auf einer Seite führte auf dem Kamm des Hügels ein von Zypressen und Zedern gesäumter Weg zu einer Ruine mit einem großen Turm.

»Mit anderen Worten, Valesio wird nicht nur als Vermittler zwischen Ihnen und der Bande, sondern auch zwischen Ihnen und mir auftreten?«

Zen gab sich keine Mühe, seine Ironie zu verbergen, und Silvio reagierte aufbrausend. »Jawohl, Dottore, genau das meine ich! Ungeachtet dessen, was einige Leute zu denken scheinen, bin ich ein Mensch aus Fleisch und Blut wie alle anderen auch, und es gibt ein bestimmtes Maß, das ich ertragen kann. Mehr kann ich einfach nicht aushalten! Das kann man nicht von mir erwarten!«

Er brach abrupt ab, um Palottino aufzufordern, nach links in einen Feldweg einzubiegen.

»Seit über einem Monat haben wir nichts gehört«, fuhr er in demselben, sich selbst bemitleidenden Ton fort. »Gar nichts!«

Die Scheinwerfer glitten über Reihen von ordentlich beschnittenen Weinstöcken, während das Fahrzeug in Biegungen und Windungen den steil ansteigenden Weg hinauffuhr.

»Davor haben sie immer gedroht, uns beschimpft und Gott weiß was gesagt. Das kam uns damals ganz schlimm vor, doch jetzt vermisse ich ihre Drohungen beinahe. Sie kommen mir nun fast beruhigend vor, verglichen mit diesem fürchterlichen Schweigen.«

Der Feldweg ging in eine von Zedern und Zypressen gesäumte Auffahrt über, und plötzlich stand das Haus vor ihnen, ein unglaubliches Bauwerk aus nachgemachten mittelalterlichen Türmen mit fischschwanzartigen Zinnen und in die Wände eingelassenen Wappen. Zen stellte mit leichter Bestürzung fest, dass es sich um die Ruine handelte, die er unten von der Straße aus bemerkt hatte. Voller Befriedigung sah Palottino den Kies aufspritzen, als er den Wagen neben einem im Vorhof geparkten Volvo zum Stehen brachte.

Antonio Crepi musste bereits nach ihnen Ausschau gehalten haben, denn als Zen aus dem Auto stieg, sah er seinen Gastgeber in der Tür stehen, um ihn willkommen zu heißen. »Wie gefällt Ihnen meine kleine Burg? Natürlich ist fast alles Imitation, doch diese Dinge haben heutzutage ihren eigenen Charme. Es gibt keinen Handwerker mehr, der solche Dinge herstellen könnte. Außerdem gehört zu dem Haus eine romantische Geschichte. Vor langer Zeit, noch vor dem Krieg gegen Österreich, lernte mein Großvater bei einem Ausflug im Sommer seine zukünftige Frau hier kennen. Damals standen hier nur die Ruinen eines alten Wachturms. Später kaufte er das Land und ließ aus den Ruinen dieses Gebäude errichten, als Geschenk zu ihrer Silberhochzeit. Sehen Sie, dies ist noch eine Originalmauer, mehr als drei Meter dick! Schade, dass Sie jetzt nichts von der Umgebung sehen können. Gleich dort unten ist der Tiber, und auf der anderen Seite erstrecken sich die Hügel bis nach Gubbio. Das ist besser als alle Gemälde der Welt, finde ich. Silvio, wie geht es dir?«

Während sie einen langen Flur hinuntergingen, hatte Zen einen verwirrenden Eindruck von alten Möbeln, erlesenen Lackarbeiten in schlechtem Zustand sowie moderigen Gerüchen und kalter, unbeweglicher Luft. Crepi öffnete eine der drei Doppeltüren, die von einem Vorzimmer am Ende des Flures ausgingen, und führte seine Gäste in ein großes Wohnzimmer mit einer hohen, mit Fresken bemalten Decke. Als sie eintraten, kam eine etwa dreißigjährige Frau rasch auf sie zu und streckte Zen die Hand entgegen. Sie war vom Skifahren gebräunt, hatte lange, honigfarbene Haare und trug eine goldbraune Lederhose, eine hellbraune Seidenbluse und massenhaft Gold.

»Cinzia Miletti, Dottore, sehr erfreut, Sie kennenzulernen. Ich bin so froh, dass Sie kommen konnten, das ist wirklich wunderbar. Wir vertrauen ganz auf Sie, müssen Sie wissen. Bitte sagen Sie, dass noch Hoffnung besteht. Ich bin davon überzeugt, ich weiß nicht warum, aber irgendetwas sagt mir, dass Vater nichts passieren wird. Sind Sie religiös? Ich wünschte, ich wärs. Und doch fühle ich mich manchmal so, als ob ich es wäre. Ich gehe natürlich nicht in die Kirche, aber darum geht es bei der Religion auch nicht, oder? Manchmal denke ich, ich bin viel religiöser als alle Priester und Nonnen in Assisi. Das beschäftigt mich ungemein.«

Crepi unterbrach sie, um die zweite Person im Raum vorzustellen. Gianluigi Santucci, Cinzias Gatte, war ein drahtiger kleiner Mann Ende dreißig, mit sorgsam modelliertem, dichtem schwarzen Haar, einem gepflegten Schnurrbart und einem Ausdruck in seinen scharfen und wachsamen Zügen, der an einen Hund erinnerte. Zen spürte eine gewisse Feindseligkeit in dem kurzen Blick und dem kaum merklichen Nicken, mit dem er seinen Gruß erwiderte, ohne sich von seinem Platz vor dem Kamin zu rühren. Dann riss ihn Cinzia abermals aus seinen Gedanken.

»Woher kommen Sie? Sie sind nicht aus Rom, oder? Ich kann die Römer nicht ausstehen, arrogante und aufdringliche Menschen, die glauben immer noch, dass sie die Welt regieren. Natürlich haben wir jede Menge Freunde in Rom. Doch Ihr Name, er erinnert mich an dieses Buch, das ich schon seit Langem lesen will. Ein Klassiker, von wie war doch gleich der Name, über einen Mann, der versucht, sich das Rauchen abzugewöhnen. Rauchen Sie? Ich sollte wirklich damit aufhören, aber ich war beim Arzt, und der hat mir Pillen verschrieben, die ich einfach nicht nehmen will, das ist schlimmer als Rauchen. In den Zeitschriften liest man diese Horrorgeschichten, dass noch Jahre später Kinder mit Missbildungen geboren werden, doch mit meinen beiden ist, Gott sei Dank, alles in Ordnung. Haben Sie Kinder? Doch woher kommen Sie nun? Nein, lassen Sie mich raten. Aus Sizilien? Ja, Sie haben normannisches Blut, das spüre ich. Habe ich recht?«

»Nicht ganz, meine Liebe«, warf Crepi mit stark ironischem Unterton ein und verbesserte sie.

»Venedig, nun das ist fast dasselbe, beides eine Insel.«

Genau in diesem Augenblick trat eine große, unattraktive Frau vom Flur aus ein und machte leise die Tür hinter sich zu. Sie war ungefähr vierzig Jahre alt, hatte halblanges, blassbraunes Haar, das sie zu einem Knoten zusammengebunden trug, und war mit einem Hosenanzug aus synthetischem Material bekleidet, das Zen an die Strandmode der Fünfzigerjahre am Lido erinnerte. Sie wollte elegant aussehen, doch wirkte das Ganze nur aufdringlich und trist zugleich. Niemand nahm die geringste Notiz von der Frau. Gianluigi Santucci flüsterte angeregt mit Crepi, während seine Frau verwirrt umherging, jeden fragte, ob er nicht vielleicht ihre Handtasche gesehen hätte, und sich dann darüber ausließ, wie viel einfacher das Leben wäre, wenn es keine Handtaschen gäbe, doch wie sollte man ohne eine auskommen, obwohl natürlich ihre Freundin Stefania das geschafft hatte. Eines Tages hatte sie einfach ihre Tasche weggeschmissen, und sie kam immer noch so zurecht, also war es vielleicht doch möglich, mit der Zeit wurde alles möglich.

»Kommen Ihre Brüder auch?«, fragte Zen Silvio, der leicht den Kopf schüttelte.

»Pietro ist in London. Und Daniele interessiert sich nicht für diese Dinge.«

Doch dann erinnerte sich Zen, wie er Crepi am Nachmittag zu Silvio hatte sagen hören: »Aber ohne Daniele, weiß Gott, wozu der in der Lage ist!« Um was für Dinge es auch immer gehen mochte, eins stand fest, der jüngste Miletti wurde bewusst herausgehalten.

Gianluigi Santucci legte plötzlich mit seiner heiseren Stimme los, als hätte jemand den Lautstärkeregler bei einem schlecht eingestellten Radio aufgedreht. »Also ich finde das absolut beschissen! Wenn die Leute schon zu spät kommen, können sie nicht erwarten, dass alle anderen auf sie warten. Schließlich ist er nicht das Familienoberhaupt oder ein Ehrengast!«

Crepi erklärte den anderen, dass sie darüber gesprochen hätten, ob man noch länger auf Ubaldo Valesio warten sollte.

»Was soll die Warterei?«, verlangte Cinzias Mann zu wissen. »Diese Anwälte stopfen sich ja doch immer nur voll. Anwälte und Priester, das sind die Schlimmsten!«

»Ja, lasst uns endlich anfangen!«, stimmte Silvio zu. Nach dem Ton seiner Stimme zu urteilen, meinte er: »Lasst es uns hinter uns bringen.«

Crepi wandte sich an Zen. »Dottore, Sie sind neutral«, sagte er mit übertriebener Herzlichkeit. »Was meinen Sie?«

Glücklicherweise rettete Cinzia ihn. »Oh, ich bin sicher, der Kommissar denkt dasselbe wie wir alle!«, rief sie. »Lasst uns um Himmels willen essen! Ich verhungere, und wie ihr wisst, hat Lulu immer Probleme mit der Verdauung. Hier herumstehen und warten, das bringt die Säfte in Bewegung, wisst ihr, und die greifen dann die Magenschleimhaut an. Ekelhaft, scheußlich. Doch er erträgt es wie ein Lamm, nicht wahr, Lulu?«

Das Esszimmer war kalt und roch nach Feuchtigkeit. Es wurde von zahlreichen nackten Glühbirnen erleuchtet, die in einem Kronleuchter steckten, dessen Kette einige Meter weiter oben in einer Verankerung hing. Diese war mitten in die kunstvollen Fresken, die die Decke schmückten, hineingesetzt worden, wodurch alles einen etwas unwirklichen Eindruck machte. Zen hatte reichlich Zeit, die drallen Nymphen und Schäfer zu betrachten, die sich in einer Vielzahl von mehr oder weniger anstößigen Posen vergnügten, während sich das Essen wie bei einer Trauerfeier dahinschleppte. Aufgetragen wurde von einem älteren Faktotum, dessen Hände so bedenklich zitterten, dass es nur eine Frage der Zeit zu sein schien, wann die erste Ladung Essen bei jemandem auf dem Schoß landete.

Die Tagliatelle waren hausgemacht, das Fleisch auf dem Holzkohlenfeuer gut gegrillt, Crepis Wein hielt, was er versprach, und sein flaschengrünes Öl war hervorragend, doch das Abendessen war eine Katastrophe. Ubaldo Valesio tauchte nicht auf, und ohne ihn konnte nach stillschweigender Übereinkunft nicht über die Entführung Ruggiero Milettis gesprochen werden. Doch wenn nun dieses allgegenwärtige Thema ignoriert wurde, blieb nichts anderes übrig, als erbarmungslos heiter und oberflächlich zu sein. Auf diese Weise kam Cinzia Miletti ganz auf ihre Kosten und überschüttete den Tisch mit einem atemlosen und hektischen Wortschwall, den man fast für gute Laune hätte halten können. Antonio Crepi unterbrach ihre Monologe mit einer Reihe ziemlich schwerfälliger Anekdoten über die Geschichte und die Traditionen Umbriens im Allgemeinen und Perugias im Besonderen, die er im emphatisch deklamatorischen Stil eines Universitätsprofessors aus der Ära vor 1968 erzählte.

Silvio aß sich systematisch durch alle Mahlzeiten mit einem Ausdruck irgendwo zwischen Blinzeln und Stieren, als ob er etwas Widerwärtiges durch das falsche Ende eines Fernglases betrachtete. Gianluigi Santucci trug außer vereinzelten, aufbrausenden Bemerkungen, die die verbale Entsprechung zu dem lauten Knurren und Rumoren aus seinem Magen waren, wenig zur Unterhaltung bei. Die Frau mit dem merkwürdigen Hosenanzug, die offenbar Silvios Sekretärin war, sagte die ganze Zeit über kein Wort, sondern lächelte nur einschmeichelnd in die Runde, ohne jemand Bestimmtes zu meinen, wie eine liebenswürdige Nonne, die Kinder beim Spielen beobachtet. Was Zen anging, der betrachtete die Decke und dankte im Stillen Gott, dass ihm in seinem Alter die Zeit relativ schnell verging. Er konnte sich aus seiner Kindheit noch an halbe Stunden erinnern, die sich anscheinend vollständig dem Zugriff der Uhr entzogen hatten und ewig zu dauern schienen, bis sie ohne besonderen Grund plötzlich vorbei waren. Das Abendessen bei Crepi nahm von den hundertdreizehn Minuten, die es insgesamt dauerte, jede einzelne voll in Anspruch, doch kurz nach halb elf war es zu Ende, und man begab sich wieder ins Nebenzimmer.

Trotz der etwas entspannteren Atmosphäre blieb die Situation festgefahren. Man spekulierte weiter darüber, was mit Valesio passiert sein könnte, und einigte sich darauf, dass die Tatsache, dass er nicht angerufen und sich entschuldigt hatte, eine typische Gedankenlosigkeit von ihm war. Man führte dieses Problem auf seine Mutter zurück, eine Schwedin, die sich zuerst in Perugia und dann in einen Perugianer verliebt hatte, und von der man als Ausländerin nicht erwarten konnte, dass sie ihren Sohn richtig erzog. Doch Zen kam allmählich der Verdacht, dass Crepi ausgetrickst worden war, dass Valesio sich bewusst auf Anweisung der Milettis fernhielt, um eine Diskussion über die Entführung zu verhindern. Doch warum um Himmels willen gingen sie dann nicht einfach alle nach Hause? Die Farce war bis zum Ende durchgespielt worden, und nichts hätte sie hindern können, einen eleganten Abgang zu machen. Aber niemand schien die geringste Absicht zu haben, dergleichen zu tun.

Endlich war von draußen ein Motorengeräusch zu hören, und alle schreckten erwartungsvoll auf.

»Na endlich!«, rief Cinzia. »Er ist unmöglich, wissen Sie,

einfach unmöglich, und dabei doch so ein netter Mensch. Meine Mutter hat immer zu mir gesagt, heirate bloß keinen Anwalt. Der kommt noch zu seiner eigenen Beerdigung zu spät, pflegte sie zu sagen, und ich muss zugeben, Gianluigi ist bei all seinen Fehlern doch immer pünktlich.«

Dieses Muster an Pünktlichkeit tauschte gerade einen Blick mit Silvio aus. »Das war ein Motorrad«, bemerkte er.

Crepi stand auf und ging zum Fenster hinüber.

»Nun?«, fragte Cinzia. »Wer ist es?«

»Da ist niemand.«

»Genau, hier ist niemand!«, rief eine neue Stimme.

Sechs Köpfe wandten sich gleichzeitig dem anderen Ende des Raumes zu, wo die Tür einen Spalt weit aufgegangen war.

»Das heißt, ich bins«, fuhr die Stimme fort, »was so ziemlich auf dasselbe rauskommt, oder?«

»Hör mit diesem Unsinn auf, Daniele!«, rief Cinzia schrill. »Du weißt doch, was ich für schlechte Nerven habe. Was müssen Sie nur von uns denken, Dottore? Sie müssen ihm verzeihen, er ist eigentlich ein guter Junge. Meine Mutter ist daran schuld, Gott hab sie selig. Eine gute Frau, ein wunderbar warmherziger Mensch, aber sie hatte natürlich nicht Freud gelesen. Mir graut, wenn ich nur dran denke, wie sie uns alle zur Sauberkeit erzogen haben muss.«

Die Tür öffnete sich mit einem Schwung, doch Daniele blieb auf der Schwelle stehen. Er war groß, und wie seine Schwester sah er sehr gut aus, was noch durch lässige elegante Kleidung im Wert von ungefähr einer Million Lire hervorgehoben wurde: Schuhe von Timberland, Tweedhose, ein Pullover aus Lambswool und einen Skianorak von Montclair.

»Was machst du da?«, rief Silvio missmutig und verärgert. »Komm rein und mach die Tür zu!«

Ein gekünstelter Ausdruck von Erstaunen und Verwirrung erschien auf Danieles attraktiven Gesichtszügen. »Wofür hältst du mich eigentlich, für eine Art Eindringling? Jemand, der in Partys hereinplatzt, zu denen er nicht eingeladen ist? Weißt du, ich bin nicht auf dem Bauernhof groß geworden.«

Antonio Crepi machte eine ungeduldige Geste. »Schon gut, Daniele! Für so etwas haben wir jetzt keine Zeit. Du weißt genau, dass ich die ganze Familie eingeladen habe. Und wenn du keine Lust hattest zu kommen, dann ist das deine Sache, aber stiehl uns nicht unsere Zeit mit solchen kindischen Szenen.«

»Soso, die ganze Familie? Das habe ich aber anders gehört.«

Er trat ins Zimmer und schloss die Tür, wobei er Silvio ostentativ anstarrte.

»Wenn du plötzlich soviel Wert auf deine Manieren legst, dann solltest du zumindest Antonios Gast begrüßen«, sagte Cinzia munter. »Das ist Kommissar Zen. Er ist extra von Rom hierhergekommen, um uns zu helfen, Vater zu befreien. Er stammt aus Venedig, der Glückliche. Was für eine schöne Stadt! Ich bin ganz verrückt auf Venedig.«

Daniele fuhr herum und stierte mit komödiantisch übertriebenem Interesse auf Zens Füße. Er zog die Stirn kraus. »Das ist merkwürdig. Ich habe immer gehört, die Polizisten in Venedig hätten einen nassen Schuh. Wisst ihr, wenn sie ihre Zigarette zu Ende geraucht haben, dann werfen sie sie in den Kanal und ...« Er machte mit dem Fuß eine Bewegung, als ob jemand eine Zigarette austritt, und fing an, laut zu lachen. »Doch Kommissar Zens Füße sind eindeutig trocken!«, fuhr er fort. »Also kann er eindeutig nicht aus Venedig sein. Entweder das, oder er ist kein Polizist.«

»Halt die Klappe!«

Der Verweis kam nicht von Silvio oder Crepi, sondern von Gianluigi Santucci. Daniele lächelte weiter freundlich, so als hätte er nichts gehört. Doch er sagte nichts mehr. Das tat auch sonst niemand, also herrschte Schweigen.

Schließlich versuchte Silvios Sekretärin, die Situation zu retten. »Nun, ich nehme an, Kommissar Zen möchte früh schlafen gehen«, bemerkte sie und stand gleichzeitig auf.

Es war das erste, was Zen sie an diesem Abend sagen hörte, und mit einem leichten Schock stellte er fest, dass sie keine Italienerin war. Natürlich! Bei diesen Klamotten hätte er sich das denken können. »Das ist sehr aufmerksam von Ihnen, Signora«, sagte er und erhob sich, um sicherzustellen, dass ihre Geste nicht einfach unterging.

»Sie ist keine Signora«, verbesserte ihn Cinzia. »Sie ist nicht verheiratet. Das stimmt doch, Ivy?«

Das war eine bösartige und bewusste Beleidigung. Jeder Frau steht es ab einem bestimmten Alter zu, als Signora angeredet zu werden, ob sie verheiratet ist oder nicht. Alle warteten gespannt auf die Reaktion, doch die blieb aus. Die Frau stand da wie eine Statue und lächelte glückselig, wie sie es den ganzen Abend über getan hatte. »Das ist ganz richtig, Cinzia«, antwortete sie gelassen mit ihrer tiefen und rauen Stimme, wobei sie jedes Wort mit beinahe pedantischer Klarheit artikulierte. »Aber Kommissar Zen ist noch nicht lange genug hier, um über all diese kleinen Details Bescheid zu wissen. Ich nehme jedoch an, in nur wenigen Tagen wird er mehr über uns alle wissen als wir selbst!«

Es war ein bemerkenswerter Auftritt. Die Tatsache, dass die Frau Ausländerin war, ließ Zen an Ellen denken, und so sagte er mit aufrichtiger Wärme: »Gute Nacht, Signora«, und erhielt ein strahlendes Lächeln zur Antwort.

Alle standen nun auf, außer Daniele. »Ich will noch nicht gehen«, beschwerte er sich. »Ich bin doch gerade erst gekommen.«

Gianluigi Santucci schlenderte zu dem Sofa hinüber, auf dem Daniele lässig ausgestreckt saß, und packte ihn an den Ohren. »Ach, diese jungen Leute heutzutage!«, rief er mit boshafter Ausgelassenheit. »Kein Antrieb, keine Energie. Das macht mich ganz krank!«

Mit einem spöttischen Lachen zog er Daniele vom Sofa hoch und schob ihn zu den anderen hinüber.

An der Eingangstür wurden Hände geschüttelt und Abschiedsfloskeln ausgetauscht. Im letzten Moment zupfte Crepi Zen am Ärmel und hielt ihn zurück. »Sie nicht, Dottore.«

Die Milettis warfen sich hektische Blicke zu.

»Ich dachte, er wolle früh schlafen gehen«, wandte Silvio ein.

»Macht euch um Kommissar Zen keine Sorgen«, Crepi lächelte mit heiterer Besonnenheit. »Seht lieber zu, dass ihr selbst gut nach Hause kommt, die Auffahrt ist an einigen Stellen ziemlich heimtückisch. Ich will sie schon seit Langem neu teeren lassen, aber es kommt immer was dazwischen.«

»Und wenn Valesio doch noch kommt?«

Gianluigi Santuccis Frage hatte im Gegensatz zu der seines Schwagers einen wirklichen Sinn.

»Wenn Valesio kommt, kriegt er eine Portion kalte Tagliatelle und von mir die Meinung gesagt! Doch wir werden nicht hinter eurem Rücken über die Entführung sprechen, falls es das ist, was dich beunruhigt.«

Santucci grinste. »Beunruhigt? Weshalb sollte ich beunruhigt sein? Andere vielleicht, ich nicht!«

Wenige Minuten später waren die unterschiedlichen Motorengeräusche des Fiats, des Volvos der Santuccis und von Danieles Enduro-Geländemaschine zu einem entfernten Dröhnen verblasst, das sich allmählich in der Stille verlor.

»Nun, was halten Sie von ihnen?«, fragte Crepi, während sie ins Wohnzimmer zurückgingen. »Doch lassen Sie mich Ihnen erst etwas zu trinken anbieten. Mögen Sie Grappa? Man sagt mir, dieser wäre gut. Er kommt aus Ihrer Gegend. Meine jüngste Tochter ist mit einem Zahnarzt aus Udine verheiratet, und jedes Jahr zu Weihnachten schicken sie mir eine Flasche, die irgendein Onkel selbst herstellt. Leider hat mir mein Arzt verboten, hochprozentige Sachen zu trinken, aber ich habe es nicht übers Herz gebracht, ihnen das zu sagen.«

Er reichte ihm ein Glas mit einer Flüssigkeit, die so durchsichtig wie Quellwasser war. »Ich werde Ihnen was erzählen, Dottore«, fuhr Crepi fort. »Sie müssen sich gefragt haben, was mir daran liegen mag, Ihnen Ihren ersten Abend in Perugia auf diese Weise zu verderben.«

Zen schnupperte anerkennend an dem Grappa. »Noch viel mehr interessiert mich, warum sie überhaupt bereit waren, zu kommen.«

»Die Milettis? Die kamen, weil jeder glaubte, dass die anderen kommen würden, und niemand wollte ausgeschlossen sein. Heute Nachmittag auf dem Corso, kurz bevor wir miteinander sprachen, traf ich zufällig Silvio. Ich erwähnte das Abendessen und suggerierte ihm, dass Cinzia und ihr Mann kämen. Silvio gefiel die Vorstellung, dass Cinzia und Gianluigi hinter seinem Rücken mit Ihnen über die Angelegenheit sprechen könnten, überhaupt nicht, also war er einverstanden zu kommen. Dann rief ich Cinzia an und sagte ihr, dass Silvio käme, mit demselben Ergebnis. Und niemand wollte als Erster gehen. Wenn die Ausländerin nicht gewesen wäre, hätte ich sie vielleicht sogar rausschmeißen müssen!«

Er machte nicht den Eindruck, als ob ihm diese Aussicht besonders unangenehm gewesen wäre.

»Und Daniele?«

»Daniele ist nicht so gut berechenbar. Doch man kann ihn normalerweise dazu kriegen, etwas zu tun, indem man ihn davon überzeugt, dass er genau das nicht tun soll. Ich hatte Cinzia gebeten, ihm nichts von dem Abendessen zu erzählen. Genauso gut hätte ich jemanden auffordern können, Wasser in einem Sieb zu tragen. Daniele nahm an, man wollte ihn übergehen, deshalb platzte er herein und bemühte sich, allen gegenüber so unverschämt wie möglich zu sein. Er ahnt nicht, dass es genau das war, was ich wollte! Aber so ist das nun mal, sehen Sie. Sie meinen, sie wären so schlau, diese Kinder, doch wenn man erst mal versteht, wie sie funktionieren, kann man mit ihnen machen, was man will. Es ist bloß schade, dass Valesio nicht kommen konnte. Wenn wir die Gelegenheit gehabt hätten, mit ihm über die Entführung zu sprechen, dann hätten Sie wirklich verstanden, mit wem wir es zu tun haben.«

Zen dachte einen Augenblick nach. »Ich dachte, wir hätten es mit einer Bande von Entführern zu tun.«

»Wenn es nur das wäre!«, rief Crepi aus. »Wie einfach wäre dann alles. Doch aus diesem Grund habe ich Sie heute Abend eingeladen. Wenn Sie uns helfen wollen, wirklich helfen, dann müssen Sie als Erstes verstehen, dass wir es hier mit keiner normalen Entführung zu tun haben, und zwar aus dem einfachen Grund, weil die Milettis keine normale Familie sind. Fangen wir mit Silvio an. Von der ganzen Brut gleicht er seinem Vater am meisten, körperlich meine ich. In jeder anderen Hinsicht könnten sie nicht verschiedener sein. Silvio hat nicht das geringste Interesse an der Firma oder an irgendetwas anderem, mit Ausnahme seiner Briefmarkensammlung und ein oder zwei übleren Hobbys. Ruggiero hat ihn nie verstanden. Als Silvio zum Militärdienst eingezogen werden sollte, hat jeder angenommen, dass sein Vater ein paar Telefongespräche führen und er daraufhin vom Dienst befreit würde. Nun, Ruggiero hat zwar telefoniert, aber nur um sicherzustellen, dass Silvio nicht nur seine volle Zeit ableisten müsse, sondern dass dies auch noch in einem von Moskitos geplagten Drecksnest in Sardinien passierte. Ihm war nämlich gerade klargeworden, dass sein Sohn ein bisschen schwul ist, verstehen Sie, und er nahm an, das sei der richtige Weg, einen Mann aus ihm zu machen. Ich glaube, Silvio hat ihm das niemals verziehen. Nicht nur die Zeit in Sardinien, sondern vor allem die Blamage, einen Vater zu haben, der so wenig von ihm hielt, dass er nicht mal seinen Einfluss in Rom spielen ließ, um ihm diese Tortur zu ersparen.«

Crepi stand auf, öffnete einen kleinen Keramiktopf auf dem Kaminsims und nahm sich eine kurze Zigarre heraus. Er bot auch Zen eine an, doch der schüttelte den Kopf und nahm eine von seinen vier letzten Nazionali aus der Schachtel. Er stellte mit Entsetzen fest, dass er vergessen hatte, sich einen Vorrat von diesen köstlich groben Zigaretten aus einheimischem Tabak mitzubringen. Sie kosteten nur ein paar Hundert Lire das Päckchen, waren aber so schwer zu finden wie wild wachsende Pilze. In Rom konnte er sich darauf verlassen, sie immer bei einem Tabakhändler zu bekommen, dessen Sohn er einmal Hafturlaub verschafft hatte, doch hier in Perugia, was sollte er da machen?

»Mit Cinzia werde ich mich nicht lange aufhalten«, fuhr Crepi fort. »Sie ist nur ein hübsches Kind, das alt wird, ohne jemals erwachsen geworden zu sein. Über sie gibt es nur zwei wichtige Dinge zu sagen. Das eine betrifft diesen Ehemann von ihr. Ich muss gestehen, dass ich Gianluigi heimlich bewundere, auch wenn er zweifellos eines der entsetzlichsten Arschlöcher ist, die man sich vorstellen kann. Er kommt natürlich nicht hier aus der Gegend. Ist Ihnen dieses hässliche toskanische ›C‹ aufgefallen, wie eine Katze, die sich übergeben muss? Santucci hat seit dem Tag, an dem er gezeugt wurde, an nichts anderes als an seine Karriere gedacht. Cinzia Miletti zu heiraten war dabei natürlich kein Fehler. Aber er hätte es auf jeden Fall zu etwas gebracht, überall und unter allen Umständen.«

Zen lächelte verstohlen. »Wir haben da ein Sprichwort in Venedig. Ob das Wasser süß oder salzig ist, Scheiße schwimmt immer oben.«

Er bereute diese Bemerkung sofort. Wie kam er dazu, sich mit Crepi in dieser vertraulichen Weise zu unterhalten? Doch das Lachen seines Gastgebers klang einigermaßen echt. »Sehr richtig! Ich war selbst ganz oben, also sollte ich es wissen! O ja, Gianluigi hat es weit gebracht. Da Silvio kein Interesse zeigt und Pietro im Ausland lebt, konnte er sich mühelos ins obere Management von SIMP einschleichen. Natürlich werden alle endgültigen Entscheidungen immer noch von Ruggiero getroffen, und die beiden können sich selbstverständlich nicht ausstehen. Es muss eine ganz schöne Erleichterung für Gianluigi sein, den alten Mann aus dem Weg zu haben. Aber wir dürfen die andere wichtige Sache in Bezug auf Cinzia nicht vergessen, die auch auf ihren kleinen Bruder zutrifft. Es ist nämlich so, wenn Ruggiero stirbt, was Gott bewahre, dann wird jeder von ihnen fünfundzwanzig Prozent von SIMP erben. Jeder ein Viertel des Unternehmens! Das ist ein ganz schöner Batzen, nicht wahr? Besonders wenn man bedenkt, dass unser pfiffiger kleiner Toskaner mit einem Viertel verheiratet ist und auf dem anderen ganz fest seinen Daumen drauf hat. Daniele ignoriert mich und behandelt Silvio wie ein Stück Scheiße, doch seinem Schwager folgt er aufs Wort.«

Zen nahm einen weiteren kleinen Schluck von seinem Grappa und ließ ihn im Mund zergehen. Der scharfe und markige Geschmack brannte in seiner Kehle und stieg ihm allmählich zu Kopf. Warum erzählte Crepi ihm das alles? »Was ist mit Pietro?«, fragte er. »Ist es nicht sehr verwunderlich, dass er nicht hier in Perugia ist, während sein Vater dieses Martyrium durchmacht?«

Crepi nickte. »Er kam gleich zu Anfang zurück, doch als sich die Verhandlungen in die Länge zu ziehen begannen, behauptete er, er müsse zurück nach London und sich um seine Geschäfte kümmern. In dieser Hinsicht kommt er auf seinen Vater. Silvio hat Ruggieros Äußeres geerbt, Pietro hingegen seinen Verstand. Er ist ganz schön gewieft, aber viel zu intelligent, um sich das anmerken zu lassen. Ruggiero hat die behäbige Art eines Mannes vom Land, was viele schlaue Mailänder dazu verleitet hat, das Kleingedruckte nicht zu lesen. Pietro betreibt nun schon seit fast zehn Jahren seine Geschäfte in London. Ursprünglich war er dorthin gegangen, um den Vertrieb von SIMP-Erzeugnissen zu organisieren. Dann überredete er seinen Vater dazu, ihm die Gründung einer weitgehend selbstständigen Tochtergesellschaft zu gestatten, um bestimmte Produkte zu importieren. Aber das ist reine Tarnung. Sein wahres Geschäft sind Währungsmanipulationen. Er hat eine Reihe von mehr oder weniger fiktiven Gesellschaften ins Leben gerufen und schiebt Gelder zwischen ihnen hin und her, wobei er jedes Mal einen satten Profit einsteckt. Schlau, was? Doch Pietro ist schlau und extrem ehrgeizig, obwohl man das von seiner Art her nie vermuten würde. Er tritt auf wie ein vorbildlicher englischer Gentleman, ganz unbestimmt, schüchtern und zurückhaltend. Doch davon sollte man sich nicht täuschen lassen. Er hat ein Selbstbewusstsein, mit dem könnte man Glas schneiden.«

Zen spürte, wie ihm der Kopf allmählich schwindelte. »Ich denke, dass ich nicht viel mit der Familie zu tun haben werde. Sie haben sehr deutlich zu erkennen gegeben, dass sie zur Kooperation mit den Behörden nicht bereit sind.«

»Das weiß ich. Was mir Sorge macht, ist, dass sie auch zur Kooperation mit den Entführern nicht bereit sind.«

»Aber haben sie nicht bereits alles bezahlt?«

Crepi machte eine unbestimmte Geste. »Sie haben einmal gezahlt, damals im November. Wir haben alle geglaubt, damit wäre die Sache erledigt. Doch anstatt Ruggiero freizulassen, kamen die Schweine und wollten noch mehr. Damit fing das ganze Dilemma an.«

»Wie viel mehr wollten sie?«

»Nochmals dasselbe, zehn Milliarden Lire.«

Zen verzog das Gesicht.

»Du lieber Gott, die habens doch«, schnaubte Crepi aufgebracht. »Und wenn sie es nicht haben, dann gibt es hundert Möglichkeiten, wie sie es auftreiben können. Doch sie hatten das Gefühl, sie hätten bei der ersten Forderung zu schnell nachgegeben, und wollten diesmal härter verhandeln, um jede einzelne Lira ringen. Außerdem stellte sich die Frage, wie das Geld aufgetrieben werden sollte. Neue Probleme, neue Streitereien. Was genau sollte verkauft werden? Sollten sie einen Kredit aufnehmen? Könnte Pietro eventuell einspringen? Und was war mit Gianluigis Idee, einen Vertrag mit einer ausländischen Firma abzuschließen, die daran interessiert war, einen Anteil von SIMP zu erwerben. Und so weiter, und so weiter. Ich möchte Sie nicht mit all diesen Details langweilen.«

»Was ist mit der Polizei und der Justiz? Wissen die, dass Valesio in regelmäßigem Kontakt mit der Bande steht?«

Crepi gestikulierte erneut mit den Händen. »Ja und nein. Sie wissen das natürlich. In Perugia weiß jeder über alles Bescheid. Doch offiziell sind sie rausgehalten worden. Sehen Sie, ein Teil des Problems bestand von Anfang an darin, dass der Untersuchungsrichter, der den Fall betreut, Luciano Bartocci, Kommunist ist und es prinzipiell auf die Milettis abgesehen hat. Wenn er dazu auch nur die geringste Chance hätte, würde Bartocci die Entführung liebend gern als Vorwand benutzen, aus politischen Gründen in den Angelegenheiten der Familie herumzuschnüffeln.«

»Könnte man ihn nicht ersetzen?«

Nach kurzem Zögern brach Crepi abermals in ein lang anhaltendes und lautes Lachen aus. »Meine Antwort darauf, Dottore, ist dieselbe, die ein bekannter Politiker seiner Frau gab, als sie zusammen in die Uffizien gingen, um sich dieses Bild von Botticelli anzusehen, das kürzlich restauriert worden ist. Die Frau ist ganz begeistert davon. ›Das würde genau über unseren Kamin zu Hause passen‹, sagt sie. ›Weißt du‹, antwortet ihr Mann, ›alles kann ich auch nicht.‹«

Zen stimmte in das Lachen seines Gastgebers mit ein.

»Wie dem auch sei, das ist nicht der springende Punkt«, fuhr Crepi fort. »Wenn sich die Familie einig wäre, könnten alle Bartoccis der Welt ihr nichts anhaben. Doch so wie es aussieht, würden sie verhungern, weil sie sich nicht einigen können, welche Sauce sie zu ihren Nudeln haben wollen, wenn die Köchin das nicht für sie entscheiden würde. Und währenddessen hängt Ruggieros Leben an einem dünnen Faden. Er ist inzwischen über siebzig, Dottore, und seine Gesundheit ist ziemlich angegriffen. Seit dem Unfall, bei dem seine Frau ums Leben kam, hat er immer wieder an einseitigen Lähmungserscheinungen gelitten. Vor zwei Jahren sah es so aus, als würde er ganz aufhören müssen zu arbeiten, aber am Ende hat er sich wieder gefangen. Wer weiß, was er in diesem Augenblick durchmachen muss, während wir warm und wohlgenährt am Feuer sitzen! Er muss zurück nach Hause! Die Familie muss zahlen, was immer man von ihr verlangt, und zwar sofort und ohne weiteres Feilschen! Das müssen Sie ihnen sagen, Dottore.«

Um seinen Ausdruck der Bestürzung zu verbergen, hob Zen das Glas erneut an seine Lippen und trank die letzten Tropfen Grappa. »Warum glauben Sie, dass sie auf mich hören werden?«

»Ich meine nicht die Familie.«

»Wen denn?«

Crepi beugte sich nach vorn. »Über Ihre Ankunft in Perugia wird ausführlich berichtet werden. Dafür sorge ich! Man wird Sie interviewen. Man wird Sie über Ihren Eindruck von dem Fall befragen. Sagen Sie es diesen Leuten. Das ist alles. Sagen Sie es einfach.«

»Was soll ich ihnen sagen?«

»Sagen Sie, dass Sie sich fragen, wie ernsthaft sich die Milettis tatsächlich darum bemühen, Ruggiero zurückzubekommen! Sagen Sie, dass die Familie nicht den Eindruck macht, als hätte sie verstanden, wie ernst und dringlich die Situation ist. Mit einem Wort, sagen Sie, dass Sie nicht davon überzeugt sind, dass die Milettis es ernst meinen! Natürlich werde ich Sie vollkommen unterstützen. Wir werden sie moralisch so unter Druck setzen, dass sie zahlen! Verstehen Sie? Ja? Was meinen Sie?«

Doch in diesem Augenblick klingelte das Telefon.

3

Als sich das Auto immer stärker in die Kurve legte, wartete er angespannt auf den unvermeidlichen Knall. Schon wieder reingelegt! Er würde sich einfach nicht daran gewöhnen.

»Wenn das Valesio mit seiner Entschuldigung ist, werde ich ihm sagen, wo er sie sich hinstecken kann!«, hatte Crepi gemurmelt, als er ans Telefon ging. »Hallo? Wer? Oh. Ja? Ich verstehe Sie nicht. Was? Nein! Mein Gott! O mein Gott!«

Er beugte sich nach vorn und holte tief Luft.

»Was ist passiert?«

Crepi keuchte, als ob er jeden Moment in Ohnmacht fallen würde. Zen nahm ihm den Hörer aus der Hand.

»Hallo? Wer ist da?«

Die Verbindung wurde unterbrochen.

»Sie haben ihn umgebracht«, murmelte Crepi, während er auf die Tür zutorkelte, ohne auf Zens Fragen zu reagieren.

Zen wählte die Nummer der Questura, aber dort wusste man von nichts. Er bat sie, nachzuforschen und ihn dann zurückzurufen.

Er ging zum Kaminfeuer hinüber, nahm ein Holzscheit und warf es auf die Asche. Etwas trockenes Moos und ein Stück Efeu, das noch an der Rinde klebte, loderten auf. Nach und nach geriet auch das Holz selbst in Brand. Zunächst qualmte es heftig, dann ging es in Flammen auf.

Ein Marienkäfer kam aus einem Spalt gekrochen und fing an, die Oberfläche des Scheits zu erkunden, das nun bereits heftig brannte. Zen nahm einen längeren Holzspan aus dem

Kaminfeuer und versperrte dem Käfer damit den Weg. Der wechselte prompt die Richtung. Immer wieder versuchte Zen, ihn in Sicherheit zu locken, bis seine Hand anfing, wehzutun. Als es ihm endlich gelungen war, klingelte das Telefon erneut. Das Insekt fiel hinunter und verbrannte mit einem kurzen Aufflammen in der glühenden Asche.

»Die Carabinieri haben die Sache in die Hand genommen und geben so gut wie keine Informationen weiter. Der wesentliche Sachverhalt scheint der zu sein, dass draußen in der Nähe von Valfabbrica jemand ermordet wurde.«

Er ging die Treppe hinunter und rief nach Palottino, der aus der Küche kam, wo er ferngesehen hatte. Erst als sie ins Auto stiegen, tauchte Crepi wieder auf, und zum ersten Mal sah man ihm sein Alter an.

»Ich komme mit.« Es sei sein Kontaktmann bei den Carabinieri gewesen, der angerufen hatte, sagte er. Ruggiero Miletti war im Kofferraum eines Wagens ermordet aufgefunden worden.

Der Abend war noch mild und voller Lichter, doch ein stürmischer Südwind war aufgekommen und trieb die Wolken vor sich her. Als der Mond dann wolkenlos am Himmel stand, wirkte die Landschaft klar und geheimnisvoll zugleich, sodass einem das Tageslicht dagegen kalt und funktional wie Neonlicht vorkam. Dann schloss sich die Wolkendecke wieder, es wurde Nacht, und die Scheinwerfer bohrten Löcher in die Dunkelheit. Fahrradlampen aus schwarzem Metall waren ihnen dicht auf den Fersen, als sie schreiend barfuß durch die Dünen liefen. Das musste am Lido gewesen sein, mit Tommaso und den anderen, vor mehr als vierzig Jahren. Wenn man sich vorstellte, dass dieses winzige Stück Erinnerung all die Jahre lang ungestört in irgendeiner Spalte seines Gehirns gelegen hatte, liebevoll und vollkommen unnütz aufbewahrt.

»Hier ist es!«

Crepis Stimme klang unangenehm dicht an Zens Ohr. Er

hatte gerade das blau-weiße Schild erspäht, auf dem »Valfabbrica« stand.

Die Hauptstraße war dunkel und alle Fensterläden fest verschlossen. Vor der Carabinieri-Wache unterhielten sich drei Männer in Uniform neben einer dunkelblauen Giulietta. Ein kräftiger Mann – er trug die Streifen eines Sergeanten am Arm – beantwortete Zens Bitte um Auskunft, indem er mit dem Kopf auf den offenen Eingang hinter sich wies. Doch bevor Zen aussteigen konnte, lehnte sich Palottino über ihn zum Fenster hinüber und fing an, Dialekt zu sprechen. Der Sergeant gab ihm irgendeine Antwort und stieg dann in die Giulietta.

»Er bringt uns hin«, erklärte der Neapolitaner.

»Ein Freund von Ihnen?«

Palottino schüttelte den Kopf. Diese Notsituation hatte sein Verhalten entschärft.

»Er stammt aus Neapel, das habe ich an seinem Akzent erkannt. Er sagt, das sei der erste interessante Fall, der jemals hier passiert ist.«

»Und was genau ist passiert?«

Das ist ja wunderbar, dachte Zen. Jetzt bin ich schon darauf angewiesen, meine Informationen über Dialektkanäle zu kriegen.

»Jemand wurde erschossen in einem Auto gefunden.«

Crepi stöhnte, als ob er erstochen würde.

Ungefähr einen Kilometer hinter der Stadtgrenze bogen sie links in einen Feldweg ein, der sich durch eine trostlose Landschaft wand, die dadurch entstanden war, dass der nahe gelegene Fluss regelmäßig über die Ufer trat. Nach einiger Zeit fuhr die Giulietta langsamer, vor ihnen tauchten Lichter auf, und der Weg war durch kreuz und quer geparkte Fahrzeuge versperrt.

Die ganze Szene war durch einen starken Suchscheinwerfer, den man auf einen Jeep der Carabinieri montiert hatte, so hell erleuchtet wie bei einer Filmaufnahme. Als sie ausstiegen, konnte Zen eine Gruppe von Männern erkennen, die in der Nähe eines großen grauen Autos standen und sich unterhielten. Dann verschwand plötzlich alles, weil in dem Moment der Scheinwerfer ausging.

»Dann bis morgen!«

»Entschuldigen Sie!«, rief Zen.

»Wer ist da?«

»Ich bin von der Polizei.«

Die Stille wurde nur durch das unverständliche Kreischen und Knacken aus einem Kurzwellenradio unterbrochen.

»Sie kommen ziemlich spät.«

Irgendjemand lachte. »Wie immer!«

»Er wurde bereits abgeholt.«

»Und wir sind jetzt weg.«

»Dann ist es also wahr?«

Das war die Stimme von Crepi, der unmittelbar vor Zen stand.

»Was ist wahr?«

»Er ist tot?«

»Wer sind Sie?«

»Ich bin Antonio Crepi. Wer sind Sie?«

Irgendjemand holte tief Luft. »Verzeihen Sie, Commendatore, ich hatte ja keine Ahnung. Um Gottes willen, Volpi, sagen Sie Ihren Männern, sie sollen das Licht wieder einschalten. Ettore Di Leonardo, Vertreter der Staatsanwaltschaft. Ich muss mich entschuldigen, ich dachte, Sie wären von der Polizei.«

»Ich bin von der Polizei«, hob Zen an. »Kommissar Aurelio ...«

»Antworten Sie mir!«, wiederholte Crepi. »Ist er tot?«

Der Suchscheinwerfer erwachte knatternd wieder zum Leben, und alle hielten sich die Hände vors Gesicht.

»Leider ja, Commendatore. Sehr bedauerlich!«

»Das erste Mordopfer, das ich gesehen habe«, sagte ein jüngerer Mann mit schwarzem Vollbart. »Und es war kein schöner Anblick, kann ich Ihnen versichern.«

»Seien Sie doch um Himmels willen ein bisschen pietätvoll!«, protestierte Crepi verärgert. »Er war mein Freund!«

Der jüngere Mann zuckte mit den Schultern. »Meiner auch.«

»Sie, Bartocci?« Crepis Stimme nahm einen äußerst sarkastischen Ton an. »Ein Freund von Ruggiero Miletti? Was zum Teufel reden Sie da?«

»Wer hat was von Ruggiero Miletti gesagt?«, fragte der ältere der beiden Beamten.

»Ich sprach von dem Ermordeten, von Ubaldo Valesio«, erklärte sein bärtiger Kollege.

Crepi sah zu dem dritten Mann, einem Major der Carabinieri, hinüber. »Aber mir wurde gesagt, dass Ruggiero ermordet wurde!«, rief er.

»Zu Anfang bestanden gewisse Unklarheiten bezüglich der Identität des Opfers«, antwortete der Offizier kühl.

Der ältere Beamte hatte sich Zen zugewandt. Er war klein und untersetzt und hatte ein Gesicht, das glatt und nichtssagend wie ein Ballon war. Dabei starrte er jeden an, als ob ihm sehr wohl bewusst wäre, wie töricht er aussah, und er sich entschlossen hatte, dem mit Dreistigkeit zu begegnen.

»Sie sind von der Polizei? Di Leonardo, Vertreter der Staatsanwaltschaft. Ich bin keineswegs glücklich über die Art und Weise, in der diese Untersuchung geführt wurde. Meiner Ansicht nach hat die Polizei einen Mangel an Gründlichkeit bewiesen, der an Verantwortungslosigkeit grenzt, und dessen tragisches Ergebnis wir heute Abend gesehen haben.«

Zen schüttelte vage den Kopf. »Entschuldigen Sie, ich bin gerade erst angekommen …«

»Sehr richtig. Das war in keiner Weise gegen Sie persönlich gerichtet, Commissario. Dennoch finde ich es ungeheuerlich, dass nicht ein Versuch unternommen wurde, die Kontakte des Toten zur Bande auszunutzen, ganz ungeheuerlich. Wenn seine Schritte überwacht worden wären, hätte man sicherlich vieles in Erfahrung bringen können. Doch so wie alles gelaufen ist, haben wir jetzt eine Leiche am Hals, ohne bei unseren Ermittlungen nach der Bande oder dem Ort, an dem sich Ruggiero Miletti befindet, einen Schritt weiter gekommen zu sein. Das ist sehr unbefriedigend, wirklich äußerst unbefriedigend.«

Zen machte eine hilflose Geste. »Wie ich bereits sagte, ich bin gerade erst angekommen, aber ich muss Sie darauf hinweisen, dass eine elektronische Überwachung, wie Sie sie im Auge haben, die Kooperationsbereitschaft des Betroffenen voraussetzt. Wenn kein Versuch in dieser Richtung unternommen wurde, dann wahrscheinlich deshalb, weil die Polizei die Wünsche der Familie Miletti respektierte.«

Der Staatsanwalt machte eine wegwerfende Handbewegung, um anzudeuten, dass man so nicht argumentieren könne. »Die Verfassung legt ganz eindeutig fest, dass die Ordnungskräfte selbständig unter der Leitung der Gerichtsbehörden vorgehen. Wünsche von irgendwelchen Personen des öffentlichen Lebens spielen dabei keine Rolle.«

»Aber man kann doch von der Polizei nicht erwarten, dass sie sich ohne besondere Anweisung der Gerichtsbehörden den Wünschen einer der mächtigsten Familien in Perugia widersetzt«, widersprach Zen.

Major Volpi mischte sich ein, wobei er seine Hand ausstreckte, als ob er den Verkehr regelte. »Ich kann natürlich nicht für meine Kollegen von der Polizei sprechen«, bemerkte er süffisant, »aber ich kann Ihnen versichern, dass in diesem wie auch in jedem anderen Fall meine Männer jederzeit alles, was notwendig ist, tun werden, um einen glücklichen Ausgang sicherzustellen, ganz gleich, um wen es geht.«

Es bestand schon immer eine heftige Rivalität zwischen

der zivilen Polizei, die dem Innenministerium untersteht, und den paramilitärischen Carabinieri, die vom Verteidigungsministerium kontrolliert werden. Sie wurde sogar bewusst gepflegt mit der Begründung, Konkurrenz trage dazu bei, beide Seiten leistungsfähig und ehrlich zu erhalten.

»Da haben Sie es!«, erklärte Di Leonardo Zen. »Sie können von der Justiz nicht erwarten, dass sie Ihnen das Denken völlig abnimmt, Commissario. Wir erwarten auch von Ihnen eine gewisse Eigeninitiative.«

Nach diesen Worten wandte er sich ab, um mit Antonio Crepi zu sprechen. Der Carabinieri-Offizier entfernte sich, um einen Abschleppwagen zu beaufsichtigen, der soeben von der Hauptstraße her gekommen war. Bartocci, der junge Untersuchungsrichter, stand neben dem Wagen, in dem Valesios Leiche gefunden worden war, einem grauen BMW, der ziemlich neu aussah. Zen ging hinüber und warf einen Blick in den offenstehenden Kofferraum. Es war nichts zu sehen, außer einer kleinen, dunklen Lache Blut, die sich am Rand einer Plastikhülle gesammelt hatte, in der sich das Heftchen mit der Bedienungsanleitung für den Wagenheber befand.

»Seine Frau ist sehr eng mit meiner Schwester befreundet«, bemerkte Bartocci. »Sie ist erst einunddreißig. Sie haben drei kleine Kinder.«

Zen war geistesgegenwärtig genug, nichts zu sagen.

»Das Schlimmste ist, dass das überhaupt nicht sein Gebiet war! Ubaldo war Anwalt für arbeitsrechtliche Fragen. Gewerkschaftsstreitigkeiten, Verträge, diese Art von Dingen. Natürlich war er ein sehr guter Unterhändler.«

Luciano Bartocci stellte den größtmöglichen Kontrast zu seinem älteren Kollegen von der Staatsanwaltschaft dar. Beide waren ganz unerwartet gerufen worden, doch während Di Leonardo tadellos gekleidet war, mit Anzug, Weste und Krawatte einschließlich goldener Nadel, trug der jüngere Mann einen Skianorak, offenes Hemd und Jeans. Er war ungefähr fünfunddreißig, sportlich und kräftig, und hatte einen ehrlichen und offenen Blick. Sein Bart verdeckte fast ganz seine einzige Schwäche, ein leichtes Gesichtszucken, als ob er ständig einen Impuls zu lächeln unterdrücken müsse. »Warum haben sie das nur getan?«, murmelte er.

»Vielleicht war es ein Versehen.«

Zen war sich kaum bewusst, etwas gesagt zu haben, als ihn Bartocci anfuhr. »Das würden Sie nicht sagen, wenn Sie ihn gesehen hätten! Sie haben ihm die Pistole in den Mund gehalten, der Schuss hat ihm den ganzen Hinterkopf weggerissen. Das konnte kein Versehen sein.«

»Nein, ich meinte …«

Doch bevor er das erklären konnte, wurde Bartocci von Di Leonardo gerufen. Alle Fahrzeuge ließen, zur Abfahrt bereit, ihre Motoren aufheulen. Ohne Vorwarnung ging der Suchscheinwerfer wieder aus.

Zen hatte nicht auf seine Umgebung geachtet und wollte zunächst keinen Schritt gehen, aus Angst in einen Graben zu treten. Nachdem sich seine Augen an die Dunkelheit gewöhnt hatten, machte er sich auf den Weg zum Alfetta, langsam zunächst und dann mit wachsendem Selbstvertrauen. Er bewegte sich schon fast mit normaler Geschwindigkeit, da stieß er mit jemandem zusammen.

»Pardon!«

»Pardon!«

Er erkannte Bartoccis Stimme.

»Sind Sie nicht der Polizeikommissar aus Rom?«, fragte der junge Richter.

»Ja.«

»Hören Sie, ich würde Sie gerne morgen früh sprechen. Können Sie in mein Büro kommen?«

Die Stimme entfernte sich.

»Ich werde seiner Frau die Nachricht schonend beibringen müssen«, fuhr Bartocci fort. »Ich weiß nicht, wie lange das dauert. Sollen wir sagen um neun? Wenn ich zu spät bin, könnten Sie vielleicht warten?«

»Wollen Sie was Bestimmtes von mir?«

Er bekam keine Antwort. Zen ging vorsichtig weiter, die Hände nach vorne ausgestreckt, doch als der Mond wieder hinter den Wolken hervorkam, stellte er fest, dass er allein war.

Sandro Pertini, der Onkel Italiens, blickte mit seinem unnachahmlichen Ausdruck wohlwollender Autorität auf Aurelio Zen herab, der verständnislos zurückstarrte. Dieser offensichtliche Mangel an Respekt war darauf zurückzuführen, dass er nicht den Staatspräsidenten selbst ansah, sondern die Glasscheibe, hinter der sich das Foto befand. In dieser spiegelte sich der offene Eingang zum Nebenzimmer wider, in dem seine beiden Assistenten den Stoß von Dokumenten durchsahen, der an diesem Morgen aus der Wohnung und dem Büro von Ubaldo Valesio geholt worden war. Oder genauer gesagt, das sollten sie tun; denn wie die Glasscheibe vor dem Porträt des Präsidenten erkennen ließ, waren sie stattdessen in eine angeregte, im Flüsterton geführte Diskussion vertieft, die nur durch einzelne, verstohlene Blicke auf Zens Büro unterbrochen wurde.

Zens Gesicht war noch blasser und abgespannter als gewöhnlich, und seine Augen glänzten als kombinierte Folge von zu wenig Schlaf und zu viel Kaffee. Es war bereits nach drei Uhr gewesen, als er endlich ins Bett kam. Vier Stunden später war er aufgewacht mit dem Geschmack von Blut im Mund. Seine Zungenspitze schmerzte sehr heftig an der Stelle, wo er sie mit den Zähnen aufgerissen hatte. Das war ein schlechtes Zeichen, ein Zeichen von unterschwelligen Spannungen, von zerrütteten Nerven. Er war aufgestanden und hatte zum ersten Mal das Fenster geöffnet. Der Verkehrslärm von dem breiten Boulevard direkt unter ihm drang zusammen mit der eiskalten und klaren Luft ins Zimmer. Nicht weit von ihm markierten zwei Kirchen den Verlauf einer Straße, die aus der Stadt hinaus durch einen mittelalterlichen Vorort führte. Die näher gelegene war ein breites Gebäude aus rauem, rosafarbenem Gestein mit einem massiven, rechtwinkligen Campanile, das zwischen den auf engem Raum wild durcheinanderstehenden Häusern mit der gewichtigen Selbstsicherheit einer Bäuerin auf dem Feld hockte. Die weiter entfernte Kirche bestand aus einer komplizierten Ansammlung von Gebäuden, die von einem hohen, schlanken Turm gekrönt wurden. Weiter hinten, etwa fünfzehn oder zwanzig Kilometer entfernt, ragte ein Berg aus der Ebene empor, der so rund und glatt wie eine Teigkugel war. Zen hatte ihn noch nie gesehen, doch er hatte das merkwürdige Gefühl, als ob er ihn bereits sein Leben lang kennen würde.

Er war aufgestanden und hatte so lange in seinem Gepäck gewühlt, das noch überall im Zimmer herumlag, bis er das kleine Transistorradio gefunden hatte, das er auf seinen Reisen immer mitnahm. Die Nachrichten hatten gerade angefangen, und er hörte mit einem Ohr zu, während er sich rasierte. Ein Minister hatte beschlossen, mit »würdevollem Schweigen« auf Forderungen nach seinem Rücktritt zu reagieren. Sein Name stand angeblich auf einer Liste von Personen, die in einen Schmiergeldskandal um eine Kette von Baufirmen verwickelt waren. Der Vorsitzende einer Partei hatte die Äußerung, die der Sekretär einer anderen Partei am Tag zuvor getan hatte, als »absolut unannehmbar« bezeichnet und den Sekretär der »für ihn typischen Arroganz und Herablassung« bezichtigt. In Palermo war ein höherer Polizeibeamter erschossen worden, als er aus einem Restaurant kam. Der Papst hatte eine bevorstehende Reise in zehn Länder angekündigt. Wegen eines geplanten Streiks der Fluglotsen war im weiteren Verlauf des Monats mit Störungen im Flugverkehr zu rechnen. Ein Unfall auf der Autobahn Mailand–Venedig, bei dem drei Personen ums Leben gekommen und elf weitere verletzt worden waren, hatte wieder verstärkt die Forderung nach dem Bau einer zusätzlichen Fahrbahn laut werden lassen. Der Mord an einem Anwalt in Umbrien war gerade noch vor dem Wetterbericht eingeschoben worden; die Carabinieri ermittelten angeblich, doch der Name Ruggiero Miletti wurde nicht erwähnt.

Zen rückte mit seinem Stuhl zurück und ließ ihn dabei laut auf dem Fußboden quietschen, worauf sich, wie er in der Glasscheibe beobachten konnte, die beiden Köpfe sofort über ihre jeweiligen Papierstapel beugten, die mit nahezu unleserlichen Notizen in der winzigen Handschrift Ubaldo Valesios beschrieben waren. Zen wandte den Blick nach links zu dem kleinen Kruzifix und dem Kalender, auf dem Kadetten bei einer Parade in der Polizeischule in Nettuno abgebildet waren. Der Kalender zeigte noch Februar an, obwohl es inzwischen März war und seine Mutter in nicht ganz einer Woche Geburtstag hatte. Er durfte auf keinen Fall vergessen, ihr ein Geschenk zu kaufen.

Vor ihm auf dem Schreibtisch lag die *Nazione*. Die Schlagzeile lautete: Abgeschlachtet, das Sprachrohr der Milettis: Eine Botschaft an den »Superbullen« aus Rom? Darunter war das Foto einer Leiche abgedruckt. Solche Bilder gehören inzwischen ebenso zum täglichen Leben in Italien wie ein Teller Pasta. So wie er da in einer steifen und unnatürlichen Fötusstellung lag, mit einem ziemlich albernen, schiefen Grinsen im Gesicht, gab Ubaldo Valesio keinen sehr überzeugenden Leichnam ab. Dafür waren die Fotos vom Hinterkopf des Anwalts, die ihm Bartocci vorher gezeigt hatte, um so überzeugender gewesen. Die von ihrer Schale befreite, breiige Gehirnmasse sah aus wie eine mit Knochensplittern durchsetzte Wassermelone.

Doch er war nicht umsonst gestorben! Dank dieser Entwicklung war Zen in der Lage gewesen, den Blankoscheck einzulösen, den der Questore ihm am Tag zuvor so leichtfertig hingeworfen hatte. Er hatte zwei Inspektoren und einen Kriminalsergeanten als Unterstützung verlangt und bekommen, außerdem ein zusätzliches Büro und diverse Sonderrechte in puncto Kommunikationsmittel und Fahrzeuge. Er sah zwar keinen Grund, diese Rechte jemals in Anspruch zu nehmen, doch er hatte sie sicherheitshalber gleich mit verlangt. Wie den Nachrichten zu entnehmen war, hatten die Carabinieri die Ermittlungen in dem Mordfall fest an sich gerissen, und alles, was dem »Superbullen aus Rom« zu tun blieb, war, Valesios Schritte am vorausgegangenen Tag zu überprüfen und das Material, das aus Valesios Wohnung und Büro geholt worden war, zu sichten. Lucaroni, einer der beiden Inspektoren, war mit der ersten Aufgabe betraut, während der andere, Geraci, im Nebenzimmer an der zweiten saß. Er wurde unterstützt, wenn das das richtige Wort ist, von Chiodini, um dessen Dienste Zen besonders gebeten hatte. Der Anblick dieses riesigen brutalen Kerls, der sich bemühte, Ubaldo Valesios winzige Notizen zu entziffern, war ein kleiner Ausgleich für die Art, mit der er Zen am Tag zuvor behandelt hatte.

Zen war pünktlich um neun in Bartoccis Büro gewesen. Das Gericht war in einem verschachtelten Renaissancepalast untergebracht, der eine Seite der unvermeidlichen Piazza Matteotti einnahm. Das Portal wurde von einer Lünette gekrönt, in der sich eine Statue der Justitia befand, flankiert von zwei Wesen, die wie Hyänen mit Kopf und Flügeln eines Geiers aussahen, ein Motiv, das auch an anderen Stellen im Gebäude immer wieder auftauchte. Zen hatte reichlich Zeit gehabt, die Architektur des Palastes zu bewundern, da Luciano Bartocci erst kurz nach zehn in Erscheinung trat.

Bei Tag entsprach der junge Richter eher den Kleidernormen seines Berufsstandes mit Tweedjacke, Lambswoolpullover, kariertem Hemd, Strickkrawatte und Cordhose. Auch er wirkte abgespannt. Er war bis fast fünf Uhr morgens auf gewesen und hatte sich um die Witwe des Opfers gekümmert. Patrizia Valesio hatte zunächst unheimlich ruhig auf die Nachricht vom Tod ihres Mannes reagiert.

»Sie war noch auf, als wir kamen«, erklärte Bartocci, »und wartete auf ihren Mann. Ich hatte meine Schwester zur Unterstützung mitgenommen. Ich glaube, Patrizia muss in dem Moment, als sie die Tür öffnete, klargeworden sein, was passiert war, aber sie bat uns herein, als ob nichts wäre. Das hätte ein ganz normaler Besuch sein können, nur dass es mitten in der Nacht war. Ich sagte, ihr Mann hätte einen Unfall gehabt. ›Er ist tot, nicht wahr?‹, antwortete sie. ›Sie haben ihn umgebracht.‹ Ich nickte bloß.«

Sie standen vor dem Justizpalast und warteten, bis Palottino mit dem Alfetta vorbeikam. Bartocci hatte Zen gebeten, ihn zu Valesios Wohnung und Büro zu begleiten, wo er alle Dokumente mitzunehmen beabsichtigte, die irgendeinen Bezug zu dem Mord an dem Anwalt oder seinen Kontakten zu den Entführern haben könnten. Die Straße lag in strahlendem Sonnenschein, und es herrschte reger Betrieb; an der Markthalle, deren Eingang in einer Passage unterhalb des Justizgebäudes lag, war ein stetiges Kommen und Gehen.

»Sie blieb vollkommen ruhig, bis ich irgendetwas von dem Auto sagte«, fuhr Bartocci fort. »Da drehte sie durch. ›Nein, das ist unmöglich‹, schrie sie. ›Es ist ganz neu, ich habe es ihm zu Weihnachten geschenkt. Sag bloß nicht, dass es auch kaputt ist!‹ Marisa und ich sahen uns sprachlos an. Eine Frau, die die Ermordung ihres Mannes ohne mit der Wimper zu zucken hinnimmt, kriegt einen Nervenzusammenbruch, weil das Auto angekratzt wurde. Nun fing sie an, hysterisch und konfus zu reagieren, sie riss Sachen aus den Regalen und schmiss sie durch das Zimmer. Marisa versuchte, sie zu beruhigen, während ich einen Arzt anrief. Es dauerte vierzig Minuten, bis er kam. Diese vierzig Minuten werde ich nie im Leben vergessen.«

Eine Frau, die aussah wie ein Fass in einem Pelzmantel, wartete auf den Bus. Ihr Sohn, perfekt wie ein Mann in Kleinformat angezogen, stand daneben und starrte fassungslos dem Luftballon nach, dessen Schnur ihm gerade aus der Hand geglitten war und der nun hoch über dem herankommenden Alfetta davonschwebte.

»Die Ruhe war natürlich reine Fassade«, fuhr Bartocci fort, nachdem sie im Wagen Platz genommen hatten. »Patrizia hatte wegen der Dinge, die ihr Mann tat, eine so panische Angst gehabt, dass sie sich fest einredete, ihm könnte nichts passieren. Nur hatte sie vergessen, den BMW in diesen Unverletzbarkeitszauber miteinzubeziehen, deshalb wurde sie vollkommen hysterisch, als ich ihn erwähnte.«

»Wo ist sie jetzt?«

»Bei Verwandten, vollgepumpt mit Beruhigungsmitteln.«

Das Haus, in dem die Valesios wohnten, gehörte zu einer Reihe von modernen Wohnhäusern, die am unteren Hang der Stadt eine exklusive Siedlung bildeten, alle aus rosafarbenem Backstein gebaut, mit Doppelfenstern und Betonbalkonen, von denen üppige Kletterpflanzen herunterhingen. In Abwesenheit von Patrizia Valesio wurden die Interessen der Familie durch ihre Mutter vertreten, eine Respekt einflößende Frau. Sie begleitete Bartocci und Zen von einem Zimmer zum anderen und prüfte persönlich jeden einzelnen Gegenstand, der entfernt wurde, wobei sie beklagte, dass es den Behörden erlaubt war, sich einfach die persönlichen Unterlagen eines Mannes anzueignen, der über jeden Verdacht erhaben, eine Stütze der Gemeinde und mit allen denkbaren menschlichen Tugenden ausgestattet war. Ubaldo Valesio war auf gespenstische Weise als vierte Person anwesend. Er lächelte ihnen von Fotos zu, war als spukhafte Erscheinung zwischen all seinen Kleidern im Schrank zu spüren, brachte durch die vorhandenen Bücher und Schallplatten seinen Geschmack zum Ausdruck und versuchte sogar durch eine auf seinen Tischkalender gekritzelte Notiz mit dem Wortlaut: »Evasio, Donnerstag, wg. Installationen«, seinen Anspruch auf eine nicht mehr existierende Zukunft geltend zu machen.

Erst als sie in die Innenstadt zurückfuhren, holte Bartocci die Fotos hervor. »Nur für den Fall, dass Sie immer noch meinen, es war ein Irrtum«, bemerkte er, während sich Zen die Bilder des Grauens ansah.

»Nein, ich meinte bloß, dass Valesio vielleicht versehentlich einen von der Bande zu Gesicht bekommen hat«, erklärte Zen. »Sie dürfen nicht vergessen, dass es sich dabei um den Drahtzieher gehandelt haben muss. Man hätte niemand anders mit den Verhandlungen betraut. Möglicherweise befürchteten sie, dass er in der Lage sein würde, sie zu identifizieren.«

Bartocci schien etwas sagen zu wollen, doch dann wandte er sich einfach ab und sah aus dem Fenster, worauf sich Zen erneut fragte, weshalb er ihn zu diesem Routinegang mitgenommen hatte.

Die Praxis, die Ubaldo Valesio mit zwei weiteren Anwälten geteilt hatte, lag im Zentrum der Stadt, genau hinter dem Dom, in einer Straße, die so eng war, dass Palottino kaum Platz zum Parken fand. Sie nahm einen ganzen Flügel in der ersten Etage des Gebäudes ein. Es waren zwei riesige Räume, die durch antike Wandschirme und Schalen mit Grünpflanzen in getrennte Arbeitsbereiche geteilt wurden. Valesios Partner waren beide anwesend. Sie waren sehr korrekt, sehr höflich und sehr wenig hilfreich. Ja, sie hatten gewusst, dass Ubaldo die Milettis als Anwalt vertrat. Nein, sie hatten niemals darüber gesprochen. Sie beobachteten diskret, aber aufmerksam, wie die beiden Vertreter des Staates Terminkalender, Notizbücher, Akten und Mappen durchsahen. Dann stellten sie eine Liste der Dinge auf, die beschlagnahmt worden waren, ließen sich eine Quittung geben, verabschiedeten sich und gingen zurück an ihre Arbeit.

»Wann kann ich mit Ihrem Bericht über dieses Material rechnen?«, fragte Bartocci Zen, als sie wieder am Justizgebäude angelangt waren.

»Morgen, hoffe ich. Aber wenn ich auf irgendetwas Wichtiges stoße, rufe ich Sie an.«

Er drehte sich um und wollte gerade ins Auto steigen, da rief Bartocci ihn zurück.

»Hören Sie, es gibt ein paar Dinge, die ich gerne mit Ihnen besprechen würde. Ganz im Vertrauen, sozusagen.«

Zen starrte ihn völlig ausdruckslos an.

»Ich hatte mir schon überlegt, dass wir vielleicht zusammen zu Mittag essen können. In dem kleinen Restaurant dort unten an der Straße gehe ich normalerweise essen, das mit dem Neonzeichen und der Markise.«

»Heute?«

»Wenn es Ihnen recht ist.«

Bartocci sprach sehr höflich, fast schon zuvorkommend. Es war Zen beinahe unheimlich. »Sehr gerne«, antwortete er mit dem Anflug eines Lächelns.

Als Palottino ihn zur Questura zurückfuhr, sah er, dass das Restaurant, das Bartocci ihm gezeigt hatte, »Zum Greif« hieß und über dem Eingang ein Schild mit einem ähnlich merkwürdigen Tier hing wie die, die er im Justizpalast gesehen hatte.

Als er wieder in seinem Büro saß, dachte Zen über die Greife, über Luciano Bartocci und über Ubaldo Valesio nach. Greife waren, wie er dem in der Schreibtischschublade aufbewahrten Lexikon entnahm, das den weniger gebildeten Beamten beim Abfassen ihrer Berichte helfen sollte, mythische Wesen mit Kopf und Flügeln eines Adlers und Beinen und Schwanz eines Löwen. Er wusste immer noch nicht genau, warum sie über dem Gerichtseingang in Stein gehauen waren. Waren sie ein Symbol für Gerechtigkeit? Luciano Bartocci schien zweifellos eine Art Hybride zu sein. Zen war noch nie von einem Angehörigen des Richterstands zum Mittagessen eingeladen worden, und er fand diese Vorstellung ebenso wenig verlockend wie die Einladung bei Crepi am Abend zuvor. Erneut hatte er das Gefühl, in etwas hineingezogen zu werden, wo die Einsätze hoch und die Regeln nicht klar definiert waren. »Ein paar Dinge, die ich gerne mit Ihnen besprechen würde, ganz im Vertrauen.« Was hatte Bartocci vor?

Fast mit Erleichterung wandte er seine Gedanken wieder Ubaldo Valesio zu. Obwohl sie einander nicht begegnet waren, hatte Zen das Gefühl, als ob er den Verstorbenen gut kannte; er war ein erfolgreicher und ehrgeiziger Anwalt in einer Stadt gewesen, die trotz ihres Wachstums in jüngster Zeit im Grunde immer noch provinziell war, ein Ort, an dem sich Gerüchte so lautlos und wirkungsvoll ausbreiten wie ein Virus. Seine Partner hatten die Wahrheit gesagt, dessen war sich Zen sicher, und die beiden Männer nebenan verschwendeten sehr wahrscheinlich ihre Zeit. Menschen wie Valesio, die über einige Leute fast alles und über fast alle Leute einiges wussten, hörten nicht nur auf, mit anderen über ihre Angelegenheiten zu sprechen, sehr bald sprachen sie darüber noch nicht einmal mehr mit sich selbst. Vor allem würden sie nie etwas einem Stück Papier anvertrauen, wenn es nicht absolut notwendig war.

Ubaldo Valesio hatte mit Sicherheit alle Einzelheiten über seine Beziehungen zu den Entführern Ruggiero Milettis an dem einzigen Ort aufbewahrt, den er für sicher hielt, in seinem Kopf. Mit Schaudern dachte Zen an die Fotos, die ihm Bartocci gezeigt hatte.

Lautes Glockengeläute erklang plötzlich von den Kirchen nah und fern, rief die Gläubigen zur Messe und erinnerte alle anderen daran, dass es nur noch eine Stunde bis zum Mittagessen war. Zen nahm Hut und Mantel und ging ins Nebenzimmer. Geraci sah ihn mit dem Ausdruck größter Besorgnis an. Sein Gesicht war grob und fleischig, und die beiden tiefen

Furchen, die von seiner Nase zu den Mundwinkeln liefen, gaben ihm das Aussehen eines Galgenvogels. Sein Kinn wirkte schwach und kärglich, als ob das Material vor Fertigstellung ausgegangen wäre, während seine Augenbrauen so absurd dick und buschig waren, als führten sie ein Eigenleben.

»Irgendwas gefunden?«, fragte Zen.

Geraci zuckte mit den Schultern. Chiodini tat, als sei er so in seine Arbeit vertieft, dass er Zens Gegenwart noch nicht einmal bemerkt hatte.

Draußen beleuchtete die Sonne jeden Fleck mit unbarmherziger Helligkeit. Die Luft schien voller beunruhigender Anzeichen für den Sommer, doch diese Illusion währte nur so lange, bis man um die nächste Ecke in eine schmale Gasse bog, die tief im Schatten lag und wo ein schneidend kalter Wind wehte. Kahle Mauern, mit bröckelndem Putz verkleidet, erhoben sich auf beiden Seiten, durchbrochen lediglich von den hohen und unerreichbaren, mit Stahlgittern gesicherten Fenstern des Gefängnisses. Nachdem er ungefähr hundert Meter weit gegangen war, beschlich Zen das Gefühl, dass er einen Fehler gemacht hatte, als er von der breiten Allee, die direkt ins Stadtzentrum führte, abgebogen war. Doch er ließ sich nicht beirren und wurde belohnt, als sich die Straße zu einem kleinen Platz verbreitete, wo der Wind aufhörte, und ein Kirschbaum in einem Garten hoch oben verschwenderisch blühte. Aber eine Ecke weiter war der Wind wieder da, schneidender als zuvor. Er wandte sich nach links, wo eine lange Treppe nach unten führte, um ihm zu entfliehen.

Bei dem Lebensmittelladen an der Ecke wies ein blasses Mädchen mit einem Schweinegesicht, dem eine fettige Scheibe gekochter Schinken aus dem Mund hing, auf die gegenüberliegenden Treppenstufen, als Antwort auf seine Frage nach dem Weg zur Innenstadt. Es war eine Treppe für Bergsteiger, die Stufen schienen immer höher zu werden. Die Mauer, an der sie entlanglief, sah wie das Angesicht der Geschichte selbst aus. Sie ruhte auf massiven Steinblöcken, deren Ausmaße an ein längst vergangenes Zeitalter, wahrscheinlich der Etrusker, erinnerten. Darüber lag, diesmal wohl das Werk der Römer, eine weitere Schicht von Blöcken, die, auch wenn sie immer noch sehr groß waren, ihr episches Maß verloren hatten. Dann kam ein längerer Abschnitt mit kleinen Würfeln aus einem leicht rosafarbenen Stein, der die Mauer eines mittelalterlichen Hauses bildete, und darauf war schließlich aus Ziegeln und Beton noch ein oberes Stockwerk gesetzt worden.

Er blieb stehen, um zu verschnaufen, wobei er sich gegen einen der riesigen Blöcke lehnte, in dem durch Verwitterung ein Netz von Nischen und Höhlungen entstanden war. In einigen davon hatten winzige Pflanzen es geschafft, in den Spuren von Dreck Wurzeln zu schlagen, in eine andere hatte jemand eine leere Cola-Light-Dose gezwängt. Zur anderen Seite hin war die Sicht atemberaubend, zahlreiche Hügel erstreckten sich wie kleine Wellen in die dunstige Ferne. Er stieg vorsichtig über eine tote Taube auf der nächsten Stufe und kletterte dann verbissen nach oben. Die Straße, an der er rauskam, lief ohne Unterbrechung weiter bergauf durch einen alten Torbogen und führte – immer noch aufwärts – an ebenerdigen Werkstätten vorbei, wo unter dumpfem Widerhall und lautem Lärmen Tischler, Möbelrestaurateure und Leute, die Bilderrahmen machten, ihrer Arbeit nachgingen. Die frische und kühle, angenehm nach Holzfeuer duftende Luft war ein richtiger Luxus, eine Luft wie für Engel gemacht.

An einer Gebäudewand waren zwei Plakate angebracht. Das rechte zeigte in grellen Farben eine Frau im Badeanzug, von einer Anzahl gieriger Fische mit Zähnen wie Dolche verfolgt. »Zum ersten Mal in Italien«, lautete die Werbezeile, »Frauen und Haie in einem Becken!!!« Darunter stand der Name des Zirkus zusammen mit den Daten seines nächsten

Aufenthalts in Perugia. Auf dem anderen Plakat war ein berühmter Fußballspieler zu sehen, der lüstern nach einem Glas Milch schielte. Doch was Zens eigentliche Aufmerksamkeit erregte, war die linke obere Ecke. Dort fingen die zahlreichen Plakate, die während der letzten Monate übereinander geklebt worden waren, an, sich unter ihrem eigenen Gewicht zu biegen und gaben dadurch den Abschnitt einer älteren Schicht tief darunter frei. In der Ecke las er in großen, roten Buchstaben LETTI. Die abblätternde Plakatschicht war ungefähr einen Zentimeter dick und wie Sperrholz geschichtet. Als Zen daran zog, löste sich der ganze Block und fiel ihm vor die Füße. Nun konnte er das frühere Plakat fast ganz sehen. Es trug die Überschrift: SIMP UND DIE FAMILIE MILETTI und bestand aus fünf kurzen, eng gesetzten Abschnitten:

Die Arroganz und Unnachgiebigkeit der Familie Miletti, die sich in der Vergangenheit bei unzähligen Gelegenheiten immer wieder gezeigt hat, tritt erneut zum Vorschein. Nicht genug, dass sie ihre Filiale in Ponte San Giovanni geschlossen haben oder in Perugia achthundert Arbeiter Feierschichten machen lassen – ganz zu schweigen von ihrer fortdauernden Ausbeutung von Akkordarbeiterinnen und ihrer altbekannten gewerkschaftsfeindlichen Politik –, war nun zu hören, dass sie vorhaben, einen Mehrheitsanteil an der Società Industriale Miletti di Perugia an einen japanischen Elektronikkonzern zu verkaufen.

Nachdem sie ein einstmals florierendes Unternehmen durch eine Mischung aus unfähigem Management und dummen Spekulationen mit den Geschäften der Herren Calvi, Sindona & Co. zugrunde gerichtet haben, beabsichtigen die Milettis nun, ihre Verluste wettzumachen, indem sie SIMP an den Meistbietenden versteigern.

Die Gesellschaft, die in dem Übernahmeangebot genannt wird, besitzt bereits Fabriken, die aufgrund der weltweiten wirtschaftlichen Rezession und der damit verbundenen mangelnden Nachfrage weit unter ihrer maximalen Produktionskapazität arbeiten. Ihr Ziel ist es, mithilfe von SIMP die EG-Importquoten zu umgehen, indem sie in Japan produzierte Waren einführen, an denen in Umbrien lediglich eine Plakette mit einem Markennamen befestigt wird, dem Generationen von einheimischen Arbeitern zu Berühmtheit verholfen haben.

Die Kommunisten in Umbrien verurteilen zutiefst diese Art zynischer Aktienmanipulation. SIMP darf nicht wie eine Kollektion Bratpfannen ausverkauft werden. Über die Zukunft unserer Arbeitsplätze und der unserer Kinder muss hier in Perugia in Verhandlungen zwischen Vertretern der Arbeiterschaft, der Eigentümer und der lokalen und regionalen Behörden entschieden werden.

Kommunistische Partei Italiens
Sektion Umbrien

Zen wandte sich von der Plakatwand ab und begann, die mit Steinplatten so sanft wie ein Flussbett gepflasterte Straße hinaufzusteigen.

Eine alte Frau schlurfte auf ihn zu. In jeder Hand hielt sie eine prall gefüllte Plastiktüte und brüllte einem Mann, der nur dastand und das mit Sackleinen verhangene Gerüst an einem Haus, das renoviert wurde, betrachtete, etwas Unverständliches zu.

Eine Gruppe von jungen Männern auf Motorrollern raste die Straße hinunter, jeder ein Stück Pizza in der Hand. Ihre Hupen quakten wie zornige Frösche, und sie beschimpften sich gegenseitig. Um ein Haar hätten sie die alte Frau erwischt, und die Masse von Schutt, die sich aus den Plastiktüten ergoss, machte ein Geräusch, das sich anhörte wie ein Applaus für ihre Geschicklichkeit und Lässigkeit.

»Wünschen Sie noch etwas?«

Der Kellner hockte wie ein Spatz neben ihrem Tisch und sah zerstreut um sich. Bartocci schüttelte den Kopf und warf einen kurzen Blick auf Zen. »Sollen wir gehen?«

Der Geschäftsführer an der Kasse grüßte Bartocci sehr freundlich. Es wurde keine Rechnung vorgelegt. Wie die übrigen der fast ausschließlich männlichen Klientel dieses kleinen, lauten Restaurants gehörte der Richter offensichtlich zu den Stammkunden, die wöchentlich oder monatlich bezahlten.

»Wie wärs mit einem kleinen Spaziergang vor dem Kaffee?«, schlug Bartocci vor, nachdem sie das Restaurant verlassen hatten. »Ich muss Sie jedoch warnen, es geht immer bergauf, wie alles in Perugia!«

Es war bezeichnend für Zens geistige Verfassung, dass er sich fragte, ob diese Worte mehr als eine Bedeutung hätten. Das Mittagessen mit Bartocci war tatsächlich sehr ähnlich abgelaufen wie das Abendessen mit den Milettis, außer dass das Essen sogar noch besser war. Es gab Spaghetti mit Sahnesauce mit würzigem Hackfleisch, Leber, die delikat mit Speck umwickelt und auf dem Holzkohlengrill gegart war, dünne, dunkelgrüne Stangen von wildem Spargel und Erdbeeren in Zitronensaft. Doch wie am Abend zuvor bei Crepi wurde die Unterhaltung davon beherrscht, worüber *nicht* gesprochen wurde. Bartocci hatte sich sehr an Zens Karriere interessiert gezeigt und an seinen Ansichten über verschiedene aktuelle Ereignisse, beispielsweise einem Schmiergeldskandal um Baugenehmigungen, in den Mitglieder eines sozialistischen Stadtrates verwickelt waren, Berichten über einen ehemaligen christdemokratischen Bürgermeister, der ein führendes Mitglied der Mafia in Palermo war oder Behauptungen, dass die Frau eines liberalen Senators in Turin in illegale Währungsexporte verstrickt sei. Zen wusste natürlich, was da vor sich ging, und Bartocci wusste, dass er es wusste. Das gehörte alles dazu. Wie würde dieser Polizeibeamte aus Rom darauf reagieren, so »ganz im Vertrauen« von einem kommunistischen Untersuchungsrichter ausgehorcht zu werden?

Zen versuchte einen mittleren Kurs einzuhalten, indem er seine Meinung weder vertuschte noch herausposaunte, den richtigen Augenblick abwartete und hoffte, dass Bartocci endlich zur Sache käme. Doch wenn das nicht bald geschähe, würde Zen wirklich sehr nervös werden. Er hatte sogar schon versucht, die Sache voranzutreiben, indem er Bartocci direkt auf die Kritik des Vertreters der Staatsanwaltschaft an der Polizei ansprach. Doch Bartocci hatte sehr lässig darauf reagiert: »Wir sollten erst unser Mittagessen genießen, reden können wir später.«

Der Richter führte ihn eine breite Treppe hoch, die zunächst zum Haus von jemandem zu führen schien. Doch im letzten Augenblick bogen sie nach links ab und kamen in einen Tunnel, der unter einer Ansammlung verschachtelter Häuser, Mauern, Gärten und Höfe hindurchführte. All das hatten im Lauf der Jahrhunderte Generationen von Menschen, die genauso tot wie Ubaldo Valesio waren, hier hinterlassen. Es war dunkel, und der Wind heulte an ihnen vorbei ins Leere. Ein Fußballfan hatte mit einer Spraydose »Rom ist Spitze« auf die Wand gesprüht, während gegenüber eine Mülltonne mit »Juventus-Hauptquartier« beschriftet war.

Nach ungefähr fünfzig Metern verbreiterte sich die unterirdische Passage ein wenig und ging in einen asphaltierten Hof über, auf dem sechs Fiat-500 so eng nebeneinander geparkt waren, dass man kaum noch durchkam. Bartocci führte ihn, ohne ein Wort zu sagen, immer weiter bergan, wobei er mal links und mal rechts abbog, bis sie eine kleine Piazza vor einer Kirche erreicht hatten, wo die Mauern zurückwichen und einen ähnlichen Blick freigaben, wie Zen am Morgen von seinem Schlafzimmerfenster aus gehabt hatte. In der Mitte lag jener merkwürdige Berg, glatt und rund wie aufgegangener Teig.

Bartocci sah sich auf dem Platz um, der bis auf ein paar

parkende Autos leer war. »Was hatten Sie eben über Di Leonardo gesagt?«, fragte er plötzlich.

»Nun, er gab mir gestern Abend zu verstehen, die Polizei hätte einen Fehler gemacht, weil sie Valesios Kontakte zu den Entführern nicht ausgenutzt hat. Ich wollte gern wissen, ob Sie das auch meinen.«

»Nein, ich sehe die Dinge nicht ganz so. Im Gegenteil, ich hätte bei diesem Fall viel lieber von Anfang an eine attraktivere Linie verfolgt. Ich habe versucht, das Vermögen der Familie einfrieren zu lassen, um die mögliche Zahlung eines Lösegelds zu verhindern. Außerdem habe ich mich darum bemüht, Ubaldos Telefon überwachen zu lassen. Doch es gab erheblichen Widerstand gegen diese Vorschläge, bemerkenswerterweise von Di Leonardo selbst.«

»Aber Sie brauchen doch keine höhere Instanz, um solche Dinge genehmigen zu lassen«, stellte Zen fest.

»Ich brauche auch keine höhere Instanz, um einen Haftbefehl gegen Präsident Pertini zu unterzeichnen. Aber das wäre dann das Letzte, was ich jemals unterzeichnet hätte. Und wenn ich das Konto der Milettis eingefroren und ihr Telefon abgehört hätte, wären dadurch letztlich alle Möglichkeiten, die ich habe, den Ausgang des Falls zu beeinflussen, zerstört worden. Außerdem können Leute wie die Milettis immer irgendwo Geld auftreiben, und was das Telefon angeht, wird die Bande ohnehin annehmen, dass es abgehört wird. Auf diese Weise hätten wir also nicht viel herausbekommen. Da hätten wir schon versuchen müssen, Valesio nachzuspionieren, und das wäre in der Tat ein sehr großes Risiko gewesen. Nein, Di Leonardo wollte andeuten, dass Ubaldo aufgrund meiner Nachlässigkeit ermordet wurde. Das Ganze war gegen mich gerichtet, nicht gegen Sie. Stellen Sie sich doch bloß mal vor, wie er reagiert hätte, wenn auch nur der geringste Grund zu der Annahme bestanden hätte, Valesios Tod sei auf meine Einmischung zurückzuführen.«

Zen ging zu der Brüstung am Rand der Piazza hinüber, wo man in regelmäßigen Abständen zwischen Bäumen, die an heißen Sommertagen Schatten spendeten, Steinbänke aufgestellt hatte. Die Mauer fiel hier schroff zu den Gärten der weit unten gelegenen Häuser ab. Jenseits davon erstreckte sich ein längeres Stück der mittelalterlichen Stadtmauer, und dahinter lag ein tief in die Hügel eingeschnittenes Tal, in dem verstreut einige moderne Villen zu sehen waren. Von dort wurde der Blick auf die weiter entfernt gelegenen Hügel und das Tal dahinter gelenkt, das sich in den Farben grün, grau und braun von dem azurblauen Himmel abhob. Und in ganz weiter Ferne, am Horizont, schimmerten die schneebedeckten Gipfel der Apenninen.

Zen zog sein Päckchen Nazionali aus der Tasche. Es enthielt nur noch eine Zigarette, damit war der mitgebrachte Vorrat verbraucht. Als er sie anzündete, nahm er weiter unten eine Bewegung wahr. Ein Mädchen mit Jeans und rotem Pullover stand in einem der Häuser am offenen Fenster und sah in den Garten hinaus mit seinen Reihen von Gemüsebeeten, die auf einen Hühnerstall am Fuße der hohen Stützmauer zuliefen. Ihr war offensichtlich nicht bewusst, dass sie selbst beobachtet wurde.

»Durch Valesios Tod hat sich natürlich alles verändert«, fuhr Bartocci fort. »Und dass Sie zum gleichen Zeitpunkt hier eintreffen, ist äußerst günstig. Die gesamten Ermittlungen werden noch einmal von vorne anfangen müssen. Wir müssen bereit sein, all unsere Mutmaßungen, selbst die grundlegendsten, noch einmal zu überprüfen, ohne uns davon beeinflussen zu lassen, dass gewisse Leute an unseren Schlussfolgerungen schwer zu schlucken haben werden.«

Zen stieß eine große Wolke des wohlriechenden, erdigen Tabaks aus. Das Mädchen bewegte sich, und die Fensteröffnung war wieder leer.

»Aus diesem Grund wollte ich heute mit Ihnen sprechen«, fuhr der Richter in demselben vertraulichen Tonfall fort. »Für mich ist es sehr erfrischend, mit einem Außenstehenden zu tun zu haben, der keine vorgefasste Meinung hat. Sie verfolgen hier keine eigennützigen Zwecke, haben keine persönlichen Interessen zu schützen. Also kann man jede Möglichkeit in Betracht ziehen.«

Das Mädchen erschien wieder am Fenster. Ihre Beine waren jetzt nackt.

»Vor ungefähr einem Monat habe ich das bekommen«, sagte Bartocci und überreichte Zen ein Blatt Papier.

Die Milettis halten sich wohl für sehr schlau. Meinen, sie können sich alles erlauben – sogar eine Entführung!!?? Mit Erpressung haben die ja schon reichlich Übung, das können Dir ihre Arbeiter bestätigen! Doch auch wenn Du selbst nicht auf deren Gehaltsliste stehst, solltest Du Folgendes wissen. Der alte Miletti hat sich genau zum richtigen Zeitpunkt entführen lassen. Jetzt, wo er aus dem Weg geräumt ist, kann die Familie keine Übernahmeverträge unterzeichnen, was die Japsen ins Spiel brächte. Und wenn sich die Familie am Ende noch das Lösegeld selbst in die Tasche steckte? Dann könnten die uns vielleicht noch ein paar Jahre weiter aussaugen!

Denk mal darüber nach.

Einer, der Bescheid weiß

Zen gab Bartocci den Brief zurück, der ihn sorgfältig wieder in die Tasche steckte. »Natürlich bekomme ich eine Menge von diesem Zeug, und normalerweise würde ich das als dummen Scherz von jemandem abtun, der einen Hass auf die Familie hat. Doch in diesem Fall kommt es mir so vor, als ob der Schreiber wüsste, wovon er spricht.«

Das Mädchen hatte sich erneut von der Stelle bewegt, sodass jetzt nur noch ihre nackten Beine und die Füße sichtbar waren, dann verschwand sie ganz.

»Was ist das für eine Geschichte mit dieser Übernahme?«, fragte Zen. »Ich habe so etwas heute schon einmal auf einem alten Plakat gelesen.«

»SIMP befindet sich nun schon seit geraumer Zeit in finanziellen Schwierigkeiten. Ein wesentlicher Grund dafür ist, dass Ruggiero von jeher darauf bestanden hat, im gesamten Bereich alle Fäden in der Hand zu halten. Doch das Unternehmen hat sich mittlerweile in Bereiche verzweigt, von denen er keine Ahnung hat. Der Markt hat sich in den letzten zehn oder fünfzehn Jahren vollständig verändert, und vor allem ist er selbst nicht mehr der Mann, der er einmal war. Das Ergebnis ist, dass das ganze Unternehmen allmählich heruntergewirtschaftet wurde. Man war gezwungen, eine Fabrik zu schließen und ungefähr ein Viertel der übrigen Belegschaft kurzarbeiten zu lassen. Doch der richtige Krach kam mit dem Zusammenbruch von Calvis Finanzimperium. Anscheinend hatten die Milettis da eine Menge Geld hineingesteckt. Seitdem hat sich das Unternehmen von einem Kredit zum anderen gehangelt, unter dem ständigen Druck, seine Qualität und Leistungsfähigkeit zu verbessern. Schließlich, kurz bevor Ruggiero entführt wurde, machte eine japanische Firma ein Angebot. Sie war bereit, das von SIMP benötigte Geld für eine Lizenz zu zahlen, die es ihr erlaubte, ihre Produkte unter dem Namen Miletti zu verkaufen. Der alte Mann wollte natürlich nichts davon wissen.«

»Das entspricht aber nicht dem, was das PCI-Plakat unterstellt hat.«

»Nein, die Partei vertritt zu Recht die Auffassung, dass die Familie, sofern man sie nicht daran hindert, alles tun wird, was ihr finanziell sinnvoll erscheint. Ruggieros Widerstand ist nichts weiter als die sentimentale Sturheit eines alten Mannes, und folglich kann man sich darauf nicht verlassen, wenn es die Interessen der Arbeiter zu schützen gilt.«

Erneut wurde Zen durch eine kurze Bewegung abgelenkt.

Das Mädchen ging am Fenster vorbei, vollkommen nackt bis auf ein gelbes Handtuch, das sie sich um die Haare gewickelt hatte.

»Ich weiß, dass diese Theorie verrückt klingt«, fuhr Bartocci fort. »Aber bedenken Sie, was sonst noch alles in diesem Land passiert. Sehen Sie sich Gelli an oder Calvi. Was könnte noch verrückter sein? Als Michele Sindona in New York mit dem Gesetz in Konflikt geriet, ließ er sich einfach zum Schein entführen, damit er nach Palermo kommen und dort Druck auf die Leute ausüben konnte, die ihm eventuell nützlich sein könnten. Was sollte die Milettis daran hindern, dasselbe zu tun? Das ist ein Komplott, das selbst einem Calvi Ehre machte. Ruggiero einfach aus dem Verkehr ziehen, damit den Abschluss der Übernahmeverhandlungen verhindern und dann das eigene Geld, nachdem es durch eine vorgetäuschte Lösegeldzahlung reingewaschen ist, dazu benutzen, die Finanzen des Unternehmens zu sanieren.«

Zen versuchte, seinen Blick von dem Fenster fernzuhalten und sich ganz auf das zu konzentrieren, was Bartocci sagte. »Das würde bedeuten, dass sie auch Valesio umgebracht haben.«

Bartocci nickte. »Valesios Tod hat mich überhaupt erst darauf gebracht, diese Theorie ernst zu nehmen. Sie meinten, dass er vielleicht versehentlich einen von der Bande zu Gesicht bekommen hat. Aber warum sollten sich die Entführer aufregen, falls Valesio einen flüchtigen Blick auf irgendeinen Kalabresen werfen konnte, den er nie zuvor gesehen hatte und niemals wiedererkennen würde? Aber nehmen Sie einmal an, dass die Person, die Valesio gesehen hat, kein Fremder war. Nehmen Sie an, es war jemand, den er sehr gut kannte, den jeder in Perugia gut kennt. Stellen Sie sich seinen Zorn vor, als ihm klar wird, welch schändliches Spiel man mit ihm und allen anderen getrieben hat. Und dann stellen Sie sich das Entsetzen der Milettis vor, als sie erkennen, dass ihnen mit

Gewissheit eine Enthüllung bevorsteht, die die Macht der Familie für immer zerschlagen und einige von ihnen für die nächsten Jahre ins Gefängnis bringen würde. Was sollen sie tun? Entweder Valesio töten oder zugeben, dass während all der Monate, in denen wir uns unablässig um Ruggiero Milettis Freilassung bemüht haben, dieser in Wirklichkeit ganz bequem in irgendeinem Anwesen der Familie ein paar Meilen von hier versteckt saß, vielleicht sogar in seinem eigenen Haus. Denken Sie nur daran, wie lange die Familie gebraucht hat, um die Polizei von seinem Verschwinden in Kenntnis zu setzen. Sie haben behauptet, das hätte daran gelegen, dass sie nicht im Traum an eine Entführung gedacht haben. Aber es könnte genauso gut daran gelegen haben, dass sie Zeit brauchten, um den Unfall und die Spuren eines Kampfes vorzutäuschen und das Auto zu verbrennen.«

Wieder wurde Zen von einer Bewegung am Fenster abgelenkt. Doch diesmal stand da ein Mann, der sich zu den Fensterläden herauslehnte und sie zuschlug.

»Also glauben Sie wirklich an eine Verschwörung?«, fragte Zen Bartocci. Er war sich nicht sicher, ob der Richter das alles tatsächlich ernst meinte.

»Es ist immer eine Verschwörung. Alles, was auf einer bestimmten Ebene der Gesellschaft passiert, ist Teil einer Verschwörung.«

Zen hatte das Gefühl, dass er ihm auswich. »Alles ist dasselbe wie nichts. Wenn wir alle Verschwörer sind, dann gibt es keine Verschwörung.«

»Im Gegenteil, die Voraussetzung dieser Verschwörung ist, dass wir alle ein Teil von ihr sind«, entgegnete Bartocci. »Das ist ein Rattenkönig.«

»Ein was?«

»Ein Rattenkönig. Wissen Sie, was das ist?«

Zen zuckte mit den Schultern. »Der König der Ratten, nehme ich an. Das dominierende Tier in der Horde.«

»Das denken alle. Aber das stimmt nicht. Ein Rattenkönig entsteht, wenn zu viele Ratten auf zu kleinem Raum unter zu viel Stress zusammenleben. Ihre Schwänze verschlingen sich ineinander, und je mehr sie zerren und ziehen, um sich zu befreien, um so fester wird der Knoten, der sie aneinander bindet, bis er schließlich zu einem festen Gewebeklumpen wird. Und das Wesen, das dabei entsteht, insgesamt vielleicht dreißig Ratten, die mit den Schwänzen zusammengebunden sind, nennt man Rattenkönig. Sie würden nicht erwarten, dass solch ein lebender Widerspruch überleben kann, oder? Das ist das Erstaunlichste daran. Die meisten Rattenkönige, die hinter dem Putz von alten Häusern oder unter den Dielen einer Scheune gefunden werden, sind gesund und gedeihen prächtig. Offenbar haben die Viecher irgendeine Technik entwickelt, wie sie mit dieser Situation fertig werden können. Das heißt natürlich nicht, dass sie sie genießen! Vielmehr entdeckt man sie meist aufgrund der teuflischen Schreie, die sie ausstoßen. Es ist wohl nicht sehr lustig, ein ganzes Leben aneinandergekettet zu sein. Wie viel schöner wäre es, frei herumlaufen zu können. Dennoch, sie überleben tatsächlich irgendwie. Die erstaunlichen Wege der Natur, was?«

Er hielt einen Augenblick inne, um Zen weiter zur Verzweiflung zu bringen.

»Nun ist es so, dass viele Leute glauben, dass sich irgendwo in diesem Land der König aller Ratten im Gebälk versteckt«, fuhr er schließlich fort. »Das zäheste Biest von allen, das tückischste und rücksichtsloseste, das dominierende Tier in der Horde, wie Sie es ausgedrückt haben. Einige dachten, es sei Calvi, andere dachten, es sei Gelli. Wieder andere glaubten, dass es jemand ganz anderes ist, jemand, der weit über den beiden steht, vielleicht ein hohes Tier in der Regierung, oder im Gegenteil, jemand, von dem man noch nie gehört hat. Doch in einem sind sich alle einig, nämlich darin, dass sie existiert, diese Superratte. Diese Erkenntnis löst Hoffnung und Verzweiflung aus. Hoffnung, weil wir ihn eines Tages vielleicht doch in die Falle locken werden, ihn endgültig zu fassen kriegen, ihn fertigmachen und das Haus für immer von Ratten befreien. Verzweiflung, weil wir wissen, dass er zu raffiniert, zu mächtig und zu gerissen ist, um jemals in die Falle zu gehen. Doch das ist alles nur ein Märchen! Wir haben es mit keinem Wesen, sondern mit den Verhältnissen zu tun, damit, dass einer für die anderen gekreuzigt wird. Der schreit dann wie verrückt, beißt, spuckt, schlägt um sich, doch irgendwie überlebt er und gedeiht sogar auf abscheuliche Weise. Das macht die Verschwörung so bedrohlich. Man braucht keine Tagesordnung und keine Strategien, kein Mitgliederverzeichnis, kein Passwort und keine Geheimcodes. Der Rattenkönig reguliert sich selbst. Er reagiert automatisch und effektiv auf jede Bedrohung. Jede Ratte verteidigt die Interessen der anderen. Die Stärke der einzelnen ist die Stärke von allen.«

»Ich sehe nicht ganz, was das alles mit dem vorliegenden Fall zu tun hat«, sagte Zen.

Bartocci warf einen Blick auf seine Uhr. »Es tut mir leid, ich habe mich ziemlich hinreißen lassen. Das ändert nichts an der Tatsache, dass ich glaube, dass unabhängig davon, ob im Fall Miletti eine Verschwörung vorliegt oder nicht, die Ermittlungen einen Punkt erreicht haben, an dem ich eine solche Theorie nicht länger ignorieren kann. Es würde jedoch fatal, wenn ich meine Karten offenlegen würde. Wenn ich diese Ermittlungen ganz normal führen würde, hätte das derartige politische Auswirkungen, dass die Wahrheit nie ans Licht käme.«

»An dieser Stelle komme ich ins Spiel.«

Der Richter sah ihn an, und sein merkwürdig verhaltenes Lächeln zuckte angestrengt um die Mundwinkel. »Wenn Sie bereit wären, mir zu helfen.«

Zen drehte sich um und atmete tief durch. An einem der

auf die Piazza hinausgehenden Häuser war ein Fenster auf der ersten Etage eine gemalte Attrappe, doch in dem Fenster daneben stand ein stattlicher, silberhaariger Mann in einem roten Morgenrock und starrte mit unverhüllter Neugier zu ihnen herunter.

»Was soll ich für Sie tun?«, fragte Zen tonlos.

»Nur ein paar Dinge, die ich selbst kaum unauffällig erledigen könnte. Zunächst einmal möchte ich, dass Sie überprüfen, welche Schusswaffen auf Mitglieder der Familie Miletti eingetragen sind. Und vergessen Sie nicht, die Santuccis mit einzubeziehen. Außerdem möchte ich Sie bitten, sich diskret zu erkundigen, wo die einzelnen Mitglieder der Familie gestern waren.«

»Wo sie gestern Abend waren, kann ich Ihnen sagen. Sie haben zusammen mit mir bei Antonio Crepi zu Abend gegessen.«

Bartocci warf ihm einen Blick zu, der rasch von Erstaunen über Besorgnis und Respekt zu Misstrauen wechselte. Dann lachte er ziemlich aufdringlich. »Nun gut! Sie sind ja schon ganz schön herumgekommen, muss ich sagen.«

»Crepi wollte offenbar, dass ich die Milettis kennenlerne, um ›zu verstehen, mit wem wir es zu tun haben‹, wie er sich ausdrückte.«

Auf der anderen Seite der Piazza lehnte sich ein Paar über ein parkendes Auto und knutschte sehr heftig. Der dicke Mann am Fenster sah immer noch zu ihnen herab, die Daumen unter den Gürtel seines Morgenmantels geklemmt.

»Hat er sonst noch was gesagt?«

»Ja, eine ganze Menge. In mancher Hinsicht scheint es mit dem übereinzustimmen, was Sie gesagt haben. Natürlich hat er nicht unterstellt, dass die Familie irgendwas mit der Entführung zu tun haben könnte …«

»Natürlich nicht! Er würde davon in jedem Fall nichts wissen.«

»Aber er hat das Gefühl, dass sie nicht genug tun, um Ruggiero nach Hause zu holen. Er hat mich gebeten, das der Presse gegenüber klarzumachen, als eine Art Druckmittel, um die Milettis zum Zahlen zu bewegen.«

Der junge Richter lächelte säuerlich. »Typisch. Eins ist jedenfalls sicher. Von nun an wird kein zusätzlicher Druck mehr nötig sein. Valesios Tod wird mehr als jede Pressekonferenz dazu beitragen, diese Angelegenheit auf die eine oder andere Art zu lösen. Innerhalb der nächsten Tage wird die Familie sicherlich bekannt geben, dass sie aufgefordert wurde, das volle Lösegeld umgehend zu bezahlen, und dass sie dem nachkommen werde. Deshalb müssen wir schnell handeln. Wenn das Geld übergeben wurde und Ruggiero zurück ist, werden wir nie mehr etwas beweisen können. Doch vor allen Dingen müssen wir vorsichtig sein! Die ganze Angelegenheit ist politisch in höchstem Maße brisant, und wenn irgendetwas davon durchsickert, wird man mich zwingen ...«

Er brach abrupt ab und sah an Zen vorbei. Der junge Mann hatte eine Kamera hervorgeholt und fotografierte seine Freundin in verschiedenen Posen vor dem Hintergrund der Landschaft.

»Wie dem auch sei, ich muss jetzt gehen. Es ist zu spät für einen Kaffee, fürchte ich.«

Während Bartocci davoneilte, ging der Mann mit der Kamera zielbewusst auf Zen zu, seine Freundin schlenderte langsam hinter ihm her.

»Entschuldigen Sie mich! Würden Sie bitte uns eine Foto machen?«

Ausländer, dachte Zen erleichtert. Die plötzliche Eile des jungen Richters war ganz unnötig gewesen. Denn eins stand zumindest fest, diese Schweine würden niemals Ausländer benutzen.

4

An diesem Nachmittag ging Aurelio Zen Boot fahren.

Nach dem Schock über die Ermordung Valesios und einer fast schlaflosen Nacht hatte das Mittagessen mit Luciano Bartocci ihm den Rest gegeben. Das hatte ihm gerade noch gefehlt, ein ehrgeiziger, junger Untersuchungsrichter mit einem starken politischen Vorurteil, einer vorgefertigten Verschwörungstheorie und dem Drang, in die Zeitung zu kommen. Auf Zens Kosten natürlich, für den Fall, dass etwas schiefging.

In früheren Tagen waren die Richter langweilige und phlegmatische Gestalten gewesen, verdienstvoll, doch nicht besonders spannend, vor allem aber unnahbar und anonym. Durch das Zusammenwirken von Fernsehen und Terrorismus hatte sich all das geändert. Eine neue Art von Männern war aus den unpersönlich grauen Reihen der Justiz hervorgetreten, um sich in das Bewusstsein der Nation einzuprägen. Jeden Abend waren im Fernsehen die glamourösen Untersuchungsrichter und Staatsanwälte zu sehen, die den Kampf gegen politische Gewalt und organisiertes Verbrechen anführten. Nun sehnten sich auch ihre Kollegen nach Ruhm, und beinah über Nacht waren die einst gesichtslosen Bürokraten aufgeblüht, trugen modische Kleidung und buschige Bärte, und ein anonymer Brief reichte aus, sie wie Schuljungen in Aufregung zu versetzen.

Da Bartocci ausdrücklich betont hatte, dass seine Ausführungen »ganz im Vertrauen« gemeint waren, hätte Zen sie natürlich einfach ignorieren können. Doch das wäre vorschnell. Es gab unendlich viele Möglichkeiten, wie ein Untersuchungsrichter einen Polizeibeamten kompromittieren oder blamieren konnte, während es von unschätzbarem Wert war, die Justiz auf seiner Seite zu haben. Nein, er musste versuchen, Bartocci bei Laune zu halten. Auf der anderen Seite waren die Nachforschungen, um die er ihn gebeten hatte, obschon scheinbar harmlos, mit einem ziemlichen Risiko verbunden. Eine große Familie wie die Milettis ist wie ein schlafender Bär. Auch wenn er reichlich apathisch und durch nichts zu beeindrucken zu sein scheint, so ist doch jedes einzelne Haar seines Pelzes durch den direkten Draht mit dem Gehirn des Tieres verbunden, und wenn man in der falschen Richtung daran zieht, wird das Biest seine Muskeln anspannen und sich mit ausgestreckten Krallen auf einen stürzen. Was sollte er tun? Wie sollte er reagieren? Was war der sicherste Weg?

Seine unmittelbare Lösung bestand darin, Boot zu fahren. Nicht lange natürlich. Gerade jetzt, wo all diese neuen Entwicklungen auf ihn einstürmten, konnte er sich auf gar keinen Fall einen freien Nachmittag erlauben. Aber es hatte auch keinen Sinn, etwas zu unternehmen, solange sich sein Kopf so anfühlte wie im Augenblick. Also ging er zum Hotel zurück, schloss die Fensterläden, zog Schuhe, Jacke und Krawatte aus, legte sich auf das Bett und machte die Leinen los. Das Bild eines langen, flachen Bootes, das von eleganten Ruderschlägen angetrieben, gleichmäßig durch das Schilf gleitet, wirkte sehr beruhigend auf ihn. Nur zehn oder fünfzehn Minuten so liegen, und er würde wieder fit sein. Ein kurzer Ausflug zwischen den kleinen Inseln und Sumpfbänken hindurch, wo man das Boot treiben lassen kann, sich über das Heck beugen und das verborgene Leben in dem schmutziggrünen Wasser beobachten, Fetzen von Seetang, kleine Zweige und andere Gebilde, die sich manchmal als lebendig herausstellen. Oder man konnte sich auf die Oberfläche konzentrieren, eine Schleimschicht ohne Tiefe, auf der das perlende Licht in immer wieder neuen Mustern schimmerte, oder nach oben auf ein großes modernes Gebäude blicken, mehrere Etagen hoch, das sich an einer benachbarten Insel vorbeischob, wie die Aufbauten eines Tankers, der durch den tiefen Kanal in See stach ...

Er stand auf und machte schlotternd das Licht an. Irgendetwas stimmte nicht. Wie konnte es in dem Zimmer stickig und kühl zugleich sein? Und alles war vollkommen ruhig, kein Verkehr rauschte in der Ferne, keine Schritte, keine Stimmen. Als sein Blick auf das Transistorradio fiel, schaltete er es ein und drehte an dem Sendeknopf herum. Er stieß jedoch nur auf atmosphärische Geräusche, überlagert von dem zwitschernden Unsinn von Maschinen. Er kam sich wie der letzte Überlebende vor.

»... Ihnen sehr und Sie erhalten ein fantastisches Radio-Subasio-T-Shirt also rufen Sie uns weiter an das nächste Stück ist für Adriana aus Gubbio es ist Celentanos neueste Single die wir um Viertel vor vier an diesem Donnerstagmorgen für dich spielen auf Wunsch deines Freundes Tullio der sagt ...«

Zen brachte das Radio zum Schweigen, ging zum Fenster und öffnete die Fensterläden. Die menschenleere Piazza glitzerte im Licht der Straßenlaternen. Er hatte die ganze Nacht geschlafen.

Als er sein eigenes Spiegelbild im Fenster sah, überkam ihn ein Anflug von Selbstmitleid, und plötzlich wurde ihm klar, dass er Ellen sehr vermisste und dass er sich nur in solchen Augenblicken, wenn er sich selbst überrumpelte, eingestehen konnte, wie sehr er sie brauchte. Warum konnte er ihr das nicht sagen? Schließlich war es doch das, was sie wollte, und er wusste, dass sie ein Recht darauf hatte. Einen Augenblick lang war er versucht, sie auf der Stelle anzurufen und ihr zu sagen, was er empfand. Aber das wäre natürlich lächerlich. Er stellte sich vor, wie ihr Telefon immer weiterklingelte, bis es sie schließlich widerwillig aus dem Schlaf riss, und dann ihre verständnislose Reaktion. »Mein Gott, Aurelio, hätte das nicht bis morgen Zeit gehabt? Weißt du, wie spät es ist? Ich muss morgen um neun zu einer Auktion, und du weißt doch, wie schwer ich wieder einschlafe, wenn ich erst mal wach bin.« Stattdessen las er in einer Zeitung, die er in Triest gekauft und vergessen hatte wegzuwerfen, und vertiefte sich in eine Debatte darüber, weshalb der Stadtrat es so lange hinauszögerte, den Straßenbelag in einem abgelegenen Stadtgebiet zu erneuern, bis es Zeit war, zur Arbeit zu gehen.

Im Foyer der Questura drängte sich vor einem Büro eine Menge von Leuten unterschiedlicher Rassen, die Pässe und Bündel von offiziellen Dokumenten umklammert hielten. Ein Blatt Papier, auf dem in unbeholfenen Buchstaben »Ausländer« stand, war mit Klebeband auf der gläsernen Trennwand befestigt worden. Hinter der Glasscheibe blickte ein Beamter aus der politischen Abteilung einen besorgt aussehenden Schwarzen finster an.

»Und ich nehme an, es ist meine Schuld, dass Sie es nicht dabei haben?«, fragte er.

Als Zen sich seinem Büro näherte, streckte der Inspektor, der versucht hatte, Ubaldo Valesios Schritte zu verfolgen, seinen Kopf aus der Tür des Nebenzimmers. »Einen Augenblick, Chef!«

Lucaroni war klein und sah mit seinen verkniffenen Augen und seinem breiten, stoppeligen Kinn ziemlich heruntergekommen aus. Er bewegte sich schnell und verstohlen und sprach in einem hastigen Flüsterton, als ob es sich bei jedem Wort um eine geheime Information handelte.

»Sie haben Besuch«, murmelte er. »Die Witwe. Sie ist vor ungefähr fünf Minuten eingetrudelt und wollte Sie sprechen. Wir wussten nicht genau, was wir mit ihr machen sollen.«

Er sah Zen zweifelnd an, doch der nickte. »Irgendwas herausgefunden gestern?«

Lucaroni schüttelte den Kopf. »Er hat um neun in seinem

Büro angerufen, um alle Termine abzusagen. Das kam offenbar ganz unvorhergesehen. Zwei Mandanten, die auf ihn warteten, mussten weggeschickt werden.«

Zen warf einen Blick in das Inspektorenzimmer. Chiodini war in eine Sportzeitung vertieft. Geraci fixierte Zen ganz starr, so als ob er versuchte, sich zu erinnern, ob er den Gashahn abgedreht hatte, bevor er aus dem Haus ging.

»Wie siehts bei euch beiden aus?«, fragte Zen.

Geraci zuckte kurz mit den Augenbrauen. »Nur eine Menge Zeug über sein Haus, die Steuern und die Kinder.«

»Und diese Sternchen in seinem Terminkalender«, warf Chiodini ein, ohne von seiner Zeitung aufzusehen.

»Die haben nichts zu sagen«, meinte Geraci mit einer wegwerfenden Handbewegung.

»Was für Sternchen?«, fragte Zen.

In Wirklichkeit versuchte er nur, die Begegnung mit Patrizia Valesio hinauszuzögern.

Chiodini zog aus dem Stapel von Dokumenten, der auf seinem Schreibtisch lag, den Terminkalender hervor und zeigte ihm, dass der Anwalt mehrere Seiten während der letzten drei Monate mit einem roten Stern markiert hatte, die letzte vor zwei Tagen. Zen ging zu der Tür hinüber, die direkt in sein Büro führte, und nahm den Terminkalender mit.

»Was sollen wir jetzt tun, Chef?«, fragte Geraci. Er hörte sich ein wenig nervös an.

»Im Augenblick nichts.«

Ihm wurde klar, dass es ein Fehler gewesen war, drei Assistenten zu verlangen. Jetzt würden sie dauernd herumlungern, ihm Schuldgefühle verursachen und ihm im Weg sein. Außerdem würde einer von ihnen ganz bestimmt dem Questore Bericht erstatten müssen, und da keine Möglichkeit bestand herauszufinden, wer das war, würde er sie alle auf Trab halten müssen, wenn er das tun wollte, worum Bartocci ihn gebeten hatte.

Auf dem Gästestuhl in seinem Büro saß eine etwa dreißig Jahre alte, elegant in Schwarz gekleidete Frau. Sie hatte ein großes, rundes, leicht eingefallenes Gesicht und eine lange, spitze Nase. »Sie sind der Mann, den man aus Rom geschickt hat?«, fragte sie. »Ich bin Patrizia Valesio.«

»Es tut mir sehr leid ...«

Sie machte eine wegwerfende Handbewegung. »Bitte, wir wollen keine Zeit verlieren.«

Zen nahm Notizblock und Bleistift und legte beides auf seinen Schreibtisch. »Ganz wie Sie wünschen. Was kann ich für Sie tun?«

»Ich bin gekommen, um Anklage zu erheben. Sie mögen dies vielleicht seltsam oder sogar unerhört finden. Doch ich möchte Sie bitten, zuzuhören und über das, was ich Ihnen zu sagen habe, kein Urteil zu fällen, bevor ich ausgeredet habe.«

Sie atmete tief durch. »Mein Mann hat normalerweise nicht mit mir über die Verhandlungen wegen der Freilassung von Ruggiero Miletti gesprochen. Doch einmal, vor ungefähr einem Monat, als wir gerade beim Abendessen waren ...«

Sie hielt inne. Es war ihr deutlich anzusehen, wie schwer es ihr fiel, das Folgende zu sagen. Dann führte sie den Satz rasch zu Ende. »... platzte es plötzlich aus ihm heraus: ›Irgendwer fällt mir in den Rücken.‹«

In diesem Moment klingelte das Telefon.

»Entschuldigung«, sagte Zen und nahm den Hörer ab.

»Guten Morgen, Commissario. Hier ist Antonio Crepi. Ich rufe nur an, um Ihnen zu sagen, dass unser Gespräch von neulich abends inzwischen überholt ist. Pietro ist mit dem Flugzeug von London gekommen und hat mir versichert, dass, sobald die Bande sich meldet, die Angelegenheit ohne weitere Verzögerung erledigt wird. Ich brauche Sie wohl nicht darauf hinzuweisen, dass Sie das, was ich Ihnen erzählt habe, natürlich für sich behalten.«

»Natürlich.«

»Ach übrigens, ich habe gehört, dass Sie gestern mit dem jungen Bartocci zu Mittag gegessen haben.«

Zen beobachtete, wie Patrizia Valesio ein unsichtbares Haar von ihrem Mantel entfernte.

»Ich möchte mich da nicht einmischen, Dottore, aber denken Sie daran, was ich Ihnen über ihn erzählt habe. Luciano ist im Grunde ein guter Junge, doch er hat einen absoluten Tick, sobald es um die Milettis geht. Sie wissen doch, wie diese Linken sind, sie lesen Marx und sehen die Realität nicht mehr. Nun ist das meiner Ansicht nach eine gefährliche Einstellung bei einem Untersuchungsrichter. Doch noch mehr bei einem Polizisten. Verstehen Sie, was ich meine? Nur ein freundlich gemeinter Rat von einem, der Bescheid weiß.«

Zen legte den Hörer zurück. »... von einem, der Bescheid weiß.« Wo hatte er diesen Satz schon einmal gehört?

Patrizia Valesio starrte ihn mit einem Ausdruck an, der deutlich zeigte, dass sie sich durch Unterbrechungen nicht beirren lassen würde. Ihr Gesicht erinnerte Zen an einen altmodischen Kerzenständer, wie ein flacher Teller mit einem Dorn in der Mitte.

»Tut mir leid«, murmelte er. »Sie sagten gerade, dass ...«

»Ubaldo erzählte mir, dass ihm irgendwer in den Rücken falle«, wiederholte sie. »Er sagte, jedesmal wenn er den Entführern ein neues Angebot unterbreitete, das nach langwierigen Diskussionen mit der Familie ausgearbeitet worden war, und behauptete, dies sei das absolute Maximum, das die Milettis bezahlen könnten, bezichtigte die Bande ihn der Lüge. ›Haben Sie die Villa in Punta Ala vergessen? Und was ist mit dem Olivenhain in Spello? Warum haben Sie nicht die Aktien von der und der Firma verkauft?‹ Und wenn Ubaldo dann die Milettis fragte, siehe da, dann *gab* es tatsächlich so eine Villa, so einen Olivenhain, solche Aktien! Es war ein Albtraum für einen Unterhändler!«

Zen starrte konzentriert auf seinen Block. Er hatte zwanghaft Kästchenmuster gemalt, lauter sich im rechten Winkel überschneidende Linien, die die Möglichkeit eines Irrtums oder einer Überraschung ausschlossen. »Was ist mit Ruggiero selbst?«, schlug er vor. »Er weiß mehr als jeder andere über das Vermögen der Familie und ist der Bande vollkommen ausgeliefert. Es wäre nicht schwierig für sie, ihn zum Reden zu bringen.«

»Das hat Ubaldo zuerst auch gedacht. Doch die Bande wusste über finanzielle Entwicklungen Bescheid, die nach der Entführung stattgefunden hatten, Dinge, über die Ruggiero nichts wissen konnte. Schließlich kam Ubaldo zu der Überzeugung, dass irgendwer aus dem Kreis der Familie die Bande tagtäglich mit Informationen versorgt. Das bedeutet, dass mein Mann das unschuldige Opfer einer abscheulichen Betrügerei innerhalb der Familie Miletti ist! Aus diesem Grund bin ich gekommen. Ich will, dass seine Mörder bestraft werden. Nicht nur die, die abgedrückt haben, sondern auch die, die dahinterstehen, im Verborgenen!«

Sie hielt inne und atmete mehrmals kurz und heftig.

»Das ist alles sehr interessant, Signora ...«

»Ich bin noch nicht am Ende!«, sagte sie in scharfem Ton. »Da ist noch etwas, ein entscheidender Anhaltspunkt. Die Bande benutzte immer dieselbe Methode, um mit Ubaldo in Kontakt zu treten. Das Telefon klingelte um ein Uhr, wenn wir gerade zu Mittag essen wollten. Es wurden nur zwei Worte gesagt. Der Anrufer nannte den Namen einer Fußballmannschaft, und Ubaldo musste mit dem Namen der Mannschaft antworten, gegen die sie am kommenden Sonntag spielte. Er hatte den Spielplan immer neben dem Telefon liegen. Dann hängte er sofort ein, rief in seinem Büro an und sagte alle Termine für den Nachmittag ab. Das war die Methode, und davon wich man nie ab. Doch am Dienstag ...«

Sie unterbrach sich von Neuem, um Selbstbeherrschung ringend. »Am Dienstag kam der Anruf nicht zur Mittagszeit, sondern früh am Morgen, gegen 7.45 Uhr. Ich hörte, wie Ubaldo das Passwort nannte und dann ganz überrascht ›Jetzt gleich?‹, fragte.«

Sie zwang Zen, ihr in die Augen zu sehen.

»Wann sind Sie hier eingetroffen, Commissario?«

»Am Dienstag.«

»Um wie viel Uhr?«

»Ungefähr halb zwei.«

»Und wer wusste, dass Sie kommen?«

Er zog die Stirn leicht in Falten. »Einige Leute im Ministerium und hier bei der Questura.«

»Sonst niemand?«

»Nicht dass ich wüsste. Warum?«

War da ein Geräusch im Nebenzimmer, hinter der verschlossenen Tür?

»Wie erklären Sie sich dann die Tatsache, dass die Entführer anriefen und Ubaldo persönlich sehen wollten zu einem Zeitpunkt, als Sie noch in Rom waren und angeblich außer den Behörden niemand wusste, dass Sie kommen würden?«

Ihre Stimme klang triumphierend, so als ob damit die Angelegenheit entschieden wäre. Zen legte seine Stirn bewusst noch stärker in Falten. »Ich sehe nicht, was es da zu erklären gäbe. Welche Verbindung besteht zwischen den beiden Ereignissen?«

Sie schnaubte ungehalten. »Welche Verbindung? Die Verbindung ist für jeden offensichtlich, der zwei und zwei zusammenzählen kann. Glauben Sie allen Ernstes, dass die erste Kontaktaufnahme nach wochenlangem Schweigen rein zufällig am selben Tag erfolgte, an dem Sie hier eintrafen? Es tut mir leid, aber diese Erklärung wäre ein bisschen zu einfach. Denn wie konnten die Entführer bereits fünf Stunden vor Ihrer Ankunft wissen, dass Sie nach Perugia kommen würden? Offensichtlich hatte ihnen ihre Kontaktperson in der Familie einen Tipp gegeben!«

»Aber woher hätten die Milettis das denn wissen sollen?«

»Weil sie dafür gesorgt haben, dass Sie hierhergeschickt werden. Sie glauben doch um Himmels willen nicht, dass solche Dinge passieren, ohne dass irgendwer seine Beziehungen spielen lässt, oder?«

Zen wandte den Blick ab. Ihm war soeben eingefallen, wo er die Floskel, mit der Crepi eingehängt hatte, bereits gehört hatte. Sie hatte unter dem anonymen Brief gestanden, den Bartocci bekommen hatte, worin unterstellt wurde, dass die Entführung von Ruggiero Miletti eine abgekartete Sache sei. Er ertappte sich dabei, wie er CREPI in großen Druckbuchstaben auf den vor ihm liegenden Block schrieb. Hastig strich er den Namen wieder durch und bemalte die ganze Fläche mit engen Schnörkeln, bis auch die letzte Spur davon beseitigt war.

»Das verstehe ich nicht ganz, Signora«, sagte er. »Erst behaupten Sie, dass die Familie mit den Entführern unter einer Decke steckt, dann sagen Sie, sie hätten ihre Beziehungen benutzt, um mich hierher zu holen. Liegt darin nicht ein gewisser Widerspruch?«

Mit einer krampfartigen Bewegung stand Patrizia Valesio von ihrem Stuhl auf. »Erzählen Sie mir nichts von Widersprüchen! Diese ganze Familie ist ein lebender Widerspruch, sie frisst alles und jeden auf, der ihr in die Quere kommt. Einer von ihnen lächelt einen an, während der andere einem in den Rücken fällt. Mein armer Mann, der nur helfen wollte, ist ihnen zum Opfer gefallen. Seien Sie vorsichtig, damit Ihnen nicht dasselbe passiert!«

Zen stand ebenfalls auf. »Wie dem auch sei, da in diesem Fall gerichtlich ermittelt wird, wäre es am besten, den verantwortlichen Richter, Luciano Bartocci, zu informieren.«

Seine Besucherin riss ihre Handschuhe und ihre Tasche an sich. »Oh, ich werde ihn informieren, machen Sie sich darüber keine Sorgen. Und ich werde ihn darüber informieren, dass ich Sie informiert habe. Und dann werde ich die Staatsanwaltschaft davon in Kenntnis setzen, dass ich Sie beide informiert habe. Wollen Sie wissen, weshalb ich so viele Leute informieren werde, Commissario? Weil man versuchen wird, diese Angelegenheit totzuschweigen, und das will ich den Milettis und ihren Freunden so schwer wie möglich machen. Wenn es eine Verschwörung gibt, dann soll jeder sehen, dass es sie gibt, und wissen, wer daran beteiligt ist. Das wird wenigstens ein schwacher Trost für mich sein.«

Im letzten Augenblick fiel Zen der Terminkalender ein. Er zeigte ihn Patrizia Valesio und fragte sie, ob sie irgendetwas über die Sternchen wisse, auf die Chiodini aufmerksam gemacht hatte. Mit der Schrift ihres Mannes konfrontiert zu werden, war für sie zweifellos ein großer Schock, doch es gelang ihr, die Fassung zu wahren. »Das sind die Tage, an denen sich Ubaldo mit den Entführern traf«, antwortete sie mit matter Stimme. »Er machte den Vermerk im Terminkalender, sobald sie anriefen. Er dachte, das könnte später vielleicht nützlich sein.«

Ja, vielleicht könnte es das, dachte Zen, nachdem sie gegangen war. Doch er konnte sich nicht vorstellen, inwiefern.

Er öffnete die Tür zum Nebenzimmer. Lucaroni stand fast unmittelbar davor und studierte einen Anschlag über die zu ergreifenden Maßnahmen, falls Feuer im Gebäude ausbricht. Geraci saß am Schreibtisch, eine Taschenbuchausgabe des Strafgesetzbuches lag aufgeschlagen vor ihm. Chiodini war über seiner Zeitung zusammengesackt und schien zu schlafen.

»Ich habe was zu tun für euch, Jungs«, rief Zen munter. »Aus dem, was mir Valesios Witwe erzählt hat, geht hervor, dass die Bande immer durch einen Telefonanruf mit ihrem Mann Kontakt aufnahm, der lediglich ein Signal für ihn war, sich zu einem vorher vereinbarten Treffpunkt zu begeben. Vieles spricht dafür, dass das eine Bar war, irgendwo, nicht allzu weit entfernt. Ich möchte, dass ihr die findet. Stellt euch eine Liste zusammen und klappert alles ab. Nehmt ein Foto von Valesio mit. Es sollte nicht allzu schwierig sein. Ein junger, smarter Anwalt mit einem BMW wird den Leuten sicher aufgefallen sein.«

Als sie weg waren, ging Zen in sein Büro zurück und wählte eine Nummer im Haus. »Archiv.«

»Ich möchte, dass Sie feststellen, welche Waffenscheine auf die folgenden Personen ausgestellt wurden. Familienname Miletti, die Vornamen Ruggiero, Pietro, Silvio und ...«

Schon wieder dieses Geräusch im Nebenzimmer. Zen legte den Hörer hin, stand leise auf und ging zur Tür, die auf den Flur führte. Er sah hinaus. Der Flur war leer, doch die Tür zum Inspektorenzimmer stand einen Spalt offen. Zen ging den Flur entlang und stieß sie weit auf. Geraci stand an seinem Schreibtisch. Er wirbelte herum, als die Tür mit lautem Getöse gegen den Papierkorb schlug.

»Habe mein Notizbuch vergessen«, erklärte er.

Zen nickte. »Hören Sie, Geraci, ich möchte, dass Sie die beiden anderen für mich im Auge behalten.«

Der Inspektor sah Zen unschlüssig an. »Sie im Auge behalten?«

»Ganz genau. Nur für den Fall.«

Er zwinkerte und schlug sich leicht gegen die Nase.

»Vorsicht ist besser als Nachsicht. Wissen Sie, was ich meine?«

Geraci hatte offenbar nicht die geringste Ahnung, wovon Zen sprach. »Ich sollte jetzt gehen«, murmelte er nervös.

»Gute Idee. Sie sollen doch keinen Verdacht schöpfen.«

Er schaute Geraci den ganzen Flur hinunter nach, bevor er in sein Büro zurückging, wo er die Verbindungstür offenließ, sodass er jeden, der hereinkäme, auf Pertinis Porträt wie in einem Spiegel sähe. Dann nahm er den Hörer wieder auf.

»Hallo?«

»Bisher habe ich Miletti, Ruggiero, Pietro und Silvio.«

»Richtig. Außerdem Miletti, Daniele, Santucci, Gianluigi und Cinzia, geborene Miletti.«

»Wer ist am Apparat?«

Zen kam es so vor, als sähe er wieder diesen feindseligen Blick und hörte den Questore murmeln: »Bis heute hat er den Fall Miletti für uns bearbeitet.«

»Fabrizio Priorelli.«

»Ich rufe Sie gleich zurück, Dottore.«

»O nein, mein Freund! Bedaure, aber Sie werden es direkt jetzt machen, wenn ich darum bitten darf. Ich bleibe am Apparat.«

»Selbstverständlich, Dottore! Sofort.«

Es gab ein klapperndes Geräusch, als der Hörer abgelegt wurde, gefolgt von sich entfernenden Schritten. Während er wartete, sah sich Zen in seinem Büro um. Irgendwas war heute ein wenig anders, aber er konnte nicht feststellen, was es war.

Die Schritte kamen zurück.

»Es gibt drei Karten, Dottore. Eine 9-mm-Luger-Pistole auf den Namen Miletti, Ruggiero, ausgestellt am 27.4.53. Dann hat Santucci, Gianluigi am 19.10.75 ein Gewehr eintragen lassen. Schließlich Miletti, Cinzia, am 11.1.81 eine 4,5-mm-Beretta-Pistole.«

Zen notierte sich diese Daten an den Rand seiner früheren Krakeleien.

»Soll ich Ihnen eine Kopie in Ihr Büro schicken, Dottore?«

»Nein! Auf keinen Fall. Ich habe, was ich brauche. Ergebensten Dank.«

Er hängte ein und studierte die Informationen. Ruggieros Luger war sicher eine Kriegsbeute, die verspätet eingetragen worden war, nachdem die Gefahr eines bewaffneten kommunistischen Aufstands vorbei war. Damit könnte natürlich Valesios Kopf so zugerichtet worden sein, auf kurze Entfernung.

Mit Gianluigis Jagdgewehr allerdings auch. Doch er glaubte das nicht, keinen Augenblick lang.

Er bekam eine Verbindung nach außen, wählte die Nummer des Gerichts und verlangte Luciano Bartocci zu sprechen. Während er wartete, sah er sich mit einem immer missmutigeren Stirnrunzeln in seinem Büro um und versuchte, den Gegenstand auszumachen, der verändert worden war. Was *war* es bloß? Der Aktenschrank, der Garderobenständer, der Papierkorb, dieses große, hässliche Kruzifix, das Foto von Pertini oder der Kalender. Natürlich, der Kalender! Jemand hatte ihn aufmerksamerweise auf März umgeblättert, und nun war auf dem Hochglanz-Farbfoto die Bereitschaftspolizei abgebildet, die sich in voller Kampfmontur vor ihren gepanzerten Mannschaftswagen aufgestellt hatte.

»Ja?«

»Dottore Bartocci? Hier ist Zen, aus der Questura.«

»Endlich! Ich habe seit gestern Nachmittag versucht, Sie zu erreichen! Wo waren Sie?«

»Nun, ich war …«

»Hören Sie, es ist einiges passiert. Kommen Sie am besten gleich zu mir.«

»Patrizia Valesio war hier. Sie behauptet, dass …«

»Ich habe bereits mit ihr gesprochen. Jetzt geht es um etwas anderes. Seien Sie in zwanzig Minuten hier.«

Das Wetter war diesig und trüb. Auf dem Parkplatz zwischen der Questura und dem Gefängnis hatte Palottino seine Polierarbeiten an dem Alfetta unterbrochen, um mit zwei Wachtposten zu plaudern. Er sah Zen erwartungsvoll an. Doch der winkte ab und ging die Straße hinauf davon.

Es war Markttag, und an den Seiten der Treppe, die in einem weiten Bogen ins Stadtzentrum führte, hatte man wackelige Tischchen aufgestellt, auf denen Küchengeräte, Uhren, Kleidungsstücke, Werkzeug und Spielsachen ausgebreitet waren. Von einem Stand, der Raubkopien von Musikkassetten verkaufte, plärrte laute Musik. Die Händler balzten wie die Gockel um die Gunst der Frauen, die von einem Stand zum anderen gingen, unschlüssig, mit wem sie sich nun paaren sollten.

»… zu einfach sensationellen Preisen …«

»… gabs noch nie in Perugia …«

»… dank dem Wunder der amerikanischen Technologie …«

»… jemals kaputtgeht, zahle ich Ihnen den doppelten …«

»Socken!!! Socken!!! Socken!!!«

»… einer für Dreißigtausend, zwei für Fünfzig …«

Ein Mann auf einem dreibeinigen Hocker kippte eine ganze Ladung Dreck über seinen Anzug und entfernte ihn dann wieder mit einem batteriebetriebenen Ministaubsauger. Auf der Mauer hinter ihm stand in großen schwarzen Buchstaben immer wieder der Name Ubaldo Valesio. Es handelte sich um ein Anschlagbrett, das speziell für Todesanzeigen reserviert war, und der Name des verstorbenen Anwalts war sehr häufig vertreten. Die einzelnen Anzeigen waren von seinen Partnern unterzeichnet, vom lokalen Anwaltsverband, der Familie Miletti, diversen Verwandten und natürlich von seiner Frau und seinen Kindern. Die Formulierungen variierten leicht, je nach dem Grad der Vertrautheit, doch bestimmte Formeln kehrten mit der Regelmäßigkeit eines Glockenschlages immer wieder.

»… unschuldige Opfer barbarischer Grausamkeit …«

»… auf tragische Weise durch eine eiskalte Hand aus dem Kreis seiner Lieben gerissen …«

»… ein tugendhaftes und angesehenes Leben durch die bösartige Gewalt von Kriminellen ausgelöscht …«

Im Justizpalast waren die Vormittagsverhandlungen in vollem Gang und die Flure und Säle überfüllt. Das Büro von Luciano Bartocci war lang und schmal, mit Regalen voller Bücher, die sich wie die Seiten eines Kamins nach innen zu wölben schienen, je mehr sie sich der hohen Decke näherten. Zwei Anwälte standen dem Richter gegenüber durch einen Schreibtisch getrennt, der den größten Teil des Raumes einnahm. Einer bat offensichtlich um eine Gefälligkeit zugunsten eines Klienten, eine Kaution, eine Besuchserlaubnis oder Zugang zu den offiziellen Akten. Derweil wurde der andere allmählich sauer auf Bartocci, weil der sich in dieser Weise von seinem penetranten und skrupellosen Kollegen vereinnahmen ließ, anstatt sich um seinen absolut berechtigten Antrag auf Kaution, Besuchserlaubnis oder Zugang zu den offiziellen Akten zu kümmern. Schließlich löste Bartocci das Problem, indem er beide rausschmiss und mit Zen eine Etage tiefer ging.

»Ich möchte Ihnen etwas vorspielen.«

Er führte ihn zu einem langen schmalen Raum im Keller des Justizpalastes, in dem die Telefonabhöranlage untergebracht war. An den Wänden entlang stand eine Reihe von Tonbandgeräten, eine Spule neben der anderen. Ein Mann hörte eins davon über Kopfhörer ab. Er zuckte leicht zusammen, als Bartocci ihm auf die Schulter tippte.

»Guten Morgen, Aldo. Könntest du uns die Aufnahme vorspielen, die ich mir vorhin angehört habe?«

»Sofort.«

Er nahm ein Band aus dem Ständer und fädelte es in ein unbenutztes Gerät ein.

»Das wurde gestern am späten Nachmittag vom Hausanschluss der Milettis mitgeschnitten«, erklärte der Richter Zen. »Aus diesem Grund habe ich versucht, Sie zu erreichen.«

Der Techniker gab Zen einen Kopfhörer und stellte das Tonband an. Man hörte den Rest eines Klingelzeichens und dann eine Stimme.

»Ja?«

»Signor Miletti?«

»Wer ist da?«

»Fahren Sie zu dem Müllcontainer unten am Hügel, an der Ecke der Hauptstraße. An seiner Innenseite klebt ein Brief für Sie. Holen Sie ihn ab, bevor die Bullen Ihnen zuvorkommen.«

Der Anrufer sprach mit starkem kalabrischen Akzent.

»Jetzt ist keine Zeit mehr für irgendwelche Spielchen. Sie haben noch drei Tage. Wenn Sie bis dahin nicht tun, was wir wollen, machen wir mit Ihrem Vater das Gleiche wie mit Valesio. Nur viel langsamer.«

Zen nahm den Kopfhörer ab und sah Bartocci um eine Erklärung heischend an. Die Botschaft hatte für ihn ziemlich echt geklungen.

»Was stand in dem Brief?«

»Das werden wir gleich herausfinden. Danke, Aldo!«

Als sie die Treppe hinaufgingen, fuhr Bartocci fort: »Pietro Miletti hat sich bereit erklärt, mit mir zu reden. Ich erwarte ihn in Kürze und möchte, dass Sie dabei sind. Wir haben gerade noch Zeit für einen Kaffee.«

Sie gingen zu einer winzigen Bar auf der Piazza Matteotti. Außer ihnen war nur noch eine Frau da, die ein riesiges, mit Sahne gefülltes Stück Kuchen aß, als ob ihr Leben davon abhinge.

»Ich hatte einen Anruf von Antonio Crepi«, bemerkte Zen beiläufig.

»Tatsächlich?«

Auch Bartocci sprach bewusst neutral.

»Er wusste, dass wir zusammen zu Mittag gegessen haben.«

»Das ist mir klar. In einer Viertelstunde wird er auch wissen, dass wir zusammen Kaffee trinken waren.«

»Was halten Sie von Patrizia Valesios Geschichte?«, fragte Zen.

Der Richter zuckte mit den Schultern. »Das bringt uns nicht weiter. Ein ihr feindlich gesonnener Staatsanwalt würde Hackfleisch aus ihr machen. Die verzweifelte Witwe versucht, ihren Schmerz über den Tod ihres Mannes durch einen Rachefeldzug gegen die Familie Miletti zu lindern, irgendwas in der Richtung. Doch dieser Brief ist eine ganz andere Sache.«

Zen brauchte einen Augenblick, um zu verstehen, worauf Bartocci hinauswollte. »Sie meinen, wenn sie versuchen, einen Brief von den Entführern zu fälschen?«

Bartocci nickte zwischen zwei Schluck Kaffee. »Sie sind nicht in der Lage, ihn so gut zu fälschen, dass sie ein Polizeilabor damit täuschen könnten. Es überrascht mich, dass ihnen das nicht klar war. Deshalb könnte diese Zusammenkunft mit Pietro Miletti von entscheidender Bedeutung sein. Aus diesem Grund möchte ich, dass Sie dabei sind.«

Der älteste Spross der Milettis schien den anderen so gut wie gar nicht zu gleichen. Von kleiner und rundlicher Statur, mit leicht hoher Stirn und einem verärgerten Gesichtsausdruck sah Pietro auf den ersten Blick aus wie ein englischer Tourist, der sich darüber beschweren kam, dass ihm seine Sachen aus dem Hotelzimmer gestohlen waren, und rechtschaffen entrüstet erklärte, Italien sei eine Räuberhöhle, und zu wissen verlangte, wann die Behörden endlich etwas dagegen zu tun gedächten. Von seiner Tweedjacke bis hin zu den derb gemusterten Schuhen spielte er diese Rolle perfekt, nicht die übliche Designermischung aus teuren Geschäften in Mailand oder Rom, sondern das einzig Wahre, genauso schlicht und schwer, wie sich Zen das englische Klima, den englischen Charakter und die englische Küche vorstellte.

Bartocci stellte Zen als »einen der führenden Spezialisten des Landes für Entführungen« vor, »eigens vom Ministerium hierhergeschickt, um den Fall zu überwachen«.

Pietro Miletti reagierte leicht bestürzt. »Ich dachte, dies wäre eine vertrauliche Besprechung.«

»Nichts von dem, was in diesem Raum gesprochen wird, wird nach außen dringen«, versicherte ihm Bartocci. »Wir wollen nur darüber reden, welche Maßnahmen angesichts der jüngsten Entwicklungen ergriffen werden müssen. Bitte nehmen Sie Platz.«

Nach kurzem Zögern lehnte Pietro seinen zusammengerollten Schirm und seinen ledernen Aktenkoffer gegen den Schreibtisch und setzte sich. Bartocci nahm ihm gegenüber am Schreibtisch Platz. Da es keinen weiteren Stuhl gab, blieb Zen stehen.

»Nun denn«, fuhr der Richter in sachlichem Ton fort, »mir ist bekannt, dass die Entführer Sie gestern Nachmittag telefonisch über einen Brief informiert haben, der an einem bestimmten Ort für Sie hinterlegt und dort anschließend gefunden wurde. Ich nehme an, Sie haben ihn mitgebracht.«

»Nicht das Original.«

Pietro Miletti sagte das, als ob das überhaupt keine Rolle spielte, doch Bartocci warf Zen einen Blick zu, bevor er antwortete. »Eine Kopie des Briefes ist für unsere wissenschaftlichen Experten nur von geringem Nutzen.«

»Ich habe auch keine Kopie mitgebracht.«

Bartocci machte eine ungeduldige Geste. »Entschuldigen Sie, Dottore, Sie sagen, Sie haben nicht das Original des Briefes mitgebracht und auch keine Kopie. Würden Sie dann vielleicht die Freundlichkeit besitzen, mir zu sagen, was Sie mitgebracht haben?«

Pietro Miletti öffnete seinen Aktenkoffer, nahm ein Blatt Papier heraus und hielt es dem Richter hin.

»Ich habe ein Memorandum mitgebracht, das nach dem Original des Briefes angefertigt wurde und alle relevanten Informationen, die er enthielt, einzeln aufführt.«

Bartocci machte keinen Versuch, das Blatt an sich zu nehmen. »Dottore, es gefällt mir überhaupt nicht, wenn jemand meint, er könne mir vorschreiben, was in einem Fall, den ich bearbeite, relevant ist und was nicht. Wenn Sie nicht bereit sind, mir das Original des Briefs zu zeigen, dann wird diese vorgetäuschte Kooperationsbereitschaft zur Farce, und ich sehe keinen Sinn darin, damit fortzufahren.«

Pietro Miletti gab ein kurzes Lachen von sich, das unangenehm arrogant und spöttisch klang, obwohl es genauso gut ein Zeichen von Nervosität sein konnte. »Ich fürchte, das ist unmöglich.«

»Unmöglich? Erlauben Sie mir, Sie daran zu erinnern, dass in Abwesenheit Ihres Vaters Sie das Oberhaupt der Familie sind. Nichts ist unmöglich, wenn Sie es wünschen.«

»Nein, ich meine, es ist im wahrsten Sinne des Wortes unmöglich. Der Brief existiert nicht mehr.«

Bartocci warf Zen einen triumphierenden Blick zu. Also hatten die Milettis erkannt, welche Bedrohung ein gefälschter Brief für ihre Pläne darstellen könnte, und hatten nicht die Absicht, ihn zu zeigen!

Pietro balancierte das Blatt Papier auf seinen Knien. »Ich sollte vielleicht erklären, dass, obwohl die Entführer einen Teil des Briefes diktiert haben, das meiste jedoch von meinem Vater selbst stammte. Es war ein persönlicher, an die Familie gerichteter Brief, und wie jeder persönliche Brief nicht dazu bestimmt, von Außenstehenden gelesen zu werden. Es war darüber hinaus ein sehr langes, weitschweifiges und ziemlich erschreckendes Dokument. Erschreckend meine ich in Bezug auf den Eindruck, den es vom Geisteszustand meines Vaters vermittelte. Die Belastungen und Qualen, denen er während dieses langen Martyriums ausgesetzt war, haben ihn schrecklich mitgenommen. Natürlich würde kein Mensch ihn für das, was er geschrieben hat, verantwortlich machen wollen, aber bestimmte Passagen wirkten beim Lesen dennoch sehr beunruhigend.«

Zen ließ seinen Blick die Regale hinaufschweifen. Sie waren mit Büchern beladen, die so gleichförmig aussahen wie Ziegelsteine. »Er hat Sie beschuldigt, Sie hätten ihn im Stich gelassen«, sagte er. »Er hat Sie an die unzähligen Opfer erinnert, die er für Sie gebracht hat und Ihnen vorgeworfen, dass Sie in der Stunde der Not nicht bereit waren, ihm zu helfen. Er hat Ihr Verhalten sogar auf unschmeichelhafte Weise mit dem der Entführer verglichen.«

Pietro Miletti schaute verblüfft um sich. »Woher wissen Sie das? Das ist nicht möglich. Es sei denn ...«

Seine Augen leuchteten kurz auf, als sei ihm eine Idee gekommen, doch dann verschwand das Leuchten wieder.

»Solche Briefe ähneln sich«, erklärte Zen, »wie Liebesbriefe.«

»Ach so, ich verstehe.« Pietro hatte das Interesse wieder verloren.

Bartocci starrte Zen wütend an, dem klar wurde, dass er einen Fehler gemacht hatte, als er von dem Brief sprach, als ob dieser wirklich existierte, als ob sie es mit einer echten Entführung zu tun hätten. Der Richter klopfte auf seinen Schreibtisch. »Was ist aus dem Brief geworden?«, fragte er.

»Wir haben ihn verbrannt.«

»Sie haben was gemacht?«

»Mein Vater hat uns ausdrücklich untersagt, irgendwelche Informationen daraus an die Behörden weiterzugeben oder mit ihnen in irgendeiner Weise zusammenzuarbeiten. Diese Haltung stieß bei den meisten Familienangehörigen auf Zustimmung, und ich musste hartnäckige und langwierige Überredungskünste anwenden, bis sie damit einverstanden waren, dass ich Ihnen dieses Memorandum brächte, das, wie ich bereits sagte, alle relevanten Punkte aus dem Brief enthält.«

Zen erkannte plötzlich, dass Bartocci irgendeinen Schachzug plante, etwas, das er im Augenblick noch in der Hinterhand hielt.

»Und was sind diese ›relevanten Punkte‹, von denen Sie sprechen?«, fragte der Richter und zögerte bewusst seinen Vorstoß hinaus.

Pietro Miletti nahm das Blatt wieder in die Hand und fing an, mit seiner ruhigen und selbstsicheren Stimme vorzulesen, einer Stimme, die es gewohnt war, dass man auf sie hörte, die niemals viel Aufhebens machen musste. Der volle Betrag von zehn Milliarden Lire sollte in abgegriffenen, nicht durchgehend nummerierten Banknoten sofort zur Übergabe bereitgestellt werden. Man sollte der Bande die Nummer eines Telefonanschlusses mitteilen, der nicht angezapft sei und den die Bande dann benutzen wollte, um weitere Einzelheiten mitzuteilen. Dabei würden sie sich auf die gleiche Weise melden, wie sie das bei Valesio getan hatten. Die Polizei sollte auf keinen Fall über irgendeine dieser Abmachungen informiert und in keiner Weise an der Geldübergabe beteiligt werden. Ein Verstoß gegen diese Anweisungen hätte den unmittelbaren Tod der Geisel zur Folge.

»Und was beabsichtigen Sie jetzt zu tun?«, fragte Bartocci, nachdem Pietro geendet hatte.

»Wir werden natürlich tun, was man von uns verlangt. Was bleibt uns anderes übrig?«

»Das, was Sie während der vergangenen vier Monate getan haben. Zeit zu schinden versuchen, Ihre Mittellosigkeit beklagen und um jede einzelne Lira feilschen.«

Pietro Miletti steckte das Blatt Papier wieder sorgfältig in seinen Aktenkoffer. »Das reicht, Bartocci! Wir wissen sehr wohl, was unsere Feinde über uns sagen.«

Sein Tonfall hatte sich ohne jeden Übergang verhärtet. Er stand von seinem Stuhl auf und sah die beiden nacheinander an. »Wissen Sie, warum Entführungen hier in Italien so gut florieren? Vielleicht meinen Sie, weil wir mit einer korrupten und unfähigen Polizei geschlagen sind, die ihre Anweisungen von politisch voreingenommenen und karrieresüchtigen Richtern erhält, denen jegliche praktische Ausbildung fehlt. Dieser Faktor spielt natürlich eine gewisse Rolle, doch ähnliche Zustände herrschen auch in anderen Ländern, in denen Entführungen beinahe unbekannt sind. Nein, in Wirklichkeit liegt das daran, dass wir im Grunde unseres Herzens die Entführer bewundern. Wir mögen keine erfolgreichen Leute. Wir sehen es gern, wenn sie erniedrigt werden, wenn man sie leiden lässt und wenn sie zahlen müssen. Man hat Russland früher als eine durch Attentate gemäßigte Autokratie bezeichnet. Nun, dann ist Italien eine durch Entführungen gemäßigte Plutokratie.«

»Wie gedenken Sie das Geld aufzubringen, nachdem Sie während der vergangenen Monate immer behauptet haben, das sei einfach nicht möglich?«

Doch Pietro Miletti wollte sich auf keine weiteren Diskussionen einlassen. »Das ist unsere Sache.«

»Da ist natürlich immer noch die SIMP«, meinte Bartocci hinterhältig.

»Natürlich ist da immer noch die SIMP, die man in den Konkurs treiben kann. Einige Leute würden sich sicher sehr freuen, wenn das passierte. Doch wenn unser Unternehmen dann tatsächlich Pleite macht, sind genau das die Leute, die am lautesten schreien.«

»Was ist mit dem nicht angezapften Telefonanschluss, dessen Nummer die Bande von Ihnen verlangt hat? Wie wollen Sie ihr die mitteilen?«

»Wenn ich Ihnen das sage, möchte ich bezweifeln, dass der Anschluss noch lange unangezapft bleibt. Wir zahlen einen extrem hohen Preis, um unseren Vater wiederzubekommen. Wir haben nicht die Absicht, den Erfolg dieser Operation durch die übliche Stümperei der Behörden zu gefährden.«

»Ich nehme an, Sie haben um Garantien gebeten«, warf Zen in ruhigem Ton ein.

Pietro Miletti wandte sich an der Tür noch einmal um. »Was für Garantien?«

»Woher wissen Sie, dass Ihr Vater noch am Leben ist?«

»Wir haben doch gerade einen Brief von ihm erhalten!«

»Woher wissen Sie, wann er ihn geschrieben hat? Sie sollten die Zahlung mit der Bedingung verknüpfen, dass die Bande ein Polaroidfoto von Ihrem Vater vorlegt, auf dem er die Zeitung von dem Tag in der Hand hält, an dem die Übergabe stattfindet. Damit wird übrigens auch sichergestellt, dass die Leute, mit denen Sie verhandeln, immer noch die Besitzer sind.«

»Die Besitzer von was?«

Er sprach in vernünftigem und höflichem Ton wie ein leitender Manager, der einen Unternehmensberater um eine spezifische Auskunft bittet.

»Die Verhandlungen über die Freilassung Ihres Vaters haben sich sehr in die Länge gezogen«, erklärte Zen. »Es ist durchaus denkbar, dass die ursprünglichen Entführer es sich nicht leisten konnten, solange zu warten. Das hängt von deren finanzieller Situation ab und davon, wie die anderen Dinge, in die sie verwickelt sind, laufen. Wenn sie schnell Bargeld brauchten, könnte es sein, dass sie Ihren Vater als langfristige Investition an eine andere Gruppe verkauft haben.«

Pietro Miletti lachte erneut kurz auf. »Mein Gott, sprechen wir über ein Geschäft mit Secondhand-Geiseln?«

Luciano Bartocci hatte auf seinem Schreibtisch geräuschvoll in Papieren gewühlt, um diesen Wortwechsel, von dem er ausgeschlossen war, zu unterbrechen. »Da wäre noch eine Kleinigkeit …«, setzte er an.

Pietro Miletti unterbrach ihn. »Aber was spielt das letztlich für eine Rolle? Uns ist es egal, wen wir bezahlen, solange wir nur meinen Vater wiederbekommen.«

»Aber Sie wollen doch nicht eine Bande bezahlen und dann feststellen, dass Sie Ihren Vater längst an eine andere verkauft hat, oder?«

»Da wäre noch eine Kleinigkeit«, wiederholte der Richter. »Bei der Lösegeldübergabe wird Kommissar Zen mit dabei sein.«

Bartocci mochte zwar zuvor gewisse Schwierigkeiten gehabt haben, sich verständlich zu machen, doch nun war ihm mit einem Schlag die Aufmerksamkeit beider Männer sicher.

In dem Zimmer war es so still, als hätten die drei in gegenseitigem Einverständnis ihre Tätigkeiten eingestellt, um in der Ferne auf das kaum hörbare, an- und abschwellende Geräusch der Sirene eines Krankenwagens zu lauschen.

»Sie müssen verrückt sein«, sagte Pietro Miletti schließlich.

Der junge Richter sah in der Tat ein wenig verstört aus. Seine Augen strahlten vor Entschlossenheit, sein Gesicht hatte im Bewusstsein des Risikos, das er dabei war einzugehen, eine angestrengte Röte angenommen, und ein lebloses Lächeln zuckte ihm um die Mundwinkel, als ob er versuchte, seinen Bart aufzuessen.

»Sollten Sie sich weigern mitzumachen«, fuhr er fort, »muss ich Sie darauf hinweisen, dass von heute Abend an jedes Mitglied Ihrer Familie und Ihres Hauspersonals vierundzwanzig Stunden am Tag von einem Team aus Kommissar Zens Männern aus Rom überwacht wird.«

Er sah Zen lange und ruhig an, damit er sich bloß nicht unterstehe, das abzustreiten.

»Natürlich wird so eine hektische Polizeiaktivität in die Presse kommen. Die Entführer werden sehr wahrscheinlich die ganze Operation abblasen.«

»Wie können Sie es wagen, Bartocci?«

Pietro Milettis Stimme klang leise und sonderbar. Trotz ihrer rhetorischen Form schien die Frage eine konkrete Bedeutung zu haben. »Wie können Sie es wagen, meinen Vater zu einem Pfand in Ihrem Spiel zu machen?«

Der Untersuchungsrichter hob einlenkend die Hände. »Dottore, wir sind hier alle in unserer offiziellen Funktion. Sie vertreten Ihre Familie. Kommissar Zen und ich vertreten den Staat. In dieser Hinsicht sind unsere Pflichten eindeutig im Strafgesetzbuch niedergelegt. Sie bestehen darin, Verbrechen zu untersuchen, ihre Ausführung zu verhindern, die schuldigen Parteien aufzuspüren und alle weiteren notwendigen Schritte zur Wahrung des Gesetzes zu unternehmen.

Doch wir sind nicht nur Richter oder Polizeibeamte, wir sind auch menschliche Wesen, und als Menschen haben wir tiefes und ehrliches Mitgefühl für die schreckliche Situation, in der die Familie Miletti sich befindet, und sind bestrebt, alles denkbar Mögliche zu tun, um sie rasch und zufriedenstellend zu bedienen. Gleichzeitig dürfen wir jedoch auch unsere Pflicht nicht vernachlässigen. Und so sind wir nach langen und gründlichen Überlegungen zu einem Kompromiss gelangt zwischen unseren offiziellen Pflichten und unserem natürlichen Wunsch, jedes Risiko bei der Befreiung Ihres Vaters zu vermeiden. Diesen Kompromiss habe ich Ihnen gerade skizziert. Ich glaube, dass Sie gut beraten wären, ihn anzunehmen.«

Pietro Miletti schüttelte bedächtig den Kopf. »Wie könnte ich auch nur daran denken, die Sicherheit meines Vaters einem solchen Risiko auszusetzen?«

»Es gibt kein Risiko«, versicherte Bartocci. »Überhaupt kein Risiko. Das sehen Sie doch auch so, Commissario?«

Zen klappte den Mund geräuschlos auf und zu. Du Hund, dachte er, du gerissener kleiner Hund.

Doch Pietro Miletti war an Zens Meinung nicht interessiert. »Die Entführer haben uns gerade ausdrücklich angewiesen, die Polizei in keiner Weise hineinzuziehen, dennoch behaupten Sie, dass wir ohne Weiteres einen höheren Beamten an der Lösegeldübergabe teilnehmen lassen können, ohne dass da irgendein Risiko bestünde!«

Bartocci winkte seinen Einwand beiseite. »Sie werden nicht wissen, dass er ein Polizeibeamter ist.«

Pietro Miletti starrte den Richter durchdringend an. »Warum nur, Bartocci? Sie werden die halbe Stadt gegen sich aufbringen, das Leben meines Vaters gefährden, und wozu das alles? Was versprechen Sie sich davon? Warum sind Sie bereit, ein so ausweisloses Spiel zu spielen und damit ihre ganze Zukunft zu riskieren?«

»Wie können Sie es wagen, mir zu drohen?«, schleuderte Bartocci zurück.

Nach kurzem Zögern zuckte Pietro mit den Schultern und wandte sich zum Gehen. »Ich werde die Angelegenheit mit der übrigen Familie besprechen müssen.«

»Seit wann wird die Familie Miletti auf Genossenschaftsbasis geführt?«, höhnte Bartocci.

»Ich werde Ihnen morgen früh Bescheid sagen.«

»Sie werden mir bis drei Uhr heute Nachmittag Bescheid sagen«, insistierte der Richter. »Andernfalls bleibt mir keine andere Wahl, als Kommissar Zen zu erlauben, seine Männer aufmarschieren zu lassen.«

Bartocci sagte das so, als ob Zen ein tollwütiger Hund wäre, den er nur mit allergrößter Mühe zurückhalten könnte.

Pietro Miletti wandte sich im Türrahmen nochmals um. »Es erübrigt sich wohl zu sagen, dass im Falle unserer Zustimmung die Verantwortung für die Folgen dieser Entscheidung ganz auf Ihre Kappe geht, damit meine ich Sie alle beide. Das sollten Sie sich vielleicht noch einmal vor Augen führen, bevor Sie sich auf ein solches Vorgehen einlassen.«

»Ich versichere Ihnen, es gibt nicht das geringste Risiko!«

»Das hat man Valesio auch gesagt.«

Als die Tür zuging, stieß Zen einen tiefen Atemzug aus, den er, wie er jetzt merkte, schon lange zurückgehalten hatte. Wenn er nur daran dachte, dass er sich den Kopf darüber zermartert hatte, wie er sich zu Bartoccis Verschwörungstheorie stellen sollte! Das war nun nicht mehr nötig. Denn von nun an war er, zumindest in den Augen der Milettis, Bartoccis Komplize, der Handlanger, dessen Leute dazu benutzt werden sollten, dem Willen ihrer Feinde Geltung zu verschaffen.

»Sie sind bereit mitzumachen, nehme ich an?«, fragte der Richter ihn mit einstudierter Beiläufigkeit, die Zen ziemlich geschmacklos fand.

»Das ist mein Job. Es wäre mir nur lieber gewesen, ich hätte vorher gewusst, was Sie vorhaben.«

Bartocci lachte jungenhaft. »Ich habe selbst nicht gewusst, dass ich das machen würde, bis es passierte!«

Er ging zu einem der Regale an der hinteren Wand und nahm eine große Aktenbox heraus. Zen dachte, er wollte ihm irgendein entscheidendes, neues Beweisstück zeigen, doch Bartocci griff lediglich durch den freigewordenen Platz auf dem Regal hindurch und betätigte unter angestrengtem Stöhnen einen Hebel. Es gab ein lautes metallisches Klicken, und das ganze Stück Wand drehte sich nach außen.

»Die Sache mit dem Brief hat bei mir den Ausschlag gegeben«, fuhr der Richter fort, während immer mehr von der Außenwelt in dem Spalt sichtbar wurde. »Ganz eindeutig behaupten sie, sie hätten ihn verbrannt, weil es ihnen zu riskant erscheint, ihn von uns untersuchen zu lassen.«

Die Aussicht wurde noch weiter, als er beide Türflügel ganz aufstieß. Vor dem versteckten Fenster war ein kleiner Balkon, der jetzt unzugänglich und voller Taubenkot war.

»Was haben wir also nach Aussage der Milettis?«, fragte Bartocci rein rhetorisch und zählte die einzelnen Punkte an seinen ausgestreckten Fingern ab. »Einen Telefonanruf, der ohne Weiteres von irgendeiner Telefonzelle aus hätte fingiert werden können, einen Brief, den niemand außerhalb der Familie gesehen hat und eine Lösegeldzahlung, die angeblich stattfinden wird, sobald die nötigen Abmachungen über einen Telefonanschluss getroffen wurden, dessen Nummer sie nicht preisgeben wollen. Wenn ich nicht darauf bestanden hätte, dass Sie bei der Übergabe dabei sein sollten, hätten wir absolut keinen Beweis, dass sie jemals stattgefunden hat! Das ist der Zaubertrick. Das Geld, das plötzlich und auf mysteriöse Weise zur Verfügung steht, löst sich in dem Moment, in dem Ruggiero Miletti wunderbarerweise wieder in Erscheinung tritt, ganz einfach in Luft auf. Und von diesem Augenblick an gäbe es absolut keine Möglichkeit mehr, jemals zu beweisen, dass die ganze Sache vorgetäuscht wurde. Nein, diese Lösegeldübergabe ist unsere letzte Chance, und eine, die ich auf keinen Fall ungenutzt verstreichen lassen will.«

Sie standen nebeneinander und sahen den wenigen frühen Schwalben zu, die in der leicht dunstigen und wohlriechenden Luft ihre Loopings flogen.

»So allmählich kommt alles zusammen«, murmelte Bartocci erregt, als ob er mit sich selbst spräche. »So viele einzelne Beweisfetzen, die alle in dieselbe Richtung weisen. Ja, es kommt langsam alles zusammen!«

Obwohl er noch einen gewissen Ärger verspürte, beobachtete Zen den jungen Richter mit beinah väterlicher Zärtlichkeit. Er wusste, dass Bartocci das empfand, was er selbst oft genug in der Vergangenheit empfunden hatte, besonders in jener einen verhängnisvollen Situation: Diesmal werden die Schweine nicht ungeschoren davonkommen.

5

Lächeln! Alle lächelten und klatschten Beifall! Der pausbäckige Conférencier mit den schütteren Haaren lächelte, das blonde Starlet lächelte, der berühmte Politiker lächelte, der Journalist und Bestsellerautor lächelte, und am meisten von allen lächelten die adretten, gut abgerichteten, jungen Leute, die um das Ganze herumtanzten. Selbst die Luftballons, die sie bei ihrem Herumgehopse losließen, machten einen gepflegten und freundlichen Eindruck, wie sie da in dem herunterrieselnden Konfettiregen aufstiegen, der so dicht und ausdauernd war wie der Applaus.

»Machen Sie mir bitte einen Kaffee.«

Der Barmann riss sich gewaltsam von einer Gruppe von Männern los, die erregt über den Preis, den ein Stück Land jenseits der Straße erzielt hatte, diskutierten.

»Und noch nicht einmal groß genug, um ordentlich darauf zu scheißen!«, warf er über die Schulter zurück, bevor er sich umdrehte und mit dem Finger auf Zen wies. »Kaffee?«, fragte er vorwurfsvoll.

Zen drückte zwei Reisetabletten aus ihrer Plastikumhüllung und steckte sie sich in den Mund. Ein bis zwei stand auf der Verpackung. Vorsicht ist besser als Nachsicht.

Auf dem Rückweg zu seinen Gesprächspartnern drückte der Barmann einen Knopf am Fernsehgerät, und plötzlich waren sie in Texas, wo vor Fitness strotzende Leute lebten und liebten und sich über all das in einem ziemlich korrekten, aber schlecht synchronisierten Italienisch ausließen. Als der Anruf schließlich kam, brauchte Zen einige Sekunden, um sich darüber klar zu werden, dass das Telefon nicht in Sue Ellens en-suite-Boudoir klingelte, sondern in einem schmuddeligen Billardzimmer hinten in der Bar, wo eine Horde von einheimischen Rabauken Poolbillard spielte. Es gelang ihm gerade noch, einem von ihnen am Telefon zuvorzukommen.

»Avellino.«

Er hielt die Liste mit den Spieltagen der ersten Liga bereit. Avellino spielte zu Hause gegen den Meister.

»Juventus.«

Hinter ihm gab es ein lautes Klacken, als einer der Spieler die weiße Kugel über den Tisch stieß und alle farbigen Kugeln durcheinanderwirbelte.

»Fahren Sie die Straße in Richtung Cesena. Halten Sie vor dem Schild ›Sansepolcro, ein Kilometer‹. Unten, am Fuß der Stange.«

Die Verbindung wurde unterbrochen, und einen Augenblick später hörte er das typische Knacken, mit dem sich der Abhörmechanismus ausschaltete.

Draußen war es stockdunkel, und es goss in Strömen. Die auf der Piazza geparkte große Fiat-Limousine sah mit dem auf das Dach geschnallten gelben Kinderbett ziemlich lächerlich aus, doch die Entführer hatten das anscheinend verlangt, damit die Bande den Wagen leichter identifizieren könne.

Zen kletterte auf den Beifahrersitz. »Fahren Sie die Straße in Richtung Cesena.«

Das schwache Licht vom Armaturenbrett fiel auf einen goldenen Filigranohrring, dessen schwungvolle Buchstaben den Namen »Ivy« ergaben. Der Ohrring war typisch für den Geschmack seiner Trägerin, dachte er. Er war wahrscheinlich aus echtem Gold, doch irgendwie schaffte er es, aufdringlich billig zu wirken, so wie Modeschmuck durch Glitzern auszugleichen versucht, was ihm an Wert fehlt.

Als der Fiat heute Nachmittag um fünf in der Ausfahrt der

Villa Miletti auftauchte, hatte Zen erstaunt festgestellt, dass Silvios Sekretärin Ivy Cook ihn zum Ort der Lösegeldübergabe fahren würde. Er hatte dort gewartet, seit er vor nicht ganz einer Stunde von Bartocci erfahren hatte, dass die Entführer sich gemeldet hatten und dass der Wagen, sobald es dunkel wurde, losfahren würde. Pietro war schließlich einverstanden gewesen, Zen mitfahren zu lassen, unter der Bedingung, dass sie bis zum Beginn der eigentlichen Lösegeldübergabe keinerlei Kontakt mehr mit ihm haben würden, sodass er während der dazwischenliegenden achtundvierzig Stunden nichts mit dem Fall zu tun gehabt hatte, außer das Lösegeld fotografieren zu lassen, um die Seriennummern festzuhalten, und die letzten Vorkehrungen für den Transport Ruggieros nach dessen Freilassung zu treffen. Der passive Widerstand der Familie dauerte bis zuletzt an. Zen war es nicht erlaubt, einen Fuß auf Milettischen Grund und Boden zu setzen, sondern er musste auf der Straße auf den Fiat warten, jenseits der imposanten schmiedeeisernen Tore. Er hatte reichlich Zeit darüber nachzudenken, wer in dem Auto sitzen würde. Er dachte, er hätte alle Möglichkeiten durchgespielt, aber schließlich hatten die Milettis ihn doch verblüfft.

Doch selbst wenn die Milettis mit der Wahl ihrer Fahrerin einen Punkt für sich hatten verbuchen können, hatte Zen das Gefühl, seinerseits einen zu gewinnen, als Ivy ihr Ziel nannte, nämlich die von Lucaroni aufgespürte Bar, in der Ubaldo Valesio die Telefonanrufe der Bande entgegengenommen hatte. Sie lag in einem Dorf ungefähr zehn Kilometer von Perugia entfernt. Weil er damit rechnete, dass die Entführer den gleichen Ausgangspunkt benutzen würden, hatte Zen Bartocci informiert, der eine Abhörschaltung genehmigt hatte. Von den aufgenommenen Tonbändern würde dann ein Stimmendiagramm erstellt und mit den bereits existierenden Beispielen verglichen werden.

Die Scheinwerfer des Fiats glitten von einer Seite der engen, kurvenreichen Straße zur anderen, wobei sie mal einen Ausschnitt eines umgepflügten Feldes beleuchteten, dann auf ein dichtes Eichengestrüpp fielen, wo die braunen Blätter vom Vorjahr noch an den Zweigen klebten, auf einen uralten Holzkarren, an den moderne Lkw-Reifen montiert waren, eine verlassene Scheune, beklebt mit Plakaten einer Tanzkapelle namens *I Ragazzi Adriàtici,* oder einen Feldweg, der hinauf in die Hügel führte. Ivy fuhr mit gleichbleibender Geschwindigkeit, aber nicht zu schnell, und dank der Pillen, die er genommen hatte, machte Zen sich keine Sorgen, dass ihm übel werden könnte. Er hatte eher ein angenehm losgelöstes Gefühl gegenüber dem, was da vor sich ging, beinah als ob alles um ihn herum im Fernsehen passierte und der Barmann jeden Augenblick auf einen anderen Sender umschalten könnte. Vielleicht lag das nur daran, dass er in letzter Zeit so schlecht geschlafen hatte, unruhig, leicht und voller Träume, die sich nie richtig aufzulösen schienen, was dazu führte, dass er nach dem Aufwachen immer noch halb in ihre komplizierten Verwicklungen verstrickt war. Am Morgen fühlte sich sein Kopf an, als ob über Nacht die Besetzung einer Seifenoper ungeladen dort eingezogen wäre, und seine Bemühungen, ihre endlosen, langweiligen Intrigen zu verfolgen, verwirrten und erschöpften ihn so sehr, dass er weniger ausgeruht aufstand, als er ins Bett gegangen war.

Oder war es einfach Angst? Denn ihm war deutlich bewusst, dass Ubaldo Valesio in eben dieser Bar gewartet hatte, jenes Telefon benutzte und dann durch dieselbe Tür hinausging, sich in sein Auto setzte und nie mehr zurückgekommen war. Bartocci mochte ja von seiner Verschwörungstheorie überzeugt sein, aber Zen konnte das einfach nicht ernst nehmen, so sehr er sich auch bemühte. Er war noch nie persönlich bei einer Lösegeldübergabe dabei gewesen, aber er wusste, dass dies ein äußerst heikler Augenblick war. In gewisser Weise war er ein Spiegelbild der vorangegangenen Entführung und enthielt für alle Beteiligten fast die gleichen Risiken. Es war ein Augenblick höchster Nervenanspannung, in dem Missverständnisse kostspielig oder gar tödlich sein konnten, ein Augenblick, in dem alles Mögliche schiefgehen konnte.

Er drehte sich leicht zur Seite, sodass er Ivy aus den Augenwinkeln beobachten konnte. Sie sah nicht so aus, als ob sie Angst hätte, aber sie sah auch nicht so aus, als ob sie irgendwas vortäuschte. Die Falten in ihren Mundwinkeln ließen eine gewisse Anspannung erkennen, aber auch Entschlossenheit und ein Gefühl von großer innerer Stärke. Ivy Cook würde nicht so leicht zusammenbrechen, das stand fest.

»Ist es noch weit?«, fragte er.

»Noch etwa zehn Minuten.«

Ihre fremdartige, tiefe Stimme sprach die Worte aus, als ob sie jemanden aus der Gegend von Trento parodierte, dort wo die warmen und kalten Strömungen des Italienischen und des Deutschen aufeinanderstoßen und sich vermischen. »Was sollen wir tun, wenn wir auf die Straße nach Cesena kommen?«, fuhr sie fort.

Er schien eine Ewigkeit zu brauchen, sich daran zu erinnern. »Wir müssen dort ein Schild am Straßenrand suchen, auf dem ›Sansepolcro, ein Kilometer‹ steht. Ich nehme an, sie haben dort eine Nachricht hinterlassen.«

»Das ist ja wie eine Schatzsuche.«

Als er Ivy bei dem Abendessen bei Crepi kennengelernt hatte, war ihm ihr Aussehen so mutwillig grotesk vorgekommen, dass er es als unbeabsichtigten Effekt abgetan hatte, so als ob ihr gesamtes Gepäck verloren gegangen wäre und sie die für die Kleidersammlung der Missionsbrüder beiseitegestellten Sachen hatte plündern müssen. Doch offenbar hatte ihr Aussehen an jenem ersten Abend eher die Regel als die Ausnahme gebildet. Zwar war die Farbzusammenstellung an diesem Abend etwas dunkler gehalten, aber genauso geschmacklos, nämlich eine schokoladenbraune Hose, ein veilchenblauer Pullover und eine grüne Wildlederjacke.

»Sie sind also Engländerin?«

Zum Glück war die Gedankenverbindung nur ihm klar.

»Meine Familie schon. Ich bin in Südafrika geboren. Und Sie sind aus Venedig, nicht wahr?«

»Das stimmt. Aus einem Viertel namens Cannaregio, in der Nähe des Bahnhofs.«

Ein leichter Regen verschleierte die Sicht.

»Leben Sie schon lange in Italien?«

»Seit Jahren!«

»Wie ist es dazu gekommen?«

»Ich habe einen Trip durch Europa gemacht. Bei uns nehmen sich die Leute ein paar Jahre frei, kaufen einen Campingbus und erkunden die Welt. Dann gehen sie zurück nach Hause, bekommen einen festen Job und verlassen Südafrika nie wieder. Ich bin einfach nicht mehr zurückgegangen.«

Ein paar Lichter auf der rechten Seite deuteten darauf hin, dass dort ein Ort lag, der langsam an ihnen vorbeiglitt und dann in der Dunkelheit verschwand. Sie fuhren an mehreren Abzweigungen vorbei, die mit den Namen berühmter Städte beschildert waren: Arezzo, Gubbio, Urbino, Sansepolcro. Dann lag die Straße wieder leer und glänzend, geradlinig und dunkel wie ein Tunnel vor ihnen …

»Was?«

Ivy sah ihn mit einem seltsamen Gesichtsausdruck an. Ihm wurde klar, dass er irgendwas vor sich hingemurmelt hatte.

»Nichts.«

Du lieber Gott, was war bloß in diesen Kapseln? Er hatte noch nicht einmal ein Rezept gebraucht, um sie zu kaufen. Das war doch sicher so was wie Aspirin? Andernfalls würde die Regierung einschreiten, die Leute warnen und die Dinger verbieten.

Er hatte »Papa« gesagt.

Dann ging alles plötzlich so schnell, dass bereits alles vorbei war, bis er begriffen hatte, was los war, und sie auf dem Seitenstreifen parkten. Als er die Szene in Gedanken noch einmal durchspielte, wurde ihm klar, dass Ivy scharf gebremst hatte, wobei der Wagen auf der glitschigen Fahrbahn leicht ausgebrochen und dann rückwärts gefahren war. Nun sah sie ihn erwartungsvoll an.

»Ja?«, fragte er.

Sie zeigte aus dem Fenster. »Ist es das?«

Draußen war es kalt und stürmisch, und die Regentropfen schlugen gegen sein Gesicht. Der Fuß der runden, grauen Stange war in einem Gestrüpp aus langen, braunen Gräsern verborgen. Ein großes Spinnennetz, das zwischen dem unteren Rand des Schildes und der Stange gespannt war, wölbte sich nach beiden Richtungen im Wind, die Spinne selbst klammerte sich fest daran.

Unter den vertrockneten Grashalmen stießen seine Finger auf etwas Hartes. Er zog eine leere Pasta-Schachtel hervor, die auf einer Seite mit Industrieklebeband zugeklebt war. Auf dem feuchten Pappkarton war eine strahlende Mutter abgebildet, die ihrem strahlenden Mann und ihren strahlenden Kindern eine große Schüssel Pasta vorsetzte. »Diese tolle Schürze erhalten Sie ganz umsonst!«, verkündete ein greller Schriftzug am Rande der Packung.

»Ist alles in Ordnung?«

Ivy hatte die Tür geöffnet und lehnte sich mit ungeduldiger Miene nach draußen.

»Ich komme schon.«

Er versuchte das Klebeband abzureißen, aber es war zu fest, und seine Finger waren taub, sodass er den Anfang nicht finden konnte. Als er wieder ins Auto stieg, nahm Ivy ihm die Packung ab und öffnete sie auf der anderen Seite. Warum war er darauf nicht gekommen?

Sie nahm eine Tonbandkassette heraus und schob sie in

das Kassettendeck des Wagens. Nach einem kurzen, von Zischlauten untermalten Schweigen kam die übliche Stimme.

»Spielen Sie dieses Band nur einmal ab, dann tun Sie es wieder dahin, wo Sie es gefunden haben. An der Abzweigung nach Sansepolcro fahren Sie in Richtung Rimini. Wenn Sie an die Kreuzung hinter Novafeltria kommen, halten Sie an und warten.«

Hinter ihnen war das Geräusch eines Wagens zu hören, und plötzlich wurde es sehr hell. Dann erschien auf Ivys Seite eine Gestalt und klopfte ans Fenster. Sie kurbelte es herunter.

»Kann ich Ihre Papiere sehen?«

Der Streifenpolizist, ein Carabiniere, sah wie ein unerfahrener Anfänger aus, den man gerade in einer der hoffnungslosen Gegenden im tiefen Süden aufgegabelt und durch das menschliche Gegenstück einer Kartoffelschälmaschine geschickt hatte. Seine Uniform schien aus mehreren Teilen zusammengesetzt, die für sehr unterschiedliche Leute angefertigt worden waren. Die Ärmel waren zu lang, der Kragen zu weit, wogegen seine Kappe so eng war, dass sie einen rötlichen Rand um seine Stirn hinterlassen hatte.

Er prüfte die Papiere, als ob sie ein aus Puzzleteilen zusammengesetztes Bild wären, in dem er die absichtlich eingebauten Fehler finden sollte. Dann sah er sich das Auto misstrauisch an. »Irgendwelche Probleme?«

»Wir haben nur angehalten, um einen Blick auf die Karte zu werfen«, erklärte Ivy.

»Es ist verboten, auf dem Seitenstreifen zu parken, außer in Notfällen .«

»Es tut mir leid. Wir wollten gerade fahren.«

Der Polizist brummte etwas vor sich hin und ging zu seinem Fahrzeug zurück. Ivy ließ den Motor an.

»Das Tonband«, erinnerte Zen. »Wir müssen es dorthin zurückbringen.«

Sie saßen da und warteten. Fünfzehn Sekunden. Dreißig

Sekunden. Die Scheinwerfer hinter ihnen machten keine Anstalten, sich zu bewegen.

Zen versteckte die Kassette in seinem Ärmel und stieg aus. Er ging an den Rand und tat so, als ob er pinkelte. Kurz darauf heulte der Motor des Carabinieri-Autos auf, und mit quietschenden Reifen brauste der Wagen davon. Zen ließ die Kassette wieder in das Grasbüschel am Fuß der Stange fallen und lief eilig zurück.

Als sie bereits die Abzweigung nach Sansepolcro erreicht hatten, stieß er mit seinem Fuß gegen etwas Hartes. »Verdammt! Ich hatte vergessen, die Packung zurückzulegen.«

»Spielt das eine Rolle?«

Sie hatten nichts darüber gesagt, das war das Problem. »Die Verantwortung für die Folgen geht auf Ihre Kappe«, hatte Pietro Miletti gesagt. Die ganze Zeit über hatte Zen die Vorstellung gequält, er könnte einen Fehler machen, der ihn bis ans Ende seines Lebens verfolgen würde, und jetzt verhielt er sich wie ein Drogensüchtiger. Er spürte ein überwältigendes Verlangen nach einer Zigarette, doch Ivy war Nichtraucherin, und er hatte sich bereit erklärt, im Auto nicht zu rauchen.

Die Straße nach Rimini führte um die Stadt herum, und kurze Zeit später waren sie schon wieder mitten auf dem Land und quälten sich einen steilen und gewundenen mittelalterlichen Pfad hinauf, für den die moderne Zivilisation nichts weiter getan hatte, als eine Schicht Asphalt darauf zu kippen und eine Straßennummer anzubringen. Der Anstieg war mühsam und langwierig. Mehr als zwölf Kilometer ging es in Biegungen und Wendungen zur Passhöhe hinauf, die fast tausend Meter hoch lag. Die Kargheit der Landschaft, die im Scheinwerferlicht sichtbar wurde, drang wie ein Luftzug ins Auto. Zen nahm das alles ziemlich niedergeschlagen von seinem Sitz aus wahr. Er hatte nicht viel für Natur im Rohzustand übrig. Sie war für ihn schmutzig, unnütz und überhaupt viel zu viel. In diesem Punkt hatten er und Ellen sehr wenig Verständnis füreinander. Je wilder und weiter eine Aussicht war, um so mehr gefiel sie ihr. »Sieh dir das an!«, pflegte sie begeistert auszurufen, während sie auf eine beängstigende Masse kahler Felsen deutete. »Ist es nicht großartig?« Zen hatte sich schon lange nicht mehr die Mühe gemacht, das zu verstehen. Es hing wohl damit zusammen, dass sie Amerikanerin war, nahm er an. Die Amerikaner haben mehr Natur als alles andere, abgesehen vom Geld, und sie können sich enthusiastisch dafür begeistern.

Um sich von der Aussicht abzulenken, betrachtete er stattdessen seine Begleiterin. Er bemerkte, dass ihr seltsames Aussehen wohl teilweise daher kam, dass sie nicht so sehr wie eine Frau aussah, sondern eher wie ein ungeschickter Frauenimitator. Nicht dass sie etwas Maskulines an sich gehabt hätte. Im Gegenteil, gerade ihre übertriebene, viel zu dick aufgetragene Weiblichkeit erweckte den Eindruck, als ob sich da jemand für eine Frau ausgab, und zwar jemand, der ziemlich verzweifelt hoffte, für eine Frau gehalten zu werden. Diese Verzweiflung war vielleicht verständlich. Ihre Rolle im Haushalt der Milettis schien mit Sicherheit alles andere als weiblich zu sein. Sie war offensichtlich diejenige, die die Drecksarbeit machen musste, das, was niemand anders machen wollte. Bezeichnenderweise war es, wie er erfahren hatte, ebenfalls Ivy gewesen, die man losschickte, um den Brief von Ruggiero zu holen, den die Bande im Müllcontainer deponiert hatte.

»Sind Sie verheiratet, Commissario?«, fragte sie plötzlich.

Es war die erste Bemerkung, die sie den ganzen Abend von sich aus gemacht hatte.

»Getrennt. Und Sie?«

»Was glauben Sie?«

Zen hatte keine Ahnung, was er glauben sollte. Schließlich schien auch Ivy zu bemerken, dass hier eine Erklärung angebracht war.

»Meine Beziehung zu Silvio schließt eine Ehe so ziemlich aus.«

Sie fuhren um eine weite Kurve, wobei die Scheinwerfer über eine kahle Fläche glitten, die nur mit kärglichem und krank aussehendem Gras bewachsen war. Es hatte stärker zu regnen angefangen, oder waren sie schon ganz in den Wolken?

»Wenn Sie wirklich so dringend eine Zigarette brauchen, so ist es mir, glaube ich, letztlich doch lieber, wenn Sie eine rauchen«, sagte Ivy zu ihm.

Er lachte verlegen. »Ist das so offensichtlich?«

»Nun, Sie spielen die ganze Zeit an dem Aschenbecher herum und drücken den Zigarettenanzünder immer rein und raus. Machen Sie nur das Fenster einen Spalt auf.«

»Was ist mit den übrigen Milettis?«, fragte Zen, während er sich die Zigarette anzündete. Der Wind tobte an seinem Ohr wie ein rasender Trommelwirbel.

»Was soll mit denen sein?«

»Wie kommen Sie mit denen aus?«

Sie dachte einen Augenblick nach. »Sie finden mich ganz nützlich, gelegentlich.«

»Ich denke immer noch daran, wie Cinzia Miletti Sie an jenem Abend bei Crepi behandelt hat.«

»Die arme Cinzia!«, murmelte Ivy. »Sie ist furchtbar unglücklich.«

»Ist es für Sie denn nicht ein bisschen belastend, mit ihnen in einem Haus zu leben?«

»Oh, das tue ich nicht. Damit wären sie auch niemals einverstanden. Ruggiero kriegte einen Anfall!«

Sie lachte so unbekümmert, als ob Ruggiero Milettis Einstellung entsetzlich komisch sei. »Nein, ich habe eine eigene kleine Wohnung, obwohl ich seit der Entführung mehr Zeit als sonst in der Villa verbracht habe. Doch ich bin sehr froh, wenn alles vorbei ist und die Dinge wieder ihren gewohnten Gang gehen.«

»Aber Sie und Ruggiero kommen nicht gut miteinander aus?«

Darüber musste sie erst nachdenken. »Nun, er hat weder von Ausländern noch von Frauen eine sehr hohe Meinung«, sagte sie schließlich. »Da habe ich wohl schlechte Karten.«

Zen antwortete nicht sofort. Er befand sich mit seiner Zigarette noch im Flitterwochenstadium und achtete darauf, wie sich das Nikotin im Blut verteilte. »Und trotzdem sind Sie froh, wenn er wieder da ist? Das verstehe ich nicht.«

»Es ist eine Frage des kleineren Übels. Zumindest wissen wir alle, woran wir sind, wenn er da ist. Während der letzten paar Monate ging alles ziemlich drunter und drüber. Ruggiero hielt alle Zügel in der Hand, verstehen Sie. Deshalb werde ich in gewisser Hinsicht froh sein, wenn er wieder da ist, trotz seiner Haltung mir gegenüber.«

Er beschloss, einen Schuss ins Schwarze zu riskieren. »Ist es Ihre Beziehung zu Silvio, an der Ruggiero Anstoß nimmt?«

»Warum fragen Sie das?«, brauste sie auf.

Das war eindeutig ein heikles Thema. Doch dann lachte sie, als ob sie ihren Ausbruch vertuschen wollte. »Wie dem auch sei, Sie liegen da ziemlich richtig. Silvio ist eine komplexe und gequälte Persönlichkeit, jemand, dem es sehr schwerfällt, mit den Anforderungen des Lebens zurechtzukommen. Ich kann ihm einen Teil dieser Last abnehmen. Ruggiero akzeptiert das nicht, vielleicht weil das bedeuten würde, die Verantwortung für das zu übernehmen, was aus seinem Sohn geworden ist.«

»Inwiefern ist er denn verantwortlich?«

Die Zigarette schmeckte ihm plötzlich nicht mehr.

»Oh, in mehrfacher Hinsicht. Zum einen war er für Loredanas Tod verantwortlich. Silvio ist nie wirklich darüber hinweggekommen.«

»Wie ist das passiert?«

»Ruggiero fuhr mit ihr spätabends aus Rom zurück, und

irgendwie kam das Auto von der Fahrbahn ab und prallte gegen einen Baum. Loredana war sofort tot. Ruggieros Beine und sein Schlüsselbein waren gebrochen, und er saß fast sieben Stunden lang in dem Autowrack fest, eingeklemmt neben dem Leichnam. Am nächsten Morgen fand ihn ein Junge auf dem Weg zur Schule. Die Leute sagen, seitdem sei er nie mehr der Alte gewesen. Loredana milderte die gewalttätige Seite seiner Persönlichkeit oder schützte zumindest die Kinder davor. Nach ihrem Tod bekamen sie die ungefiltert zu spüren, ganz besonders Silvio. Er war erst dreizehn und hatte besonders stark an seiner Mutter gehangen. Ihr Tod war ein schwerer Schock für ihn, und ich stelle mir vor, dass Ruggiero sich vollkommen falsch verhalten hat, indem er ihm sagte, er solle sich zusammenreißen, zu heulen aufhören, so in dieser Richtung. Er ist ein Mann, der alle Zärtlichkeit in sich zerstört hat. Weshalb sollte also sein Sohn verhätschelt werden, weshalb sollte man ihm erlauben, zu weinen und seinen Kummer zur Schau zu stellen, weshalb ihn streicheln, ihn in die Arme nehmen und trösten, wo man das mit ihm doch auch nie gemacht hatte? Natürlich hatte auch Cinzia fürchterlich gelitten. Die anderen vielleicht nicht so sehr, denke ich. Pietro war alt genug, um besser damit fertig zu werden, und Daniele zu jung, um es wirklich zu verstehen.«

Zen kurbelte das Fenster herunter und ließ seine nur halb gerauchte Zigarette im Luftstrom ausglühen. Das Gespräch hielt die Landschaft nicht länger in Schach, sondern verstärkte noch ihre Wirkung, zeigte es doch, dass Trostlosigkeit nicht nur in der Natur vorkam, sondern auch im menschlichen Leben.

Schließlich wurde das Auto langsamer und hielt an. Der Regen prasselte jetzt heftig und überzog die Scheiben mit einer Wasserschicht, die so dick und trüb wie Glyzerin war. Die Scheinwerfer bildeten vor dem Wagen einen hellen Dunstkreis, doch mit Ausnahme von ein paar Gebilden, die sich hartnäckig weigerten, eine konkretere Form anzunehmen, war nichts zu erkennen. Ivy schaltete den Motor ab. Draußen bewegte sich nichts, und das einzig hörbare Geräusch war das stete metallische Trommeln auf dem Wagendach.

»Warum haben Sie gefragt, ob ich verheiratet bin?«, fragte Zen.

Sie sah ihn kurz an. »Ich weiß nicht. Um das Schweigen zu brechen, nehme ich an. Warum fragt man überhaupt was?«

Er beugte sich näher ans Fenster, konnte aber noch weniger sehen, weil das Glas von seinem Atem beschlug. »Nun, in meinem Fall geht es meist darum, Informationen aus Leuten herauszulocken«, sagte er. »Und mit der Zeit wird das zur Gewohnheit, wie bei Lehrern, die mit jedem sprechen, als ob er fünf Jahre alt wäre.«

»Ich nehme an, ich wollte Sie menschlicher erscheinen lassen. Wissen Sie, ich habe nämlich Angst vor der Polizei, wie die meisten Leute. Fast so viel Angst wie vor dieser Bande.«

Minuten vergingen, und ihr Verstreichen wurde mit unnötiger Präzision von der Digitaluhr auf dem Armaturenbrett registriert.

»Sie greifen die Leute doch niemals an, oder?«

Das klang, als ob die ganze Tragweite dessen, was sie da taten, ihr jetzt zum ersten Mal bewusst wurde.

»Wer, die Polizei?«, scherzte er.

Ihrem Gesicht war jedoch anzusehen, dass sie keinen Sinn mehr für Scherze hatte.

»Nein, das ist noch nie vorgekommen«, beruhigte er sie. »Alles, was sie von uns wollen, ist das Geld, und das ist im Kofferraum. Wir werden sie wahrscheinlich überhaupt nicht zu Gesicht bekommen.«

Der Regen hörte ganz abrupt auf, als hätte man ihn abgestellt.

»Ich glaube, ich werde mir die Beine ein bisschen vertreten«, verkündete Zen.

Draußen toste die Nacht. Windböen rasten am Rand von Turbulenzen entlang, deren Zentrum irgendwo hoch oben in den herumwirbelnden Wolken lag. Die Sicht hatte sich leicht gebessert. Was er für ein Tor gehalten hatte, stellte sich als Mauer heraus, der sich ganz in der Nähe vom Boden abhebende Buckel als ein Haufen Kies und das riesige Gebilde auf der anderen Straßenseite als eine Scheune, deren Giebelwand immer noch das verblasste Abbild eines behelmten Mussolini trug nebst der Parole: »Es ist wichtig zu siegen, aber noch wichtiger ist es, zu kämpfen.«

Zuerst gab es ein Geräusch wie Donner oder wie von einem Tier. Dann erschien ein Licht, und einen Augenblick später tauchte eine Gestalt aus dem Dunkel auf, riesig wie ein Zentaur, ihr funkelnder Blick traf ihn gleichzeitig mit etwas Festem. Dann war sie verschwunden, und vor seinen Füßen lag ein beschwerter Briefumschlag auf dem nassen, schwarzen Asphalt.

Als er wieder im Auto war, zeigte Ivy die schwarz-weiße Polaroid-Aufnahme, die darin gelegen hatte.

»Das ist Ruggiero«, bestätigte sie.

Das Bild zeigte einen untersetzten Mann mit vollem weißen Haar und dem typischen umbrischen Mondgesicht, der ein kariertes, offenes Hemd trug und eine Zeitung hochhielt. Er sah ärgerlich und ein bisschen verlegen aus, wie ein älterer Verwandter, der sich widerwillig bereit erklärt hatte, sich fotografieren zu lassen, um die friedliche Weihnachtsfeier nicht zu stören. Das Foto hätte gut und gerne denen nachgestellt sein können, die die Roten Brigaden während der Moro-Entführung verschickt hatten. Doch während diese Intellektuellen aus der Mittelschicht die mitte-links-gerichtete *Repubblica* benutzt hatten, um das Datum zu markieren, hielt Ruggiero Miletti die *Nazione,* genau die Art von Zeitung, die sich so ein Haufen von guten katholischen Knaben wie die Entführer aussuchen würden.

Ivy nahm ihm den Briefumschlag aus der Hand, öffnete ihn noch etwas mehr und zog eine kleine Rolle eines ungefähr einen Zentimeter breiten, blauen Plastikstreifens hervor. Darauf war in Großbuchstaben mit einer Etikettiermaschine eine Nachricht gestanzt worden. Stecken Sie das Foto und die Nachricht wieder in den Umschlag legen Sie ihn zurück folgen Sie dem Motorrad. Zen ließ das Foto und das Band wieder in den Umschlag fallen, öffnete die Tür und warf alles hinaus.

»Okay, bringen wir es hinter uns.«

Während der nächsten drei Stunden fuhren sie in einer albtraumartigen Verfolgungsjagd hinter dem Motorrad her, mehr als hundert Kilometer ging es über Gebirgsstraßen, die oft kaum mehr als mit Geröll und losem Kies bedeckte Gräben waren. Der Belag war vom Regen zerfurcht, und an einigen Stellen ragten Felsbrocken heraus. Von ihrem Führer sahen sie nichts weiter als ein schwaches, in der Ferne leuchtendes Rücklicht, und auch das nur selten und in unregelmäßigen Abständen. Einige Male fürchteten sie, sie hätten die Fährte verloren, weil sie an irgendeiner unbeschilderten Kreuzung in der stürmischen Dunkelheit womöglich die falsche Entscheidung getroffen hatten.

Das Fahren erforderte ständige Aufmerksamkeit. Vor allem galt es, eine bestimmte Geschwindigkeit zu halten. Ging man darunter, bestand die Gefahr, dass das Auto im Schlamm stecken blieb oder auf ein Hindernis auflief. Bei höheren Geschwindigkeiten konnte es sein, dass die Reifen in den ständigen Biegungen und Kurven oder auf den klippenartigen Abhängen ihre Haftung verlieren würden, oder dass eines von diesen heimtückischen Schlaglöchern oder eine vorstehende Felsnase die Federung brach oder die Ölwanne durchbohrte. Sie wechselten kaum ein Wort. Ivy hatte mit dem Fahren alle Hände voll zu tun. Zen gab es bald auf, ihre Route auf der Karte zu verfolgen. Es stellte sich nämlich heraus, dass sie nur partiell und in ziemlich beunruhigender Weise der Landschaft ähnelte, fast wie eine leichte Halluzination. Dennoch tat er weiterhin so, als ob er sie genau studierte, um sein Schuldgefühl zu vermindern, nur Beifahrer zu sein, unfähig, ihr einen Teil der Last abzunehmen. Und immer noch verschwand das rote Licht da vorne in unregelmäßigen Abständen und tauchte irgendwann wieder auf. Es führte sie durch eine vom Sturm zerzauste, offene Heidelandschaft, durch Pinienwälder von erhabener Stille, auf ungeschützte Pfade über Pässe, deren Namen mit den Bewohnern der Bauernhöfe verschwunden waren, auf denen sich bis vor wenigen Jahrzehnten noch Generationen von Menschen unter fast unvorstellbaren Entbehrungen durchgeschlagen hatten.

Es war kurz nach Mitternacht, als hinter ihnen eine Reihe von Scheinwerfern auftauchte, die das Auto mit Licht überfluteten. Ivy blinzelte, um das grelle Leuchten abzumildern, das ihre Aufgabe noch schwieriger machte. »Was geht hier vor?«, fragte sie nervös.

»Sie scheinen uns zu umzingeln.«

Dann überschlugen sich die Ereignisse. Das Motorrad fuhr so langsam, dass sie zum ersten Mal die Umrisse des Fahrers erkennen konnten. In seinem Scheinwerferlicht tauchte ein verfallener Bauernhof auf, und das Auto hinter ihnen fing an, die Lichthupe zu betätigen. Auf der Straße vor ihnen erschienen Gestalten, die sie in den Hof des Bauernhauses einwiesen. Ihre Gesichter waren schwarz und ohne besondere Merkmale bis auf zwei ovale Augenschlitze. Sie hatten sich Kapuzen über den Kopf gezogen und den übrigen Körper in glänzende, wasserdichte Capes gehüllt. Man hörte schrille Pfiffe und dann ein dumpfes Krachen, als sie den Kofferraum öffneten, wo sich das Geld in Pappkartons verpackt und in Mülltüten eingeschlagen befand. Mit einer Reihe weiterer dumpfer Geräusche und merkwürdig vertrauter Stöße begann das Entladen, unterbrochen von jenen rauen und unmenschlichen Pfiffen, die bei Zen schließlich die letzten Zweifel daran beseitigten, dass es sich um eine echte Entführung handelte. Diese unheimliche Klage, wie der Schrei eines großen Raubtiers, wurde von Schäfern benutzt, um über die weiten, vom Wind gepeitschten Ebenen hinweg, auf denen sie lebten und arbeiteten, miteinander zu kommunizieren.

Der Regen, der mehrfach zugenommen und wieder nachgelassen hatte, prasselte jetzt wieder stärker und prallte in dicken Tropfen von den Scheiben ab. In der warmen Geborgenheit des Autos, eingetaucht in das ruhige, grünliche Leuchten des Armaturenbretts, konnte man sich kaum vorstellen, wie es draußen sein mochte. Die Trennung von innen und außen schien so absolut zu sein, dass Zen, der in einen Zustand angenehm losgelöster Benommenheit abgedriftet war, erneut das Gefühl hatte, ein unbeteiligter Fernsehzuschauer zu sein, der sich einen Dokumentarbericht über harte Männer ansah, die gefährliche Jobs für viel Geld erledigten.

»Was ist los?«, flüsterte Ivy voller Angst.

Die Betriebsamkeit am hinteren Ende des Autos hatte aufgehört, und es war still geworden.

»Wahrscheinlich kontrollieren sie das Geld.«

In der Dunkelheit konnte er nicht erkennen, was um das Auto herum vor sich ging. Die Scheinwerfer erleuchteten nur die ausgetretenen Steinplatten auf dem Hof, das Tor zu den Ställen im Untergeschoss des Hauses und die baufälligen Stufen, die einst nach oben zu den Wohnräumen geführt hatten. Die Tür war eingedrückt und halb aus den Angeln gerissen, was wie die Folge eines Akts sinnloser Gewalt aussah. Aus einer der klaffenden Fensterhöhlen zuckte und flatterte ein ausgefranstes Stück Stoff sporadisch im Wind.

»Vielleicht sind sie weg«, flüsterte Ivy.

Er gab keine Antwort.

»Sollen wir nicht fahren?«

»Noch nicht.«

Noch bevor er zu Ende gesprochen hatte, tauchte eine Gestalt mit Cape und Kapuze neben Ivys Schulter auf, die Tür wurde aufgerissen, und eine helle Taschenlampe schien ihnen ins Gesicht.

»Raus! Raus! Raus!«

Im nächsten Moment wurde die Tür hinter ihm ebenfalls geöffnet und verwandelte das Innere des Wagens in einen Windkanal. Eine riesige Hand packte Zen an der Schulter, zerrte ihn nach draußen und stieß ihn gegen den Wagen. Licht traf sein Gesicht, so hart wie die stechenden Regentropfen. Dann verschwand es abrupt, und alles, was er sehen konnte, waren faszinierend bunte Gebilde, die einander in der glühenden Dunkelheit jagten wie tropische Fische.

Der Schmerz war so unerwartet, so absolut, dass er ihn nicht zu benennen vermochte, und ohne einen Ton nach vorne fiel, wie ein Baby, das zu erschrocken ist, um Theater zu machen.

»Du dreckiges Bullenarschloch!«

Er konnte gerade noch in Umrissen erkennen, wie die Gestalt vor ihm ihr schweres Cape zur Seite raffte, dann donnerte etwas seitlich gegen seinen Kopf. Sie haben mich erschossen, dachte er. Sie haben mich erschossen, genauso wie sie es mit Valesio gemacht haben. Sie wollen uns beweisen, dass sie existieren, uns bestrafen, weil wir nicht an sie glauben, wie die Götter.

Aus einer merkwürdigen Distanz registrierte er den letzten Akt des Geschehens: das Aufheulen eines Automotors ganz in der Nähe, das Zuschlagen des Kofferraums, das Quietschen vorbeischlitternder Reifen und die eigenartig schmerzlose Explosion, mit der alles aufhörte.

Wie Trotzki und der Eismann, dachte er. Natürlich! Die Lösung war so offensichtlich und zufriedenstellend, dass man gar nicht erst versuchen musste, sie zu verstehen.

Das erklärte auch die Kälte. Wenn es nicht kalt wäre, müsste das Eis eindeutig schmelzen. Tatsächlich war auch schon ein Teil davon geschmolzen. Die feste, glatte Oberfläche, die gegen sein Gesicht gepresst war, war mit Wasser bedeckt. Und was in der Dunkelheit, hartnäckig an seinen Kleidern zerrte, musste der Wind sein, der durch den Tunnel wehte. Blieb also nur die Frage, wo war sein Vater hingegangen, warum hatte er ihn allein gelassen? Zweifellos gab es auch darauf eine Antwort, aber ihm fiel nicht ein, was es sein könnte.

Noch einmal rief er zaghaft, aber wiederum erhielt er keine Antwort. Er legte sich zurück, streckte sich auf den kalten und nassen Gleisen aus und wartete, dass der Schnellzug nach Russland käme und ihm den Kopf abtrennte.

Der Anruf hätte kaum vager sein können.

»Einer von euren Männern liegt da oben bei dem Bauernhof, da oberhalb von Santa Sofia, über dem Fluss, da oben auf dem Weg zur Kirche.«

Die Stimme war die eines erwachsenen, ungebildeten Mannes mit einem starken kalabrischen Akzent. Es war 1.43 Uhr am Morgen, und der diensthabende Sergeant war nicht sicher, ob er es mit einer falschen Verbindung, einem Streich oder einem Notfall zu tun hatte. Doch die nächsten Worte ergaben sehr wohl einen Sinn.

»Ihr geht ihn besser holen, bevor er stirbt.«

Der Carabinieri-Posten lag in Bagno di Romagna, einem kleinen Ort hoch oben in den Apenninen, an der Grenze zwischen der Toskana und der Emilia-Romagna. Die Einheimischen waren ein gesetzter Schlag, und der Sergeant, der aus Sizilien stammte, hielt sie insgeheim für langweilig. Sie waren nie zu dummen Streichen aufgelegt, schon gar nicht am Sonntagmorgen um Viertel vor zwei. Also was zum Teufel ging da vor?

Er rief die Provinzzentrale in Cesena an, die ihrerseits ihre Zentrale in Bologna anrief, die wiederum bei ihren Kollegen in Florenz nachfragte, bevor sie bestätigte, dass kein Angehöriger der Truppe diesseits oder jenseits der Apenninen als vermisst gemeldet worden sei. Trotzdem sollte er besser mal rauffahren und nachsehen, riet ihm Cesena mit boshaftem Unterton. Selbst unten in der flachen Küstenregion war die Nacht sehr stürmisch. Die Kollegen konnten sich vorstellen, wie es in den Bergen aussehen musste, hatten doch auch sie früher mal in der hintersten Provinz Dienst geschoben.

Aber wohin sollte er fahren? Abgesehen von der unumstrittenen Tatsache, dass der betreffende Bauernhof »oben« lag, wusste der Sergeant nur, dass er in der Nähe eines Dorfes namens Santa Sofia war, oberhalb eines Flusses und auf dem Weg zu einer Kirche. Er brütete über seinen Karten im Maßstab 1:100 000 und entschied sich schließlich für vier Möglichkeiten. Sollte sich keine davon als richtig herausstellen, dann würden sie bis zum Morgengrauen warten und einen Hubschrauber alarmieren müssen, doch bis dahin würde es wahrscheinlich längst zu spät sein. Der Wind heulte um das Gebäude und trieb die Regentropfen gegen die Fensterläden.

Sie suchten bereits mehr als zweieinhalb Stunden, als das Scheinwerferlicht endlich einen zusammengesunkenen Körper auf dem Hof eines verfallenen Bauernhauses ausmachte, mehr als tausend Meter hoch oben am Hang des Monte Guffone. Dem jungen Gefreiten am Steuer blieb vor Überraschung die Luft weg. »Siehst du das?«, rief der Sergeant triumphierend.

Seine Erleichterung darüber, dass man ihn nicht zum Narren gehalten hatte, war genauso groß wie seine Neugier, herauszufinden, wer zum Teufel dieser Mann war, der da auf den nassen Steinplatten auf dem Bauch lag, das Gesicht auf die Seite gelegt, als ob er schliefe. An seinem Kopf waren ein paar böse aussehende Schnittwunden, und der Sergeant hatte etwas Angst, ihn umzudrehen. Er würde niemals vergessen, wie einmal ein Unteroffizier auf einer Landstraße in der Nähe von Palermo aus dem Hinterhalt von Maschinengewehren erschossen worden war. Man hatte ihn ebenfalls auf dem Bauch liegend gefunden, und das einzige Anzeichen für das, was passiert war, war eine leichte Verfärbung auf dem Rücken seiner Jacke gewesen, als ob die rote Farbe des Besatzes auf den übrigen schwarzen Stoff ausgelaufen wäre. Doch als sie ihn umdrehten, gab es ein furzendes Geräusch, und alle seine Eingeweide waren herausgequollen, Teile, die nicht dazu bestimmt waren, gesehen zu werden, und bei denen der liebe Gott sich infolgedessen nicht die Mühe gemacht hatte, sie so zu vervollkommnen wie den Rest. Erstaunlicherweise schien nichts um ihn herum davon Notiz zu nehmen. Der Himmel war immer noch blau, die Sonne schien weiter, und irgendwo in der Nähe trällerte eine Lerche. Nur er hatte fasziniert zugesehen, wie die Blutlache, die sich um die ausgelaufenen Eingeweide gebildet hatte, plötzlich aus ihrer Begrenzung ausbrach und langsam die Straße hinunterlief, wobei sie ihren Weg nur mühsam fand, weil ihre frische, helle Oberfläche schon bald von Staub und ertrinkenden Insekten verklebt war.

»Was sollen wir tun?«, fragte der junge Gefreite ein wenig beunruhigt über das Verhalten seines Vorgesetzten.

»Tun? Nun, wir müssen herausfinden, wer er ist, nicht wahr?«

Letztlich war jedoch alles in Ordnung. Tatsächlich gab es überhaupt keine sichtbaren Verletzungen. Der Mann murmelte sogar irgendwas, und seine Augenlider flackerten einen Augenblick, ohne sich zu öffnen.

»Kein Wunder, dass keiner was von ihm wusste!«, rief der Sergeant, als er den Ausweis studierte, den er in der Brieftasche des Mannes gefunden hatte. »Er ist überhaupt keiner von uns. Dieses dumme Schwein kannte noch nicht mal den Unterschied.«

Oder er war ihm scheißegal, dachte er. Die glorreichen Traditionen des »Dienstes« bedeuteten solchem Abschaum überhaupt nichts.

Der Mann, der zu ihren Füßen lag, murmelte wieder etwas.

»Hast du verstanden, was er gesagt hat?«, fragte der Sergeant.

Der Gefreite verzog das Gesicht. »Ich bin nicht sicher, doch es hörte sich an, als hätte er ›Papa‹ gesagt.«

Gelb getöntes Licht, warme, verbrauchte Luft und ein durchdringender Geruch von Chemikalien: Der Kontrast zu den früheren Malen, an denen er wieder sein Bewusstsein erlangt hatte, war absolut.

Zen saß auf einem Hocker unter einer hellen Lampe in einer kleinen, mit weißen Vorhängen verhangenen Kabine und dachte über Trotzki und den Eismann nach. Mit seinem offenen Hemd, seinem niedergeschlagenen und erschöpften Gesichtsausdruck und der auf den Knien ausgebreiteten Zeitung hätte er beinah ein Entführungsopfer sein können, das darauf wartete, dass seine Existenz mithilfe eines Polaroid-Fotos bestätigt wurde. Doch in Wirklichkeit wartete er auf ein ganz anderes Foto, eine ganz andere Art von Bestätigung.

Mit Trotzki und dem Eismann hatte er versucht, das Problem zu lösen, weshalb er noch lebte, obwohl man ihn in den Kopf geschossen hatte. Leo Trotzki hatte bis zum letzten Atemzug behauptet, er sei erschossen und nicht erstochen worden, obwohl der von Stalin gedungene Mörder noch mit dem Eispickel in der Hand gefasst worden war. Zens Fehler war weniger leicht zu entschuldigen, da er nichts weiter als ein paar unsanfte Schläge abbekommen hatte.

Dann hatten der Wind, die Dunkelheit und das Gefühl völliger Verlassenheit eine Erinnerung hervorgeholt, die bereits früher an jenem Abend flüchtig aufgekommen war. Es war eine Erinnerung, von der er nicht gewusst hatte, dass sie noch da war, und von der er selbst jetzt wenig mehr wusste, als dass sie mit ihm und seinem Vater und einem Eisenbahntunnel zu tun hatte. Er wusste nicht, wo oder wann das passiert war. Es fing einfach damit an, dass sie beide zusammen in einen Tunnel gingen. Es musste an einer Hauptstrecke gewesen sein, weil es zwei Paar Gleise gab, und die Öffnung des Tunnels war ihm – er mochte vielleicht fünf oder sechs gewesen sein – größer vorgekommen als alles, was er je gesehen hatte, größer als alles, was er sich überhaupt hatte vorstellen können.

Sie waren ziemlich weit in den Tunnel hineingegangen. Zuerst hatte er nicht gewollt, aber da sein Vater ihn an der Hand hielt, war es schon in Ordnung. Als er sich umdrehte, stellte er fest, dass sich die Tunnelöffnung verändert hatte und nur noch ein kleiner heller Fleck war, ganz schwach und in weiter Ferne. In der Stille hallte das Geräusch der dicken Tropfen wider, die von der unsichtbaren gewölbten Masse über ihnen herunterfielen. Die Luft roch unangenehm feucht und stickig trotz des Windes, der an ihnen vorbeiblies und sie immer tiefer in die undurchdringliche Dunkelheit zwang.

Unterdessen erzählte ihm sein Vater, dessen Stimme in dem unsichtbaren Raum, der sie umgab, hohl klang, von dem Tunnel, wann er eröffnet wurde, wie lang er war und wie tief unter der Erdoberfläche. Er wies ihn auf die schrägen, weißen Striche an den Wänden hin, an deren Neigung man erkennen konnte, wo die nächste Nische war, in der die Streckenarbeiter Schutz finden konnten, damit sie nicht unter die Räder eines der Schnellzüge gerieten, die über diese Gleise donnerten und in berühmte, ausländische Städte fuhren.

Dann war plötzlich ohne Vorwarnung oder Erklärung der wärmende Druck seiner Hand verschwunden und die beruhigende Stimme verstummt.

Zweifellos war es nur ein kurzer Moment nach der Zeitrechnung der Erwachsenen. Es musste ein Scherz gewesen sein, einer von diesen kleinen Tricks, mit denen Väter ihre Kinder gerne necken und dabei lässig mit ihrer Macht spielen, diese launischen Tyrannen. Er wusste, dass es ein Scherz gewesen war, weil sein Vater hinterher so sehr lachte, dass dieses Lachen noch immer um sie herum hallte, als sie sich schon wieder auf den Rückweg ins Helle machten. Es hatte sich fast so angehört, als ob der Tunnel selbst sich über einen tiefen und hintergründigen Scherz amüsierte, dessen Bedeutung noch nicht einmal sein Vater ganz verstanden hatte.

Ein unrasierter, junger Mann in einem Kittel kam in die Kabine geschlurft und reichte Zen drei dunkle, rechteckige Plastikbögen. »Nichts gebrochen.«

Zen hielt die Röntgenaufnahmen gegen das Licht. Sie sahen genauso fragwürdig aus wie jene Fotografien, die angeblich die Existenz von Geistern beweisen sollen, weiße Spiralen und Flecke, die in einer gräulichen Masse schwebten.

»Sind Sie sicher?«

Es tat ziemlich weh. Aber vielleicht war Schmerz kein Maßstab. Merkwürdigerweise war das Schlimmste seine Schulter, dort wo der Mann ihn gepackt und aus dem Auto gezerrt hatte.

»Das sind nur blaue Flecken«, beharrte der Pfleger. »Aber passen Sie das nächste Mal auf, was? Ich könnte in dem anderen Auto sitzen.«

Zen hatte erzählt, er hätte einen Autounfall gehabt, was allgemeines Gelächter ausgelöst hatte, als herauskam, dass er aus Venedig stammte. Mangels Praxis gelten die Venezianer sprichwörtlich als die schlechtesten Autofahrer Italiens.

Er verließ das Krankenhaus und ging langsam den Boulevard entlang, der ins Zentrum von Perugia führte. Der Morgen war windstill und warm. Der Sturm hatte sich gelegt und einen mit Wolkenfetzen übersäten Himmel hinterlassen. Von Süden wehte eine milde Brise. Nur wenige Leute waren unterwegs. Sie kamen entweder aus der Kirche oder gingen mit einer Zeitung oder einem nett verpackten Stück Kuchen nach Hause. Er war froh, dass er Palottino fortgeschickt hatte, obwohl der Neapolitaner ihm deutlich zu verstehen gegeben hatte, dass er seine Manie für Fußmärsche stark missbilligte. Er hatte seinen Vorgesetzten von dem Carabinieri-Posten abgeholt, zu dem Zen mit seinen Rettern zurückgekehrt war, sobald er wieder soweit zu sich gekommen war, um dem Sergeanten zu versichern, dass er keinen Krankenwagen rufen müsse. Von Bagno di Romagna aus hatte Zen sogleich Geraci angerufen, den er beauftragt hatte, die Stellung zu halten, und sich nach Ivy Cook erkundigt. Seine größte Sorge war, dass seine Abwesenheit sie irgendwie in Gefahr gebracht und er nun eine weitere Leiche am Hals hatte, einen weiteren Tod auf dem Gewissen. Aber Geraci konnte ihn beruhigen. Ivy war bereits vor drei Stunden nach Hause gekommen, stark unter Schock stehend, aber unverletzt. Das Geld war abgeholt worden, doch die Entführer hatten sich nicht gemeldet.

Während Zen auf seinen Fahrer wartete, hatten seine Gastgeber höflich versucht herauszufinden, wer er war und was er da oben gemacht hatte, aber er äußerte sich bewusst vage. Auch Palottino gegenüber war er sehr zurückhaltend gewesen und hatte nicht erwähnt, was der Entführer zu ihm gesagt hatte. Und als der Neapolitaner ihn fragte: »Glauben Sie nicht, dass sie es wussten?«, hatte Zen so getan, als ob er ihn nicht verstehe.

»Was wussten?«

»Dass Sie von der Polizei sind.«

»Wie sollten sie?«

Darauf wusste Palottino keine Antwort, ebenso wenig wie Zen selbst, obwohl ihn die Frage während der ganzen Rückfahrt nach Perugia gequält hatte. Wie sollten sie das gewusst haben? Doch sie hatten es gewusst, soviel war klar. »Du dreckiges Bullenarschloch«, hatte der Mann gesagt. Also wussten sie, dass ihre Befehle absichtlich missachtet worden waren.

Die Bande hatte bereits einen Mann aus einem geringfügigeren Grund getötet. Der Gedanke, was sie möglicherweise gerade in diesem Augenblick mit Ruggiero Miletti machten, nahm diesem Morgen allen Glanz und alle Wärme und machte Zen bewusst, wie erschöpft er war.

Als er über eine kleine Piazza ging, hörte er ein Rufen, und an einem Fenster erschien ein Junge mit einer prall gefüllten Plastiktasche, die er zu einem Freund auf die Straße herunterfallen ließ. Dieser stand da mit hochgestreckten Armen, um sie aufzufangen. Doch es war sofort klar, dass die Tasche zu schwer war und viel zu schnell auf ihn zukam. Im letzten Moment sprang der Junge zur Seite. Die Tasche schlug auf dem Pflaster auf, schnellte hoch, und erst jetzt konnte der Junge sie fangen. Er entfernte die Tasche, und heraus kam ein Fußball, den er in hohem Bogen schoss, sodass er nur ein kleines Stück links neben dem Priester, der gerade aus der großen Kirche am Ende der Piazza kam, von der Wand abprallte. Durch die offene Tür hindurch konnte Zen gerade noch das riesige, überladene Kruzifix über dem Hochaltar erkennen.

»Wie sollten sie?«, murmelte er noch einmal vor sich hin.

6

Vierundzwanzig Stunden später saß er draußen auf dem Corso. Es war strahlender Sonnenschein und die Atmosphäre geladen mit Vitalität und Optimismus. Eine Bar hatte schon ein paar Tische ins Freie gestellt, und Zen setzte sich ganz spontan hin, um die Sonne zu genießen und das Treiben auf dem Corso zu beobachten. Diese breite, ebene Straße war sozusagen das Wohnzimmer der Stadt, der Ort, an dem man ohne besonderen Grund sein konnte. Einfach dort zu sein, war Grund genug. Man schlenderte umher, grüßte Freunde und Bekannte, sah sich die Auslagen in den Schaufenstern an, führte seine neuen Kleider oder seinen neuen Liebhaber vor und ließ sich ab und zu in einer der Bars zu einer Tasse Kaffee oder einem Eis nieder.

Ungefähr fünfzehn Minuten lang saß er zufrieden da, nippte an seinem Kaffee und beobachtete mit halbgeschlossenen Augen die unaufhörliche Betriebsamkeit um sich herum. Da war dieser große, bärtige Mann mit Zigarre, der mit unverändert gleichmäßigem Schritt wie ein aufgezogener Spielzeugsoldat albern grinsend auf und ab ging und niemanden ansah; der gut genährte, alternde Lebenskünstler, der im Ledermantel eines Gestapo-Offiziers und mit dunkler Brille vor dem Café Hof hielt, Geheimnisse und Skandale mit seinen männlichen Freunden austauschte, die Vorbeigehenden begutachtete, als ob sie zum Kauf angeboten würden, den Frauen Bemerkungen hinterher rief und kurvenreiche Gesten mit seinen behaarten, mit goldenen Ringen besetzten Händen machte; ein gebrechlicher, wie ein großes S gebeugter alter Mann, der mit harmlos verrücktem Gesichtsausdruck und einem ans Ohr gepressten Transistorradio mit der übertriebenen Dringlichkeit von Leuten umherlief, die kein Ziel haben; schlanke Afrikaner, die verzierte Ledergürtel und Armreifen vor sich auf einem Stück Stoff ausgebreitet hatten; ein Zigeunerkind, das auf den kalten Steinen saß und immer wieder dieselben vier Töne auf einer billigen Ziehharmonika spielte; zwei Ausländer mit Gitarren und ein paar Leute, die um sie herumstanden; ein Bettler, der sein Hemd an einer Schulter heruntergezogen hatte, um den Stumpf eines amputierten Armes zu entblößen; eine dicke, unförmige Frau mit einem offenen Koffer voller Feuerzeuge und raubkopierter Musikkassetten; die beiden nordischen Mädchen am Nebentisch, die sich halb nackt in der schwachen Märzsonne bräunten, als ob sie zum letzten Mal in diesem Jahr schiene.

Schließlich zog Zen träge seine Post aus der Tasche, die er in der Questura abgeholt hatte. Das eine war ein mit den Initialen der Polizeigewerkschaft abgestempelter und an den Kommissar Italo Pompeo Baldoni adressierter Brief. Er steckte ihn in die Tasche zurück und nahm einen schweren, cremefarbenen Umschlag in die Hand, auf dem sein eigener Name in Druckbuchstaben stand, und eine Ansichtskarte vom Forum bei Sonnenuntergang in grellen, unrealistischen Farben mit folgender Nachricht: »Lebst Du noch? Ruf mich an – wenn Du Zeit hast. Ellen.«

Zen legte die Karte beiseite und riss den cremefarbenen Umschlag auf. Er enthielt vier eng beschriebene Seiten in einer ihm unbekannten Handschrift, und es war ein Zeichen dafür, wie relaxed er war, dass er fast eine Minute brauchte, um zu merken, dass er eine Fotokopie des Briefes in der Hand hielt, den Ruggiero Miletti vor drei Tagen an seine Familie geschrieben hatte.

»Meine Kinder, wenn ich Euch nun gemeinsam anspreche, liegt das daran, dass ich nicht mehr weiß, wen ich im Einzelnen ansprechen soll. Ich weiß nicht mehr, wer meine Freunde innerhalb der Familie sind. Ich weiß noch nicht einmal mehr, ob ich überhaupt Freunde habe. Könnt Ihr Euch vorstellen, wie bitter es für mich ist, einen solchen Satz schreiben zu müssen?

Ich erinnere mich an einen Tag vor langer Zeit, als ich mit meinem Vater auf der Jagd war. Er zeigte mir einen Bauernhof, einen solide gebauten, viereckigen, umbrischen Pachthof, der von einem Hain von Bäumen umgeben war, um den Wind abzuhalten. Sieh mal, sagte er, genauso ist eine Familie. Du musst viele Kinder haben, denn Kinder sind der einzige Schutz eines alten Mannes gegen Schicksalsschläge. Ich gehorchte ihm. In jenen Tagen haben die Kinder noch ihren Vätern gehorcht. Doch was hat es mir genützt? Denn Ihr, meine Kinder, meine einzige Stütze, mein Schutz gegen die grausamen Winde des Schicksals, was tut Ihr? Anstatt mich zu beschützen, zieht Ihr es vor, Euch zu streiten und um die Kosten für die Freilassung Eures eigenen Vaters zu feilschen, als ob ich ein Ochse wäre, den man zum Markt führt. Nicht Ihr, sondern meine Entführer sorgen jetzt für mich, sie geben mir Essen, Kleidung und Unterkunft, während Ihr sicher und wohlbehalten zu Hause sitzt und neue Möglichkeiten ersinnt, wie Ihr darum herumkommen könnt, für meine Freilassung zu zahlen.

Dieser Ton wird Euch zweifellos überraschen. So etwas ist unvorsichtig und unklug, nicht wahr? Ich sollte mir nicht solche Freiheiten herausnehmen! Schließlich befindet sich mein Leben in Eurer Hand. Wenn Ihr mich wie einen Ochsen behandelt, um den man feilschen muss, dann sollte ich um so vorsichtiger sein, Euch nicht zu verärgern. Schmeichle bitte, erweise dich als dankbar und erniedrige dich vor deinen allmächtigen Kindern! Ja, genau das müsste ich tun, wenn ich ebenso hinterhältig und gerissen sein wollte wie Ihr. Aber das werde ich nicht tun. Ihr habt Euch geweigert zu zahlen, was für meine Freilassung verlangt wurde, doch wenn Ihr wüsstet, was aus mir geworden ist, ein furchtloser alter Mann, der nichts mehr zu verlieren hat, würdet Ihr sogar doppelt soviel zahlen, um meine Rückkehr zu verhindern! Ganz gleich, was jetzt geschieht, meine Kinder, zwischen uns kann es niemals mehr so sein wie früher. Oder glaubt Ihr etwa, ich könnte vergessen und verzeihen bei allem, was ich jetzt weiß, oder einer von Euch könnte mir noch ins Gesicht sehen, bei allem, was Ihr wisst? Auch wenn der Ochse dem Beil entrinnt, so hat er doch das Gebrüll aus dem Schlachthof gehört und wird sich nie wieder zum Narren halten lassen. Ich kenne Euch jetzt! Und dieses Wissen steckt wie ein Splitter in meinem Herzen.

Mir ist von den Freuden und Reichtümern meines früheren Lebens, die Ihr jetzt auf meine Kosten genießt, nichts mehr geblieben. Man hat mich gezwungen, alles aufzugeben. Doch als Entschädigung habe ich etwas bekommen, das mehr wert ist als alles andere zusammen. Man nennt es Freiheit. Ihr lacht? Aber nicht lange, das versichere ich Euch! Denn ich werde Euch beweisen, wie frei ich bin. Nicht frei natürlich, meinen Neigungen nachzugehen. Nicht frei, zu kommen und zu gehen, zu kaufen und zu verkaufen oder mein Schicksal zu bestimmen. Diese Freiheit habt Ihr mir genommen. Es war hart, sie zu verlieren, und mein einziger Lohn besteht darin, dass ich mir jetzt etwas erlauben kann, was ich mir bei all meinem Reichtum und meiner Macht bisher nicht leisten konnte. Ich kann mir erlauben, die Wahrheit zu sagen.

Ich habe, weiß Gott, teuer dafür bezahlt. Mehr als hundertvierzig Tage und Nächte voller Qualen an Leib und Seele. Meinem Bein, das seit dem Unfall nie mehr richtig verheilt ist, gefiel es nicht, zusammengepfercht, verkrampft und gefesselt zu sein, und wie ein misshandeltes Tier hat es sich gegen seinen Herrn gewandt, indem es zu reinem Schmerz wurde. Ja, ich habe teuer bezahlt. Ich will Euch jetzt zeigen, was ich mit Freiheit meine. Ich will Euch erzählen, was ich weiß, was ich gelernt habe. Ich will jedem von Euch die Wahrheit sagen, einem nach dem anderen.

Ich werde mit Dir anfangen, Daniele, mein Jüngster, verwöhnter Liebling der Familie. Was für ein hübsches Kind Du warst! Wie sehr Dich alle liebten! Was ist nur aus diesem kleinen Jungen geworden, der immer zu Zärtlichkeiten aufgelegt war und dessen vorwitzige Bemerkungen alle zum Lachen brachten? Damals in den Sechzigerjahren, als die Kinder nichts als Politik und Sex im Kopf zu haben schienen, da habe ich zum Allmächtigen gebetet, dass mein Daniele niemals so werden möge. Mir ist nie der Gedanke gekommen, dass er noch schlimmer werden könnte, ein eitler, rückgratloser, ignoranter Flegel, der sich für nichts außer Klamotten, Fernsehen und Popmusik interessiert und der genau in diesem Augenblick im Gefängnis verrotten würde, wenn ihm die Familie nicht zu Hilfe gekommen wäre. Doch wenn sein eigener Vater Hilfe braucht, ist der kleine Daniele zu beschäftigt, um nur einen Finger zu rühren, genau wie Ihr anderen auch.

Cinzia übergehe ich schweigend. Frauen können mich nicht verraten, weil ich nie den Fehler gemacht habe, ihnen zu vertrauen. Das Schlimmste, was sie tun konnte, war, diesen toskanischen Abenteurer in die Familie zu bringen. Seitdem hat niemand von uns eine ruhige Minute gehabt. Ich kann nicht behaupten, mir wären die Augen über Deinen wahren Charakter geöffnet worden, Gianluigi, denn sie waren von Anfang an weit offen. Frag nur meine Tochter, was ich ihr zu diesem Thema gesagt habe! Sie zog es jedoch vor, mir nicht zu gehorchen. Du hältst Dich für so schlau, Gianluigi, und das ist Dein Problem, denn Deine Schlauheit ist so verräterisch wie die eines Raubtiers. Ich habe mich davon nie zum Narren halten lassen. Nimm beispielsweise diese Geschichte mit dem japanischen Angebot. Zweifellos ist der Plan, den du ausgearbeitet hast, sehr raffiniert. Ich erkenne wirklich voller Bewunderung an, wie die Struktur der Holdinggesellschaften Dir über einen scheinbar unbedeutenden Posten in der Marketing-Tochtergesellschaft in der Praxis die effektive Kontrolle über SIMP einräumt. Ich nehme an, Du hast geglaubt, der alte Papa Miletti wäre zu blöd, um das in dem ganzen Wust von technischen Details über nicht stimmberechtigte Aktienblöcke und nominale Investment-Konsortien zu bemerken. Natürlich hat die Entführung Dir noch einen zusätzlichen Vorteil gebracht. Du brauchtest nichts weiter zu tun, als die Verhandlungen so lange hinauszuzögern, bis ich vollkommen verzweifelt war. Auf diese Weise konntest Du mich unter Druck setzen, dem Geschäft mit den Japanern zuzustimmen, unter dem Vorwand, damit das Geld für meine Freilassung aufzutreiben! Es ist nicht zu übersehen, dass die Entführung aus Deiner Sicht zu einem sehr günstigen Zeitpunkt passierte, nicht wahr? Es würde mich noch nicht einmal überraschen zu erfahren, dass Du sie eingefädelt hast! Nimm Dich vor angeheirateten Verwandten in acht, pflegte mein Vater zu sagen. Und wenn es obendrein auch noch ein Toskaner ist, dann müssen wir, glaube ich, mit fast allem rechnen.

Aber nichts von alledem hat mich wirklich treffen können. Das war mir alles scheißegal, solange mir mein ältester Junge treu war. Silvio habe ich natürlich längst abgeschrieben. Ich habe seit Langem erkannt, dass das Einzige, was er mit anderen Männern gemeinsam hat, der Stachel zwischen seinen Beinen ist. Weiß Gott warum – ich habe ihn genauso gemacht wie den Rest von Euch –, aber so ist es nun mal. Man kann von Silvio nicht erwarten, dass er sich als Mann erweist, es sei denn, diese englische Hexe weiß etwas, was wir alle nicht wissen. Soll er ihr doch in den Mund spritzen und Kröten zeugen. Er wird nie etwas anderes zeugen, soviel ist sicher.

Aber Pietro hat mich für all das und noch vieles mehr entschädigt, das glaubte ich jedenfalls. Ihr anderen könnt ruhig an diesem letzten Brocken, den ich Euch voller Verachtung hinwerfe, ersticken! Wenn er zu mir gehalten hätte, hätte ich diese kindischen Komplotte und Wichtigtuereien von Euch niemals erwähnt. Doch was ich nicht gewusst habe, und das ist für mich der schwerste Schock gewesen, ist, dass Pietro der schlimmste von Euch allen ist. Was für eine großartige Rolle hat er sich ausgedacht, der englische Gentleman, der sich verächtlich von den ordinären Streitereien dieses romanischen Pöbels distanziert, mit dem er das Pech hat, verwandt zu sein! Das eine muss ich Dir lassen, mein Sohn, Du bist der Einzige, dem es wirklich gelungen ist, mich zu täuschen, der einzige, der mir das Herz brechen konnte. Und das hast Du geschafft, keine Frage. Die anderen zu verlieren, das konnte ich verschmerzen, aber Du warst zu kostbar. Dich liebte ich, Dich brauchte ich, und von meiner Liebe und meinem Bedürfnis blind gemacht, habe ich dich nie kritisch genug betrachtet. Doch jetzt habe ich das getan und sehe, was ich schon vor langer Zeit hätte sehen müssen, den eigennützigen, arroganten und skrupellosen Schieber, der seit zehn Jahren in London still und heimlich dabei ist, auf unsere Kosten seine Schäfchen ins Trockene zu bringen, nachdem er uns den Rücken gekehrt hat, als ob wir nicht gut genug für ihn wären. Er fand es noch nicht einmal nötig, während dieser Zerreißprobe nach Hause zu kommen, sondern kam nur mal auf ein Wochenende hierher geflogen, als ihm gerade danach war und er nichts Besseres vorhatte. Das sieht ihm ganz ähnlich, diesem Touristen!

Gianluigi denkt gerne von sich, er wäre schlau, aber Du bist es wirklich, Pietro. Du hast meinen Verstand und Loredanas Moral geerbt, Gott hab sie selig. Du zettelst keine Komplotte an, weil Du weißt, dass Komplotte aufgedeckt werden. Stattdessen benutzt Du die Komplotte anderer für Deine eigenen Ziele, spielst einen gegen den anderen aus und lässt sie ihre Energie in unnützen Rivalitäten vergeuden, während Du aus sicherer Distanz zusiehst und geduldig auf den Augenblick wartest, an dem Du eingreifen kannst, auf den Tag, an dem ich tot umfalle, und Du nach Hause kommst, um Deine Ansprüche anzumelden.

Nun, das wars, was ich Euch sagen wollte. Wie gefällt Ihr Euch, meine Kinder? Wenn Ihr heute Abend in Euren warmen Betten liegt, denkt mal über das nach, was ich gesagt habe. Steht auf und betrachtet Euch im Spiegel. Schaut lange und gründlich hin, und dann denkt an Euren Vater, der hier liegt, von Kälte, Schmerz, Angst und Verzweiflung gequält.

Was nun folgt, haben mir meine Entführer diktiert. Aus irgendeinem Grund scheinen sie zu glauben, dass Ihr ihre Forderungen diesmal erfüllen werdet. Also erstens soll die volle Lösegeldsumme von fünf Milliarden Lire unverzüglich in abgegriffenen und durchgehend nummerierten Banknoten gezahlt werden ...«

Hier, am Fuß der Seite, brach die Fotokopie ab. Zen sah sich den Briefumschlag genauer an. Er war aus einem auffälligen, handgeschöpften Papier mit einem Wasserzeichen in Form eines Greifs und war am vergangenen Donnerstag in Perugia eingeworfen worden.

»Ein persönlicher und privater Familienbrief«, hatte Pietro Miletti gesagt. »Ein ziemlich erschreckendes Dokument, nicht dazu bestimmt, von Außenstehenden gelesen zu werden. Bestimmte Passagen wirkten beim Lesen sehr beunruhigend.« Ja, es war leicht zu verstehen, wieso die Familie – die laut Antonio Crepi sich nicht einigen konnte, welche Sauce sie zu ihren Nudeln haben wollte – keine Schwierigkeiten gehabt hatte, sich zu einigen. Ruggieros Brief auf der Stelle zu verbrennen. Doch dadurch wurde so offenkundig, wer ihm die Kopie geschickt haben musste, dass er sich wunderte, dass das überhaupt geschehen war. Als Pietro Miletti glaubte, Zen müsse den Brief gesehen haben, war ihm ein »Aber das ist unmöglich!« herausgerutscht. Dann war ihm eine andere Idee gekommen, und er hatte hinzugefügt: »Es sei denn ...« Jetzt wusste Zen, was er gedacht hatte. Wenn der Brief in Gegenwart aller Familienmitglieder, sofort, nachdem man ihn vorgelesen hatte, verbrannt worden war, dann konnte ihm die Kopie nur zugeschickt worden sein, bevor die Familie ihn erhalten hatte, und zwar von der Person, die ihn vom Müllcontainer abgeholt hatte.

Aber damit konnte er sich später beschäftigen. Das hier waren dringende Neuigkeiten, und er musste sofort Bartocci anrufen. Außerdem hatte er noch keine Gelegenheit gehabt, mit dem Untersuchungsrichter über die Lösegeldübergabe zu sprechen. Er steckte einen Zweitausendlireschein unter eine Untertasse auf dem Tablett und ging ins Café, um zu telefonieren.

Luciano Bartocci verschwendete keine Zeit zum Plaudern. »Allmächtiger Gott, Zen, was haben Sie sich bloß dabei gedacht?«

Er war zu verblüfft, um zu antworten.

»Die Familie ist total erbost, und das ganz zu Recht. Wie konnten Sie so etwas tun? Ich dachte, Sie wären ein erfahrener Profi, sonst hätte ich Sie doch überhaupt nicht mitfahren lassen! Ist Ihnen nicht klar, in was für eine Lage mich das bringt?«

»Wovon reden Sie überhaupt?«

»Ich spreche von dem, was bei der Lösegeldübergabe passiert ist, als Sie zusammengeschlagen wurden. Die Frau, die Sie gefahren hat, hat uns alles erzählt. Es hat keinen Sinn, jetzt etwas vertuschen zu wollen.«

»Ich will gar nichts ...«

Eine andere Stimme sprach dazwischen. »Maurizio? Maurizio bist du das?«

»Es ist besetzt!«

»Was? Wer ist da?«

»Diese Leitung ist besetzt. Legen Sie bitte den Hörer auf.«

Man hörte ein Brummen und ein Klicken.

»Hallo? Hallo?«

»Ich bin noch da.«

»Der Mann, der Sie angriff, hat Sie einen dreckigen Bullen oder so was Ähnliches genannt. Also wussten die offensichtlich, wer Sie sind. Sie müssen sich irgendwie verraten haben. Das ist absolut unverzeihlich.«

»Von mir haben sie nichts erfahren!«

»Wie haben sie es dann herausgefunden? Äh?«

Zen beschloss die einzige Antwort zu geben, die ihm dazu einfiel. »Vielleicht hat es ihnen jemand aus der Familie gesagt.«

»Das ist Unsinn! Warum sollten sie das tun?«

Zen stützte sich mit einer Hand an der Wand ab, um einen festen Halt zu finden. »Woher soll ich das wissen? Das letzte, was ich gehört habe, war, dass Sie glauben, die Familie stünde hinter der ganzen Geschichte.«

»Nun hören Sie mal, das reicht! Ich möchte davon nichts mehr hören. Sie haben uns da in eine sehr schlimme Situation gebracht. Man kann nicht wissen, was die Bande jetzt als Nächstes tun wird.«

Zen hielt den Hörer tiefer und starrte ihn an, als ob ihm das helfen könnte, die Worte zu verstehen, die er wiedergab.

»Hallo? Hallo?«

Bartoccis Stimme kam jetzt als komisch verzerrtes Kreischen an, wie eine Figur in einem Zeichentrickfilm. Ein Kellner mit weißer Jacke huschte mit einem Tablett, auf dem er eine Pyramide von leeren Tassen und Gläsern balancierte, in das Café. »Vier Kaffee, zwei Bier, ein Mineralwasser!«, rief er dem Barmann zu. Seufzend hielt Zen sich den Hörer wieder ans Ohr.

»Sehen Sie, Dottore, die wussten, dass ich da war, bevor ich aus dem Auto stieg, bevor sie auch nur einen flüchtigen Blick auf mich werfen konnten.«

»Ich würde Ihnen gerne glauben, Zen. Aber das klingt einfach zu unglaublich. Wenn die Bande gewusst hat, dass Sie kommen, warum haben sie die Lösegeldübergabe dann stattfinden lassen? Warum haben sie das Ganze nicht abgeblasen?«

»Das weiß ich nicht. Ich weiß nur, dass meine Anwesenheit für sie nicht überraschend kam. Dennoch haben sie beschlossen, die Übergabe auf jeden Fall durchzuziehen. Und danach haben sie sich noch die Mühe gemacht, die Carabinieri dorthin zu schicken, um sicherzugehen, dass ich nicht erfriere. Also gibt es keinen Grund zu der Annahme, dass sie jetzt etwas Dummes machen werden.«

»Sie scheinen sich mit den Entführern in perfektem Einvernehmen zu befinden. Die wissen, was Sie tun, und Sie wissen, was die denken. Ich hoffe bloß, dass Sie recht haben. Im Interesse von uns allen.«

Die Verbindung wurde unterbrochen.

Ein junger Mann mit schlimmer Akne kam auf ihn zu und deutete auf das Telefon. »Sind Sie fertig?«

Ja, er war fertig. Es hatte jetzt keinen Sinn mehr, Bartocci von dem Brief zu berichten, den er bekommen hatte. Der junge Richter hatte sich mit dem Eifer eines Frischbekehrten auf die Seite der Konvention gestellt. Er war an sensationellen Enthüllungen durch anonyme Informanten nicht länger interessiert.

Als Zen sich umdrehte, fiel sein Blick auf den Kalender neben dem Telefon, und ihm wurde plötzlich klar, welcher Tag war. Nach all den Jahren war es schließlich passiert! Ganz gleich, wie sehr ihm das Wasser bis zum Hals stand, er hatte es immer geschafft, seiner Mutter ein Geburtstagsgeschenk zu kaufen und ihr ein paar Blumen und eine Karte zu schicken. Doch diesmal hatte er es vergessen. Und morgen war ihr Geburtstag.

Da fiel ihm Palottino ein. Seit seiner Ankunft in Perugia hatte der junge Neapolitaner seine Tage auf dem Parkplatz neben Zens Büro damit verbracht, lässig im Alfetta ausgestreckt Comics zu lesen und Radio zu hören. Doch der arme Luigi war dabei nicht glücklich. Er war voller Tatendrang, wartete sehnsüchtig darauf, Verantwortung zu übernehmen und außerordentliche Heldentaten zu vollbringen, die einen kühlen Kopf, ein tapferes Herz und Nerven wie Drahtseile erforderten. Zugegebenermaßen fiel die Aufgabe, Zens Mutter ein Geschenk zu überbringen, nicht ganz in diese Kategorie, aber es war besser als nichts. Außerdem konnte er auf diesem Weg gleich ein paar Päckchen Nazionali von Zens Tabakhändler mitbringen. Er musste nur noch ein passendes Geschenk finden.

Vierzig Minuten später stand er noch immer mit leeren Händen da und geriet langsam in Panik. Es war ein Gefühl, das ihn oft in Geschäften überkam, eine Art Lähmung der Entscheidungsfähigkeit. Trotzdem würde er irgendetwas kaufen müssen, und zwar schnell, bevor die Geschäfte über Mittag zumachten. Als er mit seinen Gedanken an diesem Punkt angekommen war, bemerkte er, dass Cinzia Miletti ihm gegenüberstand.

»Zeigen Sie mir, wo man Sie geschlagen hat!«, rief sie. »Oh, ist das alles? Das hätte bestimmt schlimmer ausgehen können. Sie müssen mir alles darüber erzählen, ich kann es kaum erwarten. Kommen Sie mit auf einen Kaffee, ich bin gerade auf dem Weg nach Hause, Sie können mir tragen helfen. Gianluigi ist nicht da, und wenn diese Frau glaubt, dass ich auch nur eine Sekunde länger auf sie warte ...«

Zen murmelte etwas von einem Geschenk, das er für seine Mutter kaufen müsse, und Cinzia nahm das sofort in die Hand. »Ja, warten Sie mal, es sollte etwas Traditionelles und Charakteristisches sein, etwas für die Gegend Typisches. Stickereien zum Beispiel, oder sammelt sie vielleicht Keramik?

Jetzt weiß ichs, Pralinen! Nun brauchen wir nur noch eine Verpackung, die was hermacht. Dort drüben gibts Töpferwaren hier aus der Gegend.«

Selbst nachdem Cinzia eine der Verkäuferinnen soweit gebracht hatte, Zen einen Rabatt einzuräumen, kostete das, was sie ausgesucht hatte, immer noch ungefähr dreimal soviel, wie er eigentlich hatte ausgeben wollen, aber er zahlte, ohne mit der Wimper zu zucken. Wenige Minuten stand die mit ungefähr einem halben Kilo gemischter Pralinen gefüllte Deruta-Vase auf dem Rücksitz des Volvos, und er saß vorne und sah zu, wie Cinzia einen Strafzettel, der unter dem Scheibenwischer gesteckt hatte, zerriss.

Cinzia Miletti fuhr genauso, wie sie redete. Es war wie ein länger anhaltender Anfall von unvorhersagbaren Sprüngen, rasanten Bögen und Schlenkern, völlig unbeeindruckt von der Existenz der übrigen Verkehrsteilnehmer. Während der Fahrt zu ihrem Haus am Stadtrand von Perugia gab es überreichlich auf wundersame Weise nicht zustande gekommene Zusammenstöße. Selbstverständlich redete Cinzia auch beim Fahren. Wenn überhaupt, dann schien sie noch redseliger als sonst zu sein, was Zen als Verlegenheit auslegte. Obwohl das Schicksal ihres Vaters noch immer unentschieden war, hatte er sie bei einem Einkaufsbummel erwischt, so als hätte sie keinerlei Sorgen auf der Welt. Deshalb gab sie sich alle Mühe, ihm zu erklären, dass der einzige Grund ihrer Fahrt nach Perugia ausgerechnet eine Verabredung mit Ivy Cook war, die sie am frühen Morgen angerufen hatte.

»›Ich muss unbedingt mit dir sprechen‹, sagt sie zu mir. ›Soll ich zu dir rauskommen oder könnten wir uns vielleicht in der Stadt treffen?‹ Und so habe ich mich aus lauter Gutmütigkeit bereit erklärt, in die Stadt zu fahren.«

Cinzia Milettis Gutmütigkeit war eine Eigenschaft, die sich Zen nur sehr schwer in Bezug auf Ivy Cook vorstellen konnte, um so leichter fiel es ihm zu glauben, dass sich Cinzia während der Abwesenheit ihres Mannes gelangweilt und jede Entschuldigung begrüßt hatte, um in die Stadt zu fahren.

»Hat sie gesagt, worum es ging?«

»Sie wollte am Telefon nicht darüber sprechen, mehr weiß ich nicht. Zunächst einmal hatte ich schreckliche Mühe, dieses Ding hier zu starten. Wir hätten nie den kleinen Fiat, den wir mal hatten, abschaffen sollen. Der sprang immer sofort an, und wenn irgendwas nicht in Ordnung war, konnte man es mit einem Gummiband oder einem Stück Kordel wieder hinkriegen. Das hat zumindest Gianluigi immer gesagt, obwohl ich selbst technisch vollkommen unbegabt bin. Jedenfalls, als ich zu dem Café komme, wo wir uns treffen wollten, ist nichts von ihr zu sehen! Das Problem ist, dass man nicht bis zu ihrer Wohnung fahren kann. Sie haben die Straße gesperrt, sie machen aus der ganzen Innenstadt ein Museum, demnächst werden sie auch noch Eintritt verlangen und am Nachmittag schließen. Also musste ich den ganzen Weg dorthin mit diesen Schuhen gehen. Sie sehen zwar ganz bequem aus, aber glauben Sie mir, die sind nicht zum Laufen gedacht, und am Ende war sie noch nicht einmal zu Hause. Haben Sie so etwas schon mal gehört? Ich meine, das ist doch einfach unglaublich ärgerlich, wirklich zum Verrücktwerden.«

Sie fuhren durch die Vororte, die im Tal weit unterhalb der alten Hügelsiedlung lagen, die den historischen Kern der Stadt bildete. Inmitten von Türmen und Platten aus Beton, den Büroblocks und Apartmenthäusern des neuen Perugias, stand ein altes Bauernhaus aus Stein, gedrungen und stabil gebaut, mit den dazugehörigen Hühnerställen und einem Gemüsegarten. Die Wände waren schwefelgrün verfärbt von dem jahrelangen Besprühen der Weinreben, die eine Pergola bildeten. War dies das Haus, auf das Franco Miletti seinen Sohn Ruggiero als ein Sinnbild der Familie hingewiesen hatte? Wenn ja, dann waren die schützenden Bäume verschwunden, und die Gebäude, die jetzt an ihrer Stelle standen, setzten das Haus bestimmt einem viel heftigeren Wind aus, anstatt es abzuschirmen.

Sie überquerten einen Streifen Ödland unterhalb des Autobahnzubringers, der sich in Form von Tunneln und Brücken seinen Weg durch die hügelige Landschaft bahnte, und kamen in einen Bereich abgezäunter Parzellen, auf denen sich Lagerhäuser und Verkaufshallen befanden, kleine Industrieanlagen und die Büros kleinerer Firmen. Die ganzen Bauten waren kaum älter als zehn oder fünfzehn Jahre. Sie zogen sich verstreut auf beiden Seiten einer einstigen Landstraße hin und endeten im Nirgendwo mit einer Bauruine mit unbestimmtem Verwendungszweck. Kurz dahinter bog Cinzia in eine kleine, nicht gepflasterte Straße ein. Auf den von hohen Begrenzungszäunen umgebenen Grundstücken versteckten sich einzelne Villen verschämt hinter Reihen von immergrünen Büschen. Wachhunde warfen sich gegen den Drahtzaun und rasten, wütend bellend, das gesamte Grundstück entlang hinter dem Auto her, während Cinzia Zen erzählte, wie sie Gianluigi dazu überredet hatte, ein Haus auf dem Land zu kaufen, obwohl er keinen Sinn darin sah. Für sie war Natur kein Luxus, sondern etwas Grundlegendes, eine Quelle von Gesundheit und Ordnung, ob er wusste, was sie meinte?

Sie hielten vor einem mit Metallspitzen gekrönten, zweiflügeligen Stahltor. Während Cinzia im Handschuhfach nach der Fernbedienung suchte, betrachtete Zen die Hochsicherheitsabsperrung. Sie bestand oben aus über Kreuz gespanntem Stacheldraht und unten aus elektronischen Sensoren sowie einer Videokamera, die auf einer Stange direkt hinter dem Tor montiert war. Alles war nagelneu. Der ortsansässige Einzelhandel für Einbruchssicherung hatte eindeutig von der Entführung Ruggiero Milettis profitiert. Derartige Details hätten Bartocci auffallen müssen, dachte Zen. Die Leute gehen nicht hin und geben Millionen aus, ihr Haus in ein Gefängnis zu verwandeln, wenn nicht wirklich Angst in der Luft liegt.

Sie waren kaum durch die Eingangstür, als die ältliche Haushälterin erschien und Cinzia berichtete, dass die Signora Cook nach ihr gesucht hätte.

»Was?«, kreischte Cinzia. »Hier? Sie muss wohl verrückt sein!«

»Sie sagte, sie wäre hier mit Ihnen verabredet. Sie hat ungefähr zehn Minuten gewartet. Dann ist sie wieder gegangen.«

»Was für ein Unsinn! Hätte ich mir die Mühe gemacht, den ganzen Weg bis in die Stadt zu fahren, wenn wir uns hier verabredet hätten?«

Die Haushälterin hob beschwichtigend die Hände und fing an, irgendwas über ein vermeintliches Missverständnis zu sagen. Doch Cinzia war nicht zu besänftigen. »O nein, das hat sie mit Absicht gemacht! Nun, ich werde ihr schon zeigen, was es heißt, mich auszutricksen!«

Sie schritt zum Telefon und wählte. Sie wartete einen Augenblick, dann gab sie den Hörer an Zen weiter und forderte ihn mit angeekeltem Ausdruck auf: »Hören Sie sich das an!«

»... zurzeit nicht zu erreichen«, sagte Ivys Tonbandstimme. »Wenn Sie eine Nachricht hinterlassen wollen, sprechen Sie bitte nach dem Signal.«

»Ich werde ihr schon noch eine Nachricht hinterlassen, wenn ich sie sehe«, ereiferte sich Cinzia und knallte den Hörer auf.

Sie wandte sich Zen zu, und ihr Zorn war offensichtlich schon verraucht. »Ich ziehe mir etwas anderes an. Sehen Sie sich um, und machen Sie es sich bequem. Margherita, würdest du uns einen Kaffee machen?«

Zen stand in dem großen, geräumigen Wohnzimmer und lauschte den eindringlichen Stimmen des Couchtisches aus Glas und Stahl, auf dem mehrere Hochglanzmagazine lagen, der bauschigen Ledergarnitur, über der eine riesige Lampe sich wie ein Geier an einer gebogenen Stange aus Edelstahl reckte, der silbernen Teller und Kristallschalen, der dezent modernen Gemälde, der Regale, auf denen die Werke der Weltliteratur aufgereiht standen, der teuren Antiquitäten, der handgeknüpften Teppiche auf dem glänzenden Parkettfußboden, des Stutzflügels, auf dessen Notenständer eine Mozartsonate aufgeschlagen lag und des offenen Kamins, vor dem Holzblöcke hoch aufgeschichtet waren. Der Blick aus dem wie ein Bilderrahmen aussehenden Fenster zeigte einen sorgfältig angelegten Garten, einen Swimmingpool, einen Tennisplatz und ein Feld, auf dem ein drahtiger Gärtner in einer weiten Bauerntracht sich um die Weinstöcke und Oliven seines Herrn kümmerte. Selbst die Natur war zur Genremalerei verkommen.

»Ah, Sie haben also unser kleines Geheimnis entdeckt, mit Ihrem Polizistengespür.«

Der Raum hatte so viele Ein- und Ausgänge wie ein Bühnenbild. Cinzia war unmittelbar neben ihm aufgetaucht. Sie nahm eine kleine Statue in die Hand, die er bisher nicht bemerkt hatte.

»Aber wir haben sie nicht irgendeinem Grabräuber abgekauft, müssen Sie wissen. Ich meine, es ist natürlich vollkommen falsch, das nationale Erbe ganz eigennützig zu seinem privaten Vergnügen zu verwenden. Aber sehen Sie, Gianluigis Cousin arbeitet im Museum, und die haben dort so viel Zeug, dass sie buchstäblich nicht wissen, was sie damit sollen. Es steht nur im Keller herum und verrottet, niemand kriegt es je zu sehen. Hier wird es beachtet und bewundert, und das hätten sie auch so gewollt. Wunderbare Leute, sehr erotisch und voller Lebenskraft. Ich bin fest davon überzeugt, dass ich etruskisches Blut in mir habe.«

Sie trug einen kurzen Rock mit einem großen, breiten Gürtel, einen weichen Wollpullover mit einem tiefen V-Ausschnitt und eine doppelreihige Perlenkette. Schuhe und Strümpfe hatte sie ausgezogen. »Dieses Holz ist märchenhaft«, rief sie. »Im Winter ist es warm, und im Sommer ist es kühl, können Sie sich das erklären? Ich nicht, aber will ich auch gar nicht. Ich hasse Erklärungen, sie machen alles kaputt. Aber gucken Sie bitte nicht so auf meine Füße, diese armen, furchtbar hässlichen, deformierten Dinger.«

Sie ging rastlos durch das Zimmer, nahm Gegenstände auf und stellte sie um, ohne erkennbaren Zweck. »Kant«, bemerkte sie, während sie ein Buch aus dem Regal nahm. »Haben Sie Kant gelesen? Ich nehme mir das immer wieder vor, aber nie komme ich dazu.«

Sie kuschelte sich in das Ledersofa, das so bequem wie ein Bett aussah, und forderte Zen mit einer Handbewegung auf, sich auf den Sessel ihr gegenüber zu setzen.

»Ihr Mann ist also unterwegs«, fragte er.

»In Mailand, der Glückspilz! Wegen sehr dringender Geschäfte, die er immer wieder verschoben hatte. Es gibt keinen Grund, weshalb er hierbleiben müsste, soweit ich das sehen kann. Ich meine, wir können nichts machen, keiner von uns. Wir müssen einfach abwarten.«

Trotz ihrer angeblichen Ungeduld, von seinen Erlebnissen während der Lösegeldübergabe zu hören, machte sie keinen Versuch, auf das Thema zurückzukommen. Stattdessen stürzte sie sich in einen detaillierten Bericht über einen Film, den sie am vergangenen Abend gesehen hatte, und fuhr dann fort, ihm auseinanderzusetzen, dass sie Filme liebte, wirklich liebte, dass man sie nur im Kino richtig sehen könnte, dass ihr Lieblingskino ein wunderbarer alter Schuppen im Zentrum der Stadt mit Namen Minerva wäre, und was für eine Schande es sei, dass niemand mehr ins Kino ginge.

Die Haushälterin brachte den Kaffee auf einem geschmackvollen Silbertablett, das sie auf einem Brett der skandinavischen Regalwand abstellte. Ich bin schon seit Generationen in der Familie, sagte das Tablett, Sie sehen also, dass wir nicht irgendein Haufen neureicher Bauern sind, von denen es heutzutage so viele gibt. Ganz recht, kommentierte die Regalwand, doch trotz ihres soliden Hintergrunds sind das hier moderne, fortschrittliche Menschen mit einer wahrhaft kosmopolitischen Einstellung. Oh, haltet die Klappe, dachte Zen. Haltet bloß die Klappe.

»Steht die Reise Ihres Mannes nach Mailand in Verbindung mit diesem japanischen Geschäft, von dem ich mehrfach gehört habe?«, fragte er.

Cinzia wirkte noch gelangweilter als zuvor. »Er spricht mit mir nie über geschäftliche Dinge.«

Und Sie würden besser seinem Beispiel folgen, fügte ihr Blick hinzu. Auch wenn ich von Geschäften nichts verstehe, verstehe ich einiges von anderen Dingen, eine ganze Menge sogar.

Ein schlaksiges Mädchen mit mürrischem Gesichtsausdruck kam herein, schlich befangen zum Tisch und nahm eine Mandarine aus einer Schale.

»Hol mir meine Zigaretten, würdest du so lieb sein, Loredana?«, fragte Cinzia.

»Hol sie dir doch selbst. Die Bewegung würde dir nur guttun.«

Cinzia schenkte Zen ein strahlendes Lächeln. »Verzeihen Sie ihre schlechten Manieren. Das ist natürlich ein schwieriges Alter. Ihre Menstruation wird bald einsetzen.«

Das Mädchen warf seiner Mutter die Zigaretten hinüber.

»Es ist viel besser, offen darüber zu sprechen!«, fuhr Cinzia gelassen fort. »Wir Frauen müssen uns nicht länger wegen unseres Körpers schämen.«

»Das ist nicht dein Scheißkörper«, schrie das Mädchen und rannte die Treppe hinauf.

»Sie ist total verdreht«, ereiferte sich Cinzia, als ob dies eine der wesentlichen Tugenden ihrer Tochter wäre. »Im Augenblick droht sie mir ständig damit, ins Kloster zu gehen, stellen Sie sich das vor. Mein anderer Sprössling muss auch irgendwo sein. Der kleine Sergio. Er ist ein Schatz! Eigentlich viel zu lieb. Ich lese ihm vor dem Schlafengehen die griechischen Sagen vor und hoffe, dass der Groschen bei ihm fallen wird, wenn wir zu Ödipus kommen. Das ist in diesem Alter natürlich vollkommen normal. Doch zumindest habe ich ihm nicht beigebracht, wie man onaniert, wie manche Mütter es tun. Zigarette?«

Als sie sich vorbeugte, um ihm eine anzubieten, verrutschte der Ausschnitt ihres Pullovers und er erhaschte einen Blick auf ihre Brüste, die kaum größer als die eines jungen Mädchens waren, doch mit großen, vorstehenden Brustwarzen.

»Ich habe mich immer bemüht, eine verständnisvolle Mutter zu sein«, fuhr sie fort. »Ich behandele meine Kinder wie Freunde, wie meinesgleichen.«

»Haben Ihre Eltern Sie auch so behandelt?«

»Meine Mutter ist tot«, antwortete sie ausweichend.

»Und Ihr Vater? Hat er Sie wie seinesgleichen behandelt?«

Cinzia fing fast hysterisch an zu lachen. »Nun, das kommt darauf an, was Sie meinen. Ich nehme an, er tut sein Bestes. Aber nehmen Sie beispielsweise diese Geschichte mit Danieles Verhaftung. Das war typisch. Seit Jahren hatte Vater ihn gedrängt, sich zu engagieren, zu beweisen, dass er ein echter Miletti sei. Doch sobald er versuchte, ein bisschen Initiative zu zeigen, schwangen sich alle deswegen aufs hohe Ross, ganz besonders Vater, und nannten ihn einen nichtsnutzigen Fixer, und ich weiß nicht, was sonst noch alles. Es war einfach unfair, fand ich. Ich meine, was die anderen machten, war wahrscheinlich illegal, aber es war doch nicht so, als ob sie jemanden gezwungen hätten, das Zeug zu nehmen. Wenn sie es nicht verkauft hätten, hätte es jemand anderes getan. Und was Daniele betrifft, so war das eine rein geschäftliche Abmachung, weiter nichts. Er selbst hat das Zeug doch nicht genommen oder sich sonst wie die Hände schmutzig gemacht.«

Sie veränderte ihre Pose auf dem Sofa und zog die Beine wie eine Katze unter sich. Sie war jetzt wieder ziemlich ruhig. »Auf jeden Fall endete es damit, dass der arme Junge alles verlor. Nicht nur das Geld, das er investiert hatte, sondern auch die finanzielle Unterstützung von Vater. Lulu hat ihm immer mal wieder ausgeholfen, aber es hat ihn doch schwer getroffen. Das nenne ich nun nicht gerade sehr verständnisvoll, meinen Sie nicht auch? Man sollte annehmen, dass die Leute ihrer eigenen Familie gegenüber toleranter wären.«

Zen trank hastig den letzten Schluck Kaffee und erklärte, er müsse gehen.

»Schon?«, fragte Cinzia schmollend. »Warum bleiben Sie nicht zum Mittagessen? Margherita ist eine wunderbare Köchin.«

Ihre Enttäuschung schien echt zu sein, doch er blieb standhaft und rief Palottino an. »Die Familie ist total erbost«, hatte Bartocci zu ihm gesagt. Wenn Zen das bisher mehr oder weniger unversehrt überlebt hatte, dann war es dank des Instinkts, der ihn jetzt veranlasste zu gehen.

»Sie haben mir noch nichts von Ihrem Abenteuer erzählt«, erinnerte ihn Cinzia, während sie auf Palottino warteten. »Es muss entsetzlich gewesen sein. Ich glaube, Sie waren sehr tapfer. Wenn ich mir vorstelle, so viele Stunden mit dieser Cook im Auto zu sitzen, das könnte ich nicht aushalten! Haben Sie viel erzählt? Hat sie über mich gesprochen? Das hat sie ganz bestimmt. Was hat sie gesagt?«

»Wir haben nicht viel erzählt.«

»Ach, hören Sie auf, das glaube ich nicht! Ich kenne diese Frau. Was hat sie gesagt? Was immer es war, ich habe schon Schlimmeres gehört. Sagen Sie es mir. Was hat sie über mich gesagt?«

Er wandte den Blick einen Augenblick zum Fenster, dann zurück zu Cinzia. »Sie sagte, Sie seien furchtbar unglücklich«, antwortete er.

Ihre Gesichtszüge wurden plötzlich ganz schlaff, was sie um Jahre älter aussehen ließ. »Unglücklich?«

Es war wie ein Aufschrei.

»Sie ist verrückt! Ich habe das seit Langem vermutet, doch jetzt ist es absolut klar. Absolut und vollkommen klar, für jeden deutlich und unmissverständlich zu erkennen.«

Sie packte Zen fest am Arm. »Ich frage Sie, sehe ich unglücklich aus? Komme ich Ihnen unglücklich vor? Habe ich den geringsten Grund auf der Welt, unglücklich zu sein? Sehen Sie sich dieses Haus an! Sehen Sie meinen Mann und meine Kinder, mein ganzes Leben. Dann schauen Sie sie an? Was hat sie? Unglücklich? Dass ich nicht lache!«

Sie trat ein paar Schritte zurück, dann kam sie wieder auf ihn zu. »Die Wahrheit ist, dass sie mich beneidet«, fuhr sie in ruhigerem Ton fort. »Sie beneidet uns alle, sie ist von Neid zerfressen! Das ist das eigentliche Problem. Nicht ich bin unglücklich, sondern sie! Sie projiziert ihre Probleme auf mich. Ich habe darüber gelesen, es ist allgemein bekannt, dass Verrückte das tun.«

Sie schüttelte den Kopf und versuchte zu lächeln. »Ich bin ein bisschen angespannt im Augenblick, wo Gianluigi nicht da ist und wir immer noch nichts von Vater gehört haben.«

»Ich bin sicher, er wird sehr bald freigelassen werden«, sagte Zen so zuversichtlich wie möglich.

Doch ein merkwürdig leerer Ausdruck hatte sich auf Cinzias Gesicht ausgebreitet. In Gedanken versunken, die er auch nicht annähernd hätte erraten können, hatte sie seine letzte Bemerkung überhaupt nicht gehört.

Als er wieder in der Questura war, versuchte Zen, nicht mehr an Cinzia Miletti zu denken. Er fühlte sich wie jemand, der gute Karten bekommen, aber schlecht gespielt hatte, selbst vom beruflichen Standpunkt aus. Auf jeden Fall war es jetzt zu spät.

Er steckte seinen Kopf durch die Tür des Inspektorenzimmers. »Kennt einer von euch einen Beamten namens Baldoni?«

Geraci blickte auf. »Baldoni. Der ist bei Drogen.«

»Drei-fünf-eins«, stimmte Chiodini zu, ohne die Augen von seiner Zeitung zu heben.

»Du bist vielleicht blöd«, fuhr ihn Lucaroni an. »Wir sind in drei-fünf-eins.«

Chiodini steckte einen seiner dicken Finger nachdenklich in sein rechtes Nasenloch. »Früher war das drei-fünf-eins«, bemerkte er schließlich.

Lucaroni konsultierte das Personalverzeichnis. »Er sitzt in vier-zwei-fünf«, sagte er. »Soll ich für Sie …?«

»Schon gut«, antwortete Zen. »Ich geh schon selbst.«

Baldoni war ein dicklicher Mann mit schütterem Haar und trug einen blauen Blazer mit fünf silbernen Knöpfen, einen kanariengelben Pullover und eine rote Krawatte. Er stocherte mit einem Streichholz in seinen Zähnen herum, während ihm irgendjemand am Telefon die Ohren volllaberte. Als er aufgelegt hatte, gab Zen ihm den Brief.

»Scheißgewerkschaft«, brummte er. »Die wollen immer nur Geld von einem. Dabei bin ich eingetreten, weil ich dachte, die würden dafür sorgen, dass ich mehr Geld kriege, anstatt es mir abzuknöpfen.«

»Ich bearbeite die Miletti-Entführung«, begann Zen.

Baldoni sah ihn sogleich misstrauisch an. »Besser Sie als ich.«

»Ich habe gehört, dass Daniele Miletti vor einiger Zeit mit Ihrer Abteilung in Schwierigkeiten geraten ist.«

Baldoni lachte kurz auf. »Hineingeraten und auch wieder hinaus.«

Er versuchte, sich lässig auf die Schreibtischkante zu setzen, furzte laut und stand wieder auf. »Sie kennen doch die Ausländeruniversität?«, fragte er. Sein Ton war misstrauisch und aggressiv, so als ob die betreffende Institution vermisst würde und Zen im Verdacht stünde, sie gestohlen zu haben.

»Ich habe davon gehört.«

»Vergessen Sie, was Sie gehört haben. Ich weiß, was Sie gehört haben. Man hat Ihnen von diesem Symbol der Brüderlichkeit in dem alle Menschen willkommen heißenden Perugia mit seiner uralten Tradition der Gastfreundschaft erzählt, wo in jedem Jahr aufgeschlossene und unternehmungslustige Leute aus aller Welt hinkommen, um die italienische Kultur zu studieren und zum Frieden und zur internationalen Verständigung beizutragen.«

Er sah Zen forschend an. »Sie sind nicht hier aus der Gegend?«

Zen schüttelte den Kopf.

»In diesem Fall kann ich Ihnen sagen, dass meiner bescheidenen Meinung nach diese Stadt der mieseste und beschissenste Saustall in diesem ganzen Scheißland ist. Internationale Verständigung, die können mich mal. Du lieber Gott, die Leute in diesem Dreckskaff sind doch so beschränkt, dass sie die Leute aus dem Dorf am Hang wie einen Haufen Fremde behandeln. Weshalb sollten sie sich da mit richtigen Ausländern abgeben? Aus einem sehr einfachen Grund, mein Freund, und den schreibt man G, e, l, d.«

»Und Daniele?«, drängte Zen.

»Keine Sorge, auf den komme ich gleich. Nun müssen Sie sich vorstellen, dass diese Ausländer nicht mehr so sind wie die, von denen Sie gehört haben. Früher kamen sie aus dem Norden – Deutschland, Schweiz, England, Amerika. Meistens Mädchen. Sie kamen, um Dante zu lesen, Wein zu trinken, in der Sonne zu sitzen und sich bumsen zu lassen. Doch die Zeiten haben sich geändert. Jetzt kommen die Araber, weil da jemand in Rom, Sie wissen schon wer, einen Deal über eine Ölkonzession gemacht hat, natürlich einschließlich einer fetten Provision für, na ja, Sie wissen schon. Unterdessen verdienen Sie und ich weniger als dessen Haushälterin, und da verlangt die Scheißgewerkschaft von *mir,* ich solle *ihr* Geld schicken!

Jedenfalls trudeln diese Araber allmählich ein, um Maschinenbau, Zahnmedizin und weiß Gott was zu studieren. Doch leider sind die Professoren nicht bereit, ihre Kurse auf Arabisch abzuhalten, und plötzlich gibt es Tausende von Studenten, die Italienisch lernen wollen. Und wo gehen die hin? An die Ausländeruniversität natürlich, hier mitten im schönen, mittelalterlichen Perugia. Bloß diese Ausländer sind ein bisschen anders als die, die wir bisher gewöhnt waren. Nämlich so männlich, wie es das eigentlich schon gar nicht mehr gibt. Die scheren sich einen Dreck um Dante, rühren keinen Alkohol an, finden es hier im Vergleich zu ihrem eigenen Land kalt und sind mehr an Beten und Politik interessiert als daran, gebumst zu werden. Aufgeschlossenheit und Unternehmensfreude stehen bei diesem Haufen besonders hoch im Kurs, und was die Brüderlichkeit betrifft, so haben sie die Vorstellung, wenn jemand anderer Meinung ist als du, dann bring ihn um. Erinnern Sie sich an Ali Agca, den Mann, der auf den Papst geschossen hat? Er war hier. Oder das palästinensische Kommando, das die Hälfte der israelischen Sportler bei den Olympischen Spielen in München umgebracht hat? Sie haben auf einem Bauernhof in den Hügeln, ganz in der Nähe von Perugia, trainiert. Die Dschihad-Islamica-Selbstmordkommandos, der Pro-Khomeini-Pöbel, der Anti-Khomeini-Pöbel, KGB-Spione, bulgarische Killer und was einem sonst noch so einfallen mag, alle waren sie hier. Die politische Abteilung hat einen heißen Draht zum Zentralcomputer im Ministerium in Rom eingerichtet, und trotzdem können sie nicht alles unter Kontrolle halten. Einmal waren allein zweieinhalbtausend Iraner in der Stadt. Ihr Konsul in Rom war im letzten Jahr zu einem offiziellen Besuch hier, und dabei gab es beinah einen diplomatischen Zwischenfall. Als er die neue

Mensa besichtigen wollte, hat man ihn rausgeschmissen. Das Personal hatte ihn zum letzten Mal als Student gesehen, und da hatte er sich so beschissen aufgeführt, dass man sich geschworen hatte, ihn nie wieder reinzulassen!

Das ist also das neue Perugia, Treffpunkt des internationalen Terrorismus. Bereitet den Politischen eine Etage höher große Kopfschmerzen. Doch Sie werden sich zweifellos fragen, was das eigentlich mit meiner Wenigkeit beziehungsweise mit Daniele Miletti zu tun hat. Nun, Terroristen brauchen Geld. Die Staatsterroristen kriegen es von ihren Regierungen daheim, die übrigen müssen es sich selbst verdienen. Und Drogen sind die beste Möglichkeit, schnell Geld zu machen, besonders wenn man aus einem Land kommt, wo das Zeug verkauft wird wie Artischocken. Also fangen wir an, uns dafür zu interessieren. Unter anderem werden uns die Namen von ein paar Iranern zugespielt, die häufiger mit dem Zug nach Hause fahren. Das ist eine verdammt unbequeme Art, in den Iran zu reisen, es sei denn, man will die Sicherheitskontrollen am Flughafen umgehen. Beim nächsten Durchgang lassen wir sie also hopsnehmen und sieh da! Sie haben einen Koffer voll Heroin dabei. Dann knöpfen wir sie uns vor, und achtundvierzig Stunden später haben wir den ganzen Dealer-Ring, einschließlich eines gewissen Gerhard Mayer, neunundzwanzig Jahre, aus Westberlin, ihr Verbindungsmann zur hiesigen Drogenszene. Und plötzlich ist die Kacke am Dampfen, denn als wir uns den sauberen Herrn Mayer vornehmen, erzählt der uns, dass das Geld, das er an die Iraner zahlte, von dem Sohn eines gewissen, allseits bekannten Bürgers dieser Stadt vorgestreckt wurde.«

»Daniele Miletti?«

»Kennen Sie das Gefühl? Da glaubt man, man hätte einen netten, klaren Fall aufgedeckt, Lob von allen Seiten und Beförderungspunkte für meine Wenigkeit. Doch in dem Moment, wo der verdammte Deutsche Miletti erwähnte, da löste sich mein schöner Traum in Luft auf. Wir haben natürlich sämtliche Formalitäten durchgespielt und ihn einkassiert, doch als er dem Richter vorgeführt wurde, hatte Mayer seine Meinung längst geändert. Er hatte nie mit Daniele Miletti gesprochen, ihn nie gesehen, nie von ihm gehört. Der Junge war pünktlich zum Mittagessen wieder zu Hause.«

»Und Mayers Aussage?«

»Mit Drohungen erpresst. Drohungen, dass ich nicht lache! Mayer war richtig scharf drauf, seinen reichen, jungen Kumpel zu verpfeifen.«

»Was ist aus Mayer geworden?«

»Er ist mit dem nächsten Flugzeug ab nach Deutschland.«

Zen starrte ihn missbilligend an. »Man hat ihn rausgelassen? Obwohl eine Anklage wegen Drogenhandels gegen ihn vorlag?«

Baldoni nickte. »Wie ich schon sagte, wenn es um die Milettis geht, besser Sie als ich, mein Freund. Besser Sie als ich.«

Gegen Abend begann Zen sich selbst wie ein Gefangener zu fühlen. Er hatte den ganzen Nachmittag in seinem Büro verbracht und war immer wieder vom Schreibtisch zum Fenster, vom Fenster zur Tür und von dort zurück zum Schreibtisch gegangen. Es waren jetzt mehr als vierzig Stunden seit der Geldübergabe vergangen, und sie hatten noch keine Nachricht über die Freilassung Ruggiero Milettis erhalten. Obwohl es nicht in seiner Macht stand, die Ereignisse in irgendeiner Weise zu beeinflussen, hatte sich Zen verpflichtet gefühlt, wie der Kapitän eines Schiffs auf seinem Posten auszuharren. Doch schließlich konnte er es nicht länger aushalten und machte einen Spaziergang.

Der Abend war warm und windstill, aber die Seitenstraßen, durch die er wahllos schlenderte, waren fast ausgestorben. Nur gelegentlich wurde sein Weg von einem Paar gekreuzt, das auf dem Heimweg war, oder von jungen Leuten, die ins Stadtzentrum wollten. Die kurzen, abschätzenden Blicke, mit denen sie ihn musterten, lösten bei Zen ein merkwürdig unbehagliches Gefühl aus, da sie ihm erst recht bewusst machten, dass er weder Plan noch Ziel hatte. Gedanken schossen ihm wie Blitze durch den Kopf: bestimmte Formulierungen aus Ruggiero Milettis Brief; eine Andeutung Antonio Crepis; etwas, das Ivy im Auto gesagt hatte; was Valesios Witwe ihm erzählt hatte; Luciano Bartoccis neue forsche Art; Italo Baldonis Geschichte; Cinzia Milettis Brüste ...

Er fühlte sich ausgehungert und übersättigt zugleich, betäubt und zurückgewiesen. Das muss an dieser Stadt liegen, dachte er, die hier auf ihrem abgelegenen Hügel hockt und der übrigen Welt den Rücken kehrt. Man war hier um so mehr von den eigenen kleinen Intrigen und Skandalen besessen, als man wusste, dass sie niemand anderen interessierten. Nichts von alledem, das ihm seit seiner Ankunft in Perugia erzählt worden war, war mehr als anzüglicher Klatsch gewesen, beiläufige Verleumdungen und wenig stichhaltige Gerüchte, die ihm nicht weiterhalfen und ihm anderswo niemals zu Ohren gekommen wären. Doch die Leute waren nur allzu bereit, einen in die Geheimnisse des Nachbarn einzuweihen, besonders wenn sie glaubten, dass das von ihren eigenen ablenken könnte. »Mayer war richtig scharf drauf, seinen reichen jungen Kumpel zu verpfeifen.« Ja, das entsprach ganz dem Stil dieser Stadt. Viel Theater um nichts. Ein weiteres Beispiel für das nationale Talent, die einfachsten Begebenheiten mit den kompliziertesten Verwicklungen auszuschmücken. Zen hatte sich über Ellens schlichte Art, an die aktuellen Ereignisse heranzugehen, immer sehr amüsiert. Trotz ihrer Intelligenz konnte sie erstaunlich naiv und prosaisch in ihren Urteilen sein. Sie schien zu glauben, dass die Wahrheit über allem stand und sich letztlich durchsetzen würde, weshalb sollte man also seine Zeit damit vergeuden, verrückte Theorien auszuspinnen. Zen dagegen wusste, dass die Wahrheit, falls überhaupt, erst nach langer Zeit ans Licht kam, wenn sie bedeutungslos geworden war, wie ein greiser Gefangener, den man ohne Risiko entlassen kann, da seine Bedeutung vergessen, seine Freunde tot und er selbst nur noch ein vor sich hinplappernder Idiot ist.

Im vorliegenden Fall war es an der Zeit, Farbe zu bekennen und ein für alle Mal zu erklären, dass zumindest diesmal die Wahrheit so eindeutig und offenkundig war, wie sie zu sein schien. Die begangenen Verbrechen waren offensichtlich das Werk hartgesottener Profis, die ebenso wenig mit den inzestuösen Dramen dieser Stadt zu tun hatten wie Zen selbst. Jede gegenteilige Annahme stellte einen Versuch der Einheimischen dar, sich wichtig zu machen und ein paar alte Rechnungen mit den Nachbarn zu begleichen.

Zwangsläufig führten ihn seine Schritte zum Corso, wo die allabendliche Promenade voll im Gang war. Die Leute stolzierten auf und ab, stellten ihre Pelze und ihre Eleganz zur Schau, winkten ihren Freunden zu, sahen und wurden gesehen, strömten ununterbrochen hin und her, wie Schwimmer in einem Pool. Die Stars beiderlei Geschlechts traten zu zweit oder dritt auf, um ihre Wirkung zu konzentrieren, oder schritten allein einher als strahlende Solisten, während die weniger Attraktiven sich zum Schutz in Gruppen vor dem Gebäude irgendeiner religiösen oder politischen Organisation zusammenfanden. An einigen Stellen der Straße wimmelte es geradezu von jungen Leuten, und ständig kamen noch mehr auf ihren Mopeds an. Die Vertreter des männlichen Geschlechts waren in der Überzahl, kühne, schlaksige Jugendliche mit Designer-Anoraks in hellen Farben und hochgekrempelten Jeans, unter denen klobige Cowboystiefel vorguckten. Sie setzten sich mit aufdringlicher Lässigkeit in Szene, während ihnen die Mädchen mit Rüschenkragen, die wie Spitzendeckchen aussahen, Schottenröcken und farbigen Strumpfhosen voller Bewunderung zusahen. Eine der auffälligsten Erscheinungen war ein großer, junger Mann mit den übertriebenen Gesten und der lauten Stimme eines Schauspielers, der weiß, dass er gut ankommt. Erst im letzten Moment, als auch er erkannt worden war, wurde Zen klar, dass das Daniele Miletti war.

Es war beinahe vorhersagbar. Die junge Schickeria der sanften Rechten brüstete sich ebenso wie ihr faschistisches Pendant ein halbes Jahrhundert früher damit, dass ihr alles scheißegal sei. Nichts konnte Danieles Status mehr untermauern, als dabei gesehen zu werden, wie er sich hier auf dem Corso aufspielte, während das Leben seines Vaters noch in der Schwebe hing.

»Einen wunderschönen guten Abend wünsche ich Ihnen, Dottore!«, rief der junge Mann in einem schlecht parodierten venezianischen Akzent. »Es tut mir so leid, dass Sie einen Unfall hatten. Seien Sie doch in Zukunft etwas vorsichtiger!«

Er wandte sich um, um seinen Kumpeln den Witz zu erklären, woraufhin diese in schallendes Gelächter ausbrachen.

»Tun Sie mir bloß nichts, Sie böser, böser Mann. Ich bin ein Polizist!«, kreischte einer von ihnen mit einer spöttischen Fistelstimme.

Zen ging weiter. Er konnte verstehen, wie sich Baldoni gefühlt haben musste, als ihm der junge Miletti durch die Lappen ging. Er bekam immer mehr den Eindruck, dass es einige Leute gab, denen es guttun würde, mal ein paar Stunden mit jemandem wie Chiodini in einen Raum gesperrt zu sein. Nur leider sorgte das System dafür, dass gerade diejenigen nie in diese Situation gerieten. Er würde einen solchen Gedanken niemals offen zugeben und fühlte sich sogar schuldig, so etwas zu denken. Dann ärgerte er sich über diese Schuldgefühle, sodass es ihm, als er wieder in der Questura war, kein bisschen besser ging als vor dem Spaziergang.

Er hatte das irrationale Gefühl, irgendetwas müsse während seiner Abwesenheit passiert sein, weil er nicht da gewesen war, aber er hatte unrecht. Er war genauso weit wie vorher, starrte gegen die Wand und konnte nichts anderes tun als warten. Als seine Augen auf das Kruzifix fielen, wurde ihm klar, dass er es von Anfang an abscheulich gefunden hatte. Als kleine trotzige Geste hob er es vom Haken und legte es oben auf den Aktenschrank. Dann fiel ihm die Kopie von Ruggieros Brief wieder ein, und er stellte fest, dass er doch etwas tun könnte.

»Sieben-acht-acht-eins-acht.«

»Guten Abend. Hier ist Aurelio Zen. Ich hoffe, ich störe nicht.«

»Nein, nein. Überhaupt nicht. Nun, eigentlich …«

Ivy hörte sich unbehaglich an. Hatte sie bereits erraten, weshalb er anrief?

»Ich wollte bereits heute Morgen mit Ihnen sprechen, aber …«

»Ich war nicht da. Ich hatte mich mit jemandem verabredet.«

»Ja, ich weiß. Ich habe Cinzia Miletti in der Stadt getroffen. Sie hat auf Sie gewartet.«

»Eigentlich habe ich auf sie gewartet! Wir hatten uns bei ihr zu Hause verabredet.«

»Mir hat sie erzählt, Sie hätten sie angerufen und gefragt, ob sie sich in der Stadt treffen könnten.«

»Ich habe wirklich keine Ahnung, weshalb sie das gesagt haben sollte, Commissario. Es war genau umgekehrt. Sie rief mich an und bat mich, sofort zu ihr zu kommen. Sie sagte nicht, warum, doch in meiner Situation ist es offenbar …«

Zen fiel ein, dass während ihres Telefonats ein möglicher Anruf über Ruggiero Milettis Freilassung nicht durchkommen könnte, weil die Leitung besetzt war. »Das spielt jetzt keine Rolle«, sagte er brüsk. »Ich möchte mit Ihnen über etwas anderes sprechen. Es geht um einen Brief, den ich bekommen habe.«

»Einen Brief? Was für einen Brief?«

»Darüber möchte ich lieber nicht am Telefon sprechen. Meinen Sie, Sie könnten mal schnell in meinem Büro vorbeikommen? Es dauert nicht lange.«

»Nun, das ist ein bisschen schwierig. Sehen Sie, das ist eine Familienangelegenheit, und ich bin nicht sicher, ob den Milettis das im Augenblick recht wäre.«

Es wäre ihnen noch viel weniger recht, wenn sie wüssten, um was es geht, dachte Zen.

»Vielleicht später, wenn alles vorbei ist.«

»Wie Sie wünschen. Ich werde mich dann später mit Ihnen in Verbindung setzen.«

Er legte auf, ließ die Hand jedoch hoffnungsvoll über dem Hörer schweben. Aber das Telefon schwieg hartnäckig.

Seine Vermutungen bestätigten sich. Ivys ungewöhnlich aufgebrachte und nervöse Art war sicherlich ein Beweis dafür, dass sie nur zu gut wusste, von welchem Brief er sprach, und Todesängste ausstand, dass die Familie das herausfinden könnte.

Er nahm sich den Brief vor und überflog noch einmal die letzten Zeilen. Der Fehler war merkwürdig: »... in abgegriffenen und durchgehend nummerierten Banknoten ...« Einen Augenblick lang ließ ihn das an der Echtheit des Ganzen zweifeln. Aber es war nur eine Kleinigkeit und änderte nichts an der Tatsache, dass niemand außer Ivy es getan haben konnte. Sie musste mit dem Brief direkt zu einem Kopierladen gegangen sein, nachdem sie ihn vom Container geholt hatte. Die Kopie hatte sie dann sofort an Zen geschickt, bevor sie zurückfuhr, in der Annahme, dass jeder der Milettis gleichermaßen in Verdacht geriete, wenn die Kopie ans Licht käme. Doch diese Rechnung war zusammen mit dem Original des Briefes in Rauch aufgegangen, und seitdem musste sie ihre unbesonnene Tat zutiefst bedauert haben. Weshalb war sie ein solches Risiko eingegangen? War es, weil sie die Familie Miletti nur allzu gut kannte und verhindern wollte, dass auch diesmal wieder alles unter den Teppich gekehrt wurde? Wollte sie damit, indem sie Zen den Brief schickte, auf ihre bescheidene Weise dem übergeordneten Prinzip dienen, dem Bartocci jetzt anscheinend den Rücken gekehrt hatte, nämlich die Schweine diesmal nicht ungeschoren davonkommen zu lassen? Auf jeden Fall hatte sie kein Verbrechen begangen, und für ihn bestand kein Grund, die Sache noch weiter zu verfolgen.

Er blieb sitzen, bis ihm allmählich die Augen zufielen. Dann rief er die Zentrale an und teilte mit, dass er von nun an in seinem Hotel wäre. Es hatte keinen Sinn mehr, die einsame Nachtwache fortzusetzen.

Doch weshalb wurde er das unheimliche Gefühl nicht los, dass es bereits passiert war, dass alle außer ihm Bescheid wussten, dass er bewusst im Dunkeln gelassen wurde?

7

Er lag in dem Zimmer in Venedig, in dem er seine Kindheit verbracht hatte, im Bett, und er war noch immer ein Kind. Eine Gestalt bewegte sich in dem diffusen Licht langsam auf ihn zu, genauso gesichtslos und überlebensgroß wie der Tod auf einem alten Kupferstich. Aber er hatte keine Angst, denn er wusste, es war nur Spaß, eine von diesen kleinen Komödien, die Väter ihren Söhnen so gerne vorspielen.

Er hatte immer gewusst, dass sein Vater zurückkommen würde. Nicht dass er das jemals zugegeben hätte, noch nicht einmal sich selbst gegenüber. Aber nichts und niemand hätte ihn wirklich davon überzeugen können, dass eine Welt, in der Väter eines Tages einfach verschwanden und nie mehr wiederkamen, etwas anderes sein könnte als eine erbärmliche Täuschung, ein leicht zu durchschauender Schwindel. Er war nie darauf hereingefallen, jedenfalls nicht wirklich, nicht in seinem Inneren, doch er hatte durchaus Augenblicke des Zweifelns gekannt. Deshalb waren seine Freude und seine Erleichterung jetzt grenzenlos, als er feststellte, dass sein Instinkt die ganze Zeit über recht gehabt hatte! Denn da saß sein Vater neben ihm, nahm ihn in die Arme und küsste ihn, griff immer wieder nach seiner Hand und lachte über die dummen Ängste, in die sein kleines Spielchen seinen Sohn versetzt hatte.

Das Telefon neben seinem Bett fing an zu läuten. Es war der diensthabende Beamte von der Abhörstelle im Justizpalast.

»Wir haben soeben eine Nachricht vom Hausanschluss der Millettis mitgeschnitten, Dottore. Sie kam von den Entführern. Sie haben Signor Miletti freigelassen.«

Gott sei Dank, dachte Zen mit einer seltsamen Inbrunst. Gott sei Dank. »Haben Sie Dottore Bartocci informiert?«

»Ja. Es sollen umgehend die nötigen Vorkehrungen getroffen werden, um Miletti abzuholen.«

»Wo hat man Signor Miletti freigelassen?«

»Wenn Sie etwas zum Schreiben haben, werde ich Ihnen die Anweisungen vorlesen, die sie der Familie gegeben haben.«

Zen kritzelte die Instruktionen auf den Rücken eines Briefumschlags.

Sie sollten die Straße nach Foligno fahren, kurz hinter Santa Maria degli Angeli in Richtung Cannara abbiegen, und so lange weiterfahren, bis sie einen Telegrafenmast mit einem gelben Kennzeichen sahen. Dort sollten sie nach links abbiegen, dann die zweite Abzweigung nach rechts nehmen und noch etwa einen Kilometer bis zu einer Baustelle fahren, wo Ruggiero Miletti auf sie warten würde, der sich wegen seines schlimmen Beins nicht bewegen konnte. Es war dieses Problem gewesen, was zu der komplizierten Absprache geführt hatte, um Ruggiero nach seiner Freilassung abzuholen. Normalerweise werden Entführungsopfer einfach mitten im Nirgendwo ausgesetzt, und sie müssen dann sehen, wie sie den Weg zum nächsten Haus oder zur Hauptstraße finden. Da Miletti jedoch nicht laufen konnte, hatte man sich darauf geeinigt, dass er von Pietro Miletti in Begleitung von Zen und Palottino mit dem Alfetta abgeholt werden sollte. Außerdem sollte ein Krankenwagen mitkommen, für den Fall, dass Ruggiero auf der Stelle ärztliche Versorgung benötigte. Nach den Ereignissen von Samstagnacht und Bartoccis wütendem Telefonanruf vom Vortag, hatte sich Zen schon halb darauf eingestellt, abgewiesen zu werden, als er bei den Millettis anrief.

Pietro reagierte zwar kühl, machte aber keinerlei Anstalten, die Vereinbarungen zu ändern. Jetzt, nachdem die Befürchtungen der Familie sich als unbegründet erwiesen hatten, konnte die vermasselte Lösegeldübergabe als ein weiteres Beispiel für die haarsträubende Unfähigkeit der Polizei abgetan werden, das Jüngste in einer langen Serie von Fehlern.

Zwanzig Minuten später setzte sich der Konvoi in Bewegung. Es war so strahlender Sonnenschein, als ob der Sommer ein paar Monate übersprungen hätte. Die Leute gingen langsam und lässig, als hätten sie nichts zu tun. Neugierig musterten sie die Reihe von offiziellen Fahrzeugen, die den Boulevard entlangfuhr, der durch die tiefer gelegenen Ausläufer der Stadt führte, dann durch einen Torbogen hindurch und in zahlreichen weiten und gemächlichen Kurven mehr als zweihundert Meter hinunter ins Tal. Kurz hinter der Basilika von Santa Maria degli Angeli mit ihrer riesigen Kuppel schlitterte Palottino über ein mit losem Kies bedecktes Stück Fahrbahn in eine Nebenstraße. Die Gegend war vollkommen flach und in große, umgepflügte Felder fast ohne jeden Baum eingeteilt. Hier und da standen moderne Doppelhäuser aus Beton und Backstein, alle umgeben von Weinstöcken, die an hinter Betonpfeilern gespannten Drähten entlangwuchsen. Das alles war unbewohntes, malariaverseuchtes Marschland gewesen, bis es sich aufgrund des wirtschaftlichen Aufschwungs nach dem Krieg gelohnt hatte, es trockenzulegen. Die Straße verlief ganz gerade, und auf der rechten Seite standen in regelmäßigen Abständen Telegrafenmaste.

Der gelbe Farbfleck war bereits ein paar Hundert Meter vorher in der Sonne zu erkennen. Gleich gegenüber führte ein von tiefen Entwässerungsgräben gesäumter Feldweg nach links. Die Geschwindigkeit verlangsamte sich, und die Fahrzeuge fuhren dichter hintereinander. Die Felder waren anscheinend verlassen, und die abgebrochenen Halme der letzten Ernte verrotteten auf einer weiten, von Furchen durchzogenen Schlammfläche, die von den letzten Regenfällen in eine klebrige Masse verwandelt worden war. Sollte es tatsächlich eine Baustelle inmitten dieses Sumpfes geben, der nach einem kurzen und erfolglosen Flirt mit der Zivilisation rasch in seinen ursprünglichen Zustand zurückfiel?, fragte sich Zen verwundert. Natürlich hatte von Anfang an die Möglichkeit bestanden, dass der Telefonanruf getürkt war, und das schien jetzt immer wahrscheinlicher zu werden.

Die trostlose Landschaft ließ Zen wieder an seinen Traum denken, an das Schicksal seines eigenen Vaters. Als die Deutschen 1941 in die Sowjetunion einmarschierten, hatte Mussolini geglaubt, der Krieg wäre in ein paar Wochen vorbei. Um später einen Anteil an der Kriegsbeute für Italien beanspruchen zu können, hatte er deshalb angeboten, Truppen an die russische Front zu schicken. Die Deutschen machten sich keine Illusionen über die militärische Stärke ihres Hauptverbündeten und wollten zunächst nur ein paar Divisionen Alpini zulassen, jene Gebirgseinheiten, die sich mit jeder anderen Truppe in Europa messen konnten. Doch das reichte nicht für Mussolinis angestrebte Verhandlungsposition aus. Er bestand darauf, mehr Soldaten zu schicken, und so wurden 230 000 Italiener in Züge verfrachtet und nach Russland geschickt, Zens Vater war einer von ihnen. Doch der Krieg war nicht in ein paar Wochen vorbei, und die italienischen Wehrpflichtigen hatten weder die Ausbildung noch die Ausrüstung, um einen Winterfeldzug in Russland durchzuhalten. 99 000 Soldaten kamen ums Leben. 66 000 schafften den qualvollen Rückmarsch. Und von den übrigen 75 000 hat man nie mehr etwas gehört. Sie verschwanden spurlos. Die sowjetischen Behörden hatten keinen Grund, sich für das Schicksal einer Handvoll ausländischer Invasoren zu interessieren, wo mehr als zwanzig Millionen von den eigenen Leuten umgekommen waren. Und den Italienern war plötzlich klargeworden, dass sie eigentlich schon immer gegen die Faschisten gewesen waren. Von ihnen konnte man kein Mitleid mit den Verwandten der wenigen Fanatiker erwarten, die unbesonnen genug waren, für den allseits verachteten Duce zu kämpfen. Außerdem lag das ganze Land in Trümmern, und es gab wichtigere Dinge, um die man sich kümmern musste.

»Da ist es!«, platzte Palottino plötzlich heraus.

Aus der Ferne sah es wie eine moderne Skulptur aus: unzusammenhängende Flächen, willkürliche Ecken und viele Löcher. Erst als sie näherkamen, erkannte Zen allmählich, dass es sich um das Betonskelett eines unvollendeten, dreistöckigen Doppelhauses handelte, dessen halb fertige Wände, Pfeiler und Stockwerke aus einem Meer von Schlamm herausragten. Auf beiden Seiten führte eine breite Treppe in zickzackförmigen Abschnitten nach oben und endete abrupt an einem nicht überdachten Absatz etwa fünfzig Meter über dem Erdboden.

Sie parkten ganz in der Nähe. Zen stieg aus, sprang über den Graben, der neben dem Weg lief, und bahnte sich an dem Feld entlang einen Weg zur Rückseite der Betonkonstruktion, wobei seine Schuhe rasch völlig mit Matsch verschmiert waren. Die Baustelle war von einem symbolischen Zaun aus zwei durchhängenden Bahnen Stacheldraht umgeben. Hinter ihm kämpfte Pietro Miletti sich langsam voran.

Auf der südlichen Seite des Rohbaus war der Beton sauberer als auf der nördlichen, wo er von Moos verfärbt war. Hier gab es nur ein paar rötlichbraune Flecken von den verbogenen Enden der rostigen Moniereisenstäbe. Man fühlte sich hier wärmer und geschützter. In den Spalten rund um die Fundamente hatten sich bereits Pflanzen angesiedelt, bereit, das Ganze in dem Moment zu übernehmen, wo der menschliche Wille versagen würde. Ein gelber Schmetterling flatterte in merkwürdig abgehackter Weise vorbei, wie in einem frühen Film.

Zen betrachtete den unfertigen Zementboden, auf dem verstreut Zementsäcke, Drahtstücke, Nägel, Holzklötze und ein einsamer Handschuh herumlagen. Die oberen Stockwerke hatten noch keine Fußböden, und durch die Betonträger und Balken hindurch konnte man den Himmel sehen. Es sah so aus, als wäre seit Monaten niemand hier gewesen.

»Papa!«

Pietro Miletti tauchte auf, seine eleganten Schuhe und seine Hose waren voller Schlamm.

Zen kratzte auf der unteren Treppenstufe ein wenig Dreck von seinen Schuhen ab.

»Ich fürchte, man hat uns reingelegt.«

»Aber warum sollten sie das tun? Was hätten sie davon?«

Pietro klang ungehalten, als ob die Entführer gegen die Spielregeln verstoßen hätten und bestraft werden müssten.

»Vielleicht war das gar nicht die Bande, die Sie angerufen hat.«

»Das waren sie ganz sicher. Meinen Sie, ich würde diese verdammte Stimme nicht inzwischen kennen? Außerdem, wer hätte es sonst sein sollen?«

»Woher soll ich das wissen?«, schnauzte Zen zurück und fand auf diese Weise ein Ventil für seine Spannung. »Irgendjemand, der Sie auf den Tod nicht ausstehen kann. Davon muss es eine ganze Menge geben.«

Er wandte sich wieder der Außenseite des Gebäudes zu und bog nach rechts ab, um seinen Rundgang zu beenden. In der Ferne betätigte jemand mehrmals eine Hupe. Der Blick nach vorn war durch einen Abschnitt nahezu fertiger Mauern an der Ostseite verdeckt, doch als er an die Ecke kam, stellte Zen fest, dass das einzige unerwartete Detail dieser Landschaft ein Fluss war, der etwa hundert Meter weiter den Feldweg kreuzte. Früher hatte es dort sicher eine Brücke gegeben, die inzwischen von den Fluten des Krieges hinweggespült worden war. Oder vielleicht hatte sie auch nie existiert. Es war schwer zu erkennen, ob der Feldweg auf der anderen Seite weiterging oder nicht.

Erst als er sich dem dringlicheren Problem zuwandte, einen Weg durch diese Schlammwüste zu finden, entdeckte Zen die Gestalt, die zusammengesunken an der Mauer lehnte. Er hatte gerade noch Zeit, sich umzudrehen und dem energisch protestierenden Pietro Miletti eine Hand auf den Brustkorb zu setzen und ihn zurückzustoßen.

Der Fußboden bestand aus dunkelroten, sechseckigen Fliesen, die sich an den Spitzen berührten und durch Dreiecke in einem dunklen Kastanienbraun getrennt waren. Andersherum betrachtet war die Grundform ein großer Rhombus, der aus einem roten, sechseckigen Kern bestand, umgeben von vier braunen, dreieckigen Spitzen, oder noch anders gesehen waren es diagonale Streifen aus roten Sechsecken, die durch Paare dreieckiger, brauner Keile in ihrer Bahn gehalten wurden. Die Streifen verliefen in beide Richtungen, wodurch eine Vielzahl von Kreuzen entstand. Es wäre theoretisch möglich auszurechnen, wie viele das waren. Doch dazu hätte es mehr als Zeit und Geschicklichkeit gebraucht, nämlich Verständnis für das zugrunde liegende Prinzip, Zugang zu Formeln und Gleichungen und eine Begabung für Zahlen. Etwas, das Zen nicht hatte. So wie die Dinge lagen, schob sich ihm immer wieder ein Bild vor Augen, das ihn ablenkte. Das Bild von einem alten Mann, der zusammengesunken im Schlamm an einer Mauer aus Betonblöcken lehnte und sich abwandte, als ob der Tod ein Akt wäre, mit dem man so schamhaft umgehen musste wie mit dem Geschlechtsverkehr oder der Entleerung des Darms, und den er soweit wie möglich zu verbergen suchte, selbst an diesem trostlosen und ungeschützten Ort, an dem er ihn ereilt hatte.

Zen zwang seine Aufmerksamkeit wieder auf den Fußboden. Erneut entstand ein anderes Muster, in dem sich die roten und braunen Formen zusammentaten und einander überlappende Dreiecke bildeten, die alle quer durch den

Raum auf die gegenüberliegende Doppeltür zeigten. Diese Tür war jetzt fest verschlossen, doch sie hatte sich seit Zens Ankunft bereits mehrmals geöffnet und eine Reihe von Besuchern eingelassen, die sich einen Weg durch die Masse von Körpern und erwartungsvollen Gesichtern gekämpft hatten, die draußen auf dem Gang unter den Fernsehscheinwerfern schwitzten und jedem, der vorbeikam, ein Mikrofon unter die Nase hielten.

Es war sechs Uhr abends, vier Stunden, seitdem der Vertreter der Staatsanwaltschaft Zen in sein Büro im Justizpalast zitiert hatte. Als er eintraf, hatte man ihm gesagt, er möge warten, und seitdem wartete er. Er sollte in seine Schranken verwiesen werden, eingeschüchtert für das, was noch auf ihn zukommen würde. Und was würde das sein? »Als sie feststellten, dass ein Polizist bei der Lösegeldübergabe dabei war, müssen sie in Panik geraten sein«, hatte Major Volpi zu Di Leonardo gesagt, als sie zusammen in einem Hubschrauber der Carabinieri am Tatort ankamen. Ja, Zen war am Tod von Ruggiero Miletti schuld. Er war zwar vollkommen unschuldig, und trotzdem war es seine Schuld. Selbst die Fliesen schienen dem beizupflichten, denn die Pfeile hatten sich nun gedreht und zeigten auf ihn, den Schuldigen, den unfähigen Beamten und unwürdigen Sohn. Der Schmerz, der an den Muskeln seines Magens und seines Brustkorbs zerrte, war so tief, dass er wusste, es waren nichts als unnütze, nicht ausgelebte Gefühle. Am liebsten wäre er zusammengebrochen und hätte geweint wie ein Kind, und gerade das Bemühen, es nicht zu tun, zerrte an ihm. Es war seine Schuld, seine Schuld, seine Schuld. Er hatte den Mann überhaupt nicht gekannt, trotzdem war es seine Schuld. Er wurde aufgrund eines Bildes verurteilt, das ihn seit über dreißig Jahren verfolgte: das Bild eines armen, schutzlosen Körpers, der zusammengekauert in einer weiten, flachen und trostlosen Landschaft liegt, ein Vater, der seinem einsamen Schicksal überlassen ist. Er musste schuldig sein. Es gab keine Entschuldigung für einen solchen Tod.

Fast war es eine Erleichterung, als sich die Tür gegenüber plötzlich öffnete und Ettore Di Leonardo erschien, makellos wie immer in dunklem Anzug mit dezenter Krawatte. »Hier entlang!«

Der Staatsanwalt rief ihn wie einen Hund zu sich, während er auf die Tür zuschritt, hinter der ein ständiges, bedrohliches Murmeln zu hören war. Zen stand gehorsam auf und folgte ihm, wobei er sich, genauso wie ein Hund das möglicherweise tut, über seine eigene Dummheit wunderte. Er verstand nicht, weshalb sie ausgerechnet dahin gingen, wo ihre Feinde auf sie warteten.

Die Herren von der Presse hatten bisher nur eine ziemlich magere Ausbeute gehabt. Di Leonardos persönlicher Referent hatte kurz nach Mittag eine Erklärung verlesen, ein Meisterwerk an Weitschweifigkeit, und brauchte ungefähr fünf Minuten bis zu der Feststellung, dass Ruggiero Miletti tot aufgefunden worden war und zu gegebener Zeit eine weitere Erklärung folgen würde. Von da an wurde jeder, der unvorsichtig genug war, sich auf den Gang zu wagen, bedrängt und ausgequetscht. Richter, Rechtsanwälte, diverse Büroangestellte, ein Gerichtsschreiber, ein Telefontechniker und sogar einige normale Sterbliche, die durch kein öffentliches Amt ausgezeichnet waren, wurden vergeblich angesprochen. Deshalb reagierte die gesamte Pressemeute, als der Staatsanwalt nun persönlich erschien, wie eine Schar Novizen, die einer Erscheinung der Jungfrau Maria beiwohnen.

Somit wirkte in dieser Situation Di Leonardos erste Geste, mit erhobener Hand dem Lärm Einhalt gebietend, beinah so, als ob er einen Segen erteilte. Nachdem vollkommene Stille eingetreten war, zog er ein Blatt Papier aus seiner Tasche, faltete es gegen den Strich, um den Knick zu beseitigen, strich es mehrmals glatt und verlas dann eine Erklärung in dem Sinne, dass Ermittlungen im Gange seien, notwendige Maßnahmen eingeleitet wären, Erfolg versprechende Wege sich öffneten und konkrete Ergebnisse in kürzester Zeit erwartet würden. Dann faltete er das Blatt wieder zusammen, steckte es in seine Tasche zurück und machte Anstalten zu gehen.

Die Reporter protestierten lautstark und stellten sich ihm in den Weg. Di Leonardo schien völlig verblüfft, als ob er noch nie erlebt hätte, dass die Medien mit einer vorbereiteten Erklärung nicht zufrieden waren. Ungeachtet dessen stürmten jedoch von allen Seiten weiter Fragen auf ihn ein, und schließlich, ein Zeichen außerordentlichen Entgegenkommens, erklärte er sich bereit, ein paar davon zu beantworten.

Die erste kam von einem Mann in der vorderen Reihe, einem zerknittert, aber unverwüstlich wirkenden Individuum, das aussah wie jemand, den man einmal aus größerer Höhe auf den Kopf hatte fallen lassen.

»Stimmt es, dass der Richter, der im Fall Miletti ermittelt, abgelöst werden soll?«

Di Leonardo musterte ihn kühl, wobei er deutlich seinen Unwillen erkennen ließ. »Natürlich nicht! Dottor Bartocci ist und bleibt verantwortlich für die Ermittlungen in der Entführung Ruggiero Milettis.«

»Und wegen seiner Ermordung?«, warf ein jüngerer Reporter am Rand der Gruppe ein.

»Das ist eine andere und völlig unabhängige Angelegenheit, deren Bedeutung und Dringlichkeit ich wohl kaum betonen muss. Zusätzlich zu dem Entführungsfall bearbeitet Dottor Bartocci bereits den Mord an Avvocato Valesio. Mein Wunsch und der Wunsch von uns allen ist, so schnell wie möglich diesem schockierenden und kaltblütigen Verbrechen, vor dem das ganze Land fassungslos und entsetzt steht, auf den Grund zu kommen und die dafür Verantwortlichen dingfest zu machen und zu bestrafen. Um zu vermeiden, dass meinem jungen Kollegen eine übergroße Last aufgebürdet wird, wurde beschlossen, die Untersuchung der Ereignisse, deren tragisches Ergebnis heute Morgen entdeckt wurde, Dottor Rosella Foria zu übertragen.«

»Aber es besteht doch offensichtlich eine Verbindung zwischen dem Mord an Signor Miletti und den beiden anderen Fällen«, wandte ein sehr bekannter Interviewer aus den Fernsehnachrichten ein. »Warum ermittelt nicht derselbe Richter in allen drei Verbrechen?«

Di Leonardo lächelte müde und schüttelte den Kopf. »Ihr Reporter könnt euch Theorien zusammenspinnen, wie ihr wollt. Unsere Aufgabe ist es, das Beweismaterial objektiv und unvoreingenommen abzuwägen. Zum gegenwärtigen Zeitpunkt deutet nichts darauf hin, dass zwischen diesem Verbrechen und den von Ihnen erwähnten oder sonstigen Verbrechen notwendigerweise eine Verbindung besteht.«

Lärmender Protest erhob sich, den Di Leonardo wiederum mit einer segnenden Geste zum Verstummen brachte. »Es ist allerdings noch zu früh, über diese Dinge ein definitives Urteil abzugeben«, fuhr er in unverbindlichem Ton fort. »Sollten in Zukunft entsprechende Beweise ans Licht kommen, so sind wir natürlich bereit, die Situation erneut zu überprüfen.«

»Sie meinen, dass man Bartocci die beiden anderen Fälle eventuell auch noch abnimmt?«, fragte der zerknitterte Mann. Es gab ein kurzes Gelächter.

Eine große Frau, deren elegantem und tüchtigem Aussehen die Mailänder Herkunft sofort anzusehen war, hielt ihr Notizbuch hoch, und Di Leonardo nickte ihr sogleich ermutigend zu. Das ist eine abgekartete Sache, dachte Zen, und zog sich an die Wand zurück. Vom Auftritt des Staatsanwalts gebannt, hatte ihn bisher niemand bemerkt, aber er hatte das ungute Gefühl, dass sich das bald ändern würde.

»Die Familie Miletti hat eine Erklärung abgegeben, in der sie die Schuld an dem Mord unmissverständlich der Polizei anlastet«, begann die Frau ihre Ausführungen. »Sie haben einen

Kommissar Zen namentlich erwähnt und behaupten, er hätte darauf bestanden, bei der Lösegeldzahlung dabei zu sein. Falls die Milettis nicht einwilligten, habe er gedroht, die Übergabe gewaltsam zum Scheitern zu bringen. Ferner behaupten sie, dass im Verlauf der Übergabe die Identität von Kommissar Zen festgestellt wurde und die Bande darüber so erbost war, dass sie ihn angriff. Die Milettis kommen zu dem Schluss, der Tod ihres Vaters sei eine unmittelbare Folge davon, dass die Anweisungen der Entführer nicht befolgt wurden, und fordern, diesen Beamten den entsprechenden Disziplinarmaßnahmen zu unterwerfen. Haben Sie dazu irgendetwas zu sagen?«

Di Leonardo lächelte erneut. Es war ein schönes Lächeln, voller Weisheit, Verständnis und Mitgefühl. »Ich glaube, ich brauche niemanden daran zu erinnern, welchen tragischen Schicksalsschlag die Familie Miletti, ja ganz Perugia heute erlitten hat. Es liegt mir fern, Kritik an Äußerungen zu üben, die in der Erregung gemacht wurden, und als das verstanden werden müssen, was sie wirklich sind, nämlich als Ausdruck unerträglichen Leids und als leidenschaftlichen Ausbruch eines allzu verständlichen Schmerzes. Ich bin sicher, für uns alle zu sprechen, wenn ich sage, dass wir in dieser schrecklichen Stunde an die Familie Miletti denken.«

Di Leonardo hielt einen Augenblick inne, anscheinend von Gefühlen übermannt. Dann sah er auf und fuhr sachlich und nüchtern fort: »Das ändert jedoch nichts an der Tatsache, dass disziplinarische Maßnahmen gegen Beamte, die möglicherweise ihre Kompetenzen überschritten oder die Verantwortung, die man ihnen übertragen hat, vorsätzlich missbraucht haben, eine rein interne Angelegenheit sind, die, sollte die Situation es erfordern, von den entsprechenden Behörden zum gegebenen Zeitpunkt durchgeführt wird. Dabei dürfen die Ansichten und Wünsche von Privatpersonen, so verständlich sie auch sein mögen, in keiner Weise Einfluss auf die Entscheidung haben, die letztendlich getroffen wird.«

»Stimmen Sie mit dem Bericht der Familie über die Ereignisse im Zusammenhang mit der Geldübergabe überein?«, fragte ein anderer Reporter.

»Dazu habe ich nichts weiter zu sagen.«

»Aber dieser Zen ist noch für den Fall verantwortlich?«

Di Leonardo wedelte mit dem Finger, als ob er einen begriffsstutzigen Schüler ermahnen wollte. »Wie ich bereits sagte, wird Dottor Foria die Ermittlungen leiten.«

Der zerknitterte Reporter, der mit der Fragerei angefangen hatte, seufzte theatralisch und rieb sich die Stirn. »Also, habe ich das jetzt richtig verstanden? Aus der Sicht der Polizei handelt es sich um ein und denselben Fall, und der bisher zuständige Beamte ist weiterhin verantwortlich. Doch was die Justiz angeht, so ist das Ganze eine völlig unabhängige Entwicklung, und man hat einen neuen Richter eingesetzt.«

»Wenn Sie sich die Antworten, die ich gegeben habe, noch einmal genau überlegen, werden Sie sicher feststellen, dass damit alles gesagt ist«, erwiderte Di Leonardo. »Sollten Sie dann noch weitere Fragen haben, so würde ich vorschlagen, dass Sie sie Kommissar Zen persönlich stellen.«

Der Staatsanwalt wies mit einem Finger auf Zen, und als sich alle umdrehten, schlüpfte er durch die plötzlich passiven Reihen in sein sicheres Büro und schloss die Tür fest hinter sich zu. Augenblicklich brach die Hölle los.

»Was sagen Sie dazu, Dottore?«

»Wie haben Sie sich gefühlt, als Sie Milettis Leiche fanden?«

»Nehmen Sie die Verantwortung für seinen Tod auf sich?«

»Ein Sprecher der Familie hat Ihr Vorgehen in dem Fall als ein, ich zitiere: ›skandalöses und verheerendes Beispiel öffentlicher Einmischung‹ bezeichnet. Möchten Sie dazu Stellung nehmen?«

»War es nicht so, dass Sie während der Moro-Affäre im Anschluss an eine disziplinarische Untersuchung aus dem aktiven Dienst in der römischen Questura auf einen Bürojob im Ministerium versetzt worden sind? Würden Sie die Ereignisse des heutigen Tages als einen weiteren Rückschlag in Ihrer Karriere bezeichnen?«

In dem grellen Licht, beim Surren der Kameras und dem Gefuchtel mit den Mikrofonen wurde Zen endlich klar, weshalb er in den Justizpalast gerufen worden war. »Wenn Sie sich die Antworten, die der Vertreter der Staatsanwaltschaft gegeben hat, noch einmal genau überlegen, werden Sie sicher feststellen, dass damit alles gesagt ist«, erklärte er ihnen. »Ich habe dem nichts hinzuzufügen.«

So leicht gaben die Reporter natürlich nicht auf. Doch sein beharrliches Ausweichen gab nicht viel her, und so ließen sie ihn schließlich gehen. Aber selbst dann folgten ihm noch ein paar von den jüngeren und sensationshungrigeren die breite Treppe hinunter bis auf die Piazza Matteotti, in der Hoffnung auf eine verspätete Indiskretion.

Es hatte zu dämmern begonnen. Der Abend war genauso ruhig und windstill wie der vorausgegangene, als Zen, ungeduldig auf Nachrichten wartend, einen Spaziergang gemacht hatte. Es war merkwürdig, jetzt, wo er die gleichen Straßen entlangging, zu wissen, dass zu diesem Zeitpunkt bereits alles passiert war. Schon nach einer flüchtigen Untersuchung hatte der Arzt keinen Zweifel daran gelassen.

»Die vollständige Totenstarre ist eingetreten, und es gibt kein Zeichen dafür, dass sie bereits nachlässt. Die Körpertemperatur ist fast auf die Temperatur der Umgebung herabgesunken. Er ist seit mindestens achtzehn Stunden tot, wahrscheinlich eher seit vierundzwanzig.«

Zen hatte ihn in dem Augenblick kaum gehört, so schockiert war er von dem Anblick des Mannes, zu dessen Rettung er nach Perugia gerufen worden war und der jetzt nackt, mit einem Thermometer im After, auf einer Plastikdecke lag. Ruggiero Miletti war am Tag zuvor ermordet worden, am

Montagmorgen. Dennoch hatte die Bande bis heute Morgen gewartet, um die Familie auf diese grausame Weise zu benachrichtigen, indem sie ihr noch Hoffnung machte! Während all seiner Dienstjahre konnte sich Zen an keinen vergleichbaren Fall erinnern. Entführer konnten zwar sehr brutal sein, aber auf die ungezwungene und schamlose Art von Männern, für die Brutalität natürlich und legitim ist. Wenn sie ihr Opfer getötet hätten, um den Milettis eine Lektion zu erteilen, dann hätten sie das auch gesagt, sich sogar damit gebrüstet. Doch dieses Verbrechen und vor allem die höhnische Art, in der es bekannt gegeben worden war, hatte etwas verrückt Raffiniertes, einen logischen Bruch, etwas, das nach Zens Vorstellungen einer Bande von kalabrischen Schäfern ziemlich fremd sein müsste.

Ungeduldig schob er diese Überlegungen beiseite. Viel war ihm nicht mehr geblieben, doch zumindest hatte er seine Würde bewahrt, wenn auch niemand außer ihm das sehen konnte. Wenn er jetzt anfing, sich an Strohhalme zu klammern, gegen jedes bessere Wissen auf einen Ausweg zu hoffen, dann würde auch die noch verloren gehen.

Als er wieder im Büro war, griff er zum Telefon und rief zu Hause an. Wie gewöhnlich nahm Maria Grazia das Gespräch entgegen und brüllte seiner Mutter zu, sie solle den Hörer des Nebenanschlusses neben ihrem Sessel abheben, in der düsteren Unterwasseratmosphäre des Wohnzimmers. Die Verbindung war außergewöhnlich gut, fast als ob sie sich gegenüberständen, und Zen stellte verärgert fest, dass er ohne die üblichen Nebengeräusche hilflos einem Gespräch ausgeliefert war, bei dem ihm nichts zu sagen einfiel.

»Herzlichen Glückwunsch zum Geburtstag, Mama. Wie hat Dir das Geschenk gefallen?«

»Dauert das lange? Crissie bekommt gerade ihr Baby, und das möchte ich auf keinen Fall verpassen. Wayne wird fuchsteufelswild sein, wenn er das erfährt. Und dieser Halbbruder von ihr, weißt du, was der getan hat? Hat einfach das Haus über ihre Köpfe hinweg verkauft! Das könnte uns doch wohl nicht passieren, oder?«

»Nein, Mama.«

»Warum nicht?«

Machte sie sich insgeheim auf seine Kosten lustig, indem sie Unsinn redete und ihn dann mit einer unvermittelten Frage in die Enge trieb? »Weil du bei der Polizei bist?«

»Ganz genau, Mama. Niemand würde wagen, so etwas zu tun. Du siehst, es hat also doch ein paar Vorteile.«

»Was?«

»Bei der Polizei zu sein! Du erzählst mir immer wieder, ich hätte zur Eisenbahn gehen sollen. Nun ja, wenn du gleich noch die Nachrichten guckst, dann wirst du mich vielleicht sehen. Ich bin ...«

»Oh, ich habe keine Zeit, die Nachrichten anzuschauen. Gleich nach dieser Sendung kommen die Delfine auf Kanal 6. Sie haben sie entführt, diese Schweine.«

»Wen, die Delfine?«

»Jedenfalls, wenn du bei der Eisenbahn wärst, könnten wir überall, wohin wir wollten, umsonst fahren.«

»Ich kann auch so umsonst fahren, Mama.«

»Ich nicht.«

»Aber du verlässt ja nicht einmal mehr die Wohnung!«

»Das sage ich doch gerade. Wenn du einen schönen Job bei der Eisenbahn hättest, könnte ich vielleicht ein bisschen herumreisen.«

Es klopfte, die Tür ging auf, und Luciano Bartocci stand auf der Schwelle.

»Darf ich?«

Nach kurzem Zögern gab Zen ihm ein Zeichen einzutreten.

»Hör mal, ich muss Schluss machen«, sagte er in den Hörer. »Einen schönen Geburtstag. Bis bald.«

Er hängte ein.

»Tut mir leid, wenn ich gestört habe«, fuhr Bartocci fort. »Ich war gerade in der Nähe und dachte, ich könnte ...«

Er zog seinen schweren Mantel aus und legte ihn über den Aktenschrank. »Ich werde Sie nicht lange aufhalten.«

Das Lächeln, das in seinem Mundwinkel zuckte, war noch auffälliger als sonst. »Die Sache ist die, wissen Sie, mir ist klargeworden, dass ich mich ziemlich töricht verhalten habe und ziemlich egoistisch, und ich möchte mich gern bei Ihnen entschuldigen.«

Zen stand da und starrte den jüngeren Mann reichlich verlegen an. Er hatte keine Ahnung, wie er mit dieser Situation umgehen sollte. Ein Richter, der sich bei einem Polizisten entschuldigte! Wo sollte das noch hinführen?

»Ich hatte Sie gebeten, inoffiziell mit mir zusammenzuarbeiten«, fuhr Bartocci fort. »Das war unverantwortlich. Sie hätten natürlich ablehnen können, aber ich hätte Sie erst gar nicht vor diese Entscheidung stellen dürfen.«

Zen sah zu, wie der jüngere Mann in seinem Büro umherging und die Anschlüsse und das Inventar inspizierte, als ob es sich um Beweismaterial am Schauplatz eines Verbrechens handelte. Er entschuldigt sich nicht bei mir, erkannte Zen. Er entschuldigt sich bei sich selbst für diese Blamage.

»Meine gesamte Strategie war von Anfang an falsch«, führte der Richter weiter aus. »Es war rein bürgerliches Abenteurertum zu glauben, die Bemühungen eines Einzelnen könnten etwas gegen die Verschwörungen im Interesse der Mächtigen ausrichten. Ich hätte es besser wissen müssen. Der Rattenkönig reguliert sich selbst, wie ich Ihnen bereits sagte. Die Stärke der einzelnen Ratte ist die Stärke von allen. Jede Initiative eines Einzelnen dagegen ist von Anfang an zum Scheitern verurteilt. Das System kann nur politisch zerstört werden, durch eine kollektive Tat, durch ein stärkeres System.«

Ein vages Lächeln erschien auf Zens Lippen. Durch einen größeren und besseren Rattenkönig, dachte er.

»Haben Sie sich eigentlich das Tonband mit der Nachricht, die die Milettis heute Morgen bekommen haben, angehört?«

Einen Augenblick schien Bartocci ein wenig verwirrt zu sein. »Das Band angehört? Weshalb?«

»Kann jemand mit Bestimmtheit sagen, dass es wirklich die Entführer waren, die angerufen haben?«

Es entstand ein Schweigen, während Bartocci über seine Bemerkung nachdachte. Dann lächelte er und schüttelte den Kopf. »Ich verstehe, worauf Sie hinauswollen«, sagte er. »Doch ich fürchte, das ist nicht das Problem. Sie waren längere Zeit nicht im aktiven Dienst, nicht wahr?«

Offenbar wurde Zen allmählich von den Gerüchten über seine Vergangenheit eingeholt.

»Von allen abgehörten Nachrichten wird heutzutage routinemäßig ein Stimmendiagramm erstellt«, erklärte der Richter. »Wenn die Aufnahme heute Morgen nicht in das Schema gepasst hätte, wäre ich benachrichtigt worden. Nein, ich fürchte, wir müssen uns damit abfinden, dass Miletti von seinen Entführern ermordet wurde.«

»Nun ja, sie haben vielleicht abgedrückt. Doch es bleibt immer noch die Frage, woher sie von meiner Anwesenheit bei der Geldübergabe wussten. Ubaldo Valesio nahm an, dass irgendjemand aus der Familie Informationen an sie weitergab. Wäre es nicht denkbar, dass dieser Informant den Entführern erzählt hat, ich wäre dabei, weil er wusste, was das wahrscheinlich für Konsequenzen haben würde?«

»Sie meinen, dass jemand aus der Familie die Bande dazu benutzt hat, den Mord für ihn auszuführen? Ich möchte sehr stark bezweifeln, dass es Ihnen gelingen wird, Rosella Foria für so eine Theorie zu interessieren.«

»Warum? Ist sie ...?«

Zen machte eine vielsagende Pause. Bartocci schüttelte den

Kopf. »Nein, nein. Rosella ist schon ganz in Ordnung. Aber sie verfährt streng nach Lehrbuch. Das muss sie. Es gibt nicht viele Frauen in der Justiz. Alles, was sie tun, wird von den männlichen Kollegen genau überprüft, und nicht nur von den Rechten, muss ich leider sagen. Wenn eine Frau auch nur den kleinsten Fehler macht, wird der begierig als Beweis für ihre generelle Unfähigkeit aufgegriffen. Das führt zu natürlicher Vorsicht. Und nach allem, was mir passiert ist, wird Rosella sogar besonders vorsichtig vorgehen.«

Einen Augenblick lang fragte sich Zen, ob er Bartocci etwas von der Fotokopie von Ruggieros Brief sagen sollte. Nach dem Tod des Schreibers hatten die Beleidigungen und Drohungen, die er an die einzelnen Familienmitglieder ausgeteilt hatte, eine neue Bedeutung bekommen. Aber letztendlich entschied er sich dagegen. Dieser Brief war seine letzte Trumpfkarte, die er im Ärmel hatte.

»Und was ist mit Ihnen passiert?«, fragte er stattdessen.

»Ich werde mich nach einer neuen Stelle umsehen müssen.«

»Sie sollen versetzt werden?«

»So einfach ist das nicht. Die Justiz greift nur in den eklatantesten Fällen zu disziplinarischen Maßnahmen. Ich habe nichts weiter getan, als einen oder zwei der falschen Leute vor den Kopf gestoßen, davon geht die Welt nicht unter. Nein, es hat sich nichts geändert. Es steht mir frei, bis ans Ende meiner Tage in Perugia zu bleiben, als Untersuchungsrichter. Bloß wenn ich weiterkommen will, muss ich woanders hingehen.«

»Ich verstehe immer noch nicht, warum die Milettis nicht von Anfang an zu verhindern suchten, dass Sie die Ermittlungen leiten, wenn sie eine so schlechte Meinung von Ihnen haben.«

»Das haben sie versucht! Aber sie haben es falsch angestellt. Das war Pietros Fehler. Er ist zu lange weg gewesen, hat sein Fingerspitzengefühl verloren, vergessen, wie man solche Dinge regelt. Als ich beauftragt wurde, in der Entführung

Ruggieros zu ermitteln, hat Pietro eine Presseerklärung abgegeben, in der er auf meine mangelnde Erfahrung und meine politischen Ansichten hinwies und meine sofortige Absetzung forderte. Daraufhin konnte man mir natürlich nichts mehr anhaben. Diesmal haben sie es richtig gemacht, das heißt auf die inkorrekte Weise. Ein paar diskrete Telefonanrufe, und plötzlich muss ich feststellen, dass man mich auf ein Abstellgleis geschoben hat, während die Ermittlungen wegen der Ermordung Ruggieros an mir vorbeigehen.«

Als Bartocci seinen Mantel nahm, fiel das Kruzifix, das Zen am Abend zuvor auf den Aktenschrank gelegt hatte, auf die Erde.

»Was Sie angeht, da haben die Milettis es wieder falsch angefangen«, bemerkte der Richter zu Zen, als sie an der Tür standen. »Das Ministerium hätte Sie nur zu gerne auf silbernem Tablett übergeben, wenn man die Sache auf die richtige Weise angepackt hätte. Doch nachdem Pietro die Presse eingeschaltet hatte, musste das Ministerium zu Ihnen halten, schon allein um den Vorwurf zu vermeiden, sich unter Druck setzen zu lassen.«

»Ich schätze, es kommt letztlich auf dasselbe heraus«, meinte Zen, als sie sich zum Abschied die Hände schüttelten.

Das Kruzifix war beim Herunterfallen kaputtgegangen. Zen ging zum Fenster und versuchte, es wieder zusammenzusetzen.

Als Folge des jahrelangen Terrorismus gab es in der Umgebung von Gefängnissen keine Nacht mehr, und die Szene draußen war von trostloser Helligkeit. Jedes Detail wurde von den Scheinwerfern, die auf die Mauern hinter Schutzgittern montiert waren, unbarmherzig beleuchtet. Ferngesteuerte Videokameras schwenkten hin und her, während oben auf dem Dach ein nervös aussehender junger Mann im grauen Overall seine Runde drehte und Trost suchend sein Maschinengewehr an sich drückte.

Eine Sache am Tod Ruggiero Milettis war etwas eigenartig. Wie Valesio war er durch den Mund erschossen worden, doch diesmal kennzeichnete nur eine dezente Wunde im Nacken die Stelle, an der eine Kugel ausgetreten war. Die Kugeln, die in den Schädel des Opfers abgefeuert worden waren, steckten noch darin. Als man das entwichene Geschoss im Schlamm fand, erklärte sich alles: Es handelte sich um ein wenig durchschlagkräftiges 4,5-mm-Projektil für eine kleine Pistole. Die Wahl einer solchen Waffe schien recht seltsam. Während die Unterhändler der Bande Ubaldo Valesios Schädel auf brutale Weise mit einer Maschinenpistole zerfetzt hatten, hatten die hartgesottenen Männer, die Ruggiero hinrichteten, eine kleine Handfeuerwaffe benutzt, ein Spielzeug aus dem Nachttisch nervöser Hausbesitzer.

Zen hantierte noch an dem Kruzifix herum, als er plötzlich das obere Ende des senkrechten Balkens sauber abgetrennt in der Hand hielt und feststellte, dass er hohl war und im unteren Teil ein schweres, etwa zwei Zentimeter langes, rechteckiges Päckchen steckte, das mit einem Draht verbunden war, der in den Balken zurücklief und durch ein kleines Loch in der Christusfigur verschwand. Die Figur war in den gleichen süßlichen Pastelltönen bemalt wie das übrige Kruzifix, doch als Zen gegen den Kopf tippte, klang das nicht wie das dumpfe Geräusch von Gips, sondern eher wie ein leicht metallisches Klirren.

Er ist zu lange weg gewesen, hatte Bartocci über Pietro Miletti gesagt. Er hat sein Fingerspitzengefühl verloren, vergessen, wie man solche Dinge regelt. Er war nicht der Einzige. Zen erinnerte sich deutlich daran, wie er den Eindruck gehabt hatte, dass irgendetwas in seinem Büro verändert worden war. Er hatte geglaubt, es sei nur der Kalender gewesen, der auf den richtigen Monat umgeblättert worden war, aber es hatte sich noch etwas verändert. Das ursprüngliche Kruzifix war viel kleiner gewesen, auf jeden Fall zu klein, um das zu enthalten, was er jetzt in seiner Hand hielt, was immer es auch sein mochte. Und er hatte es nicht bemerkt. Wenn er so weitermachte, konnte er damit rechnen, dass er selbst den Haushaltsjob nicht mehr allzu lange machen würde. Die Leute würden ganze Polizeiwachen vor seiner Nase versteigern.

Die einzelnen Stücke des Kruzifixes wirkten auf bizarre Art wie ein Akt der Entweihung. Er hatte sie auf dem Schreibtisch ausgebreitet, eine Plastiktüte aus der unteren Schublade des Aktenschranks genommen und die Teile hineinfallen lassen. Dann nahm er seinen Mantel und vergrub das Päckchen tief in der Tasche.

Es war fast acht Uhr und die Straßen wie ausgestorben, abgesehen von etwas Durchgangsverkehr. Er war noch unentschlossen, was er tun sollte, als ein Bus um die Ecke bog und ganz in seiner Nähe hielt. Die Türen gingen auf, und der Fahrer sah ihn erwartungsvoll an. Zen stieg ein. Der Bus schlängelte sich die Serpentinen, die oben mit Villen aus dem 19. Jahrhundert und weiter unten mit Nachkriegshäusern gesäumt waren, hinunter bis zu den modernen Wohnblocks und Türmen in der Ebene beim Bahnhof, wo er stehen blieb. Das Motorgeräusch verstummte, und alle stiegen aus.

Zen ging zu einer Reihe von Schließfächern hinüber, legte in eins davon das in die Plastiktüte gewickelte Päckchen, warf drei 100-Lire-Münzen ein, schloss die Tür ab und steckte den Schlüssel in die Tasche. An der gegenüberliegenden Wand befand sich eine beleuchtete Informationstafel, auf der die Touristenattraktionen der Stadt aufgelistet waren. Das Wort »Kino« fiel ihm ins Auge, und einer der Namen kam ihm bekannt vor. Er nannte ihn dem Fahrer eines Taxis, das er vor der Tür fand und das ihn in Windeseile wieder den Hügel hinaufbrachte, zurück durch die Zeit in eine mittelalterliche Gasse, in der es nach verbranntem Holz und Urin stank. Einen unwahrscheinlicheren Ort für ein Kino hätte man sich kaum vorstellen können, doch der Fahrer wies auf eine Reihe von Treppenstufen, die sich zwischen zwei Häusern hindurchgegraben hatten, und erklärte, näher könne man mit dem Auto nicht rankommen.

Die kleine Piazza, auf der Zen schließlich auftauchte, wirkte etwas unheimlich, als ob man unter Wasser wäre. Das lag daran, dass sie in grellgrünes Licht getaucht war. Dieses kam von einem Neonschild, das an einem Gebäude angebracht war, das sich ansonsten in nichts von den anderen unterschied. Cinema Minerva war darauf zu lesen. Zen machte sich nicht die Mühe, herauszufinden, was gespielt wurde. Er zahlte, ging einen dunklen Flur entlang und schob sich durch einen Vorhang in eine tiefe Höhle aus Klang und flimmerndem Licht. Der Zuschauerraum war fast leer. Ohne zu zögern ging er in die allererste Reihe, setzte sich und lehnte sich zurück, damit er nach oben auf die Leinwand schauen konnte. Riesige, verschwommene Massen bevölkerten sein Blickfeld und entfernten sich wieder. Ein Ohr, so groß wie eine fliegende Untertasse, erschien für einen kurzen Augenblick, dann verschwand es, und stattdessen tauchten eine nicht weniger monströse Nase und ein halbes Auge auf. Gewaltige Stimmen sprachen dröhnend miteinander. Er kuschelte sich mit einem glückseligen Lächeln in seinen Sessel, und während die Bilder auf ihn einstürmten und die Geräusche ihn einlullten, ließ er den Film einfach über sich ergehen.

Es war die perfekte geistige Massage, und als er am Schluss aufstand, fühlte er sich zwar ein wenig benommen, aber prickelnd und erfrischt. Im Foyer blieb er stehen, um sich die Plakate anzusehen, und erfuhr, dass er gerade eine Komödie mit dem Titel *Versuchs noch einmal!* gesehen hatte, in der ein dicker, mittelalter Büroangestellter mit schütterem Haar mitspielte, außerdem das schlanke, glamouröse Starlet, das total in ihn verliebt ist, der raffinierte und nichtsnutzige Cousin des Büroangestellten und dessen drachenhafte Ehefrau. Während er dort stand, spürte er plötzlich eine Hand auf seiner Schulter.

Er hätte Cinzia Miletti niemals erkannt, wenn sie nicht auf ihn zugekommen wäre, denn sie war praktisch verkleidet. Ein Seidentuch verdeckte vollkommen ihre Haare, außerdem trug sie eine dunkle Brille und einen langen, bis zum Kinn zugeknöpften Tweedmantel. Sie zog ihre Brille einen kurzen Moment nach vorne und rückte sie wieder gerade. »Hat es Ihnen gefallen? Uns sehr, nicht wahr, Stefania?«

Sie waren das klassische weibliche Zweiergespann, graue Maus und Vamp. Stefania spielte ihre Rolle perfekt, indem sie den Eindruck vermittelte, sie existiere nur provisorisch, nur in beschränktem Maße, und sei jederzeit bereit, auf ein Zeichen hin komplett Gestalt anzunehmen oder spurlos zu verschwinden, wie es gerade genehm war.

Zen war dermaßen erstaunt, Cinzia ausgerechnet an diesem Abend hier zu treffen, dass er absolut nicht wusste, was er sagen sollte.

»Ich finde, er ist einfach fantastisch, meinen Sie nicht auch?«, fuhr sie unverdrossen fort. »Ich habe alle seine Filme gesehen bis auf *Kannst Du was für mich tun?*, den ich komischerweise immer wieder verpasse, obwohl er dauernd im Fernsehen kommt. Zurzeit arbeitet er in Amerika, wissen Sie.«

Inzwischen hatte sich das Foyer vollkommen geleert. Auf allen Seiten warben auf Plakaten hinter Glas Bilder von Liebe und Gewalt für die in Kürze zu sehenden Attraktionen. Die Kassiererin saß in ihrer Kabine hinter einem Wasserbehälter, in dem ein einsamer Goldfisch sporadisch seine Runden drehte, und strickte.

Cinzia sah ihre Begleiterin an.

»Ich muss gehen«, hauchte Stefania und war verschwunden.

»Würden Sie mich nach Hause begleiten?«, fragte Cinzia Zen. »Ich übernachte in der Stadt. Es sind nur fünf Minuten zu Fuß, und es lohnt sich nicht, ein Taxi zu rufen, aber ich gehe nicht gerne allein. Jetzt sind so viele Araber unterwegs. Natürlich bin ich nicht rassistisch, aber wir wollen doch mal ganz ehrlich sein, sie haben einfach eine andere Kultur, wie der Süden.«

Noch immer wusste er nichts zu sagen. Sein Kopf war voll von Fragen, auf die er nicht unbedingt eine Antwort haben wollte. Doch es gelang ihm, zustimmend zu nicken.

»Jetzt halten Sie mich natürlich für schamlos«, bemerkte Cinzia, als sie sich auf den Weg machten. Ihre Schritte klangen so gedämpft, dass sie in der windstillen Nacht kaum zu hören waren. »Glauben Sie an ein Leben nach dem Tod? Ich weiß nicht, was ich glauben soll. Aber wenn es keins gibt, dann spielt ohnehin alles keine Rolle, nicht wahr, und wenn es eins gibt, dann ist es sicher viel zu spirituell, als dass sich irgendwer darüber aufregen würde, was wir Hinterbliebenen hier treiben.«

Der Teil der Stadt, den sie jetzt durchquerten, erinnerte Zen an Venedig, allerdings an ein brutal verzerrtes Venedig. Als ob jeder Kanal ein geologischer Irrtum wäre und die Häuser auf beiden Seiten untergetaucht oder irgendwie verdreht worden wären und sich selbst wieder hätten aufrichten müssen, wobei sie sich durch Strebepfeiler und Stützmauern so gut es ging zu halten versuchten.

»Ich meine, glauben Sie wirklich, dass die Toten da sitzen und zählen, wer zur Beerdigung kommt und wie viele Kränze da sind und was sie gekostet haben?«, fuhr seine Begleiterin fort. »Ich kann Friedhöfe ohnehin nicht ausstehen. Sie erinnern mich an den Tod.«

Ihre Stimme klang noch schriller als sonst. Zen fragte sich, ob sie möglicherweise ein bisschen unter Alkohol oder unter Drogen stand.

»Bist wohl zum Bumsen gekommen, was? Dreckiger, alter Arschficker. Wenn du ihn fest drückst, kriegst du vielleicht noch einen hoch, du elende, kleine Ratte!«

Die Stimme war genau über ihnen, aber als sie nach oben sahen, war dort niemand.

»Guten Abend, Evelina«, antwortete Cinzia gelassen.

»Komm mir nicht mit deinem guten Abend, du schamlose Fotze! Du Meisterin im Blasen! Ich wette, du flehst auf Knien darum! Ich wette, er kann ihn dir reinschieben, wo er will. Hure! Alte Wichserin!«

Sie bogen in eine Seitenstraße, und die wüsten Beschimpfungen wurden verschwommen und unbestimmt.

»Die arme Evelina war früher eine der elegantesten Frauen von Perugia«, erklärte Cinzia. »Niemand weiß, was passiert ist, doch eines Tages während eines Konzerts stand sie plötzlich auf, zog ihren Schlüpfer aus und zeigte allen Leuten ihren Hintern. Danach wurde sie eingesperrt, bis man die Irrenanstalten schloss, und seitdem lebt sie in dem Haus dort. Es gehört ihrer Familie, die besitzen die halbe Stadt. Im Sommer hört man sie manchmal singen. Aber die meiste Zeit sitzt sie da oben wie eine Spinne, steckt den Kopf aus dem Fenster und beschimpft die Passanten. Es ist nichts Persönliches, sie sagt zu allen dasselbe.«

Zen fragte sich seit einiger Zeit, wohin sie gingen. Als Cinzia gesagt hatte, sie übernachte »in der Stadt«, hatte er angenommen, sie meine die Villa Miletti. Doch obwohl er den Stadtplan noch nicht in allen Details kannte, war seine Orientierung gut genug, um zu wissen, dass das nicht ihr Ziel sein konnte. Schließlich ging Cinzia ein paar Treppenstufen hinauf, die steil von der Straße aus anstiegen, und schloss oben eine Tür auf.

»Sie kommen doch noch einen Augenblick mit rein?«

Ohne eine Antwort abzuwarten, verschwand sie und ließ die Tür offenstehen.

Zen stieg langsam die Stufen hinauf, hielt aber auf der Schwelle inne. Ruggiero Miletti war tot, und die Familie gab ihm die Schuld. Was könnte eine bessere Rache sein, als ihn in einen Skandal mit der Tochter des verstorbenen Mannes zu verwickeln, noch dazu eine verheiratete Frau? Er ermahnte sich, keine Gespenster zu sehen. Wie hätten sie wissen können, dass er in dieses Kino gehen würde, wo er es selbst nicht gewusst hatte, bis er den Namen im Bahnhof las?

Eine schmale Treppe aus glänzendem Marmor führte direkt ins Wohnzimmer, in dem die Möbel um einen riesigen offenen Kamin arrangiert waren. Cinzia war nirgends zu sehen. Das Zimmer hatte rau verputzte Wände und eine niedrige Decke, die von gewaltigen Balken gestützt wurde, für die man ganze Bäume verwendet hatte. Alles war tipptopp in Ordnung, es sah mehr nach einem Hotel als nach einer Privatwohnung aus. Zen zog es instinktiv zu der einzigen Stelle, an der Unordnung herrschte, einem Schreibtisch, auf dem Prospekte, Briefumschläge, Zeitschriften, Zeitungen, Briefe und Rechnungen gestapelt waren. Er nahm sich einen von den Briefumschlägen und hielt ihn gegen das Licht. Das Wasserzeichen zeigte das ihm allmählich vertraute hybride Wappentier mit den Flügeln eines Adlers und dem Körper eines Löwen. Daneben lag eine Nachricht von Cinzia an ihren Mann, er möge ihre Tochter von der Schule abholen.

»Das ist eigentlich Gianluigis Wohnung«, erklärte Cinzia, als sie fröhlich hereinspazierte. Sie hatte sich umgezogen und trug jetzt ein gestreiftes Hemd und verwaschene Jeans, die ihr ein wenig zu groß waren. »Ich benutze sie nur, wenn er nicht da ist, man kann ja nie wissen, wen ich hier sonst antreffen würde. Was möchten Sie trinken?«

»Ist egal.«

Sie tapste mit bloßen Füßen über die blank geputzten Terrakottafliesen zu den Flaschen hinüber, die in der Ecke auf einem Regalbrett aufgereiht waren. Zen setzte sich auf das ausladende Sofa, das fast eine ganze Wand einnahm, und dachte über diese letzte Trumpfkarte nach, von der er kühn geglaubt hatte, sie noch im Ärmel zu haben. Gott sei Dank hatte er nicht versucht, sie auszuspielen! Die Falle war genial gestellt worden, und er war ihr nur entgangen, weil er dank der Machenschaften Bartoccis bereits in eine andere getappt war.

Cinzia brachte für beide großzügig gefüllte Gläser mit Whisky, setzte sich quer in den Sessel vor dem Schreibtisch und sah ihn über die Rückenlehne aus gemasertem Holz an.

»Ich trinke normalerweise nicht mit Fremden«, bemerkte sie. »Das ist ziemlich aufregend. Ansonsten trinken wir nur privat, wissen Sie, in der Familie. Wie wir es im Übrigen mit allem machen!«

Cinzia fing an, Zen immer mehr an seine Frau zu erinnern. Auch Luisella war die Tochter eines erfolgreichen Geschäftsmannes, dem Besitzer der größten Apotheken in Treviso, und auch sie hatte Brüder, die ihre Kindheit beherrscht und sie dazu gebracht hatten, sich auf unkonventionelle Art zur Wehr zu setzen. Das Leben war wie Tennis, ein Spiel, das von Männern geschaffen worden war, damit Männer es mit kräftigen Schlägen gewinnen, die sie niemals erwidern könnte. Sie wehrte sich, indem sie mit Absicht gegen die Regeln verstieß, ihre Gegner erschöpfte und kampflos gewann.

»Das ist übrigens ein Tipp«, fuhr sie fort. »Sie werden niemals etwas erreichen, wenn Sie die Leute, um die es geht, nicht verstehen.«

»Ich dachte, die Leute, um die es geht, wären kalabrische Schäfer.«

»Nun gut, über die weiß ich nichts. Sie hätten Stefania fragen sollen. Der beste Freund ihres Bruders kommt aus Kalabrien, er studiert Medizin. Doch seine Familie ist ganz furchtbar reich, und ich glaube nicht, dass er irgendwelche Schäfer kennt.«

Sie stand unvermittelt auf. »Soll ich ein bisschen Musik machen? Mal sehen, ich weiß nie, wie dieses Ding funktioniert.«

Sie drückte einen Knopf, und einer der Hits der Saison ertönte in voller Lautstärke. Der harte und gleichzeitig oberflächliche Text wurde genüsslich von einem Star der Sechzigerjahre vorgetragen, einer Sängerin, die ihr natürliches Aussehen und ihr mädchenhaftes Lispeln durch eine nuttenhafte Art und eine mit Designer-Zynismus geladene Stimme ersetzt hatte.

»Ich würde lieber nur reden«, brüllte Zen.

Mit einem Schnipsen ihres Fingers stellte sie die Ruhe wieder her. »Ich dachte, Sie würden sich langweilen. Nun, worüber sollen wir reden? Wie wärs mit Sex? Mal sehen, wie gut Sie sich auf diesem Gebiet auskennen. Was glauben Sie, worauf wir hier in Perugia abfahren? Partnertausch? Offene Ehe? Gruppensex? Single-Bars?«

»Nichts von alledem, möchte ich annehmen«, antwortete Zen leicht amüsiert.

»Und ganz zu Recht. Bravo, Sie werden besser. Natürlich kommt so etwas hier und da vor, aber es hat keine Tradition. Also, was glauben Sie, ist die Spezialität des Hauses? Ich spreche über etwas, das ganz typisch für Perugia ist, hausgemacht und nur aus den allerfeinsten einheimischen Zutaten.«

Sie trank ihr Glas in einem Zug aus. »Keine Idee? Ich glaube, Sie sind kein besonders guter Detektiv. Ich habe Ihnen massenhaft Hinweise gegeben. Inzest natürlich.«

Sie stellte ihr leeres Glas so unsanft auf dem Schreibtisch ab, als hätte sie erwartet, die Platte wäre einige Zentimeter tiefer. »Sehen Sie mich nicht so erstaunt an, es ist vollkommen logisch. Aus unserer Sicht hat die Ehe einen großen Nachteil, verstehen Sie. Durch sie kommt ein Außenstehender in die Familie. Es ist doch viel sicherer, sich an seine nahen Verwandten zu halten. Cousins und Ähnlichem kann man natürlich auch nicht trauen. Nein, wir reden über Mutter und Sohn, Vater und Tochter. Verstehen Sie, was ich meine? Wenn Sie diese Dinge nicht wissen, wie können Sie hoffen, jemals etwas richtig einschätzen zu können? Beispielsweise finden Sie es verwerflich, dass ich heute Abend ins Kino gegangen bin, aber was hätte ich Ihrer Meinung nach tun sollen? Mich an den Busen meiner trauernden Familie klammern? Was glauben Sie, was die jetzt machen? Daniele wird sich in sein Schlafzimmer eingeschlossen haben und sich die neueste Ladung von Video-Schweinereien ansehen. Silvio? Der zieht sich wahrscheinlich gerade aus, um sich mit Helmut oder wie auch immer er diese Woche heißen mag zu vergnügen. Und Pietro wird sich mit einem hübschen englischen Kriminalroman ins Bett verzogen haben. Keine sehr verlockende Gesellschaft, wie Sie sehen.«

»Und Ihr Mann?«

Zen machte sich immer noch ganz unsinnigerweise Sorgen, dass Gianluigi jeden Augenblick hereinspazieren könnte mit dem Jagdgewehr in der Hand. Oder würde er die andere Waffe benutzen, die kleine 4,5-mm-Pistole, die auf Cinzias Namen eingetragen war? Wo wurde die überhaupt aufbewahrt?

»Der ist noch immer in Mailand«, antwortete Cinzia unbekümmert. »Er konnte keinen Rückflug bekommen, weil alle Journalisten hierher wollen, das behauptet er zumindest. Wie dem auch sei, er hat nichts damit zu tun, er gehört nicht zur Familie. Das war ihm natürlich nicht klar, als er mich heiratete. Aber es ist nicht so einfach, in die Familie Miletti einzudringen! Also musste er sich andere Mittel überlegen.«

»Und warum haben Sie ihn geheiratet?«

Cinzia sah sich zerstreut um, so als ob sie versuchte, sich daran zu erinnern. »Nun, er sieht sehr gut aus. Ich weiß, dass Männer das nicht finden, aber es ist so. Das wäre schon fast Grund genug gewesen.«

»Aber das wars nicht.«

»Nein, ich habe ihn geheiratet, um meinem Vater eins auszuwischen.«

Zen warf ihr einen prüfenden Blick zu. »Sie sind aber keine sehr typische Perugianerin, wenn Sie mir das alles erzählen.«

Cinzias Augen leuchteten plötzlich auf, und sie lächelte, wobei eine ganze Reihe ziemlich schmutziger Zähne sichtbar wurde. »Es ist merkwürdig, nicht wahr? Ich wusste, dass sein Tod eine Befreiung sein würde, doch ich dachte, es würde schrecklich sein, ich würde leiden. Ich glaubte, er würde mich immer leiden lassen, ganz gleich, was passiert. Die ganze Zeit, all die Jahre habe ich diese Last mit mir herumgeschleppt, so lange, dass ich schon vergessen hatte, wie es ist, davon frei zu sein. Ich hatte schon angefangen, es für einen Teil meines Körpers zu halten, eine nicht heilbare Wucherung, mit der ich lernen müsste zu leben. Aber das ist es nicht, überhaupt nicht! Diese Krankheit, dieser Horror, diese Geschwulst, das war alles er! Jetzt fühle ich mich unversehrt, gesund und federleicht. Ob ich seinen Tod bedaure? Am liebsten würde ich auf seinem Sarg tanzen!«

Aber sie hatte Tränen in den Augen. Einen Augenblick lang sah es so aus, als ob sie einen Zusammenbruch erleiden würde. »Auf dem Corso war früher so ein altmodisches Bekleidungsgeschäft«, fuhr sie sehr viel ruhiger fort. »Es ist nicht mehr da, sie haben eine Boutique daraus gemacht. Überall waren Schubladen und Schränke aus Holz, enorm schwere Spiegel auf Ständern und Schachteln voller Knöpfe, Garne und Litzen. Alle Kleider waren in Seidenpapier verpackt. Ich kann mich immer noch an das Geräusch erinnern, ein wunderbarer und ganz besonderer Klang, so leicht und zart, wie die Kleider fest und schwer waren. Alles roch nach Mottenkugeln, Lavendel und Zedernholz. Dieses Geschäft war für mich eine Traumwelt, voller Wunder und Geheimnisse. Meine Mutter nahm mich gelegentlich mit dorthin, und wir kamen jeden Sonntag nach der Messe an dem Schaufenster vorbei. Da gab es immer schöne Sachen. Ein Teil hatte es mir besonders angetan, ein rosa Nachthemd mit Spitzenborte und

Rüschenausschnitt und einer auf der Brust aufgestickten Kaninchenfamilie. Ich blieb immer stehen, um es mir anzusehen, obwohl ich wusste, dass es viel zu teuer war. Doch an meinem achten Geburtstag lag es unter meinen Geschenken mit einer kleinen Karte von meinem Vater.«

Er sah, dass sie nicht um ihren Vater weinte, sondern um sich selbst, um das Kind, das sie gewesen war.

»Nun, ich nehme an, Sie können sich den Rest denken! An jenem Abend kam er in mein Zimmer, um zu gucken, wie ich in meinem neuen Nachthemd aussähe. Er sagte, ich solle mich auf seine Knie setzen. Das war normal, ich habe mir nichts dabei gedacht. Aber was dann passierte, war nicht normal. Ich wusste, dass es unrecht sein musste, weil ich ihm hinterher versprechen musste, niemandem etwas davon zu sagen, noch nicht einmal Mama. Was passiert war, wäre unser Geheimnis, sagte er. Das sei das Abkommen, das wir getroffen hätten. Er hätte seinen Teil erfüllt, indem er mir das Nachthemd kaufte, nun wäre es an mir, den meinigen zu erfüllen. Ich konnte mich an kein Abkommen erinnern, aber was hätte ich tun sollen? Väter wissen es immer am besten, nicht wahr? Also beschloss ich, obwohl es mir nicht gefallen hatte, wie er mich angefasst hatte, niemandem etwas davon zu sagen. Mir war nicht klar, dass ich durch mein Schweigen geradewegs in eine Falle lief.«

Sie schniefte laut und griff nach ihren Zigaretten. »Seitdem kam er mich jeden Abend besuchen. Nachdem er weg war, stellte ich fest, dass mein Nachthemd mit einer schrecklich klebrigen Masse bedeckt war, die merkwürdig sauer roch. Ich bin ins Badezimmer gegangen und habe mich so lange geschrubbt, bis ich wund war. Aber ich habe niemandem etwas gesagt. Am Ende machte er sich nicht einmal mehr die Mühe, zum Schein ein bisschen mit mir zu schmusen, es war nur noch reines Ficken. Und sein Schmutz war nicht mehr nur auf meiner Haut, er war in mir.«

Zen überlegte krampfhaft, was er sagen könnte, aber ihm fiel nichts ein. Angesichts dieses ganz gewöhnlichen und alltäglichen Horrors schämte er sich, ein Mann, ja überhaupt ein Mensch zu sein.

»Schließlich drohte ich, es Mama zu sagen. Inzwischen war ich älter und mutiger. Doch da ließ er endgültig die Falle zuschnappen. Wenn du das tust, sagte er, kommen wir ins Gefängnis, alle beide. Denn in Wirklichkeit ist es deine Schuld. Du hast mich ermutigt, mich verführt. Es muss dir Spaß gemacht haben, sonst hättest du schon längst mit jemandem darüber gesprochen! Du bist genauso schlecht wie ich, mein Mädchen, vielleicht sogar noch schlechter.«

Sie zündete sich eine Zigarette an und lächelte Zen zu, sozusagen als Aufforderung, die Schlauheit ihres Vaters zu würdigen. »Das schlimmste an seinen Lügen war, dass sie teilweise stimmten. Denn obwohl ich es mehr als alles andere hasste, machte es mir doch auch Spaß, nachdem ich mich einmal daran gewöhnt hatte. Natürlich war es ein schönes Gefühl, was soll man anders erwarten? Und meinen Sie nicht, dass es mir in gewisser Weise schmeichelte, dass er mich meiner Mutter vorzog? Und was für eine Macht ich besaß! Auf der einen Seite hätte ich uns beide ins Gefängnis bringen, meine Mutter der Schande aussetzen, meine Brüder an den Bettelstab bringen, die ganze Stadt schockieren und den Namen Miletti für immer in den Schmutz ziehen können. Auf der anderen Seite konnte ich genau das Gegenteil tun, und tat es auch. Ich sorgte dafür, dass mein Vater glücklich und zufrieden war und meine Mutter nichts erfuhr, und auf diese Weise half ich, ihre Ehe zu retten, die Familie zusammenzuhalten und meine ahnungslosen Brüder, die sich für so überlegen hielten, vor der Schande zu bewahren. Manchmal kam ich mir vor wie eine schamlose, kleine Hure, und dann wieder wie eine Heldin aus einem Roman des 19. Jahrhunderts. Doch am meisten habe ich meine Macht gespürt! Mein Vater ging natürlich mit Zuckerbrot und Peitsche vor. Ich bekam alles, was ich wollte, Kleider, Schmuck, Parfums. Und wenn seine Freunde und Geschäftspartner zu Besuch kamen, habe ich mich richtig rausgeputzt und versucht, meine Macht auch an ihnen auszuprobieren. Und es funktionierte! Antonio Crepi beispielsweise hat mir immer Blicke zugeworfen, die eine Kerze zum Schmelzen gebracht hätten. Damals war ich gerade zwölf.«

»Ahnte Ihre Mutter nie, was da vor sich ging?«

Nach einer langen Pause sah Cinzia ihn an. »Das ist eine schlimme Frage«, sagte sie. »Damals war ich ganz sicher, dass sie nichts wusste. Wie könnte sie es wissen, dachte ich, und nichts dagegen tun? Heute bin ich nicht mehr so sicher. Sie hätte allen Grund gehabt, beide Augen zuzudrücken. Außerdem ...«

Sie hielt inne.

»Was?«

»Manchmal glaube ich, dass sie mit Absicht übersah, was da vor sich ging, um mich zu bestrafen. Vielleicht war das ihre Art, sich zu rächen. Vielleicht dachte auch sie, dass es meine Schuld sei, dass es mir Spaß mache, dass ich genauso schlecht sei wie er, vielleicht sogar noch schlechter.«

Sie setzte sich aufrecht, und ihre Stimme klang wieder hell und forsch. »Auf jeden Fall spielt das jetzt alles keine Rolle mehr. Es gab diesen Unfall, und sie starb. Er war lange Zeit im Krankenhaus, und als er entlassen wurde, war alles ganz anders. Vielleicht hat er ihren Tod als eine Strafe Gottes angesehen, ich weiß es nicht, wir haben natürlich nie darüber gesprochen. Aber er hat mich nie wieder angerührt, und ich blieb mit all dieser Macht nutzlos auf dem Trockenen sitzen. Doch ich brauche wohl kaum zu erwähnen, dass das nicht lange so blieb.«

Sie lächelte ihm verstohlen zu. »Jetzt wissen Sie also alles über mich! Selbst mein Mann weiß nicht, was ich Ihnen gerade erzählt habe. Ein seltenes Privileg, und eins, das Sie, um ganz ehrlich zu sein, noch nicht einmal verdient haben. Aber ich musste es nach all den Jahren irgendjemandem erzählen, und das musste natürlich ein Fremder sein. Sie waren gerade zur richtigen Zeit am richtigen Ort.«

Zen trank seinen Whisky aus. »Es gibt da noch immer etwas, das ich nicht weiß.«

»Nämlich?«

»Warum Sie mir diese Kopie vom Brief Ihres Vaters geschickt haben.«

Sie stieß ein kurzes Lachen aus.

»Zuerst glaubte ich, es wäre Ivy Cook gewesen«, fuhr Zen fort. »Aber das ergibt keinen Sinn. Nehmen Sie beispielsweise diesen Briefumschlag. Hat sie ihn mitgenommen, als sie zum Müllcontainer fuhr, oder ist sie schnell ins Schreibwarengeschäft gelaufen, um ihn zu kaufen? Und nicht irgendeinen Briefumschlag, sondern eine besonders luxuriöse Ausfertigung mit einem Greif als Wasserzeichen. Wie die Umschläge auf Ihrem Schreibtisch.«

Sie sah ihn gelangweilt an. »Das ist nicht mein Schreibtisch, er gehört Gianluigi. Ich nehme an, er hat Ihnen den Brief geschickt. Sie können sich gar nicht vorstellen, auf was für Ideen er kommt. Seit dieser Drogengeschichte hat er den armen Daniele praktisch fest in der Hand, ganz zu schweigen von den Fotos, die er von Silvio hat ...«

»Nein, das war nicht Ihr Mann«, unterbrach Zen. »Sie waren das. Sie haben den Brief neu geschrieben, nachdem das Original verbrannt worden war. Dann machten Sie eine Fotokopie von Ihrer Version und schickten sie an mich. Die Handschrift ist dieselbe wie bei dieser Notiz auf dem Schreibtisch, in der Sie Ihren Mann bitten, Loredana von der Schule abzuholen.«

»Nun, nehmen wir einmal an, ich hätte das getan. Es ist doch wohl kein Verbrechen, Informationen an die Polizei zu schicken, oder? Sie sollten dankbar sein! Ich habe vielleicht hier und da ein Wort verändert, aber davon abgesehen, stimmt alles ganz genau. Ich habe es geschrieben, als ich den Wortlaut noch frisch in Erinnerung hatte. Außerdem war es nicht die Art von Brief, die man so leicht vergisst! Als Pietro uns erzählte, dass Sie bei der Lösegeldübergabe dabei sein würden, hatte ich das Gefühl, Sie sollten wissen, worauf Sie sich da einlassen.«

Zen lächelte ungläubig.

»Ich hatte gedacht, es hätte etwas damit zu tun, dass Ivy Cook zur Persona non grata innerhalb der Familie Miletti würde, wenn herauskäme, dass ich den Brief bekommen habe.«

Cinzia kicherte. »Nun, warum sollte ich nicht auch etwas davon haben? Dieses Miststück ist uns schon zu lange ein Dorn im Auge. Nehmen Sie sich noch etwas zu trinken, ich bin gleich zurück.«

Sie torkelte durch den Raum und suchte an der Wand nach einem festen Halt. Dann verschwand sie nach oben. Kurz darauf hörte man eine Toilettenspülung, doch Cinzia kam nicht zurück. Zen blieb sitzen und dachte über das nach, was sie ihm erzählt hatte. Er fühlte sich schwer, übersättigt und vollgestopft mit mehr oder weniger widerwärtigen Einzelheiten, die er weder wissen wollte noch wissen musste. Irgendjemand hatte einmal gesagt, dass heutzutage Ärzte gleichzeitig die Rolle von Priestern spielen und ihren Patienten allgemein Trost und Rat spenden müssten. Doch es gab Dinge, die man sich sogar schämte, seinem Arzt zu erzählen, Dinge, die so abscheulich waren, dass man sie nur den niedrigsten und am meisten verachteten Funktionsträgern beichten konnte. An solchen Tagen kam sich Zen wie die Bocca de Leone im Dogenpalast vor, eine unbewegliche Grimasse aus Stein, die mit leeren Denunziationen und falschen Bekenntnissen vollgestopft wurde, Krakeleien voller Hass und Schuld, der namenlose Müll einer ganzen Stadt.

Von Cinzia war noch immer nichts zu sehen. Zen stand auf, ging zum Fuß der Treppe und rief nach ihr. Keine Antwort. Er stellte seinen Fuß auf die unterste Stufe, hielt inne und lauschte. »Signora?«

Die hohen Marmorstufen führten in einem Bogen nach oben, ähnlich wie die Treppe von der Eingangstür hinauf ins Wohnzimmer. Zen stieg hinauf. Oben war ein Flur mit drei Türen. Wie eine Figur im Märchen entschied er sich für die rechte und öffnete sie vorsichtig. »Signora?«

Das dahinterliegende Zimmer war überraschend kahl und erinnerte ihn an die Wohnung seiner Mutter in Venedig. Auf dem Fußboden standen zwei leere Pappkartons, an jedem Ende des Zimmers einer, die sich gegenseitig ignorierten. Zwischen ihnen gab ein kleines Fenster den Blick auf ein kahles Stück Mauer auf der anderen Seite der Gasse frei.

Die zweite Tür, die er ausprobierte, führte ins Badezimmer. Bei seiner oberflächlichen Suche stieß er auf keine verdächtig leeren Flaschen von Schlafmitteln, aber die könnte sie natürlich mit in ihr Zimmer genommen haben. Blieb also nur noch eine Tür. Er zögerte einen Augenblick, bevor er sie öffnete. Doch was er dort sah, war vollkommen normal. Ein breites, hohes, altmodisches Bett füllte fast den gesamten Raum aus. Cinzia Miletti lag quer darüber auf dem Rücken, den Kopf leicht zur Seite geneigt, vollständig angezogen und mit geschlossenen Augen. Ihre Atmung schien regelmäßig.

Zen hatte das Gefühl, er müsse sie zudecken. Doch ihr Körper erwies sich ganz unerwartet als schwerfällig und widerspenstig. Einer ihrer Arme verhedderte sich immer wieder in den Betttüchern, sodass er zunächst annahm, sie wolle ihm einen Streich spielen. Paradoxerweise erkannte er erst, als sie die Augen öffnete, dass er unrecht hatte. Ihr unkoordinierter Blick glitt ohne die geringste Bewegung oder Reaktion über ihn. Dann schlossen sich ihre Augen wieder, und sie drehte sich auf die Seite und fing leicht an zu schnarchen. Das Letzte, was er sah, bevor er das Licht ausschaltete, war Cinzia, die inmitten einer Masse langer blonder Haare mit dem Kopf auf einem Kissen lag und friedlich am Daumen lutschte.

Draußen war die Nacht inzwischen klar und bitterkalt geworden, und die Sterne leuchteten in ihrer unerträglichen Fülle. Das Licht einer der wenigen Straßenlaternen fiel auf ein frisch geklebtes Plakat, auf dem die Tugenden von Commendatore Ruggiero Franco Miletti gerühmt wurden, dessen Beerdigung morgen Nachmittag stattfinden würde.

8

Am nächsten Morgen hatte sich alles verändert. Der Himmel war zwar immer noch klar, aber die Sonne schien auf eine völlig neue Landschaft. Die verstreut liegenden Außenbezirke der Stadt, die von der jüngsten Bautätigkeit auf den unteren Hängen zurückgebliebenen Geröllhalden, die stückweise erschlossenen Gebiete entlang der Straße und der Eisenbahnlinie im Tal, alles war verschwunden. Unmittelbar hinter den beiden Kirchen, die man von Zens Fenster aus sehen konnte, war die Welt abrupt zu Ende, um fünfzehn oder zwanzig Kilometer entfernt neu zu beginnen, dort wo die oberen Hänge des hefeartigen Bergs wie eine kleine Insel aus einem zugefrorenen Ozean herausragten. Einige weitere Inselchen waren auf der anderen Seite des Tals zu erkennen. Außer diesen vereinzelten Anhöhen und der gestrandeten Stadt selbst, wurde alles von einer glänzend weißen Nebelschicht bedeckt.

Die Questura lag kaum fünfzig Meter weiter unten, doch sie war bereits im Nebel versunken. Während Zen von seinem Hotel aus dorthin ging, spürte er, wie die unsichtbare Feuchtigkeit auf seiner frisch rasierten Haut perlte. Als er nach oben sah, schimmerte die Luft, und der Himmel war von einem so zarten Blau, dass er seinen Blick kaum davon losreißen konnte, mit dem Resultat, dass er mehrfach mit entgegenkommenden Leuten zusammenstieß. Aber alle schienen an diesem Morgen gute Laune zu haben und erwiderten seine Entschuldigungen mit einem Lächeln. Er musste plötzlich an eine chinesische Fabel denken, die Ellen ihm einmal erzählt hatte. Ein Mann, der von einer Klippe fällt und sich rettet, indem er sich an einen Busch klammert, stellt fest, dass zwei Mäuse an dem Ast nagen, an dem sein Leben hängt. An dem Ast wächst eine Frucht, die der Mann pflückt und isst. Diese Frucht schmeckt köstlich.

»Wie kamen die Mäuse überhaupt an diese Stelle, so auf halber Strecke am Hang der Klippe?«, hatte er sie gefragt. »Und warum haben sie die Frucht nicht selber gefressen?«

Er konnte den Sinn der Geschichte nicht verstehen, aber Ellen weigerte sich, ihn zu erklären. »Das musst du selbst erfahren«, war alles, was sie sagte. »Eines Tages wird es dir plötzlich aufgehen.«

Er war damals skeptisch gewesen, aber sie hatte recht gehabt, denn plötzlich verstand er die Geschichte. »Es kommt letztlich auf dasselbe heraus«, hatte er zu Bartocci gesagt. Seine Tage in Perugia waren gezählt, und er würde sie ähnlich wie der junge Richter auf einem Abstellgleis verbringen, das parallel zur Hauptstrecke verlief, nirgendwo hinführte und abrupt endete. Dieser Prozess hatte am Tag zuvor am Schauplatz des Verbrechens begonnen. Man hatte Major Volpi die Verantwortung dafür übertragen, Straßensperren aufzustellen und Befragungen von Haus zu Haus durchzuführen. Die Polizei hatte in diesem Fall einen Fehler zu viel gemacht und würde keine weitere Gelegenheit erhalten, ihre Unfähigkeit unter Beweis zu stellen. Und was Zen betraf, so konnte er jeden Tag mit einem Telegramm aus dem Ministerium rechnen, das ihn nach Rom zurückbeorderte, und das war es dann.

Doch wie süß schmeckte die Frucht bis dahin! Obwohl die bürokratischen Mäuse längst im Verborgenen tätig waren, machte Zen pro forma weiter, verschob die Hände, um den Ast besser in den Griff zu bekommen. In diesem Sinne hatte am Tag zuvor, als er in die Questura zurückkam, seine erste Tat darin bestanden, seine Inspektoren loszuschicken, um die Leute, die in den Häusern entlang der Straße nach Cannara wohnten, zu befragen und mit den Bauern in der Gegend zu sprechen, nur für den Fall, dass jemandem etwas aufgefallen war. Als er an diesem Morgen zur Arbeit kam, erwartete ihn das Ergebnis ihrer Bemühungen in einer blauen Aktenmappe.

Fünf Minuten nachdem er sein Büro betreten hatte, erschien Zen wieder im Inspektorenzimmer, wo Geraci zusah, wie Chiodini eine Teilnahmekarte für einen Wettbewerb ausfüllte, der dem Gewinner eine lebenslange Versorgung mit Tomatenmark versprach.

»Was ist das hier?«, fragte er.

Geraci blickte argwöhnisch auf die Mappe, die Zen in der Hand hielt, und seine Augenbrauen bewegten sich wie zwei Raupen beim Paarungstanz. »Unser Bericht.«

»So einen Bericht habe ich noch nie gesehen. Was soll dieses ganze Gekrakel da am Rand?«

»Das sind Computercodes.«

»Seit wann haben wir einen Computer?«

»Wir haben keinen, der ist im Justizgebäude. Alles in Kisten verpackt unten im Erdgeschoss. Doch sobald er funktioniert, bekommen wir auch Terminals. Sehen Sie, dieser Bericht ist nicht zum Lesen gedacht, sondern für die Eingabe in den Computer.«

Zen betrachtete ihn mit starrer Miene. »Aber es gibt keinen Computer.«

»Nein, noch nicht. Aber es soll alles dafür vorbereitet sein, wissen Sie. Es wird wunderbar! Alle Akten von uns, den Carabinieri, den Finanzleuten, einfach alles wird direkt in den Computer eingegeben. Dann haben Sie alles, was Sie wissen wollen, sofort parat. Nehmen wir einmal an, Ihnen liegt eine Anzeige gegen ein kleines rotes Auto vor und Sie wollen dieses mit all den anderen kleinen roten Autos vergleichen, gegen die in dieser Gegend etwas vorliegt. Nach der alten Methode würde man Stunden brauchen, um alle Akten durchzusehen, doch beim Computer drücken Sie nur auf einen Knopf, und sofort haben Sie alle Informationen. Und das gleiche gilt für große rote Autos oder ausländische rote Autos von beliebiger Größe oder kleine Sportwagen von beliebiger Farbe ...«

Zen fuhr sich mit der Hand über die Stirn. Es gab ganz offensichtlich diverse Möglichkeiten, die die Chinesen nicht bedacht hatten. Beispielsweise könnten die Mäuse aufhören zu nagen, deinen Arm hinuntertrippeln, die Beine spreizen und dir ins Gesicht pissen.

»Hören Sie mal, Sie wollen mir doch nicht erzählen, dass hier jeder seine Berichte in dieser Form vorgelegt kriegt. Das kann ich einfach nicht glauben.«

»Aber sicher kriegen sie das. Ist das in Rom nicht genauso?«

Zen blickte zur Seite. Natürlich war es in Rom genauso. Es würde jetzt überall so sein, das war das System. Bloß, Geraci wusste immer noch nicht, dass Zen in jüngster Zeit jegliche praktische Erfahrung in Rom oder sonst wo fehlte.

»Allerdings lassen die älteren Beamten uns immer noch einen zusammenfassenden Bericht in der alten Form schreiben«, gestand ihm Chiodini.

»Aber das ist inoffiziell«, fügte Geraci eilig hinzu. »So etwas kann nicht registriert oder abgelegt werden.«

Zen blätterte den Ordner durch. Er schien nicht zugehört zu haben. »Haben Sie mit dieser Zeugin gesprochen?«

Der Inspektor nahm die Akte und sah sich die Eintragung an, auf die Zens breiter, platter Finger deutete.

»Nein, das war Lucaroni.«

»Aber das ist doch mit G gekennzeichnet.«

»Das ist richtig. G steht für Lucaroni.«

»Tatsächlich? Dann sind Sie wahrscheinlich L?«

Geraci zog die Stirn in Falten. »L? Nein, L ist bereits vom System besetzt. Zum Beispiel in dieser Eintragung hier steht L23, okay? Das heißt unbekanntes ausländisches Auto.«

»Wo ist eigentlich Lucaroni?«

Geraci schien einen Augenblick zu zögern.

»Oben«, sagte Chiodini.

Das bedeutete entweder in der Chefetage oder in der politischen Abteilung, deren Büros sich in jeder Questura auf der obersten Etage befinden. Dass für beide das gleiche Wort benutzt wird, entspricht der verschwommenen Abgrenzung zwischen den beiden.

»Sagen Sie ihm, sobald er zurückkommt, dass ich ihn sprechen möchte.«

Er machte die Tür hinter sich zu. Sie würden also einen Computer bekommen, warum auch nicht? Bald schon würden die unerträglichen Mysterien des mediterranen Lebens hinweggefegt sein durch das elektronische Wunder der Realzeit und des direkten Zugriffs für jeden. Und um sicherzustellen, dass alles korrekt und einwandfrei vor sich ging, würde der Computer wie die Telefonabhöranlage im Justizgebäude untergebracht werden, in sicherer Entfernung von der Polizei.

»Die machen mit der Schmalspurkorruption dasselbe, was die multinationalen Konzerne mit den kleinen Betrieben machen«, hatte ein zynischer Freund aus Sardinien einmal anlässlich der jüngsten Initiative bemerkt, bei der Polizei aufzuräumen. »Auf diese Weise wird man den Machtmissbrauch nicht verhindern, man wird ihn lediglich auf die höchste Ebene beschränken. Jeder kann es sich leisten, dich oder mich zu kaufen, Aurelio, aber nur die Großkopfeten können die Richter nach ihrer Pfeife tanzen lassen.«

Zen betrachtete die Wand, an der der Kalender jetzt merkwürdig unausgewogen wirkte. Ja, es war an der Zeit, Gilberto anzurufen. Schließlich würde er das Kruzifix nicht ewig in dem Gepäckschließfach lassen können.

Lucaroni erschien zehn Minuten später mit tausend Entschuldigungen für die Verspätung. »Ich bin nur kurz in der Personalabteilung gewesen«, erklärte er. »Meine Schwester heiratet nächste Woche, und ich wollte wissen, ob ich ein paar Tage freibekommen könnte.«

Zen reichte ihm eine Seite des Berichts. »Erzählen Sie mir von dieser Frau, die behauptet, ein großes blaues Auto in der Nähe des Tatorts gesehen zu haben.«

»Nun, das steht alles hier drin«, antwortete der Inspektor, während er die Seite überflog. »Es war eine große, blaue, merkwürdige Limousine, hat sie gesagt, die von einer Person mit hellen Haaren gesteuert wurde und auf der ...«

»Erzählen Sie mir etwas über die Frau.«

»Die Fahrerin? Aber wir wissen nicht ...«

»Nein, die Frau, mit der Sie gesprochen haben.«

Lucaroni kramte angestrengt in seinem Gedächtnis. »Nun, sie war schon etwas älter. Lebt bei ihren angeheirateten Verwandten in einem der neuen Häuser an der Straße.«

»Wieso hat sie das Auto gesehen?«

»Sie war draußen und schnitt Salat fürs Abendessen. Die Straße ist wenig befahren, und die meisten Leute kennt sie, deshalb ist ihr dieses merkwürdige Auto sofort aufgefallen.«

»Sie sprach von einem ›merkwürdigen‹ Auto?«

»Ja.«

»Und wie ist es dann zu der Vorstellung gekommen, dass es sich um ein ausländisches Auto handelte?«

»Ich habe sie nach der Marke gefragt, und sie hat gesagt, das wüsste sie nicht. Dann habe ich gefragt, ob es ein ausländisches Auto war, und sie hat gesagt, ja.«

Zen nickte. Die alte Frau hätte einen Rolls-Royce nicht von einem Renault unterscheiden können. »Ausländisch«, bedeutete einfach, dass es sich bei dem Auto um eine große Luxuslimousine handelte, wie sie noch nie eine gesehen hatte.

»Und es saß nur eine Person drin?«

»Das hat sie gesagt. Eine Frau mit blonden Haaren.«

Zen nahm den Bericht wieder an sich. »Hier steht ›helle Haare‹.«

»Nun, man kann eben nicht blond einsetzen«, erläuterte Lucaroni. »Das würde der Computer nicht annehmen. Haare sind entweder hell oder gelb.«

Zen nickte. »Ach ja, da ist noch etwas.« Er deutete zur Wand. »Sie erinnern sich an das Kruzifix, das dort hing? Sie wissen nicht zufällig, wo es herkam, oder?«

Lucaronis Zunge fuhr heraus, um seine Lippen zu befeuchten. Er schüttelte den Kopf.

»Wissen Sie, ich hatte neulich Besuch, und es gab ein kleines Missgeschick, und das Ding zersprang in Stücke. Sehr bedauerlich.«

»In Stücke?«, flüsterte Lucaroni.

Zen nickte. »Zum Glück war mein Gast Kommunist, deshalb ist er wegen solcher Dinge nicht abergläubisch. Ich würde gerne ein neues besorgen, aber ich weiß nicht, wo es so was gibt. Könnten Sie das vielleicht für mich tun? Ich wäre Ihnen wirklich sehr dankbar.«

Es entstand ein längeres Schweigen.

»Nun ...«, begann Lucaroni.

Zen tippte ihm mit einem Finger gegen die Brust.

»Aber ich möchte eins, das genauso ist. Verstehen Sie? In jeder Hinsicht identisch.«

Ihre Blicke trafen sich und blieben aneinander kleben.

»Identisch«, hauchte der Inspektor.

»Absolut. Ich habe sehr an diesem Kruzifix gehangen. Es hatte so etwas Besonderes, verstehen Sie, was ich meine?«

Lucaronis Mund war nun vollkommen außer Kontrolle geraten. Ständig schnellte seine Zunge hervor und hinterließ Speichel auf seinen Lippen, sodass er kaum Zeit hatte, ihn zu verteilen, bevor die nächste Ladung kam. Zen beeilte sich, ihn wegzuschicken, bevor er völlig daneben war.

Ein Blick auf die Karte sagte ihm, dass es eine Abkürzung hinunter zur Villa Miletti gab. Er beschloss, nicht nach Palottino zu rufen, sondern zu Fuß zu gehen. Was er vorhatte, war ohnehin riskant genug. Je weniger offiziell er vorging, desto besser.

Die Abkürzung war ein Weg, der am Fuß einer Treppe gegenüber der Questura anfing und den Hang wie eine geradegezogene Linie hinunterlief. Es musste sich um einen der mittelalterlichen Zufahrtswege in die Stadt handeln, der jetzt durch die Betonstützmauer der Ringstraße für den Verkehr gesperrt war. Auf beiden Seiten standen alte Bauernhöfe und moderne Villen in unbehaglicher Nachbarschaft. Jenseits davon wurde eine schmale Bodenfalte am Hang mit Müll aufgefüllt, um Raum für einen Parkplatz zu schaffen. Weiter unten, im Nebel verborgen, konnte er vage die Steineichen und Zypressen ausmachen, die das Anwesen der Milettis umgaben, eine düstere barocke Monstrosität, auf eine Landschulter gebaut, die aus dem steilen Hang herausragte.

Zen ging noch etwa hundertfünfzig Meter an dem Grundstück entlang, bis er an einen separaten Eingang kam, der mit »Società Industriale Miletti di Perugia« beschildert war. Hier unten war der Nebel noch nicht von der Sonne aufgelöst worden und überzog weiterhin alles mit einer weißlichen Schicht. Ursprünglich hatten auf diesem Gelände Francos Werkstätten gestanden, genau unterhalb des Hauses. In jenen Tagen war es den Industriekapitänen nicht peinlich, in der Nähe der Quelle ihres Wohlstandes zu wohnen. Nachdem der Produktionsbereich nach Ponte San Giovanni ausgelagert worden war, hatte man die Gebäude ausgeräumt und in die Verwaltungszentrale von SIMP umgewandelt. Zen hatte strenge Sicherheitsvorkehrungen vor dem Eingang erwartet, doch als er ankam, stellte er fest, dass die Tore offen waren und kein Wachtposten davor stand. Ein vorbeigehender Angestellter wies ihm den Weg auf der asphaltierten Straße zur Garage, wo ein Mann in einem blauen Overall damit beschäftigt war, eine der blauen Fiat-Limousinen zu waschen. Hinter ihm stand etwa ein Dutzend oder noch mehr von diesen Wagen blitzsauber aufgereiht.

Zen zückte seine Dienstmarke, kurz und verächtlich, und ließ einen Augenblick verstreichen, damit die Angst des Mechanikers fruchtbar werde und sich mehre. Jeder hat irgendeinen Grund, Angst vor der Polizei zu haben, und Angst kann ähnlich wie Geld für etwas verwendet werden, das ziemlich unabhängig von dem ist, wodurch es entstanden ist. Als Zen meinte, dass es für seine Zwecke nun reiche, deutete er auf die Fiats. »Sind Sie für diese Autos verantwortlich?«

Der Mann nickte.

Zen lächelte zufrieden, als ob ihm ein belastendes Geständnis gemacht worden wäre. »Dann verraten Sie mir mal, was Sie mit meinem Feuerzeug gemacht haben?«

»Feuerzeug?« Der Mechaniker fing an zu stottern. »Was für ein Feuerzeug?«

Zens Lächeln verschwand. »Weshalb fragen Sie das, wie viele haben Sie denn gefunden?«

»Keins! Ich habe gar keins gefunden.«

»Warum fragen Sie dann, was für eins, äh? Sie meinen wohl, Sie können alles behalten, was Sie finden? Ihr lausiges Gehalt durch ein bisschen freies Unternehmertum aufbessern, was?«

Der Mann warf wütend seinen Schwamm hin. »Ich habe nichts gefunden! Ich habe die Autos gewaschen und für heute Nachmittag fertiggemacht. Da war nirgendwo ein Feuerzeug.«

»Sie benutzen die Firmenwagen für die Beerdigung?«, fragte Zen mit einem Unterton tiefsten Abscheus. »Das nenne ich billig!«

»Signor Ruggiero hätte es genauso gewollt.«

»Versuchen Sie nicht, vom Thema abzulenken. Sie behaupten also, kein Feuerzeug gefunden zu haben, ist das richtig?«

»Ich behaupte überhaupt nichts! Ich habe kein Feuerzeug gefunden, und damit basta. Sehen Sie doch selber nach, wenn Sie wollen, ich habe nichts zu verbergen!«

»Oh, das werde ich! Machen Sie sich keine Sorgen, das werde ich.«

Der Mechaniker beobachtete Zen aus den Augenwinkeln, während dieser von einem Auto zum anderen ging und sich redlich bemühte, so zu tun, als ob er jeweils das Wageninnere inspizierte.

Der Matsch um die Baustelle, auf der Ruggiero Miletti ermordet worden war, hatte sich als reichhaltige Quelle für Abdrücke erwiesen. Bereits eine Voruntersuchung, die noch in Zens Anwesenheit durchgeführt wurde, ergab fünf verschiedene Fußabdrücke sowie die Reifenspuren zweier Autos. Die beiden Reifenspuren überlagerten sich ständig, und es fiel auf, dass an einem Auto ein Reifen nicht zu den übrigen drei passte. Zen hatte angenommen, das sei etwas Besonderes, doch es stellte sich heraus, dass vier von den Wagen in der Garage einen abweichenden Reifen hatten. Allerdings stimmte nur eine Konstellation mit der am Tatort gefundenen überein.

»Was, zum Teufel, haben Sie hier zu suchen, Zen?«

Das war Gianluigi Santucci. Der Toskaner wandte sich an den Mechaniker. »Was wollte er von dir wissen, Massimo? Wenn du ihm auch nur die Uhrzeit gesagt hast, fliegst du raus!«

»Nichts!«, beteuerte der Mechaniker energisch. »Ich habe nichts gesagt!«

»Das stimmt«, bestätigte Zen. »Er war extrem wenig hilfreich.«

»Ich habe kein Feuerzeug gefunden, ich weiß nichts von einem Feuerzeug«, fuhr Massimo fort. »Das habe ich ihm gesagt, aber er wollte selber nachsehen. Aber er hat nichts angefasst, Signor Gianluigi. Ich habe ihn die ganze Zeit nicht aus den Augen gelassen.«

Gianluigi Santucci starrte Zen wütend an. »Ein Feuerzeug, so eine Scheiße! Was ist bloß in Sie gefahren? Na los, sagen Sie schon!«

»Ich habe mein Feuerzeug verloren und dachte, ich hätte es vielleicht neulich im Auto vergessen. Da ich die Familie in dieser Situation nicht stören wollte, bin ich gekommen, um selber nachzusehen. Aber ich verstehe nicht, weshalb Sie sich so aufregen. Diese Garage ist doch keine geheime Forschungsstätte oder so was Ähnliches?«

Zu spät, Gianluigi erkannte, dass er einen Fehler gemacht hatte. In dem Bemühen, ihn wettzumachen, zwang er sich zu einem Lächeln. »Sie haben wohl immer noch nicht verstanden, oder«, sagte er höhnisch. »Sie meinen, Sie wären noch im Rennen, aber das ist ein verdammter Irrtum. Sie sind hier ein Fremder. Niemand will Sie, niemand mag Sie, niemand braucht Sie. Wenn Sie Ihren Marschbefehl noch nicht erhalten haben, dann liegt das einzig und allein daran, dass sich niemand mehr die Mühe macht, Ihnen zu sagen, was los ist! Und jetzt seien Sie so freundlich und verpissen sich und kommen nie mehr wieder.«

Als Zen zum Tor kam, stand der Wachtposten zwar wieder an seinem Platz, doch er war so sehr von den prustenden Geräuschen seines Walkie-Talkies fasziniert, das er an sein Gesicht schmiegte und in das er hineinsprach wie eine Mutter, die ihr Baby beruhigen will, dass Zens Abgang ebenso unbemerkt blieb wie seine Ankunft.

Er ging weiter bergab, bis der Weg auf die Hauptstraße stieß. An der Ecke stand ein Müllcontainer aus grünem Plastik, vermutlich der, in dem man Ruggieros Brief deponiert hatte. Gegenüber waren eine Bäckerei, ein Ausstellungsraum für Büromöbel, eine Fahrschule und ein Tabakhändler, bei dem das Zeichen für einen öffentlichen Fernsprecher aushing, ein blauer Hörer in einem gelben Kreis. Zen ging in den Laden, kaufte für 2000 Lire Telefonmarken und wählte eine Nummer in Rom.

»Gilberto?«

»Wer ist da?«

»Aurelio.«

»Aurelio! Wie gehts dir?«

»Kannst du mir einen Gefallen tun?«

»Nämlich?«

»Es würde bedeuten, dass du hierher kommen müsstest.«

»Wo ist hier?«

»Perugia. Ich habe ein Problem.«

»Was für ein Problem?«

»Kannst du heute Nachmittag kommen?«

»Heute Nachmittag! Oje!«

Selbst hier unten im Tal drang die Sonne allmählich durch den Nebel. Gegenüber dem Café, auf der anderen Straßenseite, war ein Olivenhain. Verglichen mit dem hektischen Verkehr auf der Straße bildeten die Bäume einen Hort der Stille. Jedes einzelne Blatt hob sich exakt von dem tiefblauen Himmel ab.

»Was soll ich für dich tun?«

»Können wir auf dieser Leitung offen reden?«

»Hör mal, ich bin in der Industriespionage tätig. Was meinst du, wie lange ich im Geschäft bliebe, wenn ich meine Telefonanschlüsse nicht sauber hielte? Kümmere dich lieber um deine eigene Leitung.«

Zen erzählte seinem Freund in aller Kürze von dem Mord und dem großen, blauen Auto, das sowohl der Zeugenaussage als auch den am Tatort gefundenen Reifenspuren entsprach. Dann erklärte er, was er von ihm wollte, und Gilberto sagte, er würde es tun, auch wenn das für ihn möglicherweise den Verlust eines Vertrages bedeuten könnte, in dem die Absicherung eines der größten römischen Immobilienmakler gegen elektronische Überwachung geregelt war. Sie verabredeten sich für halb vier in einem Dorf etwa einen Kilometer vom Friedhof entfernt.

Da ihm bis dahin noch viel Zeit zum Totschlagen blieb, fuhr Zen mit dem Bus zurück ins Stadtzentrum und ging auf dem Corso spazieren. Die Stufen zur Kathedrale wurden von den jungen Leuten aus dem Ort und ein paar frühen Touristen als eine Art Tribüne benutzt. Ein junger Mann aus Deutschland, dessen Gesichtszüge so übertrieben aussahen, als ob sie aus Schaumgummi geformt wären, erklärte seinem Begleiter lautstark, wie sehr er die Sonne brauche, dass die Sonne für ihn eine körperliche Notwendigkeit sei. Die beiden nordischen Mädchen, die er schon vor zwei Tagen gesehen hatte, aalten sich jetzt wie junge Seehunde vor einem anderen Café. Eine der beiden hatte es sogar geschafft, einen Sonnenbrand zu kriegen. Sie war gerade dabei, behutsam kleine Fetzen sich abschälender Haut von ihrem Dekolleté zu zupfen, wobei sie von einer Gruppe junger Männer in Lederjacken, mit schmalen Krawatten und spiegelnden Sonnenbrillen mit Blicken förmlich aufgefressen wurde.

Plötzlich sah Zen eine kräftige, korpulente Gestalt in einem dunkelgrauen Mantel mit einer schwarzen Armbinde über die Piazza auf sich zukommen. Antonio Crepi. Er wollte gerade grüßen, doch der Perugianer ging ohne ein Wort oder ein Zeichen des Erkennens an Zen vorbei und ließ ihn mit unsicher zum Gruß erhobener Hand stehen.

Es war das erste Mal, dass jemand ihn auf diese Weise übersehen hatte, und es war ein Schock für ihn. Er hatte das immer für eine nichtssagende und überholte Geste gehalten, die nur noch in alten Romanen zu finden wäre. Doch was hier soeben passiert war, hatte nichts mit Etikette zu tun. Antonio Crepi hatte deutlich zum Ausdruck gebracht, dass für ihn und damit auch für alle anderen, die in Perugia etwas galten, Zen aufgehört hatte zu existieren. Deshalb also heulen Geister, dachte er, weil sie verdammt sind, in einer Welt umzugehen, die keine Verwendung mehr für sie hat. Er ging rasch weiter und versuchte, die zermürbende Wirkung dieser Begegnung abzuschütteln.

Die Luft war durch die Gebäude in säuberlich getrennte

Blöcke eingeteilt, mild und warm an den Stellen, wo die Sonne hinschien, und unangenehm kühl im Schatten. Der ständige Wechsel von einem zum anderen war zunächst ebenso erfrischend wie eine Folge heißer und kalter Duschen, aber letztlich auch genauso anstrengend. Zen betrat ein kleines Lebensmittelgeschäft und bestellte sich ein Brötchen belegt mit Anchovis, die mit ein paar Spritzern Essig und etwas gemahlenem Chili gewürzt waren. Dazu trank er ein Glas Weißwein. Oben auf dem Gefrierschrank lag eine Zeitung mit aufgeschlagenem Lokalteil. Während er sein Brötchen in sich hineinmampfte, las Zen einen Artikel, der Leben und Wirken des soeben verstorbenen Oberhaupts der Familie Miletti auf eine so maßlos übertriebene Weise beschrieb, dass sich Zen in seiner mürrischen, venezianischen Art fragte, ob das Paradies für solch einen Ausbund an Tugend überhaupt gut genug wäre. Er fragte sich außerdem, ob Ruggieros Tochter diesen Artikel gesehen hatte und wenn ja, was sie davon hielt. Cinzia hatte Zen erzählt, was für Trinker die Perugianer waren und was für Liebhaber. Jetzt musste er nur noch rausfinden, was für Mörder sie waren.

Bis vier Uhr war auch das letzte bisschen Nebel verschwunden, selbst unten im Tal unterhalb des Friedhofs. Die warme Luft war von dem durchdringenden Gestank von Dieselkraftstoff erfüllt. Er war mit dem Bus gekommen, der jetzt ganz in der Nähe in der Halteschleife der Endstation stand. Der Fahrer saß rauchend auf dem Trittbrett und las Zeitung. Zen stand in der nachlassenden Sonne und beobachtete zwei Tauben, die weiter unten auf den Dachziegeln eines Schuppens in ihr Liebesspiel vertieft waren. Das gurrende Männchen, das den Kopf abwechselnd hob und senkte, jagte das Weibchen von einer Reihe Ziegeln zur nächsten. Irgendwann schien es jedoch, durch mangelndes Entgegenkommen entmutigt, das Interesse zu verlieren und wandte sich ab. Sofort blieb auch das Weibchen stehen. Es sah so aus, als wären beide wie Spielzeugvögel durch verbrauchte Batterien zum Stillstand gekommen. Das schien das Ende zu sein. Beziehungen waren einfach zu schwierig, die Geschlechter würden sich nie arrangieren, das war zu mühsam. Etwas Grundlegendes war schiefgegangen, und im nächsten Jahr würde es keine Tauben geben. Doch dann, genauso plötzlich wie es aufgehört hatte, begann das Männchen von Neuem, plusterte seine Federn auf und hüpfte mit bedeutungsvollem Glitzern in den wachen Augen hinter dem Weibchen her. Zen hatte diesen Ablauf mindestens ein Dutzend Mal beobachtet, als er eine Hand auf seiner Schulter spürte. Er wandte sich um und sah in das grinsende Gesicht von Gilberto.

Gilberto Nieddu war so klein, dass es unbegreiflich war, wieso er jemals bei der Polizei aufgenommen worden war. Es gab die unvermeidlichen Gerüchte von wegen Bestechung und Vetternwirtschaft, aber da Gilbertos Vater nur ein kleiner Schlossermeister aus Nuoro war, schien das unwahrscheinlich. Zen stellte sich lieber vor, dass irgendein pfiffiger Personalchef erkannt hatte, was für eine fürchterliche Gefahr ein aufgebrachter Gilberto *außerhalb* des Gesetzes darstellen würde, und daraufhin kurzerhand die Vorschriften so frei ausgelegt hatte, dass er ihn einstellen konnte. Vier Jahre lang hatten sie in Rom zusammengearbeitet. Der Sarde hatte eine Woche nach Zens Versetzung gekündigt, und er war der einzige von seinen ehemaligen Kollegen, mit dem Zen sich noch regelmäßig traf.

»Gabs Probleme?«, fragte Zen.

»Bloß wie ich wieder zurückkommen soll, nachdem ich hier abgestellt wurde. Du musstest ja unbedingt einen Platz im Nirgendwo aussuchen.«

»Ganz in der Nähe des Tatorts. Wegen des Lokalkolorits.«

Gilberto war kompakt wie ein Squash-Ball, bleich, hässlich und muskulös, dabei erstaunlich flink in seinen Bewegungen.

Aufgrund einer Wette war er einmal in eine Wohnung eingebrochen, in der ein gewisser Vicequestore sich gerade mit einer Dame vergnügte, und hatte die Kleidungsstücke des Paares so klammheimlich entwendet, dass der Vicequestore an eine übernatürliche Ursache glaubte und eine Zeit lang ganz religiös wurde. Nein, Gilberto hätte keine Probleme, einen unbewacht vor dem Friedhof abgestellten Wagen zu stehlen.

»Ist es das wirklich wert?«, fragte der Sarde Zen, der nur mit den Schultern zuckte.

»Wie viel schulde ich dir?«

Gilberto spuckte gedankenverloren auf die Tauben auf dem Dach unter sich. »Du kannst mich mal zum Mittagessen einladen, wenn du zurück bist. In die Pergola.«

»Die Pergola! Käme ich nicht billiger weg, wenn ich dir dein normales Honorar zahlte?«

»Jetzt versuch dich bloß nicht zu drücken, oder ich schick dir Vittorio auf den Hals. Er ist mein neuster Gorilla. Ein durchschlagender Erfolg. Du meinst vielleicht, dass du jetzt Probleme hast, aber du brauchtest nur einmal mit Vittorio zu tun zu haben, dann käme dir das wie eine süße Erinnerung vor.«

Zen gab ihm einen Schlüssel, auf den eine Nummer gestanzt war. »Der gehört zu einem Gepäckschließfach im Bahnhof. Da liegt etwas drin, in einen Plastikbeutel verpackt. Ich möchte gerne wissen, was das ist.«

Der Sarde sah ihn lange und eindringlich an und schüttelte bedächtig den Kopf. »Weißt du was, Aurelio? Du bist wirklich nicht zum Bullen geschaffen.«

»Stell dir mal vor, du würdest in einem Land leben, in dem die Bullen alles Leute sind, die für den Job geschaffen sind.«

»Ich rufe dich morgen früh an.«

Zen schüttelte den Kopf. »Ich werde dich anrufen.«

Der Sarde spuckte noch einmal aus. »Gott, du hast Probleme.«

Der Busfahrer ließ den Motor wieder an. Zen hatte gerade noch Zeit, zur Telefonzelle auf der anderen Straßenseite zu laufen, die Nummer des Polizeinotrufs zu wählen und die Nachricht durchzugeben, die er vorbereitet hatte, bevor er mit dem Türenschließen in den Bus springen konnte. Kurz darauf fuhren sie an Gilberto vorbei, der den Hügel hinauf zurück zu der Stelle ging, an der er sein eigenes Auto geparkt hatte, genau unterhalb der massiven Mauer der Urnenhalle des Friedhofs, auf dem Ruggiero Miletti zwei Stunden zuvor beigesetzt worden war.

In der Telefonzentrale im Untergeschoss der Questura saß ein rundlicher, junger Mann, der ein großes Brötchen in der Hand hielt, das er von einer Seite zur anderen drehte und eingehend betrachtete, wie ein Ringkämpfer, der einen bestimmten Griff anzubringen versucht. Als Zen durch die Tür kam, sah er plötzlich eine Möglichkeit und stürzte sich darauf, sodass er mindestens dreißig Sekunden lang nicht in der Lage war, auf die Frage seines Besuchers zu antworten.

»Er wollte seinen Namen nicht nennen«, sagte er schließlich. »Wahrscheinlich ein Witzbold.«

»Was genau hat er gesagt?«

»Er sagte nur, dass er einen blauen Fiat melden wollte, der auf der Straße nach Cannara, in der Nähe des Tatorts abgestellt war.«

Er beobachtete weiter sein Brötchen misstrauisch aus den Augenwinkeln, als ob es ihn angreifen könnte. Zen beugte sich nach vorn über die Schalttafel. »Hör mal, das könnte sehr wichtig sein. Ich möchte, dass der Wagen geholt, dem Labor übergeben und dort durchgecheckt wird.«

»Dazu brauchen die eine schriftliche Bestätigung.«

»Die werden sie bekommen.«

Der Telefonist nickte. Er war so versessen darauf, sich wieder seinem Brötchen zu widmen, dass er gar nicht fragte, wie Zen von diesem anonymen Anruf erfahren hatte.

Oben im dritten Stock betrat Zen das Inspektorenzimmer, aber es war niemand da. Er wollte gerade hinausgehen, doch plötzlich blieb er wie angewurzelt mitten im Raum in einer etwas unglücklichen Position stehen. Dann hörte er es wieder, ein leises, aber unüberhörbares Geräusch aus dem Nebenzimmer. Irgendjemand war in seinem Büro.

Er bewegte sich so leise wie möglich auf die Verbindungstür zu, umfasste die Klinke und riss die Tür mit einem Schwung auf.

»Das wurde aber auch Zeit! Ich hatte schon befürchtet, ich müsste die Nacht hier verbringen.«

Er lehnte sich gegen die Tür, und sein Körper entspannte sich langsam. »Ellen.«

»Ah, du weißt also noch, wie ich heiße!«

»Schön, dich zu sehen.«

»Tatsächlich? Das hätte ich kaum vermutet, so wie du dich verhalten hast. Warum hast du mich nicht angerufen?«

»Das habe ich!«, log er automatisch. »Du warst nie da!«

»War ich wohl.«

»Nicht, wenn ich angerufen habe.«

»Ich bin fast jeden Abend zu Hause gewesen. Wann hast du angerufen?«

»Nun ja, wir wollen uns nicht streiten. Die Hauptsache ist, dass du da bist. Wie lange kannst du bleiben?«

»Mal sehen, das kommt ganz drauf an.«

Er versuchte, sie zu küssen, doch sie entzog sich ihm halb verärgert, halb spielerisch, sodass sie mitten in einem ungeschickten Gerangel waren, als Lucaroni hereinplatzte.

»Oh, Scheiße!«, sagte er und wollte wieder hinausgehen.

Zen fuhr ihn an. »Hat Ihnen keiner beigebracht anzuklopfen? Sie sind hier nicht zu Hause auf dem Bauernhof!«

»Tut mir wirklich leid, Chef. Ich dachte, es wäre niemand da. Ich wollte es für Sie aufhängen.«

»Was wollten Sie aufhängen?«

Lucaroni wickelte das Päckchen aus, das er bei sich hatte, und ein nagelneues Kruzifix mit grellroten Farbklecksen an den Stellen der Wunden kam zum Vorschein.

»Genau was Sie wollten, nicht?«, suggerierte der Inspektor eifrig. »Ganz genau wie das andere.«

Zen warf Ellen einen Blick zu, die ihn entsetzt und fassungslos anstarrte.

»Ich werde es dir später erklären«, sagte er matt. »Mach dir keine Sorgen. Ich werde alles später erklären.«

Eine schmale Plastiktüte, in der sich mehrere Päckchen Pergamentpapier mit der Aufschrift »Für Lebensmittel« befanden, lehnte gegen den Schaltknüppel des kleinen Fiats. Der Luftzug aus den Ventilationskanälen verursachte ein ständiges Vibrieren. Sie hätten niemals hierher fahren sollen, dachte Zen. Was für eine verrückte Idee, zu dieser Jahreszeit ein Picknick auf einem Berg machen zu wollen. Eine verrückte, ausländische Idee.

Es hatte am gestrigen Abend damit angefangen, dass Ellen fragte: »Ist das da drüben Assisi?« Sie standen in seinem Hotelzimmer am Fenster und sahen hinaus. Wie eine Schaufel voll glühender Asche durchbrachen in der Ferne wahllos angeordnete Lichter das Dunkel der Nacht. Sie flimmerten und sprühten in dem Luftstrom, der aus den Dörfern in der Ebene aufstieg. Lass uns morgen dorthin fahren, hatte sie vorgeschlagen und dann erzählt, dass sie früher schon häufiger da war. Dabei begeisterte sie sich so sehr für den Ort, dass er von vornherein entschlossen war, ihn nicht zu mögen. Aber erst als Ellen ihn abholte, musste er feststellen, dass sie bereits alles für ein Picknick besorgt hatte. Um ein Uhr auf der Piazza dei Partigiani nach einem anstrengenden Morgen im Büro sah alles ganz anders aus als um elf Uhr vergangene Nacht, nachdem sie miteinander geschlafen hatten. Aber Ellen sprudelte dermaßen vor Begeisterung, dass er es nicht übers Herz brachte, seine Bedenken zu äußern. Doch er hielt es noch immer für eine verrückte Idee, und er hatte recht gehabt. Nun parkten sie also in tausend Meter Höhe auf dem Berg, der wie eine Teigkugel aussah, und hockten in Ellens Fiat 500, denn trotz der Sonne war der Wind draußen heimtückisch. Selbst von einer Aussicht durch die mit römischem Ruß verschmutzte Windschutzscheibe konnte nicht die Rede sein. Auf so was konnten nur Ausländer kommen!

Ellen fing an, das Essen auszupacken: ein Stück Ricotta, mehrere Scheiben gekochter Schinken, in Öl eingelegte Oliven und ein halbes Brot. An einem warmen, sonnigen Tag im Freien hätte es idyllisch sein können. Doch wenn man von einem auf schlotternden Knien unsicher balancierten Bogen Pergamentpapier aß, wirkte der Käse wie ein widerlicher weißer Auswuchs, der Schinken blass und kränklich und die Oliven schleimig. Selbst der Wein, ein schwerer Roter, war ein Fehlschlag. Kalt und von der Fahrt durchgeschüttelt, mit viel Bodensatz und aus einem Plastikbecher getrunken, schmeckte er wie Medizin. Doch diese Medizin tat ihm gut, und das Essen schmeckte besser, als es aussah. Nach einer Weile löste sich die Spannung, und sie fingen an, über den Kontrast zwischen dem sturen und ernsten Perugia zu sprechen, das auf seinem vom Wind gepeitschten Kamm in der Ferne gerade noch als grauer Fleck zu erkennen war, und Assisi, dem Symbol für alles Angenehme, Schöne und Freundliche, dessen rosafarbene Steine selbst die Befestigungsanlagen so unschuldig aussehen ließen wie Bilder in einem Märchenbuch. Doch, wie Zen bemerkte, blieb einem in Perugia zumindest die unbarmherzige Kommerzialisierung eines Wallfahrtsortes erspart: die dreidimensionalen Postkarten, auf denen ein strahlender Franziskus vor einer Schar ausgestopfter Tiere predigte; der unter dem Namen »Mönchströpfchen« verkaufte Likör; die Keramiktafeln mit Gebetstexten, die am besten über die Toilette passten; die entzückenden kleinen Mönchsfiguren mit runden Bäuchen und schelmischem Grinsen.

»Ja, aber trotz allem hat dieser Ort etwas Besonderes, findest du nicht auch?«, beharrte Ellen.

Das war genau die Art von Bemerkung, vage und überschwänglich zugleich, die ihn jedes Mal auf die Palme brachte. Manchmal fragte er sich, ob sie sie nicht deswegen immer wieder machte. »Für mich ist es nichts weiter als eins von diesen hübschen, umbrischen Hügelstädtchen«, erwiderte er barsch. »Es ist eine Schande, dass es so versaut worden ist.«

Er ging zu weit, übertrieb, sagte Dinge, an die er selbst nicht glaubte. Das geschah ganz bewusst. Irgendetwas war zwischen ihnen falsch gelaufen, und er wollte herausfinden, was es war. Normalerweise überließ er es Ellen, für das Funktionieren ihrer Beziehung zu sorgen, aber im Augenblick ließ sie ihn hängen. Deshalb war er entschlossen, die einzige Methode anzuwenden, die er kannte, nämlich einen Sprengsatz über Bord zu werfen und abzuwarten, was nach oben gespült wurde.

»Wie kannst du nur so was sagen?«, fragte sie ungehalten. »Was ist mit all den Kirchen? Sie würden nicht existieren, wenn es ihn nicht gegeben hätte. Die Basilika ist eines der großartigsten Gebäude der Welt. Oder möchtest du das bestreiten?«

»Im Gegenteil, ich finde, sie ist so groß, dass man sie zu einem besseren Zweck verwenden sollte. Ich kann mich erinnern, als ich in Padua studierte, haben wir dort eines Tages die Basilika besichtigt. Das ist fantastisch, sagte einer meiner Freunde, nach der Revolution werden wir sie in ein Sportzentrum verwandeln. Aus der hier könnte man sehr gut ein türkisches Bad machen.«

»Man merkt dir allmählich dein Alter an, Aurelio. Diese Art, alles, was mit Kirche zu tun hat, automatisch abzulehnen, ist seit Jahren überholt.«

»Oder am allerbesten wäre es, die Basilika als Ausstellungszentrum zu benutzen. Man könnte beispielsweise mit einer Dokumentation über das Konzentrationslager in Jasenovac anfangen.«

»War das in Polen?«, fragte sie, als sie das Essen wegräumte.

»In Jugoslawien. Kein Mensch hat je davon gehört, es gehörte nicht in die Kategorie von Auschwitz oder Bergen-Belsen. Man hat dort nur 40 000 Menschen umgebracht.«

»Und was hat das mit Assisi zu tun?«

»Der Kommandant des Konzentrationslagers in Jasenovac war ein Franziskanermönch.«

Er machte das Fenster einen Spalt weit auf, doch das Rauschen des Winds war so stark, dass er es sofort wieder schloss.

»Als die Deutschen in Kroatien eine Marionettendiktatur errichteten, machten sich die Katholiken sofort daran, alte Rechnungen mit den Serben zu begleichen. Sie pferchten sie in ihren Kirchen zusammen und verbrannten sie bei lebendigem Leib. Die Kirche wusste sehr wohl, was da vor sich ging und hätte es leicht stoppen können. Doch der Papst schwieg, und die Gräueltaten gingen weiter, vielfach überwacht von den Nachfolgern des heiligen Franz. Am Ende des Krieges schickte uns Eva Perón, die Frau des argentinischen Diktators, eine Schiffsladung mit braunem Tuch. Rate mal, warum?«

Sie schüttelte den Kopf.

»Um die kroatischen Folterknechte als Franziskanermönche zu verkleiden, damit sie nach Italien fliehen und Titos Partisanen entkommen konnten. Sie wurden hier in Assisi und in anderen Klöstern und Kirchengebäuden untergebracht und versorgt, bis sie nach Südamerika verschwinden konnten. Schließlich waren es gute Katholiken.«

»Titos Leute waren bestimmt auch nicht gerade Engel.«

»Wahrscheinlich nicht. Doch zumindest liefen sie nicht verklärt lächelnd herum und murmelten dauernd was von Frieden und Eintracht.«

»Jedenfalls bin ich beruhigt, dass du dich nicht verändert hast«, bemerkte Ellen, während sich beide eine Zigarette anzündeten. »Ich hatte mir schon ein wenig Sorgen gemacht, als ich sah, dass du einen Untergebenen losschickst, um Kruzifixe zu kaufen.«

Zen lächelte ebenfalls, doch im Stillen hörte er noch einmal Gilberto Nieddus Stimme, dessen sardischer Akzent selbst bei der schlechten Verbindung nach Rom klar und deutlich hervortrat. »O ja, Aurelio. Ich habs identifiziert. War kein Problem für mich. Aber du hast wirklich Probleme. In deinem Kruzifix war ein mit Transistoren betriebener Kurzwellensender, der von einer Kadmiumzelle gespeist wird. Wird in Korea hergestellt, billig und leicht dranzukommen, läuft vier bis fünf Monate im Dauerbetrieb, wird einmal benutzt und dann weggeschmissen. Das im Kopf der Figur verborgene Mikrofon ist, was die technischen Daten angeht, nur von mittelmäßiger Qualität, doch in einem kleineren Raum würde es selbst noch den Furz einer Fliege aufnehmen. Der Sender strahlt das dann etwa zweihundert Meter weit aus. Irgendwo innerhalb dieses Radius muss sich ein Empfangsgerät befinden, wahrscheinlich an ein Tonbandgerät angeschlossen, das durch Stimmen in Gang gesetzt wird. Ab und zu kommt jemand vorbei, tauscht die Kassette aus und nimmt die Highlights deines Arbeitstags mit.«

Längere Zeit herrschte Schweigen, währenddessen die Nebengeräusche in der Leitung zu einem dritten Teilnehmer an ihrem Gespräch zu werden schienen.

»Was soll ich damit machen?«

»Am besten schickst du es zurück.«

»Hast du eine Ahnung, von wem es sein könnte?«

Das Schweigen dauerte diesmal noch länger.

»Von oben vielleicht.«

Die nächsten Worte Gilbertos hatten Zen mehr erschüttert als alles, was bisher passiert war. »Pass auf dich auf, Aurelio. Denk an Carella.«

Zen vermied es, Ellen in die Augen zu sehen, und wickelte

sich enger in seinen Mantel. »Lass uns doch auch mal das Positive sehen. So wie die Dinge laufen, bin ich bestimmt bald wieder in Rom.«

»Ich verstehe immer noch nicht, was das ganze Theater soll«, antwortete Ellen in einem leicht gereizten Tonfall. »Milettis Tod hatte nichts mit dir zu tun, soviel ist doch wohl sicher?«

»Das muss sich noch zeigen.«

»Oh, ich verstehe. Die alte Geschichte. Du bist so lange schuldig, bis deine Unschuld bewiesen ist.«

»Nicht unbedingt. Manchmal bist du auf jeden Fall schuldig.«

Eine Weile lauschten sie nur dem Brausen und Tosen des Windes, der das Auto durchrüttelte.

»Du hast mir an jenem Abend bei Ottavio nicht die volle Wahrheit gesagt, stimmts?«, fragte Ellen schließlich.

Er gab keine Antwort.

»Ich möchte das wissen, Aurelio. Ich muss es wissen.«

Er wandte ihr sein blasses, ernstes Gesicht zu.

»Als du klein warst, hattest du da jemand, der dir Geschichten erzählt hat?«

Sie sah ihn erstaunt an.

»Mein Vater hat mir oft was vorgelesen.«

»Nein, das meine ich nicht. Wenn es aus einem Buch kommt, dann weißt du, dass es nicht wirklich ist. Ich meine jemanden, der sich einfach zu dir setzt und dir Dinge so erzählt, als ob sie sich gerade auf dem Heimweg ereignet hätten. Ich hatte so einen Onkel. Einmal fuhr er zum Beispiel geschäftlich nach Rom, und als er wiederkam, hat er mir von einem Gebäude erzählt, das wie der Himmel bei Nacht sei. So groß, dass du, selbst wenn du davor stehst, nicht glauben kannst, dass du es wirklich siehst. Doch es sei vollkommen nutzlos, sagte er. Es hat kein Dach und keinen Fußboden, nur Hunderte von Steinbögen, die übereinander getürmt sind wie eine Gruppe Akrobaten. So beschrieb er mir das Kolosseum.«

Er drehte das Fenster runter und warf seine Zigarette hinaus.

»Einmal kam er zu spät bei uns zu Hause an. Er erzählte mir, dass ihm, als der Vaporetto anlegte, aufgefallen sei, dass etwas damit nicht stimmte. Das Boot lag viel zu tief im Wasser, fast auf einer Höhe mit der Wasseroberfläche, die Decks waren überflutet. Es machte keinerlei Geräusch und schien sogar noch die Geräusche aus der Umgebung aufzunehmen, wie ein Schwamm Wasser aufsaugt. Die Leute, die dort warteten, stiegen alle in dieses seltsame Boot, bis auf meinen Onkel. Ich fragte ihn, weshalb er nicht mit den übrigen Fahrgästen an Bord gegangen sei. Weil das die Todesfähre war, sagte er und erklärte mir, dass die Leute, die diese Fähre besteigen, in einer anderen Welt ankommen und in unserer Welt nie wieder gesehen würden. Um uns herum ist noch eine andere Stadt, sagte er. Wir können sie zwar nicht sehen, aber es führen immer Wege hinein, auch wenn es keinen Weg heraus gibt. Jeder, der eine bestimmte Fähre besteigt, oder eine bestimmte Straße hinuntergeht, oder ein bestimmtes Gebäude betritt, oder durch eine bestimmte Tür geht, verschwindet für immer in dieser anderen Stadt.«

Ellen sah ihn mit einem Ausdruck an, den er noch nie an ihr bemerkt hatte. Einen Augenblick lang fragte er sich, ob er das Richtige tat. Aber auf merkwürdige Weise schien die Entscheidung nicht mehr in seiner Hand zu liegen.

»Die Geschichten meines Onkels klangen unwahrscheinlich, aber sie stellten sich immer als wahr heraus. Diese andere Welt existiert tatsächlich, und 1978 bin ich ahnungslos in sie hineingetappt.«

Der Wind wehte heftig um das kleine Auto und raste weiter über eine weite Fläche, deren langes, braunes Gras noch vom Schnee des letzten Winters niedergedrückt war.

»Ich war damals in der für Entführungen zuständigen Abteilung der Kriminalpolizei. Man hielt ziemlich viel von mir. Die Zentrale in Rom gehört zusammen mit Mailand und Neapel zu den begehrtesten Dienststellen im Lande, und eine Versetzung dorthin ist schon eine Auszeichnung. Ich hatte mich über eine Reihe von Stellen in diversen Provinzzentralen so weit hochgearbeitet. Meine Beförderung zum Vicequestore schien sicher zu sein, und die allgemeine Meinung war, dass ich es schließlich zum Questore bringen könnte, wenn ich geschickt vorginge. Als die Roten Brigaden Moro entführten, wurden wir alle in die Ermittlungen eingespannt, unter Leitung der politischen Abteilung. Das erste, was uns auffiel, war, dass es anscheinend so gut wie keine Informationen gab, auf die man sich stützen konnte. Trotz all des Geldes, das die Politischen seit Jahren eingesackt hatten und für alle anderen schon immer ein wunder Punkt war, behaupteten sie, sie hätten – abgesehen von ein paar vereinzelten Beschreibungen und Fotografien – keinerlei Material über die Terroristen. Es war kaum zu glauben. Da war Aldo Moro, ein ehemaliger Ministerpräsident, der Vorsitzende der Democrazia Cristiana und einer der mächtigsten und einflussreichsten Männer Italiens, in den Händen der bekanntesten Vereinigung politischer Extremisten, und alles was die Leute, die für die Bekämpfung des politischen Extremismus zuständig waren, uns sagten, war, dass wir nichts weiter tun könnten als aufs Geratewohl Haussuchungen durchzuführen. Also haben wir das getan, und gleichzeitig sind wir verschiedenen falschen Spuren nachgejagt, die irgendjemand für uns auslegte, um uns in Bewegung zu halten. Dann rief mich eines Tages einer meiner Inspektoren, ein Mann namens Dario Carella, an und behauptete, er habe einen der möglichen Terroristen gesehen. Carella war dem Mann zu einer Apotheke auf der Piazza della Radio gefolgt und anschließend weiter bis zu einer Bushaltestelle. Doch der Verdächtige musste ihn bemerkt haben, denn er hielt plötzlich ein vorbeifahrendes Taxi an und war auf und davon. Carella hatte sich die Nummer des Taxis aufgeschrieben, und wir fanden heraus, dass es den Mann vor dem San-

Gallicano-Krankenhaus in Trastevere abgesetzt hatte. In der Zwischenzeit war Carella in der Apotheke gewesen, um herauszufinden, was der Verdächtige gekauft hatte. Das Ergebnis war sehr interessant. Das Rezept war gefälscht, und die aufgeführten Medikamente gehörten allesamt zu denen, die regelmäßig von Aldo Moro benutzt wurden. Abgesehen davon, dass er an der Addisonschen Krankheit litt, war Moro ein bisschen hypochondrisch und nahm eine Menge Medikamente. Er hatte zwar einen gewissen Vorrat bei sich, als er entführt wurde, doch der musste inzwischen aufgebraucht sein. Es sah so aus, als ob einer von seinen Entführern losgeschickt worden war, um Nachschub zu besorgen. Die politische Abteilung wurde davon in Kenntnis gesetzt und das Krankenhaus ordnungsgemäß abgeriegelt und durchsucht, doch es gab keine Spur von dem Mann. Als Nächstes haben wir alle Häuser in der Umgebung systematisch abgesucht. Daran wirst du dich vermutlich erinnern.«

»Und ob! Die haben mir fast die Wohnung zertrümmert.«

»Das hat auch nichts gebracht. Aber Carella hatte eine Idee. Die Bushaltestelle, an der der Verdächtige auf der Piazza della Radio gestanden hatte, wird von drei Linien angefahren, der 97, 97C und 128. Und genau um die Ecke beim San-Gallicano-Krankenhaus, auf der Piazza Sonnino, ist die Endhaltestelle der Linien 97 und 97C. Mal angenommen, der Verdächtige nahm das Taxi tatsächlich, um Carella loszuwerden, stieg dann am Krankenhaus aus, um mögliche Verfolger weiter zu verwirren, ging um die Ecke zur Endhaltestelle und fuhr mit dem Bus zu seinem ursprünglichen Ziel? In diesem Fall wäre das nicht Trastevere gewesen, sondern einer der südlichen Stadtteile, zu denen die beiden Busse fahren, also Portuense oder EUR. Carella erläuterte mir seine Idee, und ich fand es lohnend, dem nachzugehen. Schließlich hatten wir ja auch nicht gerade eine Fülle von weiteren Anhaltspunkten. Also ging ich nach oben und schlug vor, dass wir die Häuser in den beiden Gebieten systematisch durchsuchen sollten. Das war nicht besonders originell. Es war eine reine Routinemaßnahme, ein bloßer Versuch, und ich war sehr erstaunt, als ich hörte, dass der Vorschlag abgelehnt worden war. Als ich die Entscheidung anzweifelte, wurde mir gesagt, sie wäre auf höchster Ebene getroffen worden, aufgrund von Informationen, die mir nicht zugänglich seien.«

Er versuchte, mit der Fingerspitze einen Fleck von der Windschutzscheibe zu entfernen, aber er war außen.

»Nun gut, ich fand die Entscheidung zwar etwas verwunderlich, aber ich wusste seit Langem, dass ich bald unter chronischer Schlaflosigkeit leiden würde, wenn ich mich von solchen Dingen um den Schlaf bringen ließe. Aber Carella war nicht so phlegmatisch. Er kam aus dem Süden und war ein frommer Katholik, wie Moro selbst. Ich glaube, er fühlte sich schuldig, weil er nicht mehr aus der bisher besten Chance, seinen Helden zu retten, gemacht hatte. Kurz gesagt, er steigerte sich ein bisschen in die Sache hinein und konnte die Entscheidung nicht akzeptieren, die Spur nicht weiter zu verfolgen. Jedenfalls nehme ich das an. Wir haben nicht darüber gesprochen, und als er am nächsten Morgen nicht zum Dienst erschien, dachte ich, er würde einfach schmollen. Doch an jenem Abend rief mich ein anderer Inspektor an und erzählte mir, dass Carella in Portuense von einem Auto angefahren worden sei und im Krankenhaus liege. Zufälligerweise war es das San-Gallicano-Krankenhaus. Als ich dort hinkam, war er bereits tot.«

Er sah durch eine klare Stelle der Windschutzscheibe zu den Wolken hinauf, die sich langsam und friedlich oben am Himmel bewegten. Der Wind musste dort viel schwächer sein, nicht wie dieses unaufhörliche Tosen um sie herum.

»Was jetzt kommt, kann ich nur schwer erklären. Denn anstatt das Ganze auf sich beruhen zu lassen, habe ich mich eingemischt. Ich weiß nicht, warum. Ich habe mich das seitdem immer wieder gefragt. Dario Carella war kein Verwandter von mir, noch nicht mal ein Freund. Eigentlich mochte ich ihn überhaupt nicht besonders. Und dennoch habe ich alles aufs Spiel gesetzt, worauf ich hingearbeitet hatte, jegliche Hoffnung auf das, was ich in einer wirklichen Machtposition tun könnte, und zwar für etwas, das ganz offensichtlich von Anfang an zum Scheitern verurteilt war. Das lässt mir keine Ruhe, ganz ehrlich. Ich habe mich immer für einen vernünftigen Menschen gehalten, und trotzdem habe ich mich dazu hinreißen lassen. Ich kann nicht verstehen, weshalb.«

Ellen lachte, es war ein kurzes und freudloses Lachen. »Mein Gott, Aurelio, ich kann es nicht glauben!«

»Was kannst du nicht glauben?«

Ihr Gesichtsausdruck wurde undurchdringlich. »Nichts. Erzähl weiter.«

Anscheinend hatte er schon wieder etwas falsch gemacht. »Am nächsten Tag befragte ich die Busfahrer. Wie ich vermutet hatte, war Carella bereits vor mir da gewesen. Einer der Männer, mit denen ich sprach, sagte, dass ein Kollege von ihm den verdächtigen Terroristen auf einem Foto erkannt habe, das Carella ihm gezeigt hatte. Ich ließ mir die Adresse dieses Kollegen geben, um mich mit ihm zu unterhalten. Als ich auf sein Haus zuging, sprangen zwei bärtige, junge Männer in Jeans und Pullover aus einem Auto und liefen auf mich zu. Zuerst glaubte ich, es wären Terroristen, aber ich hatte unrecht, es waren Detektive aus der politischen Abteilung. Sie fuhren mich zurück zum Ministerium, wo ich von einem Beamten befragt wurde, den ich noch nie gesehen hatte, einem Oberst. Wir waren in einem kleinen, stickigen Zimmer, und doch spürte ich ganz deutlich eine Kälte in der Luft, wie ein Durchzug, und ich wusste, dass das aus jener anderen Welt kommen musste, von der mir mein Onkel erzählt hatte, und dass die Schwelle dorthin hier ganz in der Nähe war. Der Oberst wollte wissen, was ich getan hatte und mit wem ich gesprochen hatte. Das war eine heikle Angelegenheit. Einerseits musste ich die Aussage des Busfahrers anführen, um meine eigene Argumentation zu stützen, dass nämlich Carella auf einen eventuellen Hinweis auf Moros Aufenthaltsort gestoßen war. Andererseits befürchtete ich, dass der Fahrer möglicherweise unter einem Bus landen würde, statt hinter dem Lenkrad zu sitzen, wenn ich seine Aussage zu sehr in den Vordergrund rückte. Schließlich sagte man mir, ich solle nach Hause gehen und abwarten. Am nächsten Tag erhielt ich ein Telegramm, in dem man mir mitteilte, mein Antrag auf Versetzung in ein Büro des Innenministeriums sei bewilligt worden. Ich hatte natürlich nie so einen Antrag gestellt.«

Es folgte ein längeres Schweigen, nur unterbrochen von dem ständigen Tosen des Windes, der immer stärker zu werden schien.

»Sollen wir fahren?«, fragte Ellen.

Sie ließ den Motor an, ohne eine Antwort abzuwarten, und fuhr langsam auf der kurvenreichen Strecke den Berg hinunter. »Die Roten Brigaden hielten Moro tatsächlich in Portuense gefangen, oder?«, bemerkte sie plötzlich.

»In einer Parterrewohnung in der Via Montalcini. Ungefähr vier Häuserblocks von der Stelle entfernt, an der Dario Carella überfahren wurde.«

Sie sprach erst wieder, als sie bereits die Stadtmauer von Assisi erreicht hatten. »Es macht keinen Sinn, ich verstehe es nicht. Ich werde es nie verstehen. Warum sollten sie zulassen, dass er getötet wird? Das ist doch völlig unsinnig! Schließlich war er einer von ihnen.«

»Vielleicht war er das nicht mehr. Vielleicht haben sie es nur nicht gewusst, bevor er entführt wurde. Vielleicht haben sie erst, als er nicht mehr da war, gemerkt, dass sie ohne ihn besser dran sind. Der Rattenkönig reguliert sich selbst, er reagiert automatisch und effektiv auf jede Situation.«

Sie wandte ihren Blick einen Moment von der Straße ab und sah ihn an. »Was redest du da von Ratten?«

»Ach nichts. Ich habe nur zu erklären versucht, wie es dazu kam, dass Miletti ermordet wurde.«

»Miletti?«

»Ich meine Moro.«

»Wie viel hast du getrunken?«

»Genug, um einen Kaffee vertragen zu können.«

Sie hielten in einem Dorf, dessen Häuser an der flachen, geraden Straße zwischen Assisi und Perugia aufgereiht waren. Es war windstill und die Luft angenehm warm. Das Café war ein grelles, modernes Bauwerk, in dem lauter alte Männer saßen und Karten spielten.

»Ich werde noch heute Nachmittag zurückfahren«, sagte Ellen, als sie von allen Seiten beobachtet wurden.

Ihr Besuch war kein Erfolg gewesen. Der Grundstoff ihrer Beziehung, die DNS selbst, schien kaputtgegangen zu sein. Solange dieser Zustand andauerte, erschöpfte die zusammen verbrachte Zeit ihren Vorrat an gemeinsamen Erfahrungen mehr, als sie ihn auffüllte. Die Entfremdung wurde größer als bei einer tatsächlichen Trennung.

»Ich werde bald zurück sein«, sagte er, »und dann vergessen wir das alles und machen es uns wieder richtig schön.«

In Perugia setzte sie ihn gegenüber der Questura ab. Als er sich hinunterbeugte, um sie zu küssen, merkte Zen, dass ihre Wangen feucht waren. »Warum weinst du?«

Sie schüttelte den Kopf. »Ich habe Angst.«

»Wovor?«

»Vor allem.«

»Du brauchst keine Angst zu haben. Es wird alles wieder gut.«

Er blieb stehen und wartete, bis das kleine Auto verschwunden war, so als ob sich Ellen auf eine lange und gefährliche Reise begäbe, von der sie möglicherweise nie mehr wiederkäme.

9

Gegen Ende des Krieges waren eines Tages fünf Kriegsschiffe in der Lagune vor Venedig aufgetaucht. Sie blieben ein paar Wochen miteinander vertäut dort liegen, wie eine neue Insel zwischen der Stadt und dem Lido, und eines Tages waren sie wieder verschwunden. Im Nachhinein wurde Zen klar, dass es sich um amerikanische Kriegsschiffe eines veralteten Typs gehandelt haben musste, die darauf warteten, verkauft oder verschrottet zu werden, doch damals erschien ihre ein wenig bedrohliche Gegenwart als reine Herausforderung. Als sein Freund Tommaso ihn aufstachelte, an Bord eines dieser Schiffe zu gehen, war er natürlich gleich dabei.

Von Nahem gesehen waren sie so groß wie Kirchen. Sie bestanden aus großen, massiven Platten, waren grob mit grauer Farbe angestrichen und mit schwarzen Zahlen versehen, die so riesig waren, dass man sie nicht lesen konnte. Nur das letzte Schiff war symbolisch mit einem Wachtposten besetzt. Der schwierigste Teil des Unternehmens bestand darin, sich in einen der schmalen Durchgänge zwischen den Schiffen zu wagen, wo ziemlich starker Wellengang herrschte, ihr winziges Boot am Ankertau zu befestigen und dann an diesem hinauf an Deck zu klettern. Den übrigen Tag verbrachten sie in einer fremden Welt aus Rohren, Messgeräten, Schaltern, Hebeln und unverständlichen Zeichen – Entdecker einer zerstörten Stadt.

Nachdem der größte Teil des Personals um zwei Uhr nach Hause gegangen war, war für die Angestellten im Staatsdienst der Arbeitstag zu Ende, herrschte in der Questura fast wieder jene Atmosphäre von Verlassenheit, die Zen immer als sehr angenehm empfunden hatte. Die Zimmer und Flure waren leer bis auf ein paar ältere Frauen, die das männliche Chaos aus verstreuten Zeitungen, schmutzigen Kaffeetassen, überquellenden Aschenbechern und einem angebissenen Butterbrot hier und da aufräumten. Sie waren noch nicht bis zu Zens Büro vorgedrungen, aber jemand anders war da gewesen, denn auf seinem Schreibtisch lag ein Telegramm.

Obwohl er die ganze Zeit damit gerechnet hatte, war es dennoch ein Schock. Er steckte es ungeöffnet in die Tasche und blätterte mechanisch in dem Bericht über die Laboruntersuchungen, die er inoffiziell an der Fiat-Argenta-Limousine hatte durchführen lassen, die Gilberto Nieddu während Ruggiero Milettis Beerdigung vor dem Friedhof gestohlen und in der Nähe des Tatorts abgestellt hatte. Er hatte alle seine Hoffnungen darauf gesetzt, dass diese Untersuchungen ihm eindeutiges Beweismaterial liefern würden, das er der Untersuchungsrichterin Rosella Foria vorlegen könnte. Doch als der Brief an diesem Morgen angekommen war, war er bitter enttäuscht.

Zwar stimmten die drei Pirellis und der einzelne Michelin an dem Wagen »vom Typ und der Konstellation her generell« mit den am Tatort gefundenen Abdrücken überein, wie er bei seinem Besuch in der SIMP-Garage bereits festgestellt hatte. Da jedoch keine »spezifischen Unterscheidungsmerkmale« vorhanden waren, war eine eindeutige Identifikation nicht möglich, während die Bodenproben, die man gefunden hatte, »mit den in der ganzen Gegend verbreiteten Sorten übereinstimmten«. Was das Wageninnere anging, so hatte der Mechaniker gute Arbeit geleistet. Das Einzige, was man gefunden hatte, waren nicht weiter bestimmbare Spuren von Farbe und Staub, ein bisschen Zigarettenasche, ein paar gelbe Nylonfäden und eine 50-Lire-Münze, die heruntergefallen und neben der Halterung des Sitzes stecken geblieben war, dessen Metallverkleidung sie vor der Düse von Massimos Staubsauger bewahrt hatte. Kurz gesagt, da war nichts, was Rosella Foria davon überzeugen könnte, dass es gute Gründe gäbe, diesen Ermittlungsansatz weiterzuverfolgen, wenn man dabei gleichzeitig zugeben müsste, dass die Milettis unter Verdacht stünden. Um das zu rechtfertigen, brauchte man viel mehr als die paar vagen Sätze aus dem Bericht und die konfusen Aussagen einer einzigen Zeugin. Man brauchte im Grunde ein Foto, auf dem zu sehen wäre, wie einer aus der Familie die Waffe abdrückt. Und das müsste ein verdammt gutes Foto sein, und selbst dann wäre es immer noch das Klügste, das Foto zu zerreißen, die Schnipsel zu verbrennen und zu vergessen, dass man so etwas je gesehen hatte.

Die Tür ging auf, und ein grauhaariger Kopf, um den ein grünes Tuch gewickelt war, tauchte darin auf. Im selben Augenblick fing das Telefon an zu klingeln.

»Könnte ich bitte Kommissar Aurelio Zen sprechen?«

Es war eine kühle und distanzierte Frauenstimme.

»Am Apparat.«

»Hier ist Rosella Foria, Untersuchungsrichterin. Ich muss mit Ihnen sprechen. Könnten Sie bitte in mein Büro kommen?«

Die Putzfrau war schon heftig bei der Arbeit und fuhr mit ihrem Mop geräuschvoll durch die Ecken des Zimmers.

»Jetzt?«

»Wenn es Ihnen recht ist.«

Ihr Ton machte deutlich, dass er besser käme, auch wenn es ihm nicht recht sein sollte.

»Hier stinkt!«, bemerkte die Putzfrau, nachdem er aufgelegt hatte.

»Was?«

»Er kann seine Pisse nicht halten.«

Ihr Akzent war so breit, dass Zen sie kaum verstehen konnte.

»Ich rubbele und schrubbe von morgens bis abends, aber es nützt nichts, alles stinkt.«

Sie deutete auf das Kruzifix, das Lucaroni besorgt hatte. »Er hängt da und macht den ganzen Tag Dolcefarniente, und dann wird auch noch von uns erwartet, dass er uns leidtut! Ich wünsche nur, wir könnten mal miteinander tauschen, weiter nichts. Eine halbe Stunde so leben wie ich, und er würde wünschen, er hinge wieder gemütlich an seinem hübschen Kreuz, das können Sie mir glauben.«

Ausnahmsweise nahm Zen Palottinos Angebot, ihn in die Stadt zu fahren, an. Unterwegs vergnügte er sich damit, in Gedanken einen glaubhaften Beweis gegen Cinzia Miletti zu konstruieren. Die Waffe, mit der man Ruggiero getötet hatte, war vom gleichen Kaliber wie die auf ihren Namen eingetragene Pistole. Die alte Salatfrau hatte ausgesagt, dass die Fahrerin des Fiats blonde Haare hatte. Cinzia behauptete, sie sei nach Perugia gefahren, um sich mit Ivy Cook zu treffen. Aber Zen hatte festgestellt, dass sie ihn im Zusammenhang mit der Kopie von Ruggieros Brief angelogen hatte, und das mit der Absicht, den Verdacht auf Ivy zu lenken. Cinzia hätte durchaus die Verabredung in der Stadt arrangieren, dann an dem Mann, der ihre Unschuld missbraucht hatte, Rache nehmen und erst dann nach Perugia fahren können, wo sie das Glück hatte, zufällig auf Zen zu treffen und damit ihr Alibi zu untermauern. Sie hatte das Motiv, die Mittel und die Gelegenheit. Wäre ihr Nachname nicht Miletti gewesen, hätte man längst ihre kleine Pistole überprüft und sie im Einzelnen über die Zeit befragt, in der sie angeblich auf Ivy gewartet hatte. Bei einer Gegenüberstellung hätte man überprüft, ob die Zeugin, die den blauen Fiat und die blonde Frau gesehen hatte, sie wiedererkennen würde. Doch wie die Dinge lagen, kam das überhaupt nicht infrage. Luciano Bartocci hätte es vielleicht riskiert, und aus diesem Grund war er abgelöst worden. Rosella Foria würde nicht den gleichen Fehler machen. Wenn nur einer von diesen Nylonfäden, die man auf dem Boden des SIMP-Fiats gefunden hatte, ein blondes Haar gewesen wäre, dachte Zen. Aber Haare sind entweder hell oder gelb, hatte ihm Lucaroni erklärt. Das klang wie eine Zeile aus einem Pop-Song, und er murmelte sie immer wieder vor sich hin, während das Auto über das Kopfsteinpflaster der Piazza Matteotti holperte.

Rosella Foria entpuppte sich als recht korrekt gekleidete, zerbrechlich wirkende Frau Anfang dreißig. Obwohl sie mit der angemessenen Autorität auftrat, schien ihr Gesicht Zustimmung zu suchen. Ihr Büro war fast identisch mit Bartoccis, aber im Gegensatz zu diesem tadellos sauber und aufgeräumt.

»Zwei Dinge möchte ich mit Ihnen besprechen, Commissario«, begann sie. »Das erste geht um ein Auto, das der Familie Miletti gehört und – wie ich informiert bin – von der Polizei beschlagnahmt worden ist.«

Zen hatte mit so etwas gerechnet.

»Vor zwei Tagen erhielt ich die Meldung, dass eine blaue Fiat-Argenta-Limousine in der Nähe des Tatorts verlassen aufgefunden worden sei«, antwortete er. »Da ein solches Auto von einer Zeugin zur Tatzeit in der Nähe dieser Stelle gesichtet worden war, bin ich ganz routinemäßig vorgegangen und habe das Fahrzeug zu einer Analyse ins Labor geschickt, um jeglichen Verdacht auszuschließen.«

»Sie haben jedoch die Staatsanwaltschaft von diesem Schritt nicht informiert. Warum?«

Trotz ihres unnachgiebigen Tons lächelte sie noch immer. Zen war an den Umgang mit Männern gewöhnt, deren Signale durch jahrhundertelanges, aggressives Zurschaustellen ritualisiert und deshalb klar und leicht zu verstehen waren. Doch Rosella Foria war gänzlich unbelastet von solchen Traditionen.

»Weil dieses Fahrzeug nur rein äußerlich dem von der Zeugin erwähnten entsprach, sah ich keinen Grund, als Erstes eine eindeutige Identifikation vorzunehmen.«

Die Richterin zog ihre säuberlich gezupften Augenbrauen zusammen. »Ich verstehe nicht, wie Sie die Bedeutung Ihrer Handlung für die laufenden Ermittlungen übersehen konnten, angesichts der Tatsache, dass das Auto der Familie Miletti gehörte.«

»Das habe ich nicht gewusst.«

Rosella Forias Gesichtsausdruck verfinsterte sich. »Wollen Sie damit etwa sagen, Sie haben versäumt festzustellen, auf wen das Fahrzeug zugelassen ist?«

»Ganz im Gegenteil, das war das Erste, was ich getan habe. Dabei stellte sich heraus, dass das Fahrzeug auf einen Fiat-Händler zugelassen ist. Aus dem, was Sie mir gerade gesagt haben, schließe ich, dass es eins von den Autos war, die von der Familie Miletti geleast und von der Familie benutzt werden.«

»Sie sind nicht auf die Idee gekommen, sich mit dem Händler in Verbindung zu setzen?«

»Das hätte ich selbstverständlich getan, wenn die Untersuchungen zu eindeutigen Ergebnissen geführt hätten. Doch dem war nicht so. Sie gaben nichts her.«

Sie sah ihn lange und eindringlich an. Ihm fiel auf, dass ihre Schultern sich entspannten, und er wusste, es würde gut gehen. Ob sie ihm nun glaubte oder nicht, die Hauptsache war, dass er ihr eine Version erzählt hatte, die sie an Di Leonardo und an die Milettis weitergeben konnte. Damit war sie aus dem Schneider. »Jedenfalls ist es sehr bedauerlich, dass das passiert ist. Ich brauche Ihnen wohl kaum zu sagen, dass die Familie sehr verärgert ist.«

Zen brauchte sich nicht zu erkundigen, wie die Milettis davon erfahren hatten. Wie jede mächtige Familie hatten sie eine Kontaktperson bei der Polizei.

»Das Auto wurde anscheinend vor dem Friedhof gestohlen,

während sie alle bei der Beerdigung ihres Vaters waren«, fügte die Richterin hinzu und beobachtete ihn aufmerksam.

Zens graue Augen blieben undurchdringlich und starr.

»Vermutlich haben ein paar junge Leute es für eine Spritztour geklaut und dann stehen lassen.«

»Schon möglich. Auf jeden Fall können wir diesen Zwischenfall als erledigt betrachten. Doch in der augenblicklichen Situation müssen weitere Missverständnisse dieser Art unter allen Umständen vermieden werden. Ich möchte Ihre Zusicherung, dass Sie keine weiteren Schritte unternehmen, ohne sie vorher mit mir zu besprechen.«

»Wollen Sie damit sagen, dass ich meine Befugnisse überschritten habe?«

Er wusste natürlich sehr gut, dass sie das nicht wollte, genauso wie er zugleich wusste, was sie wollte, nämlich ihm sagen, er möge die juristischen Feinheiten vergessen und bitte bloß keinen Finger ohne ihre Zustimmung rühren, weil in dieser kritischen Situation so viel auf dem Spiel stand.

»Ich glaube, dass wir uns hier nicht so sklavisch an den Buchstaben des Gesetzes halten sollten«, fuhr sie in versöhnlichem Tonfall fort und fingerte an ihrer einreihigen Perlenkette herum, die über dem Ausschnitt ihrer Benetton-Strickjacke baumelte. »Es geht darum, die Gefühle der Leute nicht durch übereilte oder unüberlegte Gesten zu verletzen, einer Familie, die gerade eines ihrer Mitglieder unter sehr erschütternden Umständen verloren hat, nicht noch mehr Schmerz zuzufügen. Und dies sollte insbesondere nicht durch Maßnahmen geschehen, die offensichtlich überflüssig und irrelevant für die Ergreifung derjenigen sind, die dieses Verbrechen zu verantworten haben.«

»Aber genau das war in diesem Fall nicht so offensichtlich«, wandte Zen ein. Auch wenn ihm der unumstößliche Beweis fehlte, auf den er gehofft hatte, so war es doch an der Zeit, dieser Frau ein wenig die Augen zu öffnen, und sie auf Möglichkeiten hinzuweisen, die sie dabei war, unter den Teppich zu kehren. »Im Gegenteil. Soweit ich zurückdenken kann, ist es noch nie vorgekommen, dass Verbrecher einen Anschluss angerufen haben, von dem sie wussten, dass er überwacht wurde, um mitzuteilen, wo sich der Körper eines Mannes befindet, den sie gerade umgebracht haben. Wenn sie Miletti umbringen wollten, warum haben sie das nicht in den Bergen getan oder wo auch immer sie ihn gefangen hielten? Warum sollten sie riskieren, ihn an einen Ort in der Nähe von Perugia zu bringen, nur um ihn zu erschießen?«

Die Untersuchungsrichterin rückte den Stapel Papiere vor sich auf dem Schreibtisch sorgfältig gerade, sodass die Ränder eine Linie bildeten. »Wenn ich wollte, könnte ich diesen Einwänden einen viel stichhaltigeren entgegensetzen. Sie scheinen zu vergessen, dass Dottor Miletti fast vierundzwanzig Stunden vor dem Anruf, der uns von seiner Freilassung in Kenntnis setzte, ermordet wurde. Während dieser Zeit wussten nur die Entführer, wo er war. Wie hätte da jemand anders das Verbrechen begehen können? Doch das ist unerheblich. Ich hatte gesagt, dass ich zwei Dinge mit Ihnen besprechen wollte. Das erste betraf das Auto der Milettis. Das zweite ist, dass die Carabinieri in Florenz ein paar Männer festgenommen haben, von denen man annimmt, dass sie zu der Bande gehören, die Ruggiero Miletti entführt und ermordet hat. Ich fahre morgen hin, um sie offiziell zu vernehmen. Man hat mir mitgeteilt, dass sie bereits ein vollständiges Geständnis abgelegt haben.«

Das war allerdings etwas anderes, das war Realität. Zen kam sich vor wie ein Kind am Strand, dessen Sandburg unter der ersten großen Welle einstürzte. Insofern war es durchaus angemessen, dass Rosella Forias abschließende Worte beinah mütterlich klangen.

»Nehmen Sie es nicht so tragisch, Commissario. Es ist schade, dass Ihre Bemühungen hier nicht von Erfolg gekrönt waren. Doch wenn Sie erst wieder in Rom sind, können Sie sich bestimmt voller Energie auf neue Aufgaben stürzen.«

Sobald er draußen war, nahm Zen das Telegramm aus der Tasche, das in der Questura auf seinem Schreibtisch gelegen hatte. Wie erwartet kam es vom Ministerium. Man teilte ihm mit, dass seine vorübergehende Versetzung am Freitag um Mitternacht beendet sei und dass er am Montagmorgen um acht Uhr wieder seinen normalen Dienst im Ministerium aufnehmen solle.

Mindestens eine Minute lang stand er bewegungslos an der Bordsteinkante und nahm das Leben und Treiben um sich herum überhaupt nicht wahr. Dann knüllte er das Telegramm zusammen, ging zurück zum Alfetta und machte Palottino überglücklich, indem er ihn aufforderte, so schnell wie möglich nach Florenz zu fahren.

In der Carabinieri-Zentrale in Florenz wurde Zen mit soviel höflichem Misstrauen empfangen, wie er erwartet hatte. Als er ankündigte, dass er wichtige Informationen über den Fall Miletti hätte, wurde er eine Etage höher gebracht und einem jungen Offizier von aristokratischer Erscheinung und gelangweiltem Gehabe übergeben, der jegliche persönliche Beteiligung an dem, was Zen als »diesen großartigen Coup« bezeichnete, verneinte.

»Es war ein Tipp, nehme ich an«, bemerkte Zen.

Kapitän Rivolta deutete ein Nicken an. »Von einer sardischen Bande, habe ich gehört. Der übliche Fall von Rivalität.«

Rivolta signalisierte auf dieselbe zurückhaltende Art seine Zustimmung. »Zwei Brüder. Sie leiteten ein Einrichtungshaus und wuschen das Lösegeld, indem sie es unter die Einnahmen aus dem Geschäft mischten. Die Verhandlungen haben sie selbst geführt, und sie haben auch den Vertreter der Milettis umgebracht. Offenbar hatte er einen von ihnen während der Verhandlungen gesehen.«

Zen nickte wissend. Soweit läuft alles ganz gut, dachte er. Der junge Kapitän entspannte sich merklich.

»Nun ja, mir wurde gesagt, Sie hätten Informationen für mich«, murmelte Rivolta.

»Nein, das habe ich nur denen da unten erzählt.«

Zum ersten Mal schien Kapitän Rivolta vollkommen wach zu werden.

»Ich möchte die Gefangenen sehen«, erklärte Zen.

»Ich fürchte, das könnte ein bisschen schwierig sein. Wie Ihnen zweifellos bekannt ist, müssen Anträge zur Genehmigung einer Vernehmung auf dem Dienstweg eingereicht werden.«

»Das ist richtig. Ich möchte sie auch gar nicht vernehmen, ich möchte ihnen eine Tracht Prügel verpassen.«

Das überlegene Lächeln des jungen Offiziers gefror auf der Stelle, als ob er nicht genau wüsste, was er damit tun sollte.

»Ihnen eine Tracht Prügel verpassen«, wiederholte er mechanisch.

»Genaugenommen nur einem von ihnen. Und zwar dem, der mich als dreckiges Bullenarschloch bezeichnet hat, als sie mich während der Geldübergabe in ihrer Gewalt hatten, da oben in den Bergen. Dem, der mir in die Eier und ins Gesicht getreten und mich dann meinem Schicksal überlassen hat. Wenn Ihre Männer – Gott segne sie – nicht gekommen wären und mich gerettet hätten, dann wäre ich tatsächlich krepiert! Rufen Sie sie doch an, wenn Sie mir nicht glauben!«

Der Kapitän hob beschwichtigend die Hände, und Zen lächelte verlegen. »Nun gut, vielleicht verstehen Sie jetzt, weshalb ich sofort hierhergekommen bin, als ich hörte, dass Sie die Schweine geschnappt hätten. Nur fünfzehn Minuten, das ist alles, worum ich Sie bitte.«

»Also wissen Sie, ich bin nicht sicher, ob ich Ihnen wirklich erlauben kann ...«

»Man wird ihm nichts ansehen.«

»Möglicherweise nicht, aber ...«

»Ich habe so etwas schön häufiger gemacht.«

»Ja, das glaube ich Ihnen. Aber es geht doch darum ...«

Zen schoss aus seinem Stuhl empor. »Es geht darum, diesen verdammten Schweinehunden beizubringen, die Obrigkeit zu respektieren, Capitano, einzig und allein darum geht es hier! Beim nächsten Mal könnten Sie da draußen liegen, denken Sie daran. Jetzt, wo die Politiker die Todesstrafe abgeschafft haben, was haben diese Schweine da noch zu verlieren? Unsereins, wir müssen zusammenhalten, Capitano, uns selbst zu helfen wissen. Nur fünfzehn Minuten, mehr verlange ich nicht.«

Rivolta starrte Zen ganz offensichtlich fasziniert an. »Sind Sie sicher, dass man nichts davon sehen wird?«, murmelte er.

Zen lächelte unangenehm. »Ich sage es immer wieder: Die, die man nicht sieht, schmerzen am meisten.«

Der Flur war kerzengerade, gleichmäßig beleuchtet und anscheinend endlos. In regelmäßigen Abständen befanden sich auf beiden Seiten Stahltüren. Zen war unbewusst mit seinem Begleiter in Gleichschritt verfallen, sodass ihre Schritte im selben Rhythmus auf dem Betonfußboden hallten. Schließlich blieb der Sergeant stehen, zog einen Schlüsselbund hervor und schloss eine der Türen auf. Zens Nase reagierte gereizt auf den Geruch, der ihnen entgegenschlug. Eine Mischung aus Schafsgestank, Rauch, Schmutz und Schweiß überlagerte den antiseptischen Geruch, den er so lange nicht wahrgenommen hatte, bis er unter diesem Schwall von Gerüchen aus einer anderen Welt unterging.

In der Zelle waren zwei Männer, einer lag auf dem Etagenbett, der andere lehnte gegen die Wand. Sie starrten die beiden Eindringlinge an. Der Carabinieri-Sergeant nahm ein Paar Handschellen und ließ sie mit geübter Leichtigkeit um die Handgelenke des Mannes auf dem Bett zuschnappen.

»Steh auf, du Scheißkerl«, sagte er ohne jede Feindseligkeit.

Er packte mit Zeigefinger und Daumen den linken Ellbogen des Mannes und schob ihn zur Tür. Der Mann zuckte zusammen und sagte etwas in Dialekt zu dem anderen Gefangenen. Dann schlug die Tür zu, und sie gingen wieder, diesmal zu dritt, im selben klopfenden Rhythmus den Flur entlang.

Sie passierten eine Reihe von Türen, die wie eine Art Luftschleuse waren und die Zellen von den übrigen Teilen des Gebäudes trennten. Der Gefangene ging nach Meinung des Sergeanten nicht schnell genug, und er brachte ihn erneut zum Zusammenzucken, obwohl der einzige Kontakt zwischen beiden in dem Zweifingergriff am Ellbogen des Gefangenen bestand. Sie wandten sich nach links und gelangten durch eine Pendeltür in eine kleine Turnhalle.

»Jesus!«, stöhnte der Kalabrese.

Der Sergeant führte ihn zu einer Sprossenwand. »Du wirst verdammt noch mal nur dann reden, wenn du gefragt bist, und sonst nicht«, erklärte er.

»Aber wir ha'm doch schon alles gesagt!«

»Das verstehst du nicht«, sagte der Sergeant. »Das war die Arbeit. Jetzt kommt das Vergnügen.«

Er wirbelte den Gefangenen herum, öffnete die Handschellen auf einer Seite, legte sie um den Balken einer Sprossenwand, sodass die Handschellen ihm die Arme hoch und nach hinten rissen, in der klassischen Strappado-Stellung.

»Okay?«

Zen nickte anerkennend. »Sehr schön.«

Der Sergeant schlug mit der Kante seiner Hand gegen den Ellbogen, den er zuvor umklammert hatte. Der Gefangene stöhnte.

»Am besten tun Sie ihm am Arm weh«, bemerkte der Sergeant im Plauderton. »Er gehört jetzt Ihnen. Fünfzehn Minuten lang.«

Die beiden Flügel der Pendeltür schlugen hinter ihm zusammen, und dann war alles still.

Zen zündete eine Zigarette an. »Du erinnerst dich an mich«, sagte er und steckte dem Gefangenen die Zigarette zwischen die Lippen.

Der Mann starrte Zen durch den Qualm hindurch an, der ihm in die regungslosen Augen stieg.

»Warst du das?«

Der Gefangene zog an der Zigarette. Der Ausdruck seiner Augen war so absolut und desinteressiert wie bei einer Katze. Er schüttelte den Kopf.

»Sie suchen nach ihm, aber er ist nicht da. Da nehmen sie den Bruder mit, und später ist er tot. Von da an hasst er alle Polizisten.«

Für den Kalabresen war der toskanische Dialekt, den man als Italienisch bezeichnet, eine Fremdsprache wie Spanisch, doch Zen konnte die allgemeinen Umrisse der Geschichte verschwommen erkennen.

»Wir wussten das erst nachher«, fuhr der Gefangene fort. »Wir rufen sie an, sie sollen Sie holen. Wir wollen keinen töten.«

»Außer Ruggiero Miletti.«

Der Mann sprach mit der Zigarette im Mundwinkel. »Wir ha'm Miletti nicht getötet!«

»Ihr habt aber zugegeben, dass ihrs wart.«

»Wir wollen nicht so enden wie der Bruder. Wenn der Richter kommt, streiten wir alles ab.«

»Ich glaube kaum, dass sie das sehr beeindrucken wird.«

Der Gefangene sah Zen scharf an. »Es ist eine Frau?«

Das schien ihn mehr als alles andere zu irritieren.

»Na und?«

»Das sind die Schlimmsten.«

Zen seufzte. »Also, ihr hattet die Mittel, die Gelegenheit und ein ausreichendes Motiv. Jeder wird annehmen, dass ihr es getan habt, ganz gleich, was ihr sagt.«

Der Gefangene ließ die Zigarette aus dem Mund fallen

und trat sie mit der Sorgfalt von jemandem aus, der aus einer Gegend kommt, wo das Feuer noch nicht ganz gezähmt ist.

»Es ist alles egal. In Mailand bist du so lange unschuldig, bis deine Schuld erwiesen ist, in Rom so lange schuldig, bis deine Unschuld erwiesen ist und in Kalabrien auf jeden Fall schuldig.«

Zen warf einen kurzen Blick auf seine Uhr. »Ich glaube euch, dass ihr Ruggiero Miletti nicht getötet habt.«

»Gefängnis für Entführung, Gefängnis für Mord. Immer Gefängnis.«

Er hatte schon immer gewusst, dass das eines Tages passieren würde, dachte Zen, und jetzt fühlte er sich auf merkwürdige Weise bestätigt. Nun bin ich in der Rolle eines cleveren Anwalts, der Ödipus weiszumachen versucht, er hätte ein Hintertürchen im Schicksal gefunden und könnte ihn mit wohlgesonnenen Geschworenen auf Bewährung freikriegen.

»Hör mal, ich habe den Brief gelesen, den Ruggiero an seine Familie geschrieben hat«, erzählte er dem Gefangenen. »Er hat ganz klar gesagt, dass ihr ihn gut behandelt habt. Was die Entführung angeht, da wart ihr kleine Fische, sozusagen reine Handwerker. Natürlich werdet ihr dafür ins Gefängnis kommen, aber bei guter Führung und mit ein bisschen Glück werdet ihr eines Tages wieder rauskommen. Doch wenn ihr verurteilt werdet, einen wehrlosen, alten Mann kaltblütig umgebracht zu haben, dann ist alles aus. Man wird sich noch nicht einmal die Mühe machen, eure Zelle abzuschließen, man wird die Tür einfach zuschweißen. Und ihr werdet wissen, was auch immer passiert, ganz gleich, wie sich die Verhältnisse ändern, welche Partei an die Macht kommt, ihr werdet im Gefängnis sterben, in einer Grube verbuddelt und mit ungelöschtem Kalk bedeckt werden. Denn selbst wenn sich aus eurer Familie noch jemand an euch erinnern sollte, werden sie sich zu sehr schämen, um eure Körper abzuholen.«

Der Gefangene starrte gleichgültig auf die Erde. Zen sah erneut auf seine Uhr. »Erzähl mir von dem Tag, an dem ihr Miletti freigelassen habt.«

Keine Antwort.

»Wenn ich euch helfen soll, muss ich das wissen!«

Schließlich setzte er seine tiefe Stimme widerwillig in Gang. »Wir ha'm ihn dorthin gefahren und ihn dann da gelassen. Das ist alles!«

»Um welche Zeit war das?«

»Vor Sonnenaufgang.«

»Am Montag? Vor vier Tagen?«

Ein unwirsches Nicken.

»Und wann habt ihr die Familie angerufen?«

»Später.«

»Später am selben Morgen? Am Montag?«

Ein weiteres Nicken.

»Welche Nummer habt ihr angerufen?«

»Die gleiche wie vorher.«

»Wann vorher?«

»Als wir für das Geld kamen.«

Er machte einen gelangweilten Eindruck, als ob ihn das alles nichts anginge und er es so schnell wie möglich hinter sich bringen wollte.

»Und mit wem habt ihr gesprochen?«

»Ich spreche nix.«

Natürlich. Die Bande hatte zweifellos jemanden, der etwas redegewandter war, zu ihrem Sprecher gemacht.

»Du weißt also gar nichts über den, der das Gespräch angenommen hat? Ein Mann? Eine Frau? Jung? Alt?«

»Ein Mann natürlich! Keiner von der Familie. So wie Sie.«

»Wie ich?«

»Aus dem Norden.«

Zen nickte, starrte aber wie gebannt auf die Augen des Mannes. Die Zeit musste inzwischen verdammt knapp sein, doch er wagte es nicht, die Konzentration zu zerstören, indem er auf seine Uhr sah. »Dieser Mann, der die Polizei hasst, wegen der Sache mit seinem Bruder, woher wusste er, wer ich war?«

»Er sagt, er kann sie riechen.«

Zen legte einen Fuß gegen die Knöchel des Mannes und riss ihn aus dem Gleichgewicht, sodass er mit einem kurzen Schmerzensschrei nach vorne fiel.

»Das war sehr mutig von dir«, bemerkte Zen, während der Gefangene sich wieder hochrappelte. »Aber wir haben jetzt keine Zeit für Mutproben. Wer hat euch gesagt, dass ich bei der Geldübergabe dabei sein würde?«

Der Mann stand regungslos mit geschlossenen Augen da und versuchte, sich von dem Schmerz zu erholen.

»Manche Leute sagen, dass Südländer dumm wären«, fuhr Zen fort. »Ich hoffe, dass du das nicht bestätigen willst. Allerdings kann ich dir nicht helfen, wenn du mir nicht sagst, wer eure Kontaktperson war.«

Er trat näher an den Gefangenen heran und nahm den Geruch aus den Bergen wahr, den dieser Mann überallhin mit sich trug und der ihn umgab wie ein Mantel. »War es jemand aus der Familie?«

Keine Antwort.

»Oder jemand aus der Questura?«

Die Augenlider des Mannes flatterten, aber gingen nicht auf.

»Jemand mit Namen Lucaroni?«

Zens Blick glitt über das Gesicht des Gefangenen. »Chiodini?«

Hinter ihm flogen Türen auf und Stiefel hämmerten auf dem Parkettfußboden.

»Geraci?«

Plötzlich sahen ihn die Augen wieder an, rein und glänzend und vollkommen ausdruckslos.

»Alles in Ordnung?«, fragte der Sergeant, der neben Zen auftauchte. »Er hat Ihnen keinen Ärger gemacht, oder?«

Zen drehte sich langsam um und rieb sich die Hände. »Es lief alles sehr gut, vielen Dank.«

Der Sergeant schloss die Handschellen auf, und mit einem langen Stöhnen streckte der Gefangene seine Arme. Zen knöpfte seinen Mantel zu. »Ich bin dann weg.«

»Wusste nicht, dass Sie hier waren«, bemerkte der Sergeant.

Der Alfetta war draußen auf dem Bürgersteig geparkt und zwang die Fußgänger, über die Straße zu gehen, auf der sich der Verkehr staute. Palottino saß im Wagen und las ein Comic-Heft, auf dem eine nackte Frau mit großen Brüsten abgebildet war, die in panischer Angst vor einer riesigen Spinne kauerte, die mit einer blutbefleckten Kettensäge herumfuchtelte. Es fiel ein leichter Nieselregen, und die abendliche Rushhour war auf ihrem Höhepunkt, doch dank des geschickten Einsatzes der Sirene und der unverfrorenen Missachtung der Straßenverkehrsregeln gelang es dem Neapolitaner, den Alfetta fast so durch den Verkehr zu schleusen, als ob dieser überhaupt nicht existierte. Währenddessen sah Zen auf die engen, mit Kopfstein gepflasterten Straßen hinaus, auf denen es dermaßen von merkwürdigen Details wimmelte, dass es ans Unwirkliche grenzte, wie der sorgsam ersonnene Hintergrund einer Filmszene. Aber das war nur eine Folge des Kontrasts zu jener anderen Welt. Einer Welt von sorgsam ersonnener Monotonie, für 20 000 Menschen geplant, doch von mehr als doppelt so vielen bewohnt, von denen mehrere Hundert in jedem Jahr Selbstmord begingen und ungefähr weitere fünfzig ermordet wurden; einer Welt, deren starkes Desinfektionsmittel den gewalttätigen, sanftmütigen Schäfern, die Ruggiero Miletti entführt hatten, ins Blut und unter die Haut dringen würde, bis es sie sicher in den Wahnsinn getrieben hatte.

Zen zündete sich eine Nazionale an und streckte sich genüsslich. Was der Kalabrese ihm erzählt hatte, machte alles ganz einfach. Er musste sich nur noch mit Rosella Fiora in Verbindung setzen, bevor sie nach Florenz abreiste, um die erhaltenen Informationen weiterzugeben, dann könnte er entlastet und mit gutem Gewissen nach Rom zurückkehren. Das Entscheidende war, dass die Entführer am Montag und nicht am Dienstag angerufen hatten und dass die Nummer, die sie gewählt hatten, mit der identisch war, die ihnen die Familie Miletti vor der Lösegeldübergabe mitgeteilt hatte, wie in Ruggieros Brief verlangt worden war. Wer auch immer den Anruf entgegengenommen hatte, war zumindest mitschuldig an Ruggieros Ermordung und könnte sofort festgenommen werden. Alles Weitere würde sich dann ergeben.

Als sie die Autobahn erreichten und durch die regnerische Dunkelheit rasten, fühlte sich Zen plötzlich ein wenig benommen und bat Palottino, an der nächsten Raststätte anzuhaken, damit sie etwas essen könnten. Zehn Minuten später saßen sie an dem Resopaltisch eines Restaurants mit Blick auf die Autobahn. Zen zog seinen Chauffeur wegen eines Spielzeug-Pandabären auf, den dieser für die kleine Tochter seines Bruders gekauft hatte, an der er sehr hing. Palottino zog eine Reihe Fotos von dem Kind hervor, die sie beide bewunderten. Von der guten Laune seines Chefs ermutigt, fragte der Neapolitaner, wie die Sache vorangin, und Zen fühlte sich so entspannt und mitteilsam, dass er ihm erzählte, was in Florenz passiert war. Palottino lachte voller Bewunderung über den Trick, mit dem Zen sich Zugang zu den Entführern verschafft hatte, und über seine Beschreibung des gelangweilten jungen Capitanos, der darauf hereingefallen war. Doch als es dann um die Enthüllungen des Gefangenen ging, verstand er unglücklicherweise alles falsch.

»Haben angeblich eine andere Nummer an einem anderen Tag angerufen!«, bemerkte er höhnisch. »O ja, sehr schlau! Für was halten die uns eigentlich, für Idioten?«

»Wie bitte?«

»Nun, ich meine, das wird denen doch niemand abnehmen, was? Wo doch eine Tonbandaufnahme existiert, aus der eindeutig hervorgeht, dass der Anruf am Dienstag kam. Das können die ihrer Großmutter erzählen, oder?«

Zen starrte ihn an. Er hatte offenbar Schwierigkeiten, sich zu konzentrieren. »Aber nein, Sie verstehen das nicht. Die haben eine andere Nummer angerufen, nicht die vom Haus der Milettis. Und zwar am Montag.«

Palottino deutete blitzschnell die Zeichen und machte eine abrupte Kehrtwendung. »Oh, ich verstehe! Sie meinen, Sie wissen, dass die das taten. Nun, das ist natürlich etwas anderes! Tut mir leid, Chef, das war mir nicht klar. Ich dachte, es wäre nur deren Aussage im Widerspruch zu den offiziellen Unterlagen. Und wie wir in Neapel sagen, glaube niemals einem Kalabresen, es sei denn, er sagt dir, dass er lügt!«

Zen starrte auf die Tischplatte, die matt in dem eintönigen Neonlicht schimmerte. Unvermittelt stand er auf. »Ich muss zur Toilette. Wir treffen uns im Auto.«

Während Zen sich die Hände wusch, betrachtete er sein Gesicht im Spiegel über dem Waschbecken. Wie hatte er nur übersehen können, was selbst einem Dummkopf wie Palottino sofort klar war? Wie konnte er auch nur eine Sekunde lang annehmen, dass die unbestätigten Aussagen der Entführer von irgendjemandem ernst genommen würden? Ganz im Gegenteil, man würde sie entrüstet als schwachen und widerlichen Versuch einer Bande skrupelloser Killer abtun, das Ganze noch schlimmer zu machen, indem sie die Familie des Mannes, den sie gerade brutal ermordet hatten, auch noch verunglimpften.

Es war jetzt Donnerstagabend. Am Freitag um Mitternacht lief sein Auftrag in Perugia aus. Es blieben ihm also noch etwas mehr als vierundzwanzig Stunden. Er rief den Offizier an, der Nachtdienst in der Questura in Perugia hatte, und dann wählte er, weil er noch ein paar Telefonmarken übrig hatte, Ellens Nummer in Rom. Doch sobald es anfing zu klingeln, drückte er die Gabel herunter und unterbrach die Verbindung.

Er musste eingenickt sein, denn das Nächste, was ihm bewusst wurde, war ein Gefühl von Kälte und Angst. Durch das Fenster konnte er den oberen Teil eines riesigen Planeten sehen, der fast den gesamten nächtlichen Himmel einnahm. Der Zusammenstoß, bei dem die Erde zwangsläufig zerstört würde, stand offensichtlich kurz bevor, denn trotz seiner furchterregenden Größe war zu erkennen, dass der Planet sich bewegte. Er war sogar so nah, dass er die Lichter der zahlreichen Städte, die auf seiner monströsen, konvexen Oberfläche verteilt waren, erkennen konnte.

»Arschloch!«

Die Welt wurde herumgerissen, drehte sich im Kreis und richtete sich wieder auf.

»Scheiß-Lkw-Fahrer, meinen, ihnen gehört die ganze Straße«, bemerkte Palottino.

Als Zen wieder hinsah, war aus dem bedrohlichen Planeten eine Hügelkette geworden, die sich dunkel von dem klaren, vom Mond erleuchteten Himmel abhob, und die außerirdischen Städte waren die flimmernden Lichter von Perugia.

Es war noch nicht zehn Uhr, doch die Straßen waren wie ausgestorben. Palottino fuhr auf den Parkplatz, auf dem es nie Nacht wurde, und sie stiegen unter den Augen des Wachtpostens auf dem Dach des Gefängnisses aus. Auf der kahlen Mauer der gegenüberliegenden Questura brannte im dritten Stock in Zens Büro Licht.

Geraci musste seine Schritte gehört haben, denn er stand mit respektvoller und neugieriger Miene neben dem Fenster, als Zen hereinkam.

»'n Abend, Chef. Was gibts denn?«

Der wachhabende Offizier hatte ihn aufgefordert, sich in der Questura zu melden und weitere Anweisungen abzuwarten. Zen bedeutete dem Inspektor, auf einem Stuhl Platz zu nehmen, ging um den Schreibtisch herum, setzte sich und rieb sich die Augen. »Ich komme gerade aus Florenz. Die Militärs haben die ganze Bande festgenommen. Alle von ihnen. Das heißt, fast alle.«

Geracis Ausdruck veränderte sich fast unmerklich, wie das Gesicht von jemandem, der gerade gestorben ist. Es herrschte wieder Schweigen. Zen spürte, wie er in seinen unterbrochenen Schlaf zurückzusinken drohte, und zwang sich, die Augen aufzuhalten, wobei er Geraci ganz konzentriert ansah, bis der Inspektor zur Seite blickte. »Ich hätte mich nie darauf eingelassen, wenn es nicht um den Jungen gegangen wäre«, sagte er.

»Wie viel haben sie Ihnen geboten?«

»Es war nicht das Geld«, antwortete Geraci verächtlich. »Wir sind aus der gleichen Gegend, aus dem Nachbardorf. Sie haben mich einfach gebeten, ihnen zu helfen. Ich würde dabei nichts gewinnen, außer der Gunst gewisser Leute, Leute, die man respektiert.«

Er schüttelte seinen Kopf angesichts der Unmöglichkeit, jemand aus dem Norden könnte diese Dinge verstehen. »Jedenfalls habe ich Nein gesagt. Also haben sie angefangen, mir zu drohen, obwohl sie das nicht gerne tun. Für sie ist das ein Zeichen von Schwäche. Aber sie hatten mich um etwas gebeten, und ich hatte abgelehnt. Das können sie nicht zulassen.«

Er hielt inne und seufzte. »Kurz vor Weihnachten erhielt ich eine Nachricht von meiner Schwester. Ihr jüngster Sohn, gerade drei Jahre alt, ein kleiner Schatz, war entführt worden. Ein paar Tage später kam ein Brief für mich. Darin befanden sich ein kleines Stückchen Haut und ein winziger Fingernagel. Sie hatten seinen Finger mit einer Drahtschere amputiert. Ich hätte niemals geglaubt, dass Fingernägel so schön sein können, bis ich diesen sah. Er war ein kleines Kunstwerk. Noch am selben Abend riefen sie mich an. Der Junge hätte noch neun weitere Finger und zehn Zehen, sagten sie. Ich willigte ein, das zu tun, was sie von mir verlangten.«

Zen schob seinen Stuhl zurück und stand auf. Er versuchte die Situation wieder in den Griff zu kriegen und das Mitgefühl abzuschütteln, das ihn zu überwältigen drohte. »Und was war das?«

»Mich in das Dezernat versetzen zu lassen, das in dem Entführungsfall ermittelte, und alle Informationen weiterzugeben, die eventuell nützlich sein könnten.«

»Und sie haben Ihnen das Tonbandgerät und das Kruzifix gegeben?«

»Erst als Sie kamen. Solange Priorelli verantwortlich war, habe ich das nicht gebraucht. Er hat sehr offen über seine Absichten gesprochen. Doch bei Ihnen wusste man nie, was Sie dachten oder was Sie vorhatten.«

Zen gestattete sich einen Augenblick, die Ironie von alledem auszukosten. Er war seinen Untergebenen gegenüber unmitteilsam gewesen, weil er geglaubt hatte, sie seien ihm feindlich gesonnen und würden alles an den Questore weitergeben, wenn nicht sogar an das Ministerium oder den Sicherheitsdienst!

»Wo war das Empfangsgerät?«

»Im Besenschrank am Ende des Flurs, unter einem Stapel von alten Kisten und Papieren versteckt. Ich habe die Tonbänder zu Hause abgespielt und alles Wichtige notiert.«

»Und wie haben Sie mit der Bande Kontakt aufgenommen? Nun machen Sie schon, Geraci! Ich will nach Hause, ins Bett. Muss ich Ihnen alles aus der Nase ziehen?«

»Ich habe eine Anzeige in die Zeitung gesetzt, in der ich ein Boot zum Verkauf anbot. An dem Tag, an dem die Anzeige erschien, nahm ich einen bestimmten Zug, stieg in den ersten Wagen und deponierte einen Briefumschlag in dem Eimer für benutzte Papierhandtücher in der Toilette.«

Zen schüttelte bedächtig den Kopf. Sein Abscheu richtete

sich ebenso sehr gegen sich selbst wie gegen Geraci, doch der Inspektor brauste plötzlich auf. »Ich war bei der ganzen Sache nicht das größte Schwein! Einer von den Milettis hing auch mit drin! Können Sie sich das vorstellen? Den eigenen Vater zu verraten? So tief bin ich nicht gesunken.«

Zen winkte müde ab. »Verschwenden Sie Ihre Zeit nicht damit zu versuchen, die Familie in den Dreck zu ziehen. Das interessiert mich nicht.«

Geraci sprang auf. »Aber es ist wahr, das versichere ich Ihnen. Ich musste seine Nachrichten an einer Autobahnraststätte abholen und sie ebenfalls im Zug lassen, genau wie meine. Einmal kam ich zu früh und habe ihn gesehen.«

»Wer wars denn?«

»Das weiß ich nicht.«

Zen schnaubte verächtlich.

»Er war vollständig in einen Mantel und einen Schal gewickelt und trug eine dunkle Brille. Außerdem habe ich ihn nur von Weitem beobachtet. Ich wollte nicht das Risiko eingehen, erkannt zu werden.«

»Wie ist er dorthin gekommen?«

»Mit einer blauen Fiat-Argenta-Limousine.«

»War sonst noch jemand in dem Auto?«

»Nein.«

»Beschreiben Sie ihn.«

»Ziemlich klein, durchschnittliche Figur.«

»Woher wissen Sie, dass es keine Frau war?«

»Er rief mich an, um mir zu sagen, dass er käme. Es war ganz sicher ein Mann.«

Zen wandte sich zum Fenster, als ob er befürchtete, man könnte seine Gedanken vom Gesicht ablesen. Daniele und Silvio schieden aus. Pietro ebenfalls. Ivy Cooks Stimme war zwar tief genug, um irrtümlich für die eines Mannes gehalten zu werden, aber sie war zu groß. Cinzia hatte die richtige Größe, aber ihre Stimme war auf eine beinah hysterische Art feminin. Nein, es gab tatsächlich nur eine einzige Person, die es gewesen sein konnte.

»Wie oft geschah das?«

»Insgesamt vier Mal. Ich kann Ihnen die genauen Daten geben.«

Geraci nahm seinen Taschenkalender heraus und kritzelte etwas auf eine leere Seite, die er dann herausriss und Zen gab.

»Wo hat er die Mitteilungen hinterlegt?«

»In der Autobahnraststätte von Valdichiana. Der Briefumschlag steckte in der letzten Zeitschrift in der obersten Reihe rechts.«

Zen seufzte. »Wir wollen also noch mal zusammenfassen. Sie behaupten, dass eine unbekannte Person in männlicher Kleidung, die eine Fiat-Limousine fuhr, vier Briefumschläge in einer Autobahnraststätte deponiert hat. Sie wissen nicht, wer er war, warum er das getan hat oder was in den Briefumschlägen war, und Sie haben keinerlei Beweise. Das gibt nicht viel her, oder?«

Geraci sah frustriert weg.

»Ach, was soll das alles! Was zählt, ist nicht, dass man was falsch gemacht hat, sondern dass man sich hat schnappen lassen.«

Das gilt noch mehr, wenn man etwas richtig machen will, überlegte Zen. Der Missetäter erntet immer heimliche Bewunderung, doch will man gnädig oder großzügig sein, ohne dass die Leute einen verachten, muss man verdammt aufpassen.

»Morgen ist mein letzter Tag hier in Perugia«, sagte er müde. »Meine Versetzung hierher war nicht gerade ein glänzender Erfolg. Wenn bekannt würde, dass einer meiner Inspektoren als Spion für die Bande tätig war, nach der ich fahnden sollte, würde das dem Ganzen die Krone aufsetzen. Also werden Sie ein bisschen Urlaub bekommen, Geraci. Sie haben das zwar nicht verdient, aber ich.«

Der Inspektor sah ihn mit äußerster Vorsicht an, als traue er seinen Ohren nicht.

»Meine Unterhaltung mit den Entführern war rein privat, und was mich betrifft, so kann sie das auch bleiben. Am liebsten würde ich Sie anzeigen, aber zu Ihrem Glück kann ich mir das nicht leisten.«

Geracis Augen glänzten vor Rührung. »Dottore, meine Mutter wird …«

»Lassen Sie mich mit Ihrer Mutter in Ruhe, Geraci! Ich denke an mich und nicht an Ihre Mutter oder sonst wen. Ich bin sicher, Sie kennen irgendeinen krummen Hund von Arzt. Ich möchte, dass Sie sich ab morgen auf unbestimmte Zeit krankschreiben lassen. Ihre freie Zeit können Sie dafür verwenden, einen Antrag auf Versetzung zum Waldschutz zu schreiben. Sie werden nicht bei der Polizei bleiben, darauf können Sie Gift nehmen. Nun verpissen Sie sich, bevor ich es mir anders überlege.«

Geraci ging rückwärts zur Tür. »Gott segne Sie, Signore.«

Die Tür schloss sich leise hinter ihm.

»Gott steh uns bei«, murmelte Zen.

Es schlug neun Uhr, als er am nächsten Morgen sein Hotel verließ und die köstliche, von einer frischen Brise belebte Luft einatmete. Hiernach die miasmatischen Ausdünstungen der Hauptstadt einzuatmen, bedeutete dasselbe, wie Tiberwasser nach San Pellegrino zu trinken, überlegte er. Auf halber Höhe auf dem Corso bauten Arbeiter ein Podium. Das Lärmen ihrer Hämmer war nicht synchron mit den Bewegungen der Arme, die es hervorriefen. Als er näher auf sie zukam, löste sich dieses Problem allmählich von selbst, so als ob der Filmvorführer aufgewacht wäre und die nötigen Korrekturen getroffen hätte. Nachdem er dann in seinem Lieblingscafé einen guten Cappuccino getrunken hatte, der frische Milchschaum war so steif wie geschlagenes Eiweiß, vollzog sich die gleiche

Korrektur in seinem Kopf. Doch der Eindruck, dass die Dinge nun endlich wie gewünscht liefen, währte nicht lange.

»Das ganze Material ist nach oben weitergegeben worden«, sagte ihm der Techniker, der bei den Abhöranlagen im Justizgebäude Dienst hatte.

»Was ist mit den Abschriften?«

Der Mann schüttelte den Kopf. »Alles oben bei den Richtern. Für uns ist dieser Fall erledigt. Die Schaltungen sind entfernt worden.«

Zen zögerte einen Augenblick. »Darf ich mal Ihr Telefon benutzen?«

»Bedienen Sie sich.«

Neben dem Apparat war ein internes Telefonverzeichnis an die Wand geheftet. Er wählte die Nummer von Luciano Bartocci.

»Ja?«

»Nun, es ist also letztlich auf dasselbe herausgekommen.«

»Wer ist da?«

»Ich fahre morgen nach Rom zurück. Aber vorher würde ich gern noch kurz mit Ihnen sprechen. Über Rattenkönige.«

Am anderen Ende herrschte Schweigen.

»Ich habe sehr viel zu tun.«

»Es wird nur ein paar Minuten dauern.«

Der Techniker war damit beschäftigt, ein neues Startband an einer Tonbandspule anzubringen. Bei der Art von Arbeit, die er machte, hatte er wahrscheinlich kaum noch Interesse daran, die Gespräche anderer Leute zu belauschen, aber trotzdem senkte Zen seine Stimme. »Es ist sehr wichtig.«

Zen sprach langsam, jedes Wort betonend, um Bartocci Zeit zum Nachdenken zu geben.

»In ungefähr einer halben Stunde. Auf dem Dach der Markthalle«, stimmte Bartocci zu.

Zen schob sich an den Frauen vorbei, die Krapfen und Blumen verkauften, und durch eine Gruppe afrikanischer Studenten, die kichernd die Fotos betrachteten, die sie gerade in einem Automaten hatten machen lassen. Die Terrasse auf dem Dach der Markthalle war leer bis auf einen Schwarm Tauben und die beiden nordischen Mädchen, von denen eine eine Skizze von der Aussicht machte, während die andere, mit dem Kopf auf dem Schoß ihrer Freundin liegend, sich sonnte. Eine Pfütze, die sich ganz in der Nähe unter einem undichten Hahn gebildet hatte, war über Nacht zugefroren und noch nicht aufgetaut, sodass die Tauben immer wieder ausglitten, wenn sie zu trinken versuchten.

Als Bartocci angespannt und misstrauisch wirkend auftauchte, verschwendete Zen keine Zeit.

»Ich muss ein Dokument einsehen.«

»Fragen Sie Foria.«

»Sie ist nicht da. Es ist dringend.«

Bartocci schüttelte den Kopf. »Kommt überhaupt nicht infrage.«

»Ich brauche nur eine Kopie vom Protokoll des Anrufs, in dem die Bande den Milettis mitteilt, dass sie Ruggiero freigelassen hat.«

»Wozu?«

»Die Carabinieri in Florenz haben die Entführer festgenommen. Ich bin dort gewesen und habe mit ihnen gesprochen. Sie haben Ruggiero nicht getötet.«

»Was haben Sie damit zu tun? Oder ich? Rosella Foria ermittelt im Mordfall Miletti. Lassen Sie sie in Ruhe ermitteln. Das ist ihr Job. Oder glauben Sie etwa, dass Sie klüger sind als sie?«

»Ich glaube, dass ich die Situation besser verstehe, und das verdanke ich Ihnen.«

Bartocci lächelte über diesen ungeschickten Versuch von Schmeichelei.

»Wissen Sie noch, was Sie mir über Rattenkönige erzählt haben?«, erinnerte ihn Zen. »Wie jede Ratte die Interessen der anderen verteidigt und somit die Stärke der einzelnen die Stärke von allen ist? Nun, ich glaube, es gibt einen Fall, wo das nicht zutrifft, wo das System sich umkehrt und die Ratten aufeinander losgehen.«

»Und der wäre?«

»Wenn sie spüren, dass eine von ihnen nicht mehr funktioniert.«

Der Richter schüttelte den Kopf. »Sie würden diese defekte Ratte einfach vernichten.«

»Aber mal angenommen, sie wüssten nicht, welche es ist?«

Bartocci dachte einen Augenblick darüber nach. »Das klingt ein bisschen theoretisch.«

»Stimmt. Aber ich muss diese Theorie überprüfen. Deshalb brauche ich das Protokoll.«

Einige Tauben scharrten bereits um ihre Füße und beobachteten aufmerksam, ob nicht ein paar Körner für sie abfielen. Es war offensichtlich, dass Bartocci Zen am liebsten zum Teufel geschickt hätte, aber er fühlte sich durch die Beziehung gebunden, die er selbst so mühevoll aufgebaut hatte. Und er war nicht zynisch genug, sich jetzt darüber hinwegzusetzen, wo sie nicht mehr ihm, sondern dem anderen von Nutzen war. Letztlich war es für ihn am einfachsten nachzugeben.

»Sie erinnern sich noch an die Bar, in der wir auf der Piazza Matteotti waren?«, fragte er. »Gehen Sie heute am späteren Vormittag, so gegen Mittag, dorthin. Wenn etwas für Sie da ist, lesen Sie es an Ort und Stelle, versiegeln den Umschlag und geben ihn zurück. Wenn nichts da ist, verschwinden Sie. Und kommen nie mehr wieder!«

Auf dem Corso hatte das Hämmern aufgehört, und das Podium wurde mit Fahnen, Wimpeln und Plakaten dekoriert, die eine politische Ansprache für den folgenden Tag ankündigten. Um diese Zeit, dachte Zen, werde ich wieder in Rom sein, egal was passiert. Auf eigenartige Weise fand er das tröstlich.

In der Stadtbibliothek war das übliche mürrische Personal, als ob es sich um eine Abteilung der Gefängnisverwaltung handelte. Da Zen kein eingeschriebener Benutzer war, benötigte er seinen Dienstausweis, um überhaupt eingelassen zu werden. Er ging hinauf zum Zeitschriften-Lesesaal im zweiten Stock und erklärte der Mitarbeiterin dort, dass er gerne einige ältere Ausgaben der Lokalzeitung einsehen würde.

»Füllen Sie ein Bestellformular aus«, antwortete sie, ohne von ihrem Strickzeug aufzublicken.

Die Formulare waren nirgends zu sehen, doch einer der anderen Insassen erklärte ihm, sie befänden sich in einem Gang eine Etage höher.

»Und die Akzessionsnummer?«, fragte die Frau, als Zen mit seinem Schein zurückkam. Die Spitze ihrer Stahlstricknadel schwebte über einem Feld, das so leer wie Zens Gesichtsausdruck war.

»Ich weiß nicht, was die Akzessionsnummer ist.«

»Schlagen Sie sie nach!«

»Können Sie das nicht tun?«

»Es ist nicht meine Aufgabe, die Formulare auszufüllen. Sie müssen im Kartenkatalog nachsehen.«

Der Kartenkatalog war im Erdgeschoss. Zen brauchte zwanzig Minuten, um die Eintragung für die Zeitung zu finden, die er haben wollte. Da die Ausgaben für jeden Monat eine eigene Akzessionsnummer hatten, musste er sechs verschiedene Bestellscheine ausfüllen, was bedeutete, dass er wieder auf die dritte Etage und zwölfmal seinen Namen, Adresse, Beruf und den Grund der Bestellung hinschreiben musste.

Gegen halb elf war er wieder da. Die Strickarbeit der Frau machte gute Fortschritte. Sie schob die Formulare von sich. »Es dürfen nicht mehr als drei Bestellungen gleichzeitig abgegeben werden.«

Er gab ihr die Bestellungen für die letzten drei Monate zurück. Die Frau überprüfte sie genau auf weitere Fehler oder

Auslassungen, legte ihr Strickzeug mit einem widerwilligen Seufzen hin und trottete davon. Sobald sie außer Sichtweite war, nahm Zen sein Taschenmesser und durchtrennte eine Masche mitten in dem Teil, das sie gerade fertig hatte.

Er hätte sich nicht zu beeilen brauchen. Es dauerte zehn Minuten, bis sie wiederkam. Sie schob einen Bücherwagen, auf dem drei große Mappen lagen, die mit schwarzem Band zugebunden waren.

»Lassen Sie die Seiten in der richtigen Reihenfolge der Ränder gerade die Ecken übereinander nichts knicken falten oder rausreißen nach Gebrauch an Ihrem Platz liegen lassen«, erklärte sie ihm.

Als er anfing, die Kleinanzeigen durchzusehen, wurde Zen klar, weshalb die Entführer ein Boot als Erkennungszeichen benutzt hatten. Perugia ist ungefähr so weit vom Meer entfernt, wie es eine italienische Stadt nur sein kann, und besonders im Winter ist das Interesse, Boote zu kaufen oder zu verkaufen, äußerst gering. Dementsprechend war es sehr unwahrscheinlich, dass die Bande eine der für sie bestimmten Nachrichten übersah. Es war schon sehr ermutigend, die Anzeigen zu entdecken, die Geracis Geschichte bestätigten, doch worüber Zen wirklich aus dem Häuschen geriet, war eine Annonce, die am vergangenen Freitag erschienen war, einen Tag nachdem die Milettis Ruggieros Brief mit den Anweisungen für die letzte Lösegeldzahlung erhalten hatten. »Funksprechgerät zu verkaufen«, hieß es da. »Telefon 8818 nach 7.«

Das sah harmlos genug aus, und dennoch fühlte sich Zen wie ein Astronom, der einen Planeten entdeckt, dessen Existenz er aufgrund seiner Berechnungen vorhergesagt hat. Das gab den Ausschlag, dadurch erhielt alles andere erst Sinn. Es war wie in einem Traum, in dem man erschöpft davon, mit den Fäusten gegen eine verschlossene und verriegelte Tür zu schlagen, zum ersten Mal zurücktritt und feststellt, dass auf beiden Seiten keine Wand existierte. Natürlich! Es war so einfach, so offenkundig.

In der Bar gegenüber der Post erläuterte ein Straßenkehrer, wie er die Fußballnationalmannschaft wieder auf Trab bringen würde. »Zu viele Solisten, das ist das Problem. Einer von ihnen bekommt den Ball, sieht ein Stückchen Freiraum vor sich und denkt einzig und allein daran, nach vorne zu kommen, den Rest der Mannschaft braucht er nicht. Wenn es dann klappt, ist es großartig, das kann ich euch sagen, doch wie oft kommt das vor, äh? Nein, letztlich geht es um Prozentpunkte, das machen die sich nicht klar. Was wir brauchen, ist mehr Disziplin, mehr Organisation, mehr Teamwork.«

»Genau, das ist es«, sagte der Barmann und wandte sich dem neuen Kunden zu, der mit fragend erhobenem Kinn dort stand.

Nachdem Zen sich ausgewiesen hatte, wurde ihm ein weißer Briefumschlag übergeben, der zwischen zwei Flaschen Fruchtsirup gesteckt hatte. Er öffnete ihn und nahm die Fotokopie einer maschinengeschriebenen Seite heraus:

Abgehörter: Ja?
Anrufer: Verona.
Abgehörter: Was? Sie sind falsch verbunden.
Anrufer: Okay, hören Sie zu. Wir haben Dottor Miletti freigelassen. Verstehen Sie? Aber irgendwer muss ihn abholen. Wegen seinem Bein, er kann nicht laufen. Ich sage Ihnen jetzt, wie Sie ihn finden.
Abgehörter: Moment bitte! Mach die verdammte Musik leiser, Daniele!
Anrufer: ... die Straße nach Foligno. Kurz hinter Santa Maria degli Angeli biegen Sie nach rechts ab, in Richtung Cannara. Fahren Sie bis zu dem Telegrafenmast mit dem gelben Zeichen und biegen nach links ab. Dann nehmen Sie die

zweite rechts und fahren ungefähr einen Kilometer, bis Sie links neben der Straße eine Baustelle sehen. Dort ist der Vater der Milettis.

Abgehörter: Einen Augenblick! Die zweite rechts oder links? Hallo? Hallo?

Zen sah von dem Blatt auf. Sein Atem ging kurz und schnell. Er versiegelte den Umschlag mit der Fotokopie und gab ihn dem Barmann zurück. Dann nahm er eine Telefonmarke heraus und wählte die Nummer des Polizeilabors. Haare sind entweder hell oder gelb, hatte Lucaroni ihm erklärt. Doch alles was gelb ist, müssen nicht unbedingt Haare sein, hatte ihm das Labor bestätigt. Die gelben Nylonfäden, die man in dem untersuchten Fiat gefunden hatte, waren Strähnen einer billigen Kunststoffperücke.

Als er in das helle Sonnenlicht trat, blinzelte er wie ein Maulwurf. Er hatte das letzte Stück des Puzzles gefunden. Er wusste, wer es getan hatte und wie es getan worden war, und außer dem Mörder war er der Einzige, der es wusste. Noch ein paar Stunden lang würde die Situation ungewiss bleiben, und er hielt die entscheidenden Karten in der Hand. Wenn er sie richtig spielte, würden zumindest diesmal die Schweine nicht ungeschoren davonkommen. Er versuchte, nicht daran zu denken, was passieren würde, wenn er sie falsch einsetzte.

10

Gianluigi Santucci saß am Kopf des Esstisches und beobachtete, wie seine Familie das Essen in sich hineinschaufelte. Obwohl er kaum bemerkt hatte, dass seine Frau einen Bissen zu sich nahm, war ihr Teller bereits leer. Er fragte sich, wie sie das machte, wenn man bedachte, dass sie seit Beginn der Mahlzeit praktisch ununterbrochen geredet hatte. Seine Tochter Loredana hatte ursprünglich nur vier Stücke Ravioli genommen und dann unter dem anhaltenden Druck ihrer Mutter noch ein fünftes. Aber da sie ohnehin nur die Hälfte gegessen hatte, erwies sich dieser scheinbare Sieg, wie so oft in dieser Familie, als Illusion. Gianluigi musste gar nicht erst Cinzias alberne Psychologiezeitschriften lesen, um zu wissen, dass Loredana den Boden verehrte, auf dem er ging. Das zeigte sich unter anderem darin, wie sie die magere Diät nachahmte, auf die ihr Vater wegen seiner Verdauungsprobleme angewiesen war. Denn obwohl Gianluigi stolz darauf war, so gut für seine Familie zu sorgen, war das ungefähr das einzige Vergnügen, das er daran haben konnte, seit sich dieser bösartige Eindringling in seinen Eingeweiden eingenistet hatte.

Seine Mutter hätte wahrlich triumphiert! Als Kind war Gianluigi nicht wie die pingelige Loredana, sondern wie der kleine Sergio gewesen, der dort fröhlich mit tomatenverschmiertem Gesicht saß und die klebrigen Teigtaschen mit der gleichen Beharrlichkeit in sich hineinschob, mit der er schon bald onanieren würde. Auch Gianluigi war ein Fresser gewesen, er aß, als ob er die geheime Mission zu erfüllen hätte, die

Welt zu verschlingen. Seine Mutter hatte ihn in dieser Hinsicht nie in Ruhe gelassen. »Iss nicht so schnell, das ist schlecht für dich. Iss kein Brot vor der Pasta, das ist schlecht für dich. Tu dir kein Öl aufs Fleisch, das ist schlecht für dich.« Doch sie hatte nie verstanden, was die eigentliche Ursache für den Appetit ihres Sohnes gewesen war, nämlich eine nagende Eifersucht auf seinen älteren Bruder, der soviel großartiger und erfolgreicher schien. Pasquale konnte durch seine bloße Präsenz einen ganzen Raum beherrschen, und selbst seine Abwesenheit schien normalerweise interessanter zu sein als Gianluigis Gegenwart. »Wenn du nicht isst, wirst du nicht wachsen«, hatte seine Mutter zu ihm gesagt. Gianluigi stellte diese Logik auf den Kopf und beschloss, sich seinen Weg in die Zukunft zu essen, in eine Zukunft, in der er größer und besser als alle anderen sein würde. Doch das Ergebnis war ein Magenleiden, das es ihm nicht erlaubte, mehr als ein paar Bissen zu sich zu nehmen, während der Schmerz wie eine Ratte an seinen Eingeweiden nagte.

Sein Hunger hatte jedoch nicht aufgehört. Er hatte lediglich eine andere Form angenommen. An seiner Körpergröße konnte er zwar nichts ändern, aber in jedem anderen Punkt hatte er seinen Bruder haushoch geschlagen. Pasquale war jetzt Zahnarzt und redlich darum bemüht, die Hälfte aller Zahnprobleme in Siena zu kurieren und die andere Hälfte zu verursachen, wie er scherzhaft zu sagen pflegte. Doch seine drei Kinder waren Mädchen und seine Frau eine Hure – Gianluigi hatte es selbst dreimal im vergangenen Sommer mit ihr getrieben –, und obwohl sein Einkommen ganz ansehnlich war, konnte sein Rivale es jetzt Lira für Lira zweimal mit ihm aufnehmen. Und das war erst der Anfang. Die Ereignisse der letzten Woche hatten Perspektiven eröffnet, die selbst Gianluigi ein wenig schwindelerregend fand.

Nicht dass er auf die Ausbeute, die Ruggieros Tod mit sich zu bringen versprach, nicht vorbereitet gewesen wäre. Ganz im Gegenteil, er hatte von dem Augenblick an, als er Cinzia Miletti kennenlernte, darauf hingearbeitet. Denn letztlich hatte sich Pasquale als Enttäuschung erwiesen. Wie bei vielen jungen Überfliegern ging es früh mit ihm bergab. Er wurde dick und selbstgefällig und stellte keine Herausforderung mehr für Gianluigis Reservoir an ungenutztem Ehrgeiz dar, das brannte und schmerzte wie die überschüssigen Säfte in seinem Magen. Er brauchte Ballaststoffe, und seine Lösung bestand darin, in eine Familie mit lauter Brüdern einzuheiraten und sie alle übers Ohr zu hauen. Er hatte damit gerechnet, dass dies seine Energie viele Jahre lang in Anspruch nehmen würde, sodass seine Freude darüber, wie gut alles geklappt hatte, mit einem gewissen Bedauern vermischt war, dass es so schnell gegangen war. Der japanische Deal, auf den er soviel Energie und Scharfsinn verwandt hatte, spielte jetzt keine Rolle mehr. Ruggieros Testament würde keine Überraschungen enthalten. Jedes der Miletti-Kinder wäre mit fünfundzwanzig Prozent an SIMP beteiligt. Cinzias Anteil war praktisch schon in seinen Händen, und mit dem von Daniele konnte er ebenfalls rechnen. Und das lag nicht nur an dem Geld, das er dem Jungen vorgestreckt hatte, seitdem er damals wegen dieser Drogengeschichte in Schwierigkeiten geraten war. Seine Schulden beliefen sich mittlerweile auf fast hundert Millionen Lire. Daniele hatte ein Laster, das ebenso abhängig machte wie Drogen und fast genauso teuer war, den Modemarkt. Dessen einzige Funktion bestand darin, die Zahlungsfähigkeit seiner Käufer beziehungsweise die ihrer Väter zur Schau zu stellen. Zugeben zu müssen, dass er nicht mehr mithalten konnte, weil sein Vater ihn fallen gelassen hatte, hätte für den Jungen die allergrößte Demütigung bedeutet. Deshalb hatte er gerne die Hilfe seines Schwagers in Anspruch genommen. Doch Gianluigis Vertrauen auf Danieles Solidarität war vor allem die Tatsache, dass der Junge ihn bewunderte. Pietro hatte das nie verstanden, war nie bereit gewesen zuzugeben, dass der Held seines jüngeren Bruders ausgerechnet der Außenseiter in der Familie war, der aufdringliche und selbstsüchtige Toskaner. Dafür würde er zahlen müssen. Eine von Gianluigis Maximen war, dass man für mangelnden Durchblick und fehlendes Realitätsbewusstsein immer zahlen musste. Währenddessen ließ er sich Danieles Huldigungen ebenso wie die seiner Tochter gefallen und hatte in beiden Fällen keinerlei Absicht, sich auf eine Beziehung einzulassen. Tatsache war, dass der Junge nicht die geringste Chance hatte, es jemals zu etwas zu bringen, so verwöhnt, schwach und eitel wie er war. Außerdem fehlte ihm der heftige, innere Schmerz, der einen Mann vorantreibt.

So kontrollierte er de facto fünfzig Prozent von SIMP. Doch selbst wenn Pietro das wusste, würde er immer noch davon ausgehen, dass durch Silvio alles ausgeglichen sei. Aber das war ein Irrtum, denn wenn es darauf ankam, würde Silvio ebenfalls zu Gianluigi halten. Das war etwas, wovon Pietro keine Ahnung haben konnte; auch Silvio selbst wusste es nicht, und er hätte es energisch abgestritten, wenn er danach gefragt worden wäre. Zum richtigen Zeitpunkt würde er sich jedoch auf Gianluigis Seite stellen – wegen der Fotos. Gianluigi hatte einem Detektivbüro in Mailand fünf Millionen Lire dafür gezahlt, und wie der Kredit an Daniele war auch dieses Geld gut angelegt. Die Fotos würden ihn zum unbestrittenen Herrscher über das Miletti-Imperium machen. Es war eine nervenaufreibende Angelegenheit gewesen, besonders während der letzten paar Wochen. Er fragte sich, was wohl seine Familie dazu sagen würde, wenn sie wüsste, was für ein Risiko er eingegangen war. Doch jetzt war alles vorbei, und er war der Sieger. Die Milettis hatten von Anfang an klargemacht, dass sie um alles oder nichts spielten. Und er würde alles kriegen, einfach alles!

Es klingelte an der Tür, und Margherita setzte die Platte mit dem gebratenen Fisch ab, den sie gerade auftrug, um öffnen zu gehen.

»Wer um alles in der Welt kann das sein?«, wunderte sich Cinzia laut. »Was für eine Idee, nicht mal die Mittagszeit ist mehr heilig, kein Wunder, dass es soviel Probleme und Unglück auf der Welt gibt, iss deine Pasta auf, Loredana.«

Die Haushälterin erschien wieder in der Tür. »Da ist die Polizei, Dottore.«

Gianluigi war daran gewöhnt, mit Schmerzen zu leben, doch der Schmerz, der ihm in diesem Augenblick durch die Brust schoss, war ihm bisher unbekannt gewesen.

»Sag ihnen, sie sollen später wiederkommen«, sagte seine Frau zu der Haushälterin. Als ob das so einfach wäre. Als ob es keinerlei Grund zur Beunruhigung gäbe. »Das ist wirklich eine Frechheit, absolut chaotisch und total aufdringlich.«

»Nein, ich werde mich darum kümmern.«

Er stand auf und sammelte all seine Kraft, seinen Mut und seinen Verstand.

Margheritas Worte hatten die Vorstellung von bewaffneten Männern, die das Haus umstellt hatten, heraufbeschworen. Deshalb war Gianluigi, als er zur Tür kam, erleichtert, niemand anderen als Aurelio Zen vorzufinden. Doch diese Erleichterung machte ihn gleichzeitig wütend darüber, dass er sich so unnötig aufgeregt hatte.

»Was zum Teufel wollen Sie denn jetzt, Zen? Wissen Sie nicht, dass Mittagszeit ist?«

»Es tut mir leid, dass ich Sie störe, Dottore, aber es handelt sich um eine Angelegenheit von äußerster Wichtigkeit.«

»Das will ich auch hoffen.«

Er war wieder vollkommen sicher, hatte die Situation wieder im Griff. Konfrontationen dieser Art waren sein Lebensinhalt, dafür trainierte er wie ein Sportler. Nachdem er erst einmal die anfängliche Panik überwunden hatte, machte es ihm regelrecht Spaß, diese außerordentlichen Fähigkeiten zu beweisen.

»Nach unseren Unterlagen«, fuhr Zen fort, »ist Ihre Frau

als Besitzerin einer Beretta-Pistole eingetragen. Die würde ich gern überprüfen, damit wir sie von unseren Ermittlungen ausschließen können.«

»Zeigen Sie mir Ihren Durchsuchungsbefehl.«

»Dies ist keine Durchsuchung.«

Gianluigi zog seine Augenbrauen hoch. »Oh? Was verdammt noch mal fällt Ihnen dann eigentlich ein, wenn ich fragen darf, mich ohne die geringste Vorwarnung mitten beim Mittagessen zu stören?«

»Ich führe lediglich eine Voruntersuchung im Sinne von Paragraf 225 Strafgesetzbuch durch. Die Ergebnisse werden der Staatsanwaltschaft mitgeteilt, und ein Durchsuchungsbefehl wird zu gegebener Zeit ausgestellt werden, auf dem dann Ihre mangelnde Kooperationsbereitschaft vermerkt ist. Doch wo liegt das Problem? Sie haben die Waffe doch, oder nicht?«

»Selbstverständlich.«

Diese automatische Antwort war sein erster Fehler, weil er damit dem Mann das Recht einräumte, ihn auszufragen. Doch der plötzlich veränderte Tonfall hatte ihn total überrascht.

»Warum zeigen Sie sie mir dann nicht einfach?«, schlug Zen vor. »Das wird uns beiden eine Menge unnötigen Ärger ersparen.«

Man hörte das Geräusch von nackten Füßen, und Cinzia tauchte auf. »Was geht hier vor, Lulu? Oh, Commissario, ich dachte, Sie wären wieder in Rom. Das war doch so geplant.«

Sie und Zen sahen sich bedeutungsvoll an.

»Iss ruhig weiter«, forderte Gianluigi seine Frau auf. »Ich regele das hier.«

Da er erkannte, dass nach dieser Unterbrechung seine bisherige, unnachgiebige Haltung gestelzt wirken würde, bat Gianluigi Zen, einen Augenblick zu warten, ging ins Wohnzimmer und zog die oberste Schublade der alten Kommode heraus, in der die Pistole aufbewahrt wurde.

Sie war nicht da.

Ungefähr dreißig Sekunden lang stand er ganz starr und dachte nach. Obwohl das Verschwinden der Pistole mysteriös und ärgerlich war, gab es keinerlei Grund, sich deswegen Sorgen zu machen. Er ging zur Haustür zurück. »Hören Sie, das Ding ist anscheinend verlegt worden«, sagte er zu Zen, der sich jetzt gegen die Wand lehnte und eine Zigarette rauchte. »Wahrscheinlich hat die Reinemachefrau sie irgendwohin getan. Wir werden heute Nachmittag oder morgen genau nachsehen. Würden Sie mich dann bitte später anrufen.«

Er hatte die Tür schon fast geschlossen, da erwiderte Zen: »Das ist in Ordnung. Eigentlich bin ich überhaupt nicht wegen der Pistole gekommen.«

Die Tür öffnete sich wieder. »Wie bitte?«

»Es sind da gewisse Probleme aufgetaucht, Dottore. Aufgrund eines Hinweises haben die Carabinieri den größten Teil der Bande festgenommen, die Ihren Schwiegervater entführt hatte. Die Gefangenen haben unter anderem über ihre Kontaktperson innerhalb der Familie Miletti gesprochen, über denjenigen, der auf einem Rastplatz an der Autobahn Nachrichten in einem Zeitschriftenheft hinterlegt hat, die letzte Zeitschrift in der obersten Reihe rechts war es, glaube ich.«

Gianluigi verspürte in seiner Brust wieder jenen exotischen Schmerz. »Und was hat das mit mir zu tun?«

Diese Worte auszusprechen, war eine der schwierigsten Aufgaben, an die er sich erinnern konnte.

»Nun, das kommt ganz darauf an, wie man es betrachtet. Zunächst einmal ist da nichts weiter als eine unbewiesene Behauptung einer Bande bekannter Verbrecher. Andererseits ist jedoch schwer zu verstehen, was denen eine solche Lüge einbringen könnte. Wir haben seit Langem vermutet, dass es einen Informanten gab, der die Stärken und Schwächen in der Verhandlungsposition der Familie an die Bande weiterleitete, aber wir wussten nicht, wer es war. Pietro war die meiste Zeit in London. Wenn der Ort, an dem die Informationen übergeben wurden, an der Autobahn lag, dann scheidet Silvio aus, weil er nicht fahren kann. Was Daniele angeht, so sagt die Bande, dass die Person, die die Nachrichten hinterlegt hat, klein und schmal gebaut war, also kann er es auch nicht sein. In gewissem Sinne kann man sich also an den Fingern abzählen, wer übrig bleibt.«

Er warf seinen Zigarettenstummel auf den Kies in der Einfahrt, wo er weiter vor sich hin glimmte. »Aber das Ganze geht noch weiter. Vor allen Dingen wird die Untersuchungsrichterin nach einem Motiv forschen. Wenn nun der Informant lediglich vorgehabt hätte, die Milettis an den Bettelstab zu bringen, dann hätte er die finanzielle Situation der Familie sofort offenlegen können. Stattdessen zog er es jedoch vor, seine Informationen nur häppchenweise weiterzugeben, damit sich die Verhandlungen so lange wie möglich hinziehen sollten. Die Richterin wird deshalb nach jemandem Ausschau halten, für den bei einer Verzögerung von Ruggieros Rückkehr etwas herausspringen würde, und das vor dem Hintergrund, dass eine massive Geldspritze gebraucht wurde, um SIMP zu sanieren. Beispielsweise das Geld eines japanischen Konzerns.«

Das Schweigen, das darauf folgte, war so lang und bedeutungsvoll wie die Worte, die ihm vorausgegangen waren. Was auch immer jetzt gesagt würde, es würde eine außerordentliche Resonanz haben, und dieses Wissen wirkte ebenso hemmend wie die Akustik in einer großen Kirche.

»Ich glaube, Sie reden lauter Scheiße«, stieß Gianluigi schließlich langsam und deutlich hervor. »Ich werde das überprüfen. Und wenn dem so ist, werde ich dafür sorgen, dass Sie darin ersaufen.«

Er ging in sein Arbeitszimmer, sein Herz war wie ein von den Schreien der Verzweifelten erfülltes Irrenhaus, sein Kopf wie eine kühle und luftige Bibliothek, in der clevere Männer ihre Taktik aushandelten. Das Vernünftigste war jetzt, Norberto anzurufen. Als Mitglied des Bezirksrats wusste er über fast alles Bescheid, und den Rest konnte er schnell und diskret herauskriegen.

»Norberto? Gianluigi Santucci. Ja, ich auch. Es tut mir leid, aber es ist dringend. Jemand hat mir erzählt, es habe einen Durchbruch im Fall Miletti gegeben und es hätten bereits Festnahmen stattgefunden. Hast du was davon gehört?«

Da er eine Bewegung hinter sich spürte, sah er sich um und stellte fest, dass Zen ihm gefolgt war und jetzt in der Tür stand. Einen Augenblick lang war Gianluigi versucht, ihn rauszuschmeißen, doch er beherrschte sich. Die Auskunft, die er erhielt, war gut. Es war besser, sich unbekümmert zu zeigen, wie ein Mann, der nichts zu verbergen hat.

»Überhaupt nichts?«, vergewisserte er sich. »Das habe ich mir gedacht!«

»Bitten Sie ihn nachzufragen«, wandte Zen ein. »Das Ganze ist in Florenz passiert, und die Militärs halten es geheim, bis die Richterin kommt.«

Gianluigi biss sich auf die Lippe. »Würde es dir etwas ausmachen, das zu überprüfen?«, sagte er in den Apparat. »Du rufst zurück? Sehr gut.«

Als er den Hörer auflegte, ertönte Loredanas Stimme aus dem Wohnzimmer. »Verdammt, nicht schon wieder Schokoladenpudding! Was soll das, willst du mich vergiften? Du weißt, dass ich Schokolade nicht ausstehen kann! Davon kriege ich lauter Pickel.«

Während er darauf wartete, dass Norberto seine Kontaktperson erreichte, dachte Gianluigi an jenen anderen Telefonanruf, in den Tagen kurz nach Ruggieros Entführung. Man hatte der Bande die Telefonnummer der Santuccis als »sauberen« Anschluss gegeben, damit sie mit der Familie in Kontakt treten konnte. Zunächst hatte sich Gianluigi absolut korrekt verhalten, doch als die bescheidenen Forderungen der Bande prompt erfüllt wurden und es so aussah, als ob Ruggiero in wenigen Tagen freigelassen würde, kam ihm der Gedanke, wie günstig es wäre, wenn man die Rückkehr des alten Mannes verzögern könnte. Das Geschäft mit den Japanern hing in der Schwebe und damit auch Gianluigis Zukunft, denn wenn es zum Abschluss käme, wäre er ein gemachter Mann. Als die Bande dann das nächste Mal anrief, drückte er ein leichtes Erstaunen darüber aus, dass sie so wenig gefordert hatte angesichts der finanziellen Möglichkeiten der Familie. Dabei gab er zu verstehen, dass, wenn sie mehr zu diesem Thema wissen wollten, sich das wohl machen ließe. Natürlich war das ein Risiko, aber ein sorgfältig kalkuliertes wie alle Risiken, die er einging. Die Entführer würden keine Bedrohung darstellen, es sei denn, sie würden geschnappt. Und diese Möglichkeit war so abwegig, dass Gianluigi sie überhaupt nicht in Betracht gezogen hatte.

Das Telefon klingelte. »Nun, du scheinst besser informiert zu sein als ich, Santucci! Die Bande ist tatsächlich festgenommen worden. Heute Morgen ist eine Richterin nach Florenz gefahren, um sie zu vernehmen. Hallo? Hallo, bist du noch da?«

»Ja, ich bin noch dran. Vielen Dank. Bis bald.«

Ich werde Loredanas Kinder nicht aufwachsen sehen, dachte er, nie mit Sergio auf die Jagd gehen. Doch diese für ihn völlig untypische Schwäche hielt nur einen Augenblick an. Dann ging er mit großen Schritten auf die andere Seite des Raumes, öffnete die Schiebetür zur Terrasse und gab Zen ein Zeichen, ihm zu folgen.

Die Terrasse war von einer Pergola überdacht, deren Weinreben gerade die ersten Triebe zeigten. Es war sonnig und erstaunlich warm.

»Sie beschuldigen mich also, mit den Mördern meines Schwiegervaters unter einer Decke zu stecken, das ist es doch, oder?«, fragte Gianluigi geradeheraus.

Zen wirkte überrascht. »Nein, ganz und gar nicht, Dottore! Ich wollte Sie nur davor warnen, weil gewisse Entwicklungen eingetreten sind, die eventuell Probleme verursachen könnten, wenn nicht sofort die richtigen Schritte unternommen werden. Das ist alles.«

»An was für Schritte denken Sie da?«

Zen hob abwehrend eine Hand und schüttelte den Kopf. »Das ist Ihre Sache, Dottore. Ich brauche nichts davon zu wissen. Doch wozu auch immer Sie sich entschließen, es wird Zeit in Anspruch nehmen, und Zeit ist genau das, was wir nicht haben. Genau in diesem Augenblick befragt Rosella Foria in Florenz die Bande. Wir müssen schnell handeln.«

Natürlich, so also sah der Ausweg aus. Gott sei Dank für die menschliche Natur, dachte Gianluigi, verdorben bis ins Mark! »Verzeihen Sie, aber was soll für Sie dabei herausspringen?«, fragte er unverblümt.

Zen machte eine leicht verlegene Geste. »Vor ungefähr vier Jahren gab es ein Missverständnis mit meinen Vorgesetzten in Rom. Sie haben mich aus dem aktiven Dienst entfernt und zu Büroarbeiten ins Ministerium geschickt. An diesem Punkt meiner Karriere habe ich nicht viel, auf das ich mich noch freuen könnte, außer die Pensionierung natürlich. Aber die Pension wird nach meinem Rang festgesetzt. Bevor diese Sache passierte, war ich für die Beförderung zum Vicequestore vorgesehen, aber jetzt ...«

Gianluigi nickte und lächelte. »Sie würden also immer noch gerne befördert werden.«

Zen zuckte mit den Schultern und senkte dezent den Blick.

»Sie haben davon gesprochen, dass bestimmte Maßnahmen ergriffen werden müssten«, fuhr Gianluigi fort. »Woran haben Sie dabei gedacht?«

»Nun, da spielt noch ein weiterer Faktor eine Rolle. Die Entführer geben zwar zu, dass sie Valesio erschossen haben, aber sie streiten den Mord an Miletti ab. Außerdem wurde einer der SIMP-Fiats in der Nähe des Tatorts gesehen. Er wurde von einer Frau mit blonden Haaren gefahren. Ich habe den Wagen an dem Tag, als Sie mich in der Garage erwischten, identifiziert, ihn später stehlen und im Labor untersuchen lassen.«

Gianluigi sagte nichts. Angesichts der Situation schien es wenig angebracht, mit Empörung zu reagieren, und außerdem musste er seine Energie aufsparen.

»Man hat mehrere lange Strähnen gefunden«, fuhr Zen fort, »Strähnen aus einer blonden Perücke. Es sieht fast so aus, als ob jemand versuchte, Ihrer Frau etwas anzuhängen, insbesondere da Ruggiero mit einer Pistole erschossen wurde, die der ähnelt, die verschwunden ist, wie Sie mir gerade erzählt haben. Der springende Punkt dabei ist, dass sich hier für uns sowohl ein Risiko als auch eine Chance eröffnet.«

Gianluigi kriegte die letzte Bemerkung kaum mit. Eine blonde Perücke ging es ihm durch den Kopf. Eine blonde Perücke. Da er spürte, dass er nicht länger schweigen konnte, murmelte er: »Ein Risiko für meine Frau, meinen Sie?«

Zu seinem großen Erstaunen lachte Zen ziemlich gehässig. »Nein, Dottore! Sehen Sie mal, Ruggiero wurde am Montag ermordet, vierundzwanzig Stunden vor der Nachricht, er wäre freigelassen worden. Zu diesem Zeitpunkt wussten nur die Entführer, wo er war, und wenn sie ihn nicht getötet haben, müssen sie die Person informiert haben, die es getan hat. Und nur eine Person stand in Kontakt mit der Bande.«

»Ich habe ihn nicht getötet!«

Zen nickte besonnen. »Ich weiß, Dottore. Andernfalls wäre ich nicht hier! Ich möchte Sie nur darauf aufmerksam machen, dass die Untersuchungsrichterin zwangsläufig annehmen muss, der Informant der Bande und Ruggiero Milettis Mörder seien ein und dieselbe Person. Dieses Risiko sollten wir nicht unterschätzen. Doch es verschafft uns gleichzeitig einen Ausweg aus dem Dilemma. Wenn nämlich Rosella Foria annimmt, dass der Informant und der Mörder ein und dieselbe Person ist, dann muss es uns nur noch gelingen, sie davon zu überzeugen, dass jemand anders den Mord begangen hat, und sie wird selbstverständlich annehmen, dass diese Person auch der Informant war.«

Nach kurzem Zögern fing Gianluigi an zu lachen, als hätte man ihm soeben eine Geschichte über seltsame Bräuche in einem fremden Land erzählt. »Wissen Sie was, Zen? Ich glaube, ich habe Sie unterschätzt«, sagte er.

»Wir haben bei der Polizei unfairerweise einen Vorteil. Jeder hält uns für dumm.«

Gianluigis Lächeln verschwand abrupt. »Aber das wird nicht funktionieren! Halten Sie diese Richter etwa für Kinder? Wie können Sie darauf hoffen, jemanden aus der Familie in den Mord an Ruggiero zu verwickeln? Das ist einfach grotesk.«

»Das spielt keine Rolle. Es geht darum, soviel Aufregung und Verwirrung wie möglich zu stiften und möglichst viel Scheiße aufzuwirbeln. Und während Rosella Foria dann damit beschäftigt ist, das alles wieder auseinander zu sortieren, haben Sie reichlich Zeit, alle Schritte, die Sie für erforderlich halten, zu unternehmen, um eine befriedigende und dauerhafte Lösung herbeizuführen. Aber davon brauche ich nichts zu wissen. Was ich allerdings brauche, sind diese Fotos von Silvio.«

Gianluigi verlor schon wieder den Kopf. »Wer hat Sie darauf angesetzt, Zen? Sie sind nicht mächtig genug, um auf eigene Faust zu handeln. Wer steht hinter Ihnen, sagen Sie schon. Um was geht es?«

Ein dunkler Verdacht nahm plötzlich in seinem Hirn Gestalt an, denn ihm fiel wieder dieser Blick ein, den Zen mit seiner Frau getauscht hatte. Klar, sie musste es gewesen sein. Außer ihr wusste niemand etwas von den Fotos.

Er ging wütend auf ihn zu. »Nun hauen Sie endlich ab, Sie verdammtes Arschloch, und zwar sofort!«

Zen rührte sich nicht von der Stelle und sah ihn mit dem beharrlichen Vertrauen eines Hundes an, der weiß, dass sein Herr früher oder später zur Vernunft kommen wird. Und Gianluigi erkannte sofort, dass er recht hatte. Cinzia würde er sich später vorknöpfen, unter vier Augen. Er durfte daraus keinen öffentlichen Skandal machen, und noch viel weniger durfte er zulassen, dass die in Aussicht gestellte Lösung seines augenblicklichen Dilemmas auf diese Weise in Gefahr geriete. Das zu tun, wäre die Dummheit eines impulsiven Anfängers, nicht die Tat eines gerissenen und hartgesottenen Profis, wie er einer war.

»Was haben Sie mit den Fotos vor?«

Seine Stimme war kühl wie Marmor und genauso hart.

»Meinen Sie nicht, es wäre besser, wenn ich Ihnen das nicht sagte?«, antwortete Zen. »Man wird Sie vernehmen, wissen Sie. Ich denke, es wäre das Beste, wenn Sie so wenig wie möglich wissen. Es ist erstaunlich, was die Leute preisgeben, ohne es zu merken. Als ich beispielsweise die blonde Perücke erwähnte, haben Sie eine Reaktion gezeigt. Einem Richter würde so etwas auffallen. Wie Sie bereits sagten, das sind keine Kinder. Was ist übrigens mit der Perücke?«

Gianluigi starrte ihn lange an, bevor er sich zu einer Entscheidung durchrang. »Ich werde sie Ihnen zeigen.«

Er ging in sein Büro zurück, öffnete den Wandsafe und nahm einen gelben Umschlag heraus. Insgesamt gab es neun Abzüge. Er wählte zwei davon aus, schnippelte die zugehörigen Negative aus dem Filmstreifen und befestigte sie mit einer Büroklammer an den Fotos. Die übrigen Abzüge und Negative, die Crème de la crème, legte er wieder in den Safe. Sie würden noch immer ihren Zweck erfüllen, wenn es soweit war. Im Grunde war dies sogar ein nützlicher Test, um festzustellen, wie Silvio auf eine Erpressung reagierte.

Als er wieder herauskam, stand Zen mit dem Rücken zum Haus und betrachtete die Aussicht, die Gianluigi jeden Morgen beim Aufstehen jubelnd mit dem Gedanken begrüßte: »Das alles habe ich gekauft!« Er gab ihm den Umschlag und beobachtete mit unverhohlener Belustigung, wie Zen das erste Foto betrachtete. Es zeigte Silvio, der bis zur Taille nackt in einer überfüllten Diskothek tanzte. Seine behaarte Brust und sein weicher, glänzender Bauch waren zu sehen, und von seinen durchstochenen Brustwarzen baumelte an jeder Seite eine lederne Hundeleine. Sein Kopf war mit einer erstaunlichen Menge blonder Locken bedeckt.

»Die Perücke«, murmelte Zen.

Gianluigi nickte.

»Wo wurde das aufgenommen?«, fragte Zen.

»In Berlin.«

»Ach so, natürlich. Die Heimatstadt von Gerhard Mayer.«

Gianluigi beschloss, dass es an der Zeit war, seinen neuen Mitarbeiter auf den Boden der Tatsachen zurückzuholen, was ihr Verhältnis betraf.

»Darüber wissen Sie also auch Bescheid? Sehr schlau. Aber passen Sie auf, dass Sie nicht zu schlau werden und nicht mehr wissen, worum es geht, und jedes Maß und Ziel verlieren. Denn wenn Sie das tun, dann verspreche ich Ihnen, dass Sie es bis ans Ende Ihrer Tage bedauern werden. Und ich mache keine leeren Drohungen, Zen.«

Zen sah ihn mit einem Ausdruck an, der vor Aufrichtigkeit und Ernst nur so triefte. »Dottore, ich bitte Sie! Ich bin hundertprozentig auf Ihrer Seite!«

Gianluigi nickte. »Dann wollen wir kein Wort mehr darüber verlieren. Aber jetzt wollen wir doch mal sehen, wie schlau Sie sind. Was fällt Ihnen dazu ein?«

Auf dem zweiten Bild lehnte Silvio anscheinend gegen eine gekachelte Wand. Doch diese glänzende, weiße Masse mit einer Ausbuchtung, vage an ein Hinterteil erinnernd, die über seiner Brust aufragte, war undefinierbar. Und warum hatte er diesen Ausdruck ekstatischen Märtyrertums?

Gianluigi drehte das Foto auf die Seite und beobachtete Zens Verwirrung mit einem wissenden Grinsen. Es war wirklich sehr schwierig, wenn man keine der späteren und eindeutigeren Aufnahmen gesehen hatte.

»Hilft Ihnen das weiter?«, ermunterte er ihn.

So war Silvio auf dem Rücken liegend zu sehen, auf einem weiß gekachelten Fußboden, unterhalb des weißen Gebildes. Es sah beinah wie eine Art Altar aus. Zweifellos hatte diese Szene etwas Rituelles, als ob sie Teil einer Zeremonie wäre, deren genaue Bedeutung nur den Eingeweihten bekannt war.

»Was ist das?«, fragte Gianluigi neckisch und deutete auf das weiße Objekt.

Zen schüttelte den Kopf.

»Nun, wie sieht es aus?«

Er hatte seinen Spaß, kriegte was für sein Geld!

»Um ganz ehrlich zu sein, es sieht aus wie eine Toilette.«

Gianluigi klatschte ironisch Beifall. »Bravo, mein Freund. Es ist eine Toilette. Aber eine ganz besondere Toilette. Sie ist an kein Abflussrohr angeschlossen, sie ist an Silvio angeschlossen. Er wartet darauf, dass jemand kommt und sie benutzt. Eines der Lokale, das unser Silvio mit seinem Freund in Berlin besucht, ist ein Club für Leute, die es aufregend finden, wenn sie beschissen werden, und umgekehrt natürlich. Da hätte man selbst draufkommen müssen, meinen Sie nicht auch? Was für eine Goldgrube! Beide zahlen für ihr Vergnügen, und nebenbei hat man noch ein florierendes, kleines Unternehmen für erstklassigen Gartendünger.«

Zen lachte und steckte die Fotos zurück in den Umschlag. Gianluigi schlug ihm plumpvertraulich auf den Rücken und schob ihn ins Haus. Jetzt musste er sehen, dass er ihn schnell loswurde. Er brauchte etwas Ruhe und Frieden zum Nachdenken. Es hatte keinen Sinn, die üblichen Kontakte einzuschalten. Um wirkungsvoll etwas ausrichten zu können, müsste er ihnen die Wahrheit erzählen, und wenn sie die Wahrheit wüssten, würden sie ihn fallen lassen. Es gab auch Grenzen für das Unerlaubte, und er war sich sehr wohl bewusst, dass er diese überschritten hatte. Schade, dass sich die Justiz bereits eingeschaltet hatte. Richter waren oft so stur und setzten ihre Ermittlungen selbst dann noch fort, wenn man ihnen ganz deutlich gemacht hatte, dass dies gegen ihre eigenen Interessen verstieße. Diese Art von Sturheit war etwas, das Gianluigi zutiefst verachtete. Für ihn war das eine Verwirrung, ähnlich wie religiöser oder politischer Fanatismus, etwas, das in einer modernen, demokratischen Gesellschaft nichts verloren hatte.

»Ich muss so bald wie möglich mit Silvio sprechen«, bemerkte Zen, als sie an der Haustür angekommen waren. »Könnte ihn nicht jemand überreden, dass er heute Nachmittag zu Antonio Crepis Haus kommt? Crepi selbst braucht nichts davon zu wissen.«

Gianluigi starrte ihn mit zusammengekniffenen Augen an. »Sie verlangen eine ganze Menge und geben herzlich wenig dafür«, sagte er verdrießlich.

»Das tue ich alles für Sie, Dottore!«, gab Zen mit gekränkter Miene zurück.

Nach kurzem Zögern brach Gianluigi in schallendes Gelächter aus. »Alles für mich, ich werd nicht mehr! Sie tun es für Ihre Pension, mein Freund, und glauben Sie nicht, dass ich das nicht weiß.«

Zen zuckte verlegen mit den Schultern. »Nun ja, das natürlich auch.«

»Was ist denn jetzt los?«

Silvio wiederholte im Stillen das entnervte Aufstöhnen des Fahrers, als er den Polizisten bemerkte, der sie heranwinkte. Ja wirklich, was war denn jetzt los? Ein weiteres Ärgernis, ein weiterer Rückschlag, eine weitere Verzögerung.

Als das Taxi neben dem Zivilfahrzeug der Polizei anhielt, das in der Kurve geparkt war, löste sich ein tiefer Seufzer langsam aus Silvios Brust. Denn dies war nicht die erste Unannehmlichkeit, die ihm dieser Tag beschert hatte, bei Weitem nicht! Praktisch hatte es seit heute Morgen um fünf Uhr, als sein Radiowecker ihn aus dem Tiefschlaf schreckte, nichts als Schwierigkeiten gegeben. Der Wecker hatte ihn gestern Nachmittag nach einem Nickerchen rechtzeitig für eine Verabredung mit einem jungen Freund wecken sollen, doch er musste ihn falsch eingestellt haben. Da er nicht funktionierte, hatte der Wecker ihm nicht nur den Abend verdorben, sondern ihn zu allem Überfluss auch noch aus dem Schlaf gerissen. So hatte er also am frühen Morgen wach gelegen, und seine Chance, wieder einzuschlafen, war so gering wie die Möglichkeit, Scheiße dorthin zurückzukriegen, wo sie herkam, wie der liebe Gerhard zu sagen pflegte.

Er musste sich bald wieder mit Gerhard in Verbindung setzen. Eine der unangenehmsten Begleiterscheinungen der letzten paar Wochen hatte darin bestanden, dass er seine Ausflüge nach Berlin hatte einstellen müssen. Doch nun, da alles zufriedenstellend gelöst war, würde er sich bald wieder davonstehlen können. Wie Ivy festgestellt hatte, hatte Ruggieros Tod durchaus seine guten Seiten.

»Unsinn!«, hatte sie erwidert, als er behauptete, untröstlich zu sein.

»Aber mein Vater ist doch tot!«, hatte er mit einer theatralischen Geste gejammert. »Ich habe das *Recht,* traurig zu sein. Das ist ganz natürlich!«

»Aber du bist nicht traurig. Im Gegenteil, du bist richtig erleichtert.«

»Sag doch so was nicht!«

Doch er hatte gewusst, dass sie recht hatte. Das war das Erstaunliche an Ivy, dass sie in seine Gedanken eindringen und ihm Dinge zeigen konnte, die er sich selbst niemals einzugestehen gewagt hätte. Manchmal war es richtig erschreckend, wie recht sie hatte.

Der Polizist, ein ganz attraktiver, junger Bursche mit einem riesigen Schnurrbart, überprüfte die Papiere des Fahrers. Silvio hatte den Eindruck, dass er ihn schon mal gesehen hatte.

Und war nicht auch die Stelle, an der sie angehalten worden waren, ihm irgendwie vertraut? Die Sonne stand hoch, und es war unangenehm heiß im Taxi. Er fühlte sich mit seiner warmen Unterwäsche und seinem schweren Anzug und Mantel auf groteske Weise falsch angezogen und schwitzte am ganzen Körper. Außerdem staute sich die Feuchtigkeit zwischen Haut und Stoff, was sehr lästig war. Silvio sah auf seine Uhr. Der Polizist schlenderte in einer aufreizend gemächlichen Art um das Taxi und prüfte es eingehend, wobei er sich sehr viel Zeit ließ. Wenn dies noch lange so weiterging, würde er ganz bestimmt zu spät kommen.

Nach dem unsanften Erwachen am Morgen hatte er vergeblich versucht, wieder einzuschlafen. Schließlich hatte er die Hoffnung aufgegeben und war in die Küche hinuntergegangen, nur um festzustellen, dass Daniele seinen ganzen biodynamischen Ziegenmilchjoghurt aufgefressen hatte. Dieser war reich an lebenden Bakterien, mit denen sein Homöopath glaubte, Silvios prekären Gesundheitszustand stabilisieren zu können. Was Silvio daran mochte, war der Geschmack nach Ziege. Alles, was mit Ziegen zu tun hatte, gehörte bei ihm in jene besondere Kategorie, wo Vergnügen und Ekel wie zwei nackte Ringer miteinander um die Vorherrschaft kämpften. Schweiß gehörte auch dazu, und Fürze und Mundgeruch. Gianluigis Atem konnte einen zuweilen umhauen, zweifellos wegen seiner Verdauungsprobleme oder wegen seiner Zähne, die niemals eine Bürste zu sehen kriegten und mit prächtigen, unberührten Schichten von Zahnbelag überzogen waren, sodass er sich manchmal fragte, wie Cinzia das aushielt. Aber vielleicht machte es ihr ebenfalls Spaß, Abscheu zu empfinden. Vielleicht sehnte sie sich danach, sich wohlig auszustrecken und sich dem hinzugeben, was sie vor Ekel erschauern ließ.

Danach war an diesem Tag alles nur noch schlimmer geworden. Der Gipfel war dann dieser Telefonanruf um die Mittagszeit von diesem widerlichen Spinelli von der Bank. Er bestand darauf, einen Vertreter der Familie noch am selben Nachmittag in Antonio Crepis Villa zu treffen, um über ein dringendes Problem zu reden, das zu heikel war, um es am Telefon zu besprechen. Silvio hatte gehofft, sich einen angenehmen Nachmittag machen zu können, Schallplatten von Billie Holliday zu hören und den Auktionskatalog mit seltenen haitianischen Ausgaben durchzublättern, den Pietro aus London geschickt hatte in der Hoffnung, ihn bis auf Weiteres bei Laune zu halten, jetzt wo er fünfundzwanzig Prozent der Firma vertrat! Ja, Ruggieros Tod hatte gewiss auch seine guten Seiten, wie Ivy betont hatte. Eigentlich hätte sie ihn fahren sollen, aber als der Anruf kam, war sie bereits fort, weil sie einen Termin hatte. Also musste er ein Taxi nehmen, das natürlich zu spät kam und dann im Stau stecken blieb. Und jetzt das hier! Es war wirklich fürchterlich.

Ein Beamter in Zivil stieg aus dem Polizeifahrzeug.

»Wie läufts?«, hörte Silvio ihn den jungen Polizisten fragen.

»Nicht so gut. Das Scheißding ist in ausgezeichnetem Zustand.«

Plötzlich wurde Silvio klar, weshalb ihm diese Stelle bekannt vorgekommen war. Genau in dieser Kurve war das Auto seines Vaters von den Entführern von der Straße gedrängt worden.

»Sagen Sie mal, dauert das noch lange?«, fragte der Taxifahrer.

»Wir schreiben gerade die Mängel auf, die wir an Ihrem Fahrzeug entdeckt haben«, erklärte ihm der Beamte.

»Mängel? Was für Mängel?«

Der Polizist sah in sein Notizbuch. »Nicht genügend Profil auf dem linken Vorderreifen. Die Heckscheibe wird teilweise von einem Aufkleber verdeckt. Nummernschildbeleuchtung funktioniert nicht.«

Der Fahrer lachte sarkastisch. »Und der Zigarettenanzünder ist auch kaputt.«

»Tatsächlich?«, fragte der Beamte. »Also *zwei* Defekte im elektrischen System. Dürfte ich Ihre Schneeketten sehen?«

»Schneeketten?«, antwortete der Fahrer fassungslos. »Wovon reden Sie?«

»Alle Fahrzeuge, die diese Straße zwischen Anfang Oktober und Ende April befahren, müssen Schneeketten mit sich führen. Haben Sie nicht das Schild dahinten auf der Anhöhe gesehen?«

»Merken Sie nicht, wie warm es ist? Über zwanzig Grad!«

»So lautet aber das Gesetz.«

»Dann ist das Gesetz verrückt!«

»Das würde ich an Ihrer Stelle nicht sagen. Sonst werden Sie noch wegen Missachtung angezeigt.«

»Verdammte Scheiße!«, murmelte der Fahrer.

Silvio kurbelte sein Fenster herunter. »Entschuldigen Sie!«, rief er gereizt. »Ich bin bereits zu spät zu einer Verabredung ...«

Der Beamte sah sich um. »Na, so was, Signor Miletti! Bitte verzeihen Sie mir, ich hatte keine Ahnung, dass Sie das sind.«

Silvio blinzelte in die Sonne. »Ach, Sie sinds, Zen. Ich dachte, Sie wären längst wieder in Rom.«

»Noch nicht, Dottore. Noch nicht.«

»Hat man Sie jetzt zum Verkehrsdienst abgestellt?«

Wie jemand, dem man häufig vorwirft, keinen Humor zu haben, pflegte Silvio die Aufmerksamkeit auf seine Scherze zu lenken, indem er selbst darüber lachte. Zen lächelte pflichtschuldig. Allerdings hätte das genauso gut über den schrillen Klang von Silvios Lachen wie über den Scherz selbst sein können.

»Wie dem auch sei, würden Sie jetzt bitte dem Fahrer einen Strafzettel geben oder was auch immer Sie vorhaben und uns weiterfahren lassen. Wie ich schon sagte, ich bin bereits zu spät zu einer Verabredung.«

»Das kommt überhaupt nicht infrage, fürchte ich. Schon bei einer oberflächlichen Untersuchung sind fünf Mängel an diesem Fahrzeug festgestellt worden. Damit ist es als öffentliches Beförderungsmittel untauglich. Es wäre mir jedoch eine große Freude, Ihnen einen Platz in meinem Wagen anbieten zu dürfen.«

»Ich habe keine Lust, mit Ihnen zu fahren, Zen.«

»Ganz wie Sie wünschen. Es ist aber ein weiter Weg.«

»Schneeketten!«, brummte der Taxifahrer angewidert.

Silvio schmorte auf dem Rücksitz des heißen und stickigen Wagens und dachte über das soeben Gesagte nach. Ein erregendes Gefühl von Gefahr hatte von ihm Besitz ergriffen und veranlasste ihn schließlich, die Tür zu öffnen und sich in das zu ergeben, was auch immer auf ihn zukommen würde.

»Ein weiter Weg wohin?«, murmelte er verträumt, während das Taxi quietschend nach rechts umdrehte und zurück in die Stadt fuhr.

Zen öffnete die hintere Tür des Alfetta.

»Bis dort, wo Sie hin wollen.«

»Aber Sie wissen doch gar nicht, wo ich hin will.«

»O doch, Dottore, das weiß ich.«

»Wohin denn?«

Das war als Herausforderung gemeint, aber Zen behandelte es wie eine echte Frage. »Das werden Sie gleich sehen«, antwortete er selbstzufrieden, als sie weiter bergab fuhren.

In der Ferne sah man Crepis Villa auf ihrem Felsenkamm liegen, doch die Landschaft raste so irrsinnig schnell vorbei, dass sie in Nullkommanichts an der Einfahrt vorbei waren.

»Sie haben die Abzweigung verpasst!«, sagte Silvio zu dem Fahrer. »Ich will zu Antonio Crepi! Er erwartet mich.«

»Das ist beides falsch«, antwortete Zen, ohne sich umzudrehen.

»Das wird Sie beide Ihren Job kosten«, stammelte Silvio ziemlich wirr vor Aufregung. »Das ist Entführung! Dafür kriegen Sie zwanzig Jahre, alle beide!«

Sie hatten die Ebene nahe beim Tiber erreicht, dessen Verlauf auf der rechten Seite durch eine Reihe von Bäumen gekennzeichnet wurde, an deren unteren Ästen Fetzen von Plastiktüten und anderer unverwüstlicher Abfall hing.

»Hier entlang«, sagte Zen zu dem Fahrer und wies auf einen Pfad, der sich durch Unmengen von wilden Brombeeren und anderem Gestrüpp hindurchbahnte. Die Einfahrt war von zwei imposanten Torpfosten markiert, die sich jedoch in stark verfallenem Zustand befanden. Rings um das Auto stieg eine rote Staubwolke auf, die fast die Sicht verdeckte.

Sie hielten an. Zen stieg aus, legte seinen Mantel ab und warf ihn auf den Vordersitz. Dann nahm er ein Klemmbrett und einen großen, gelben Umschlag vom Armaturenbrett und öffnete die hintere Wagentür. »Steigen Sie aus, Dottore.«

Silvio stieg aus.

Während sich der Staub legte, konnte er die riesigen Ziegelhaufen überall auf der Lichtung sehen, in der sie geparkt hatten. In vagen Umrissen waren die Baracken, Öfen und Schornsteine, die dort einst gewesen waren, noch zu erkennen, doch alles war außer Reih und Glied geraten wie eine Armee von Deserteuren. Es erinnerte ihn an die alte Fabrik unterhalb des Hauses, die viele Jahre lang sein privater Spielplatz gewesen war, trotz der eindringlichen Warnungen seiner Mutter, sich bloß nicht dorthin zu wagen. Er war ein einsames Kind gewesen, und jene verlassenen Wege, Höfe und Fabrikhallen hatten den idealen Hintergrund für seine Fantasien abgegeben. Das waren zum größten Teil Kriegsbeziehungsweise Leidensfantasien. Seine Opfer waren schwedische Streichhölzer, die er hinter Mauerresten oder in ausgehobenen Gräben aufstellte und dann gnadenlos mit Steinen bombardierte, erst aus der Ferne und dann allmählich immer näherkommend, bis man sehen konnte, wie sich die scharfen Kanten der Geschosse in den Boden bohrten. Aber das Beste kam erst, wenn er die verbogenen und zerbrochenen Splitter aufsammelte und sich die schrecklichen Verwundungen vorstellte, die grotesken Verstümmelungen, die Qualen, die Schreie und das jämmerliche Flehen, endlich erlöst zu werden. Er spielte alle Rollen selbst und imitierte mit seiner Stimme Granaten und Explosionen, Sirenen und Schreie. Er ging in dieser Fantasiewelt mit Wonne auf und fühlte sich sicher in dem Bewusstsein, dass die Tore der verlassenen Fabrik abgeschlossen und geschützt waren, die Mauern zu hoch, um hinüberzuklettern und außerdem mit Scherben von zerbrochenem Glas besetzt.

Doch eines Tages hatte er aufblickend festgestellt, dass er beobachtet wurde.

Der Mann war hager, zäh und schmutzig, seine Kleidung schmierig und zerrissen. Silvio hatte noch nie einen Kommunisten gesehen, doch er wusste instinktiv, dass das einer war. Sein Vater hatte ihm erzählt, dass die Kommunisten vorhätten, die Fabriken zu übernehmen und die Besitzer und deren Familien zu töten. Silvio floh und blieb wochenlang weg. Doch dann, so ganz allmählich, wurde ihm bewusst, dass die Gefahr für ihn kein Grund mehr war, die Fabrik zu meiden, sondern eher eine unwiderstehliche Versuchung, dorthin zurückzukehren. Seine unschuldigen Spielchen hatten ihren Reiz verloren. Er wusste, dass sie ihm für immer entglitten waren, Teil von etwas, an das er jetzt zum ersten Mal als seine Kindheit dachte. Wenn er zurückginge, wäre das, um eine neue Dimension zu erkunden, die er in sich aufbrechen spürte. Das war keine angenehme Empfindung. Er fühlte sich innerlich zerrissen, gespalten und zerbrochen wie seine Streichholzhelden. Aber er konnte diesem Drang nicht widerstehen. Bereits damals wusste er, dass er für den Rest seines Lebens ein williger Sklave sein würde.

Als Silvio den Mann zum zweiten Mal sah, hatte er den Vorteil, ihn als Erster zu bemerken. Er war um ein Stück Mauer geschlichen, da sah er die Gestalt mit dem Rücken zu ihm in einer Ecke stehen, den Kopf gesenkt und mit einer heimlichen Tätigkeit beschäftigt. Er wusste, er hätte, so schnell er konnte, davonlaufen sollen. Stattdessen zog es ihn unwiderstehlich in die Nähe des Mannes, der weiter ganz ruhig dort stand und sich anscheinend seiner Anwesenheit nicht bewusst war. Doch als Silvio fast so nahe an ihn herangekommen war, dass er ihn hätte berühren können, wirbelte der Mann plötzlich herum und schickte einen hohen Urinstrahl durch die Luft, der Silvio über Kleider, Gesicht, Lippen und Mund spritzte.

Später stellte er sich unter den Gartenschlauch, bis er durch und durch nass war, und erzählte seinen Eltern, dass die Rowdys am Bahnhof ihn in den Brunnen geworfen hätten. Zwar kamen seine Kleider makellos aus der Reinigung zurück, doch die ekelerregende Wärme und der bittere Geschmack der hellgelben Flüssigkeit hatten sich so unauslöschlich in seine Haut gegraben wie eine Tätowierung. Er ging nie mehr zu der Fabrik zurück, die kurze Zeit später renoviert und in Büros und Parkplätze für das Management der Firma, die bald SIMP heißen sollte, umgewandelt wurde. Doch diese kahle und trostlose Landschaft war ein Teil von ihm, ebenso wie der Makel, den kein Wasser abzuwaschen vermochte. Jedes Mal, wenn er sich nachts im Bett berührte, war er wieder dort, gnadenlosen und spöttischen Fremden ausgesetzt, mit ihrem Gestank und ihrem Schmutz besudelt, erschaudernd und vor Wonne bebend zugleich.

»Sehen Sie, Dottore?«, bemerkte Zen ironisch. »Ich hab doch gesagt, ich weiß, wo Sie hingehen.«

Es war drückend heiß. Die großen Ziegelhaufen waren zwar hoch genug, um den geringsten Luftzug abzuhalten, aber nicht hoch genug, um Schatten zu spenden. Silvio konnte spüren, wie Rinnsale von Schweiß ihm die Hautfalten entlangliefen, durch die haarigen Partien tropften und ihm die Unterwäsche durchnässten.

»Natürlich habe ich nicht rein zufällig in dieser Kurve an der Straße gewartet«, fuhr Zen fort.

»Das ist ein Komplott!«, murmelte Silvio.

»Ganz recht, es ist ein Komplott. Aber Sie sind nur ein Mittel zum Zweck. Alles, was ich von Ihnen brauche, ist Ihre Unterschrift unter diesen Papieren.«

Zen reichte ihm das Klemmbrett. Die Sonne blendete so stark auf dem Papier, dass Silvio sich drehen musste, um das Klemmbrett in seinen eigenen Schatten zu bringen, bevor er in der Lage war, etwas anderes als das Wappen zu erkennen, das den Kopf der Seite zierte. Aufgrund der blumigen Formulierungen und des gespreizten Tons, in dem der Text abgefasst war, dauerte es aber dann noch ziemlich lange, bis er begriff, um was es ging. Als ihm die Bedeutung des Ganzen schließlich aufging, hätte er fast aufgeschrien, getroffen von einem Schmerz, der sich von den melodramatischen Qualen in seinen Fantasien ebenso unterschied wie eine Gallone künstliches Blut von einem Tropfen echten.

Nie hatte er das strikte Verbot seiner Mutter vergessen, das Gelände zu betreten, wo er zum ersten Mal diese entsetzlichen Schauer der Erregung erfahren hatte. Als sie ihm ein paar Jahre später genommen wurde, wusste er, dass das eine Strafe für seinen Ungehorsam war. Nicht, dass ihn das daran hinderte, sich weiter seinen Lastern hinzugeben; ganz im Gegenteil, sein Schuldgefühl ließ ihn die verbotenen Vergnügungen noch intensiver und stärker empfinden. Doch der zärtliche Schmerz über ihren Verlust war etwas anderes. Nichts konnte ihn lindern, bis Ivy kam. Und jetzt ...

»Sie müssen verrückt sein!«

Unglücklicherweise ließ ihn, wie so oft, wenn er wütend wurde, seine Stimme im Stich, und die Worte kamen nur als ein herrisches Quietschen heraus.

»Das ist nicht auf meinem Mist gewachsen, Dottore«, versicherte ihm Zen. »Ich führe nur Befehle aus.«

»Wessen Befehle?«

»Können Sie sich das nicht denken?«

Silvio zwang sich, den kleinen Rest von Scharfsinn, den er von seinem Vater geerbt hatte, aufzubieten. Dieser Mann hatte gewusst, dass er an dieser Stelle vorbeikommen würde. Deshalb musste er ebenfalls gewusst haben, dass er auf dem Weg zu Crepi war, auch wenn er behauptete, dass Crepi selbst nichts davon gewusst hätte. Mit anderen Worten, der Anruf Spinellis war nichts weiter als eine List gewesen, um ihn in einen Hinterhalt zu locken. Also musste der Bankangestellte mit in das Komplott verwickelt sein. Aber er war nur eine Nebenfigur wie dieser Zen. Wer hatte sie beide in der Hand? Die naheliegende Antwort war Gianluigi Santucci, der Gönner dieses Bankmenschen. Doch Gianluigi würde seine Energie nicht für solch kleinliche Racheakte verschwenden. Nein, es konnte nur …

»Cinzia«, murmelte er.

Silvio warf Zen das Klemmbrett vor die Füße. »Sie können mich mal.«

»Wir erwarten natürlich nicht von Ihnen, dass Sie es umsonst tun«, sagte Zen ganz sanft und wischte den Staub von den Blättern.

»Versuchen Sie etwa, mich zu bestechen?«

Obwohl er einerseits sehr weltfremd war, war Silvio dennoch so sehr ein Miletti, dass er sich über die Vorstellung ärgerte, jemand könnte ihn in finanzieller Hinsicht demütigen.

»Nein, es geht nur um ein paar Erinnerungsstücke, weiter nichts. Erinnerungsstücke aus Berlin.«

Zen nahm die beiden Fotografien aus dem großen, gelben Umschlag und hielt sie hoch.

Auf der Stelle wurde Silvios eigentlicher Schmerz und sein berechtigter Zorn von anderen Gefühlen überlagert. Wenn er sich nur vorstellte, dass dieser ekelhafte Kerl es die ganze Zeit gewusst hatte, es sogar gesehen hatte!

»Nein, das mache ich nicht!«

Er wusste sehr gut, dass er sich mit dieser sturen Weigerung genauso gut den Hintern abwischen konnte, wie der liebe Gerhard sagen würde. Aber Zen schien darauf reingefallen zu sein.

»In diesem Fall fürchte ich, dass Abzüge dieser Fotos sehr bald bei den Freunden und Feinden der Familie Miletti in Perugia und anderswo zirkulieren werden. Stellen Sie sich bloß die Situation vor, Dottore! Da sitzen die Leute am frühen Morgen mit noch schläfrigen Augen über ihrer ersten Tasse Kaffee und dann peng! Hallo! Was ist denn das? Großer Gott! Das sieht ja aus wie Silvio Miletti, der darauf wartet, dass jemand auf ihn scheißt! Was meinen Sie, wie die Leute auf so etwas reagieren werden, Dottore? Nun ja, so was muss es auch geben, jedem das Seine, man sollte nichts verurteilen, was man nicht kennt.«

Silvio war im wahrsten Sinne des Wortes sprachlos. Die Vorstellung, dass diese Bilder Leuten unter die Augen kämen, die zu vollkommen anderen Bereichen seines Lebens gehörten, die er auf Empfängen und Besprechungen traf, bei Festessen und in Konzerten, die ihn täglich auf dem Corso grüßten! Ja, er würde unterschreiben müssen, das stand außer Frage. Wenn seine geheimen Vergnügungen in ganz Perugia bekannt würden, dann wäre das eine so ungeheure Demütigung, so absolut und perfekt, dass er die Aufregung, die das hervorriefe, ganz bestimmt nicht überleben würde.

Doch bei dem Gedanken an das, was er gleich tun müsse, verschwand diese Erregung, und der eigentliche Schmerz kehrte zurück. »Aber das sind alles Lügen! Schmutzige und obszöne Lügen, weiter nichts!«

Zu seinem Erstaunen zwinkerte ihm Zen verschwörerisch zu. »Natürlich! Deshalb spielt es auch keine Rolle. Die Entführer sind bereits in Florenz festgenommen worden. Sie haben alles zugegeben. Glauben Sie mir, Dottore, wenn ich auch nur einen Augenblick annehmen würde, diese Aussagen könnten ernst genommen werden, hätte ich mich niemals bereit erklärt, dabei mitzumachen! Aber es geht einzig und allein darum, einen kleinen Skandal auszulösen, ein bisschen Dreck aufzuwirbeln. Es ist wirklich ganz harmlos.«

Dieser Mann machte Silvio mit seiner unterwürfigen Heuchelei ganz krank, doch was er sagte, hatte Sinn. Wenn die Bande bereits gestanden hatte, dann waren die Papiere, die er unterzeichnen sollte, vollkommen wertlos. Außer für Cinzia, der jedes Mittel recht war, um die Ehre der Frau zu besudeln, die er liebte und deren Liebe ihm Kraft gab. Doch um Cinzia würden sie sich später kümmern. Zunächst einmal musste er das hier hinter sich bringen und Ivy unverzüglich warnen. Es war schrecklich, sich vorzustellen, wie sie leiden würde, wenn sie unvorbereitet mit diesem offensichtlichen Verrat konfrontiert würde.

»Setzen Sie einfach Ihren Namen auf die gepunktete Zeile am Ende, Dottore«, drängte Zen. »Wo es heißt, dass Sie diese Aussage ohne Zwang und aus freiem Willen gemacht haben.«

Silvio nahm seinen Füllfederhalter heraus und unterschrieb. Als er den gelben Briefumschlag sicher in Händen hielt, wandte er sich an Zen.

»Ich mag zwar in gewissen äußerlichen Dingen schmutzig sein«, bemerkte er, »aber Sie sind es durch und durch! Sie sind ein dreckiger, verfaulter und stinkender Sumpf, ein wandelnder Scheißhaufen.«

Der endgültige Beweis für die totale Degeneriertheit des Beamten war, dass er gar nicht erst versuchte, sich zu verteidigen, sondern einfach in das wartende Auto einstieg, nachdem er seine abscheuliche Aufgabe erledigt hatte. Silvio folgte ihm, aber viel langsamer. Obwohl er schon viel Glanz und Elend in seinem Leben erfahren hatte, war moralische Überlegenheit ein Gefühl, das ihm nur selten widerfuhr. Als Kenner exotischer Empfindungen war er entschlossen, es bis zum Äußersten auszukosten.

II

Im letzten Augenblick hätte sie es sich fast noch anders überlegt. Es war der Ort selbst, der diese Gefühle bei ihr auslöste, der Geruch von billiger Macht, der ihr klarmachte, wie weit sie es seit jenen frühen Tagen gebracht hatte, als sie sich als Sekretärin und mit Englischkursen durchschlug. Die Welt, in der Ivy jetzt lebte, war natürlich auch von Macht getränkt. Doch sie unterschied sich beträchtlich von dieser minderwertigen Art von Macht, die an Orten herrschte, wo man hineinging, um ein Paket aufzugeben, einen Scheck einzulösen oder seine Aufenthaltsgenehmigung zu verlängern. Wie sie diese verbitterten und neidischen Winzlinge immer gehasst hatte, die die inneren Grenzen des Staates bewachen, bösartige Kobolde, die ihre schäbige Zauberkraft bis zum Äußersten nutzen wollen. Ihre italienischen Freunde behaupteten, das genauso zu empfinden, doch davon war Ivy nie überzeugt gewesen. Das Opium dieses Volkes war nicht Religion, sondern Macht, oder vielmehr Macht war seine Religion. Jeder glaubte daran, jeder war süchtig danach. Und jeder wurde zumindest mit einem winzigen Bröckchen davon belohnt, gerade genug, um einem das Gefühl zu geben, man werde gebraucht. Was die Leute an dem System hassten, war, von anderen abhängig zu sein, doch sie würden sich jeder Veränderung widersetzen, die ihre eigene Macht zu schwächen oder zu begrenzen drohte. Auf diese Weise war die Situation sowohl stabil als auch einträglich, besonders für die, die selbst genug Macht hatten, um die Macht der anderen durch ein paar Telefongespräche, einen Hinweis hier, eine Drohung da, umgehen zu können. Nach einiger Zeit hatte auch Ivy die Vorteile dieses Systems schätzen gelernt und erkannt, dass sie es genauso gut benutzen konnte wie die Einheimischen, wenn nicht sogar noch besser. Zu guter Letzt war sie so weit, die Italiener als die großen Realisten zu bewundern, die das Leben so sahen, wie es wirklich war, ohne die lähmende Heuchelei der angelsächsischen Welt, in der sie aufgewachsen war.

Sie hatte ihre Lektion gründlich gelernt. Es war lange her, dass sie an dem Schalter mit dem verächtlich hingekrakelten Schild »Ausländer« anstehen und auf die Beamten von der politischen Abteilung warten musste. Die kamen und gingen, wie es ihnen passte, erschienen überhaupt nicht oder schickten einen weg, weil man nicht genug Bögen von dem speziell gestempelten Papier hatte, das man nur in einem Tabakladen kaufen konnte, was bedeutete, dass sich alles um eine weitere halbe Stunde verzögerte und man wieder von vorne anfangen musste, weil man seinen Platz in der Schlange verloren hatte. Heutzutage überging sie diese Leute und verhandelte nur mit denjenigen, die wirklich Macht hatten. Der Haken dabei ist natürlich, dass die nur mit einem sprechen, wenn man selber Macht hat oder einen Mächtigen kennt. Erst seit ihrer Verbindung mit Silvio Miletti war sie in der Lage, die Lektion, die sie gelernt hatte, in die Praxis umzusetzen, ihre neu erworbenen Fähigkeiten auszuprobieren. Ja, sie hatte es weit gebracht.

»Kann ich Ihnen helfen?«

Während sie dort am Fuß der Treppe zögernd und nachdenklich herumstand, hatte sie die Aufmerksamkeit des Wachtpostens auf sich gezogen, der sie mit einem arroganten Blick fixierte.

»Ich habe eine Verabredung mit Kommissar Zen«, antwortete sie betont kühl.

»Nie gehört.«

»Es ist schon in Ordnung, ich kenne seine Zimmernummer.«

Sie versuchte, die Treppe hinaufzugehen, aber der Mann versperrte ihr mit einem Arm den Weg und brüllte einem Kollegen zu: »Haben wir einen Zen?«

Der Mann sah auf die an der Wand befestigte Liste. »Drei-fünf-eins!«, brüllte er zurück.

»Drei-fünf-eins«, wiederholte der Wachtposten langsam. »Dritte Etage. Meinen Sie, Sie finden das allein?«

»Ich glaube, das werde ich zur Not schaffen, vielen Dank.«

Ihr Versuch, ironisch zu sein, hatte den Mann in seiner dummen Selbstgefälligkeit in keiner Weise beeindruckt. Auf ihrem eigenen Territorium konnte man die natürlich nicht schlagen; es war ein Fehler gewesen, überhaupt zu kommen. Normalerweise hätte sie das nicht getan. In den Kreisen, in denen sie jetzt verkehrte, ging man nicht zu Polizisten, es sei denn, sie stünden auf der Gehaltsliste. In diesem Fall würde das Treffen an einem neutralen Ort stattfinden, zum Beispiel in einem Café oder auf der Straße. Doch als Zen kurz vor Mittag anrief, hatte Ivy zugestimmt, ohne weiter darüber nachzudenken. Er würde noch an diesem Abend nach Rom zurückfahren, hatte er gesagt, und würde gerne diese Angelegenheit klären, über die sie neulich am Telefon gesprochen hatten, sie erinnere sich doch noch? Und ob sie sich daran erinnerte. Zwar nicht an den Grund des Anrufs, der war ohnehin ziemlich vage gewesen, irgendetwas von einem Brief, den er erhalten hatte. Aber sie hatte nicht die Art und Weise vergessen, wie er sie über ihre Verabredung mit Cinzia an jenem Morgen ausgequetscht hatte. Jedenfalls hatte er vorgeschlagen, dass sie heute Nachmittag in seinem Büro vorbeikommen solle, und zu ihrer eigenen Überraschung hatte sie zugestimmt. Das Problem war, wie sie leider zugeben musste, dass sich ihre Reflexe noch nicht ganz ihrer neuen Position angepasst hatten. Silvio hätte sich instinktiv richtig verhalten, aber dafür musste man aus einer mächtigen

Familie stammen. Im Grunde ihres Herzens hatte Ivy immer noch Angst und Respekt vor der Polizei, ganz so, wie ihre Eltern ihr das beigebracht hatten. Sie mochte es zwar schon weit gebracht haben, doch sie musste erkennen, dass immer noch ein weiter Weg zurückzulegen war.

Auf ihren bequemen Gummisohlen war sie kaum zu hören, als sie den Flur im dritten Stock entlangging. Einigermaßen erstaunt stellte sie fest, dass ihre Handflächen ein wenig feucht waren. Der Ort übte bereits seine Wirkung aus. Diese überall sichtbare, glänzende Travertin-Verkleidung schien, so kalt und schlüpfrig, wie sie war, Unbehagen auszuströmen. Reiß dich zusammen, dachte sie und klopfte an die Tür.

In dem Büro saß ein grob und gewöhnlich aussehendes Individuum von der Sorte viel Muskeln, wenig Gehirn. Sie dachte, sie hätte sich vertan, aber er rief sie herein. »Der Chef kommt gleich wieder. Er sagt, Sie sollen warten.«

Ivy sah auf ihre Uhr. Sie war keineswegs sicher, ob es eine gute Idee gewesen war, hierher zu kommen, und sah dies als willkommenen Anlass zu verschwinden.

»Es tut mir leid, aber ich habe noch etwas vor.«

Doch der Mann hatte sich mit dem Rücken zur Tür aufgebaut. »Nur keine Aufregung, ganz ruhig!«, sagte er in einem unverschämt familiären Tonfall zu ihr. »Möchten Sie die Zeitung lesen?«

Er zog eine Sportzeitung auf rosa Papier aus dem Abfalleimer und hielt sie ihr hin. Über die Titelseite lief ein breiter schmieriger Streifen von irgendeiner zähflüssigen Masse.

Der Körper des Mannes war starr vor Muskeln. Seine Nase war mal gebrochen gewesen, und seine Ohren waren auf groteske Weise geschwollen. Er wirkte, als ob er es geradezu darauf anlegte, zu Schaden zu kommen, als ob er in seinem Leben immer wieder irgendwo gegengerannt wäre und dabei den kürzeren gezogen hätte. Das Ergebnis war komisch und bedrohlich zugleich.

Ivy sah erneut auf ihre Uhr. »Ich werde genau fünfzehn Minuten warten.«

Warum hatte sie nicht darauf bestanden, sofort wieder zu gehen? Das hatte etwas mit der körperlichen Präsenz dieses Mannes zu tun. Es ließ sich nicht bestreiten, dass er sie einschüchterte. Er starrte sie mit einem Ausdruck an, den sie zu ihrer Bestürzung wiedererkannte. Was er bedeutete, hatte sie damals erfahren, als sie im Krankenhaus arbeitete, wo sie Sekretärin von einem der Direktoren war, einem unverheirateten Mann Mitte vierzig. Er war distinguiert, humorvoll, charmant und anscheinend sehr angetan von seiner »englischen« Sekretärin, er fand sie amüsant und war um ihr Wohlergehen besorgt. Gelegentlich schenkte er ihr Blumen oder Pralinen, half ihr, eine Wohnung zu finden, die sie sich leisten konnte, und lud sie sogar einmal zum Essen in ein Restaurant außerhalb von Perugia ein. Er hatte niemals auch nur den geringsten Annäherungsversuch gemacht.

Dann fand an einem Wochenende in Bologna eine Konferenz statt, an der er teilnehmen musste, und im letzten Moment schlug er vor, Ivy solle ihn begleiten. Als sie zögerte, zeigte er ihr die Bestätigung der Hotelreservierung, die er bereits vorgenommen hatte, und zwar für zwei Einzelzimmer. Sie könnte ihm bei ein paar Kleinigkeiten behilflich sein, im Gegenzug für ein bisschen bezahlten Urlaub, meinte er. Er vermittelte ihr den Eindruck, als ob sie ihm einen Gefallen tun würde. Er appellierte an sie als attraktive und temperamentvolle Frau, als Mitverschwörerin gegen die Eintönigkeit des Lebens und als ideale Begleiterin auf einem Trip wie diesem. So etwas war ihr noch nie passiert. In diesem Angebot schien alles zusammenzukommen, was sie an diesem Land liebte, in dem die Leute das Leben zu schätzen wussten und das Beste daraus zu machen verstanden.

Sie übernachteten in einem Luxushotel und gingen am ersten Abend in einem der berühmten Restaurants der Stadt essen. Ivys Vergnügen war nur ein wenig durch die Sorge getrübt, was wohl passieren würde, wenn sie ins Hotel zurückkämen, beziehungsweise wie sie sich dann verhalten sollte. Ivy fühlte sich zu ihrem Chef nicht körperlich hingezogen, doch sie hatte sich seit Langem mit der Tatsache abfinden müssen, dass die Männer, die sie attraktiv fand, nicht dasselbe ihr gegenüber empfanden. Sie waren meist jünger als sie, gut aussehende und verwegene Typen, denen alles scheißegal war. Leider scherten die sich gewöhnlich einen Dreck um sie, auch wenn sie mal eine gemeinsame Nacht verbrachten; also hatte sie lernen müssen, Kompromisse einzugehen. Und wenn jemand so aufmerksam und rücksichtsvoll wie ihr Chef war, sich so viel Mühe gab, dass das Wochenende ein Erfolg wurde, ganz zu schweigen von den diversen praktischen Möglichkeiten, die sich für die Zukunft daraus ergeben könnten, warum dann also nicht, hatte sie gedacht.

Aber es passierte nichts dergleichen. Es passierte nicht an jenem Abend, als er ihr einfach die Hand küsste und ihr eine gute Nacht wünschte, noch am darauffolgenden, als sie mit einigen seiner Kollegen in ein ländliches Restaurant außerhalb von Bologna gingen. Die Männer redeten alle laut, ohne Unterbrechung und so schnell, dass Ivy der Unterhaltung nicht immer folgen konnte. Manchmal zweifelte sie sogar, ob sie das überhaupt sollte. Nach dem Essen kam eine Flasche Whisky auf den Tisch. Während diese im Nebel endloser Zigaretten kreiste, wurden ihr verschiedene Dinge klar und entglitten gleich wieder, wie eine Landschaft, die man aus dem Flugzeug durch eine Wolke erspäht. Sie fühlte sich verloren und ad acta gelegt. Ihr Chef war in eine Welt verschwunden, die Männer mit anderen Männern teilen und in der Frauen nichts verloren haben. Ab und zu warf er ihr einen Blick zu, machte irgendeine Bemerkung oder lächelte, aber eigentlich war er nicht mehr da. Sie fühlte sich geistig im Stich gelassen und war es später auch im wörtlichen Sinne, denn in dem

Durcheinander beim Verlassen des Lokals landete sie in einem Auto mit vier Männern, denen sie noch nicht einmal vorgestellt worden war. Die vierzig Minuten dauernde Rückfahrt nach Bologna musste sie damit zubringen, äußerst unsensible Fragen abzublocken, über ihr Privatleben, ihre Familie, warum sie in Italien lebte und ob sie gern Spaghetti aß. Als sie schließlich im Hotel war, war ihr Chef nirgends zu sehen. Sie zog sich auf ihr Zimmer zurück und verfluchte sich als dumme, sentimentale Gans.

Am nächsten Morgen weckte ein Kellner sie mit einem Strauß Rosen und einer handgeschriebenen Karte, auf der sie unter vielmaligen Entschuldigungen zum Kaffee auf die Terrasse eingeladen wurde. Dort wiederholte er die Entschuldigungen noch einmal persönlich. Er hätte zu viel getrunken und sei dann nicht mehr ganz zurechnungsfähig gewesen. Die Gruppe, mit der er zusammen war, wollte trotz seiner Einwände noch in einen Nachtclub gehen, und so weiter und so fort. Später fuhr er mit ihr nach Perugia zurück. Es schien sich nichts verändert zu haben.

Doch irgendetwas hatte sich verändert. Es fiel ihr sofort am Blick der anderen Männer im Krankenhaus auf und an der Art, wie sie sie behandelten. Aber sie hatte keine Ahnung, was das war, bis sie ungefähr eine Woche später zufällig mitbekam, wie sich zwei Verwaltungsassistentinnen im Treppenhaus unterhielten.

»... übers Wochenende mit diesem englischen Weibsstück.«

»Aber er ist doch schwul.«

»Das haben alle geglaubt! Sieht so aus, als ob wir ihn unterschätzt hätten.«

»Oder vielleicht treibt ers mal so und mal so, was? Ist ein schlaues Kerlchen!«

Es war so grausam, so gemein und vor allem so unfair! »Aber wir haben gar nichts gemacht!«, hätte sie am liebsten geschrien. »Er ist wirklich schwul! Er hat mich überhaupt nicht angefasst!« Aber das hätte ihr natürlich niemand geglaubt. »Da wo ich herkomme«, hatte einmal eine junge Italienerin zu ihr gesagt, »wenn da ein Mann und eine Frau eine Viertelstunde lang allein in einem Raum sind, nimmt man automatisch an, dass sie miteinander geschlafen haben.« Ihr Chef hatte es geschafft, seinen Ruf bei den anderen Männern im Krankenhaus zu retten – und wie viel hängt von diesem Ruf ab! –, ohne dass ihn das etwas gekostet hatte. Wie ungemein geschickt. Selbst in ihrer Wut und ihrem Schmerz darüber, wie sie benutzt worden war, wusste Ivy immer noch eiskalt zu würdigen, wie geschickt er es gemacht hatte. Da sie früh erkannt hatte, dass Dummheit sich schlecht mit unattraktivem Aussehen paart, setzte sie seit Langem auf Cleverness.

Und jetzt sah dieser brutale Polizist sie unglaublicherweise auf die gleiche Art an wie jene Männer im Krankenhaus, nämlich wie ein Mann eine Frau ansieht, von der er weiß, dass sie sexuell verfügbar ist. Aber das ergab überhaupt keinen Sinn! Die jetzige Situation war in jeglicher Hinsicht vollkommen anders. Was ging hier vor?

Ivy fühlte sich ungeheuer erleichtert, als Zen endlich auftauchte. Er sah sie nicht auf diese ordinäre und unverschämte Weise an. Sein Ausdruck war eher distanziert, berechnend und missmutig, als ob er damit sagen wollte, dass er seinen Job so gut wie möglich erledigen würde, auch wenn er keinerlei Illusionen hinsichtlich seines Wertes hatte.

»In Ordnung, Chiodini, das reicht«, sagte er und entließ damit kurz und bündig den Mann, der die Tür wie eine Bulldogge bewacht hatte. Als er sich auf seinem Stuhl niederließ, stellte Ivy fest, dass seine Schuhe und seine Hose von einer feinen, roten Staubschicht überzogen waren.

»Dauert das lange?«, fragte sie ein wenig gereizt. »Sie hatten zwei Uhr gesagt, und ich bin ziemlich in Eile.«

Zen nahm ein Blatt Papier aus seiner Tasche und reichte es ihr wortlos. Es war mit demselben feinen, roten Staub bedeckt wie seine Kleidung. War das der Brief, von dem er gesprochen hatte? Doch sie konnte anhand des gedruckten Briefkopfs Polizia dello Stato erkennen, dass es sich um ein offizielles Schreiben handelte. Der maschinengeschriebene Text begann mit einer dieser Formeln, die die Justiz benutzt, um die Mehrdeutigkeit alltäglicher, menschlicher Kommunikation auszuschließen.

Ich, der Unterzeichnete, mache unter Eid die folgende Aussage.

Am Montag, dem 22. März, bemerkte ich gegen 9.20 Uhr morgens Cook, Ivy Elaine, vor der Garage unterhalb unseres Familienwohnsitzes in der Via del Capanno 5, Perugia. Sie hatte eine kleine, grüne Plastiktüte bei sich. Sie stieg in eine der Fiat-Limousinen und fuhr weg. Da Cook befugt ist, diese Autos zu benutzen, habe ich mir zu dem Zeitpunkt nichts weiter dabei gedacht.

Später am selben Morgen, gegen 11.45 Uhr, sah ich, wie Cook in das Zimmer hinaufging, das sie zu dieser Zeit in unserem Haus bewohnte. Sie trug immer noch dieselbe Plastiktüte in der Hand. Ich wollte, dass sie ein paar Briefe für mich tippte, und rief sie, um ihre Aufmerksamkeit zu erregen. Als sie nicht reagierte, folgte ich ihr nach oben. Ihr Zimmer war leer, und aus dem Badezimmer nebenan hörte ich die Dusche rauschen. Die Plastiktüte, die sie bei sich gehabt hatte, lag auf dem Tisch. Zu meiner Überraschung stellte ich fest, dass sich darin die blonde Perücke befand, die ich im vergangenen Jahr für eine Karnevalsparty gekauft hatte, außerdem eine kleine, automatische Pistole, die ich als die meiner Schwester Cinzia erkannte.

Ivy registrierte die Wirkung dieses Textes auf ihren Körper: Herzklopfen, ansteigenden Blutdruck, Mundtrockenheit, Schweißausbrüche am ganzen Körper, Druck auf der Brust, gegen den sie ankämpfen musste, um überhaupt atmen zu können, Benommenheit und Zittern; außerdem den Drang, kurz und schrill wie eine Hyäne zu heulen.

Als Cook ins Zimmer zurückkam, fragte ich sie nach der Perücke und der Pistole. Sie machte einen verwirrten Eindruck, und dann sagte sie, dass sie Cinzia gerade einen Streich gespielt hätte. Ich war entsetzt, wie sie in dieser Situation überhaupt auf so eine Idee kommen konnte, wo wir doch alle voller Sorge darauf warteten, dass mein Vater endlich freigelassen würde. Ich fragte nach weiteren Einzelheiten, aber Cooks Antworten ergaben keinen Sinn. Als ich sie unter Druck setzte, wurde sie hysterisch.

    Zunächst nahm ich an, dass diese Episode auf die enorme Anspannung zurückzuführen sei, unter der wir alle zu dieser Zeit standen. Doch als mein Vater tot aufgefunden wurde und sich herausstellte, dass er während der Zeit erschossen worden war, als Cook nicht zu Hause war, und mit einer ähnlichen Pistole, wie ich sie bei ihr gesehen hatte, begann ich die furchtbare Wahrheit zu ahnen.

Je schlimmer es wurde, um so besser fühlte sie sich. Das ist alles erlogen, dachte sie.

Von der Idee entsetzt, dass ich möglicherweise dafür verantwortlich war, dass meine Familie eine Schlange an ihrem Busen genährt hatte, schlug ich alle Vorsicht in den Wind und beschloss, Cook zur Rede zu stellen. Zu meinem Erstaunen behauptete sie, dass ich mir die gerade beschriebene Abfolge der Ereignisse eingebildet hätte. Sie gab zu, zu der fraglichen Zeit weggefahren zu sein, behauptete jedoch, dass meine Schwester angerufen und Cook gebeten habe, sie im Haus der Santucci außerhalb von Perugia aufzusuchen. Als sie dort ankam, stellte sie, wie sie sagte, fest, dass Cinzia nicht da war, und nachdem sie eine Zeit lang gewartet hatte, fuhr sie in die Stadt zurück. Was die Perücke und die Pistole betrifft, so stritt sie ab, irgendetwas davon zu wissen.

Als ich meine Schwester nach dieser Sache fragte, stellte ich fest, dass in Wahrheit Cook Cinzia angerufen und sie gebeten hatte, sich mit ihr in Perugia zu treffen, und dann nicht aufgetaucht war. Ganz eindeutig hatte sie beabsichtigt, meine Schwester aus dem Haus zu locken, um Zutritt zum Anwesen der Santucci zu bekommen, wo die Haushälterin sie herein- und eine Zeit lang unbeobachtet ließ, um sich die Pistole zu holen, die ich anschließend in ihrem Besitz gesehen habe.

Als ich das Haus durchsuchte, stellte ich fest, dass meine Perücke wieder in die Kommode zurückgelegt worden war, in der sie normalerweise ist. Die Pistole war jedoch spurlos verschwunden. Angesichts des erbosten Widerspruchs von Cook und der Versicherung der Behörden, dass der Mord von den Entführern verübt worden sei, beschloss ich, meine Zweifel für mich zu behalten. Doch inzwischen glaube ich, dass diese Entscheidung falsch war, und habe mich entschlossen, zur Polizei zu gehen. Die obige Aussage habe ich ohne Zwang und aus freiem Willen gemacht, und meine gesetzlich verankerten Rechte wurden die ganze Zeit über vollkommen gewahrt.

(unterzeichnet) Silvio Agostino Miletti

Anscheinend ist der Staat darauf bedacht, seinem Ruf krassester Inkompetenz in wichtigen Dingen entgegenzuwirken, indem er bei Trivialitäten größten Wert auf Genauigkeit legt. Das Rechtssystem, das so lange dazu braucht, Leute vor Gericht zu stellen, dass diese oft schon entlassen werden, nachdem sie gerade erst für schuldig befunden worden sind, weil die U-Haft länger war als die verhängte Strafe, besteht andererseits darauf, bei allen Aussagen den Behörden gegenüber nicht nur den Tag festzuhalten, sondern auch die Uhrzeit. So konnte Ivy feststellen, dass Silvio angeblich heute um 12.45

Uhr bei der Polizei ausgesagt hatte. Das war sehr interessant, weil sie sich deutlich daran erinnerte, dass Silvio während der gesamten halben Stunde vor dem Mittagessen über das egoistische und rücksichtslose Verhalten seines Bruders Daniele gejammert hatte, insbesondere über dessen Gewohnheit, den bulgarischen Joghurt aufzuessen, den er, Silvio, immer unter erheblichem Aufwand an Zeit und Mühe aus einem Spezialgeschäft in Rom besorgte. Das bedeutete, dass die Aussage nicht nur erlogen, sondern offensichtlich auch gefälscht war. Doch das konnte Ivy nicht beruhigen, ganz im Gegenteil. Denn die riesige, verschnörkelte Unterschrift unter der Aussage war zweifellos echt, also musste Silvio in diese ungeheuerliche Verschwörung, die da im Gange war, verwickelt sein.

Sie sah Zen an und war sich bewusst, dass man nichts von alledem von ihrem Gesicht ablesen konnte. »Ich weiß nicht, was ich sagen soll. Am liebsten würde ich fragen, ob das ein Witz ist. Aber das ist es offensichtlich nicht.«

Die grauen Augen betrachteten sie hintergründig.

»Also, was soll das?«, fragte sie nervös lachend.

»Das ist eine Aussage, die Silvio Miletti mir gegenüber gemacht hat.«

»Das ist alles erlogen!«, schrie sie. »Das ist alles Blödsinn, reine Erfindung, wie Sie selbst sehr wohl wissen müssen! Und es ist nicht mal besonders klug ausgedacht! Meinen Sie wirklich, dass ich, wenn ich einen Mord beginge, die Pistole in einer Plastiktüte ins Haus zurückbrächte, und sie dann in meinem Zimmer offen liegen lassen würde, während ich duschen ginge?«

»Der Zeuge beschreibt Sie als hysterisch. Hysterische Menschen tun oft irrationale Dinge.«

»Ich war nicht hysterisch!« Jetzt hörte sie sich allerdings ganz so an. »Ich war noch nicht einmal dort! Als ich von Cinzia zurückkam, bin ich in meine Wohnung gegangen, um Himmels willen.«

»Um wie viel Uhr war das?«

»Ich weiß nicht, am späten Vormittag. Ich weiß nur, dass ich noch etwas zum Mittagessen einkaufen musste. Genau, so wars, und dann habe ich einen Freund auf dem Corso getroffen. Wir haben einen Aperitif zusammen getrunken. Da haben Sie den Beweis. Er wird meine Geschichte bestätigen!«

»Und was war vorher, vor der Verabredung mit Cinzia? Wo waren Sie da?«

Sie wollte antworten, doch dann hielt sie sich zurück. »Wenn Sie mich verhören wollen, dann habe ich das Recht auf einen Anwalt.«

Zen nahm diesen Punkt mit leicht gekräuselten Lippen zur Kenntnis; das war kein Lächeln, sondern eher die Erinnerung an ein Lächeln. »Aber das hier ist kein Verhör.«

Seine Worte waren eine so unerwartete Erleichterung, dass Ivy sich ganz schwach fühlte. Der Tumult in ihrem Körper hatte sich gelegt, doch der Preis dafür war zu hoch gewesen. »Ich muss jetzt wirklich gehen«, murmelte sie.

Zen betrachtete sie schweigend. Sein Ausdruck war sogar noch beunruhigender als der Chiodinis, wenn auch ganz anders. Er sah sie an, als ob sie tot wäre. »Ich fürchte, das geht nicht.«

»Wie meinen Sie das?«

»Signora, ein angesehener Bürger dieser Stadt ist zu uns gekommen und hat eine Aussage gemacht, die Sie mit dem Mord an seinem Vater in Verbindung bringt. Nun weiß ich zwar nicht genau, was Sie für eine Vorstellung von den Pflichten der Polizei haben, doch ich kann Ihnen versichern, dass ich die Meinige nicht erfüllen würde, wenn ich diese Aussage einfach deshalb ignorierte, weil die Angeklagte behauptet, das sei alles erlogen.«

»Wollen Sie damit sagen, dass ich verhaftet bin?«

»Nicht ganz. Sie werden wegen des Verdachts festgehalten, ein Verbrechen begangen zu haben, auf das eine lebenslängliche Gefängnisstrafe steht. Das wird der Staatsanwaltschaft mitgeteilt werden, die ihrerseits die Untersuchungsrichterin informiert. Die wird Sie vernehmen wollen, könnte ich mir denken. Doch das kann erst in ein oder zwei Tagen passieren. Sie ist zurzeit in Florenz. Die Entführer sind dort verhaftet worden.«

Bis jetzt war Ivy stolz auf ihre Selbstbeherrschung gewesen, aber nun entfuhr ihr ein leicht irrsinniges Kichern. Du lieber Gott, wie lange würde sie das noch aushalten?

»Selbstverständlich hat sie im Augenblick damit alle Hände voll zu tun«, fuhr Zen fort. »Die Staatsanwaltschaft muss innerhalb von achtundvierzig Stunden informiert werden, und die Untersuchungsrichterin ist verpflichtet, Sie innerhalb der nächsten achtundvierzig Stunden zu vernehmen. In der Praxis wird das meist zusammengelegt, um allen Beteiligten entgegenzukommen. Im ungünstigsten Fall dürfte es nicht später als Dienstag sein.«

»Dienstag.«

Das Wort schien keine Bedeutung zu haben.

»Und bis dahin?«, fragte sie.

»Bis dahin werden Sie hier festgehalten. Chiodini!«

Der Rabauke kam wieder rein.

»Bringen Sie Signora Cook nach unten in eine Zelle.«

Dieses Wort wirkte wie ein elektrischer Schock, und Ivy sprang auf. »Einen Augenblick! Ich habe das Recht, zuerst einen Anruf zu machen. Das ist mein gesetzlich verankertes Recht!«

Zen ignorierte sie. »Jetzt hören Sie mir gut zu, Chiodini«, sagte er. »Ich werde nicht hier sein, um das zu überwachen, deshalb verlasse ich mich ganz auf Sie. Bis Rosella Foria aus Florenz zurückkommt, bleibt Signora Cook hier, in Quarantäne. Verstehen Sie? Sie spricht mit niemandem, und niemand spricht mit ihr. Und ich meine wirklich niemand!«

»In Ordnung, Chef. Kommen Sie!«

Chiodini versuchte, Ivy am Arm zu packen, aber sie wich ihm aus und stolzierte hinaus, wobei sie bewusst alle Gedanken ausschaltete. Dazu habe ich noch Zeit, wenn ich allein bin, sagte sie sich.

Allerdings musste sie um das winzige Privileg der Einsamkeit kämpfen. Die Zellen befanden sich im Untergeschoss der Questura, das eindeutig ein paar Jahrhunderte älter war als das übrige Gebäude. Die Türen wirkten vollkommen undurchdringlich, was Ivy auf merkwürdige Weise beruhigend fand. Ihr war ihre Privatsphäre sehr wichtig, und sie sah Türen nicht als etwas, das sie einsperrte, sondern als etwas, das die anderen aussperrte. Was in ihrer Vorstellung immer der größte Horror an Gefängnissen gewesen war, war die Überfüllung, vier oder fünf Leute in einer Zelle, in der es zu zweit kaum auszuhalten war. Italiener schienen diese Art von erzwungener Intimität eher ertragen zu können, aber Ivy wusste, dass sie das wahnsinnig machen würde. Ohne einen gewissen Freiraum, den sie ihr eigen nennen konnte, konnte sie einfach nicht angemessen funktionieren. Ihr war deutlich bewusst, dass sie während der nächsten Stunden nicht nur angemessen funktionieren müsste, sondern sogar außerordentlich gut.

Deshalb war es eine böse Überraschung, als sie sich, nachdem die Zellentür aufgegangen war, einer fremdländisch aussehenden Frau gegenübersah, die einen starken Geruch verströmte und in deren schwarzen Augen etwas Wildes lag.

»Da gehe ich nicht rein«, sagte Ivy in entschiedenem Tonfall.

»Wie bitte?«, antwortete Chiodini.

Er starrte sie leicht verwirrt an, völlig unsicher, wie er sich verhalten sollte. Wenn es ein Mann gewesen wäre, hätte er ihn geschlagen. Aber bei Frauen war das anders; die konnte man nur schlagen, wenn man mit ihnen verheiratet war.

»Da sind doch noch viele andere Zellen«, erklärte sie ihm.

»Die werden gerade gestrichen.«

»Um Himmels willen, das ist eine Zigeunerin! Wie würde Ihnen das gefallen?«

Das sah Chiodini ein. Seine Mutter hatte ihm einiges über Zigeunerinnen erzählt. Widerwillig schloss er die Zelle wieder ab und brachte Ivy eine Tür weiter unter.

Sie ließ sich auf das Bett fallen. Wenn sie sich nur vorstellte, dass sie sich noch vor einer Stunde auf dem Weg zur Questura Gedanken darüber gemacht hatte, ob sie sich diesen hautengen, aber sündhaft teuren Lurex-Hosenanzug gönnen sollte, auf den sie seit einiger Zeit ein Auge geworfen hatte. Der Kontrast zwischen der Realität draußen und dieser Zelle, mit ihrer schäbigen Pritsche und ihrer Tür, massiv wie ein Grabstein, war so beunruhigend, dass sie spürte, wie schwarze Wogen von Panik über sie hinwegspülten. Doch sie wollte dem nicht nachgeben. Das wäre reines Selbstmitleid gewesen. Schließlich hatte sie es damals auch geschafft. Als ihr klar geworden war, weshalb sie zu jenem Wochenende nach Bologna eingeladen worden war, hatte sie sich in aller Ruhe die Möglichkeiten vor Augen geführt, die ihr offenstanden. Sie fielen in zwei Kategorien: Rache oder Vergeltung. Zweifellos war Rache eine attraktive Möglichkeit, aber letztlich entschied sich Ivy für Vergeltung. Seinen Feinden zu schaden, verschafft zwar eine gewisse Befriedigung, doch langfristig ist es wichtiger, für sich selbst etwas zu tun. Nur in Ausnahmefällen ist es möglich, beides miteinander zu verbinden.

Wie die meisten Leute hatte auch Ivy immer diejenigen beneidet, die einen sicheren, vom Staat garantierten Job hatten, der ihnen nicht genommen werden konnte, ganz gleich wie faul oder unfähig sie waren, und die ihr zugegebenermaßen mageres Gehalt durch steuerfreie Nebenverdienste am Nachmittag aufbessern konnten. Ihre eigene Position im Krankenhaus war, wie man so sagt, »prekär«. Um sie zu halten, musste sie gefällig sein, was unter anderem bedeutete, dass sie einem Kollegen den Anzug aus der Reinigung holte oder für den anderen frische Pasta kaufte, mehr als eine Stunde im Regen stand, um für einen der Patienten Theaterkarten zu bekommen. Ganz abgesehen davon, dass man von ihr erwartete, die Arbeit eines ganzen Schreibpools mit links zu erledigen. Aber sie wagte es nicht, sich zu beschweren. »Spielen Sie sich nicht so auf!«, hatte der alte Faschist, der als Pförtner arbeitete, einmal zu ihr gesagt, als sie den Fehler gemacht hatte, sich von seiner Unverschämtheit provozieren zu lassen. »An dem Tag, an dem der Direktor beschließt, dass er die Farbe Ihrer Unterwäsche nicht leiden kann, sitzen Sie auf der Straße.« Er brauchte gar nicht erst hinzuzufügen: »Wogegen ich für immer hier bin, ob ihm das passt oder nicht.« Das schwang ohnehin bei allem mit, was er tat oder viel häufiger nicht tat.

Ivy wollte nicht unbedingt auf Dauer im Krankenhaus arbeiten, aber sie wollte diejenige sein, die darüber entscheiden konnte, und das bedeutete, dass sie eine feste Stelle bekommen musste. Der Direktor war befugt, solche Stellen zu vergeben. Er wusste, was sie wert waren und würde sie nicht so ohne Weiteres irgendeiner Ausländerin geben, wo doch dauernd das Telefon klingelte und Leute aus dem Ort ihm dies und das anboten, wenn er dafür sorgen könnte, dass Tizio oder Cosetta untergebracht würden. Deshalb hatte Ivy sich Zeit gelassen und Augen und Ohren aufgehalten, bis sich die passende Gelegenheit ergab, um ihren Plan in die Tat umzusetzen.

Eines Tages kam ihr Chef in den winzigen Anbau gestürzt, in dem sie arbeitete, und quetschte sie über eine halbe Stunde lang wegen irgendwelcher Unterlagen aus, von denen er behauptete, dass sie verschwunden seien. Bei einem Mann, der normalerweise alles mit Samthandschuhen anfasste, wirkte es sehr irritierend, wie er plötzlich die eiserne Faust zeigte, zumal Ivy überhaupt nichts von der Existenz dieser Unterlagen wusste, geschweige denn über ihr Verschwinden. Aber nun wusste sie davon, und sie wusste auch, dass er sie halb im Verdacht hatte, die Unterlagen genommen zu haben. Alles in allem war das die Gelegenheit, auf die sie gewartet hatte, denn trotz dieses Zwischenfalls erfüllte sich die Prophezeiung des Pförtners nicht. Ihr Job hing zwar von einer Laune ab, aber der wurde nicht nachgegeben. Was daraus folgte, war offensichtlich und brachte sie auf den Gedanken, dass ihr Chef doch nicht so clever war, wie sie ursprünglich angenommen hatte.

An diesem Tag ging sie nach dem Mittagessen noch einmal ins Krankenhaus zurück, angeblich um bestimmte Dinge aufzuarbeiten. Der andere Pförtner, der zum Ausgleich Stalinist war, reagierte auf ihre Frage nach dem Schlüssel zum Materialschrank ganz so, wie sie es erwartet hatte. Er warf ihr den ganzen Schlüsselbund für sämtliche Türen im Obergeschoss des Gebäudes hin. Die Pförtner hielten es für eine zu mühevolle Aufgabe, die Schlüssel zu kennzeichnen, und da ihre Jobs nicht »prekär« waren, konnte sie niemand dazu zwingen. Wenn also jemand den Ersatzschlüssel von einem bestimmten Zimmer haben wollte, wurde ihm jeweils der Bund für das ganze Stockwerk ausgehändigt, und er konnte selbst sehen, wie er den richtigen Schlüssel fand.

Ivy brauchte dazu zwölf Minuten, und das war der weitaus schwierigste Teil bei der ganzen Sache. Sie wusste, dass Männer nicht gut im Verstecken von Gegenständen waren. Ihre Gedanken verliefen in ziemlich vorhersagbaren Bahnen. Im Büro des Direktors fand sie sehr schnell den Ersatzschlüssel des Aktenschranks, der mit Klebeband an der Rückwand befestigt war, und wenige Sekunden später hielt sie die vermissten Unterlagen in der Hand. Sie befanden sich genau dort, wo sie annahm, dass sie sein würden, nämlich auf dem Boden der Metallschublade. Sie waren nachlässig zwischen zwei Ordner gestellt worden und dann allmählich durch das Öffnen und

Schließen der Schublade nach unten gerutscht. Das war ganz offensichtlich, es passierte immer wieder, und trotzdem war ihr Chef nicht auf diese Idee gekommen. Das hing zum Teil mit der Vorhersagbarkeit des männlichen Denkens zusammen, die ihr bereits häufiger aufgefallen war, aber es hatte auch mit einem strukturellen Fehler des Systems zu tun, in dem sie alle lebten. Der große Nachteil von Paranoia ist, dass sie den Zufall ausklammert. Weil die Unterlagen ein heikles Thema betrafen und sie ihm schaden könnten, wenn sie in falsche Hände gerieten, hatte der Direktor angenommen, dass irgendwer sie entwendet haben müsste. Etwas anderes zu denken wäre mit dem Risiko verbunden, als leichtgläubig und unrealistisch dazustehen, und genau das konnte sich ein Mann in seiner Position nicht leisten.

In ihrer kleinen Wohnung sah sich Ivy die Unterlagen in aller Ruhe an. Sie machten eigentlich einen harmlosen Eindruck, lediglich Listen von Zahlen, Daten und Initialen. Doch am nächsten Morgen ging sie vor der Arbeit bei ihrer Bank vorbei, ließ sich ein Schließfach einrichten und legte die Unterlagen hinein. Das war eine weise Entscheidung, denn als sie nach Hause kam, stellte sie fest, dass ihre Wohnung durchwühlt worden war.

Noch am selben Abend rief sie ihren Chef an und redete ohne jeden Zusammenhang davon, dass sie es nicht länger ertragen könnte, in einer Atmosphäre der Unsicherheit und des mangelnden Vertrauens zu leben, unter grundlosen Anschuldigungen und in der ständigen Angst, ihren Job zu verlieren. Wenn sie einen sicheren Posten hätte, würde sie das vielleicht anders empfinden, doch so, wie die Dinge lagen, wusste sie nicht, zu was sie sich hinreißen lassen könnte. Ja, sie fühlte sich zu fast allem fähig.

Einen Monat später hatte sie eine feste Stelle.

Sie hatte es einmal geschafft, und wenn es damals geklappt hatte, warum sollte sie es nicht wieder schaffen? Aber so einfach war das nicht. Diesmal war die Situation ganz anders. Sie wusste nicht, ob sie lachen oder weinen sollte, wenn sie an Zens überängstliche Anweisung dachte, sie in »Quarantäne« zu halten. Als ob irgendwer auch nur einen Finger für sie rühren würde! Wusste er denn nicht, dass sie mit Ausnahme von Silvio keinerlei Unterstützung hatte? Die Beziehung bestand ausschließlich zwischen ihr und ihm. So hatte er es gewollt. Offenbar hatte sie etwas an sich, das Homosexuelle anzog; vielleicht war es genau das, was die jungen Männer abstieß, die sie viel lieber verführt hätte. Doch man musste das Beste aus den Gegebenheiten machen, und Silvio Miletti war ein recht guter Fang, wenn man alles bedachte.

Es war Ironie des Schicksals, dass ausgerechnet Ivys Chef aus dem Krankenhaus sie mit Silvio bekannt gemacht hatte. Das war, bevor sich die beiden Männer wegen ihrer gemeinsamen Liebschaft mit einem jungen Deutschen namens Gerhard Mayer zerstritten. Da er niemals halbe Sachen machte, entzog Silvio seinem Rivalen nicht nur die Dienste Mayers, sondern auch die von Ivy. Seit drei Jahren waren die beiden nun schon in jeder Hinsicht ein Paar, bis auf eine Kleinigkeit. Einzige Bedingung Ivys war gewesen, ihren Job im Krankenhaus zu behalten, auch wenn die Arbeit in Wirklichkeit von verschiedenen Aushilfssekretärinnen erledigt wurde, die von einer Miletti-Tochtergesellschaft bezahlt wurden. Zu einem kleinen Teil sah sie es als eine Art Absicherung an, ihre bezahlte Stellung und die damit verbundene Aussicht auf Rente zu behalten, zum größten Teil aber war es reine Bosheit. Der Direktor war über dieses Arrangement – milde ausgedrückt – nicht sehr glücklich gewesen, doch da ihn einerseits die Milettis unter Druck setzten, und ihn andererseits immer noch die Angst quälte, dass die vermissten Unterlagen eines Tages auftauchen könnten, hatte er schließlich zugestimmt.

Silvio und Ivy hatten sich als sehr tüchtiges Paar erwiesen, das einander perfekt ergänzte. Sie hatte den Weitblick, den

Willen und die Ausdauer; er hatte die Macht, die Beziehungen und den Einfluss. Bisher waren ihre Erfolge relativ bescheiden gewesen. Der anonyme Brief, den sie an den Untersuchungsrichter Bartocci geschrieben hatte und in dem behauptet wurde, dass die Entführung eine abgekartete Sache sei, war ein typisches Beispiel. Ivys Methode bestand darin, günstige Gelegenheiten beim Schopf zu packen und zwischendurch die Dinge ein wenig aufzurühren, damit sich vielleicht schneller eine Gelegenheit ergab. Der Brief an Bartocci hatte tatsächlich ihre kühnsten Träume übertroffen, denn er hatte indirekt die Umstände herbeigeführt, die zum Tod von Ruggiero Miletti führten, wodurch wiederum das letzte Hindernis beseitigt wurde, das der glanzvollen Zukunft, die ihr und Silvio winkte, noch im Wege stand.

Oder noch bis vor ein paar Stunden zu winken schien. Denn nun war das Unvorstellbare eingetreten, der eine Fall, den Ivy aus ihren Berechnungen ausgeklammert hatte. Vorsichtig zunächst, doch mit wachsender Zuversicht, als Silvios Abhängigkeit von ihr immer deutlicher wurde, hatte sie alle ihre unbedeutenderen Freundschaften dieser Beziehung geopfert, die ihr weitaus mehr zu bieten hatte als alle anderen zusammen. Es bedurfte oft einiger Anstrengung, sich vor Augen zu führen, dass Silvio trotz seiner Kraftlosigkeit und Verstocktheit, seiner Ängstlichkeit und Faulheit ein Mann mit ganz erheblicher Macht war. Und diese Macht stand nun ihr zur Verfügung, sie konnte sie benutzen, als ob es ihre wäre. Das war eine schwindelerregende Situation, fast so als würde man plötzlich einen Jet steuern, nachdem man sein Leben lang Segelflugzeuge geflogen hatte. Erst jetzt wurden ihr die düsteren Aspekte dieses Bildes bewusst. Segelflugzeuge wurden vom Wind getragen, waren wendig und flexibel, sodass sie immer neue Strömungen finden konnten, wenn eine ausblieb, doch wenn beim Jet etwas schiefging, dann war die Katastrophe rasch und unvermeidlich. Aber sie hatte nie damit gerechnet, dass etwas schiefgehen könnte. Silvio brauchte sie wie das tägliche Brot, ganz zu schweigen von etwas esoterischeren Bedürfnissen. Er konnte sie ebenso wenig verleugnen wie sich selbst.

Zumindest hatte sie das immer angenommen. Aber anscheinend hatte sie sich geirrt, und das Ergebnis war katastrophal. Die Polizei konnte ganz beruhigt sein. Wegen ihr würde niemand irgendwelche Fäden ziehen, denn sie hatte bewusst alle abgeschnitten, außer denen, die sie mit Silvio verbanden. Und er – selbst jetzt konnte sie es immer noch kaum fassen! – hatte sie nicht nur verlassen, sondern sich ganz brutal gegen sie gewandt, indem er auf gemeinste Art einen Meineid leistete, sodass man sie wie eine bettelnde Zigeunerin ins Gefängnis werfen konnte. Nein, in dieser Hinsicht brauchte sich Zen keine Sorgen zu machen!

Dann kam ihr ein noch viel schrecklicherer Gedanke. Die zeitliche Diskrepanz bei der Aussage bewies, dass Zen und Silvio unter einer Decke steckten. Er musste wissen, dass die Milettis sie nicht herausholen würden. Oder machte er sich Sorgen, dass sie in einer ganz anderen Form eingreifen könnten? Beispielsweise durch eine Tasse Kaffee, in der etwas drin war, wovon sie wie ein Fisch auf dem Trockenen in der Zelle herumzappeln und die klassischen Worte hervorstoßen würde: »Man hat mich vergiftet!«

In ihrem Safefach bei der Bank befand sich jetzt nämlich, wie Silvio sehr gut wusste, weitaus mehr als die kostbaren Unterlagen ihres Chefs. Dort lagen Fotokopien von Briefen, Geschäftsbüchern und Dokumenten aller Art, und vor allem die Tonbänder, mehrere Boxen davon. Der Anrufbeantworter war eine geniale Idee gewesen. Aus irgendeinem Grund werden diese Geräte meist als ein leicht komisches Ärgernis betrachtet. Niemand hat gerne damit zu tun. Die Anrufer waren jedes Mal erleichtert, wenn sie selbst am Apparat war, viel zu erleichtert, um zu bedenken, dass das Gerät immer noch da war, immer noch angeschlossen, und jedes Wort aufnahm, das sie sagten. Aus irgendeinem Grund schien nie jemand auf diese Idee gekommen zu sein. Trotzdem war das nur ein schwacher Trost, es reichte nicht aus, um die ansteigende Woge von Panik fernzuhalten. Eventuell könnte sie ein paar von diesen Schweinen mit hineinreißen oder zumindest ihre hübschen, reichen Gesichter ein bisschen ankratzen, aber das würde sie nicht retten. Jetzt konnte sie nichts mehr retten.

Als die Zellentür aufging, hoffte sie auf ein vertrautes Gesicht, vielleicht sogar einen Besucher, aber es war nur der brutale Mann, der sie heruntergebracht hatte. »Kommen Sie mit!«, sagte er und winkte ungeduldig.

Ivy widerstrebte es, die Zelle zu verlassen, sie kam sich vor wie ein zum Tode Verurteilter, der zur Hinrichtung geführt wird. »Wohin gehen wir?«

Der Mann starrte sie nur auf seine unverschämte Art an, wie diese Schweine im Krankenhaus, als sie glaubten, sie hätten sie dahin gebracht, wo sie sie haben wollten.

»Sie heißen also Chiodini, nicht wahr?«, fragte Ivy.

»Wieso?«, wollte der Mann, plötzlich misstrauisch geworden, wissen.

»Nichts.«

Wenn ich jemals hier rauskomme, dachte sie, dann werde ich eine ganz bestimmte Telefonnummer anrufen und – koste es, was es wolle – dafür sorgen, dass dir eins von deinen arroganten Augen in zwei Teile geschnitten wird, wie die Hoden eines Stiers, mein Freund.

Chiodini führte sie einen schmalen Gang entlang, der dauernd die Richtung änderte, wie ein Abwasserkanal, der den Abzweigungen der darüberliegenden Straße folgt. Zwischen den Mauern hier unten und der glänzenden und gepflegten Fassade der Questura lagen Welten. Es waren raue, gekörnte Steinplatten, auf denen die Feuchtigkeit wie auf einer verschwitzten Stirn perlte, die Zwischenräume waren mit durchnässtem Schutt und Steinen ausgefüllt. Hier und da hielten sich noch immer allmählich schrumpfende Inseln von Putz, doch das meiste war heruntergefallen und bildete auf dem Boden einen grobkörnigen Brei, der unter den Schuhen knirschte und rutschig war. Man kam sich vor wie in dem verwirrenden System von Tunneln und Gängen, das unter der alten Stadt lag und in das sich angeblich zuweilen Kinder verirrten, die dann auf Nimmerwiedersehen verschwanden.

Schließlich trafen sie, als sie um eine weitere Ecke bogen, auf einen Mann, der anscheinend auf sie gewartet hatte. Er war klein und kompakt, hatte ein melancholisches Gesicht mit dicken Augenbrauen und trug einen dieser strapazierfähigen Anzüge, wie sie Bauern sonntags tragen. Auf Ivy wirkte er wie der Inbegriff eines Henkers.

»Was machst du denn hier, Geraci?«, fragte Ivys Begleiter. »Ich hab gehört, du wärst krank.«

»Ich bin okay. Ich übernehme jetzt, du kannst gehen.«

»Aber der Chef hat gesagt ...«

»Mach dir darüber keine Gedanken! Ich kümmere mich um sie!«

Chiodini sah erst Ivy und dann den anderen Mann an.

»Na los, hau schon ab!«, beharrte Geraci.

Nachdem Chiodini gegangen war, führte er Ivy den Gang entlang zu einer Stahltür. Ivy war so sehr in ihren bösen Träumen gefangen, dass sie erwartete, dahinter eine weiß getünchte Kabine mit einer herunterbaumelnden Schlinge zu sehen, die hölzerne Klappe der Falltür und den Hebel, mit dessen Hilfe sie aufsprang und die darunterliegende Grube freigab. Doch tatsächlich kam sie in einen großen Raum mit einer hohen Decke, der bis auf ein Kruzifix an der einen und ein kleines, vergittertes Fenster ziemlich weit oben an einer anderen Wand keine besonderen Merkmale aufwies. Durch das Fenster konnte Ivy ein Stück von der Außenmauer erkennen, auf das die Sonne schien. Die bloße Tatsache, dass sie draußen waren, in der realen Welt, wo das alltägliche Leben in seiner beruhigend stumpfsinnigen Weise weiterging, gab diesen Steinen in Ivys Augen eine ungeheure Faszination. Sie wünschte sich, sie könnte sie deutlicher sehen, die winzigen Pflänzchen bewundern, die in den Spalten sprossen, das Kommen und Gehen der Insekten beobachten und die sich im Licht verändernden Feinheiten der Farbschattierungen betrachten. Sie sehnte sich danach, dieses armselige Stück Mauer mit ihrer leidenschaftlichen Aufmerksamkeit zu überschütten und ihm ihre unerschöpfliche Liebe zu schenken.

Da hörte sie hinter sich ein Geräusch. Jemand hatte ihren Namen gesagt. Auf der anderen Seite des großen kahlen Raumes stand eine Gestalt, die sie mit flehenden Blicken ansah. Silvio, dachte sie, das ist Silvio.

»Ich gebe Ihnen so lange, wie ich kann, Dottore«, murmelte Geraci.

Silvio nickte ungeduldig. »Ja, ja. Danke.«

Der Mann verneigte sich leicht, während er rückwärts zur Tür hinausging.

»Ich danke *Ihnen*, Dottore. Vielen Dank.«

Trotz seiner Ungeduld schien Silvio, als sie endlich allein waren, außerstande zu sprechen.

»Was willst du hier?«, fragte Ivy kühl.

»Dieser Mann hat mich angerufen und mir erzählt, was passiert ist. Ich habe den ganzen Nachmittag versucht, dich zu erreichen. Ich hatte keine Ahnung, dass die so schnell zuschlagen würden!«

Bei diesen Worten erwachte in Ivy etwas zu neuem Leben, von dem sie geglaubt hatte, es sei für immer tot. »Aber wie hat er dich hier reingekriegt?«, fragte sie vorsichtig. »Sie haben doch gesagt, dass ich niemanden sehen dürfte.«

»Er ist einer von ihnen. Er steckt offenbar in Schwierigkeiten und möchte, dass ich ein gutes Wort für ihn einlege. Aber lass mich dir erst mal erklären, was passiert ist, du kannst dir gar nicht vorstellen …«

»Entschuldige, ich weiß ganz genau, was passiert ist. Schließlich habe ich das Ding gesehen und jede einzelne Lüge gelesen, unter die du deinen Namen gesetzt hast.«

Silvio rang verzweifelt die Hände. »Du glaubst doch nicht etwa, ich hätte das freiwillig unterschrieben? Ivy, du musst das verstehen!«

»Mir ist ganz egal, warum du das unterschrieben hast! Es reicht, dass du es getan hast. Weißt du, wie ich die letzten Stunden verbracht habe? Ich habe ganz allein in einer stinkenden Zelle gesessen, total gedemütigt und verzweifelt! Und du besitzt die Frechheit, mir etwas über den Geisteszustand erzählen zu wollen, in dem du diese unsinnigen Verleumdungen unterschrieben hast, durch die das alles erst möglich geworden ist? Du erwartest von mir Verständnis? Nein, Silvio, diese Zeiten sind vorbei. Ich habe es satt, immer nur verstehen zu sollen. Ich habe keine Zeit, über deine Probleme nachzudenken, ich habe selbst genug Probleme.«

»Aber das hast du nicht! Es hat alles überhaupt nichts zu bedeuten!«

Er stolperte blind auf sie zu. »Ivy, du musst das verstehen. Das hier ist nichts weiter als ein kleinlicher Racheakt von Cinzia. Es steckt nichts dahinter. Bis heute Abend wirst du hier raus sein, das verspreche ich dir. Ich werde die Aussage zurückziehen und alles abstreiten. Dann müssen sie dich gehen lassen.«

Sie sah ihn an, und ihre Augen leuchteten wieder. »Cinzia?«

»Genau. Sie hat ein paar Fotos in die Finger gekriegt, die in Berlin aufgenommen worden sind, und sie an dieses Schwein Zen weitergegeben. Man hat mir gedroht, sie zu veröffentlichen, wenn ich nicht unterschriebe. Was hätte ich tun sollen? Ich wurde vollkommen überrumpelt. Ich habe geglaubt, ich hätte noch genug Zeit, dich zu warnen. Aber die Hauptsache ist: Das alles hat keine Bedeutung. Sie wollte nur einen kleinen Skandal, um dir für ein oder zwei Tage das Leben schwer zu machen. Aber wir werden sie uns vorknöpfen, nicht wahr? Das wird sie noch bereuen!«

Ivy schwieg. Der Albtraum verblasste allmählich, aber irgendetwas war noch da, ein wirklicher Verzweiflungsschrei, den der Traum in sich aufgenommen und für seine eigenen Zwecke verarbeitet hatte. Was war das nur gewesen?

Inzwischen erzählte Silvio ihr die vollständige Geschichte, beginnend mit dem Anruf des Bankmenschen, aufgrund dessen er Zen in die Falle gelaufen war. Es war alles Cinzias Schuld, wiederholte er. Aber Ivy wusste es besser. Sie hatte seit Langem Gianluigi Santucci als ihren gefährlichsten Feind erkannt. Ebenso wie sie war er ein Außenseiter; wie sie hatte er ein Familienmitglied fest im Griff; wie sie war er ehrgeizig und skrupellos. Unter anderen Umständen wären sie natürliche Verbündete gewesen. Doch so wie die Dinge lagen, waren sie Rivalen. Ivy hatte schon immer gewusst, dass sie sich früher oder später mit Gianluigi würde auseinandersetzen müssen. Offenbar hatte er dasselbe gedacht und als Erster zugeschlagen. Sie hätte daraufkommen müssen, dass er Silvio zu jenem Club verfolgen und seine indiskreten Abenteuer fotografieren lassen würde. Schließlich hätte sie an seiner Stelle dasselbe getan.

Aber noch eine andere Sache plagte sie, der eigentliche Albtraum. Es ging um etwas, das Zen ihr fast beiläufig erzählt und das sie sofort vergessen hatte. Nicht, weil es nicht wichtig war, sondern weil es viel zu wichtig war, weil es zusätzlich zu der Tatsache, dass Silvio ihr offenbar in den Rücken gefallen war, viel zu grauenhaft war, um darüber nachzudenken. Doch jetzt, wo sie sich damit auseinandersetzen wollte und musste, stellte Ivy fest, dass ihr Unterdrückungsmechanismus wunderbar funktioniert hatte. Sie mochte sich noch so sehr anstrengen, sie konnte sich nicht daran erinnern.

»Weißt du übrigens, dass man die Entführer verhaftet hat?«, fragte Silvio sie ganz gespannt.

Beiden war schon oft aufgefallen, dass einer von ihnen etwas sagte, was dem anderen auf der Zunge gelegen hatte, als ob sie jeweils die Gedanken des anderen lesen könnten. Nun war es wieder passiert. Und jetzt wurde Ivy klar, was sie ganz bewusst vergessen hatte. Das war die schlimmste Nachricht überhaupt.

Es gab nur eine Möglichkeit. Vor der hatte sie allerdings ähnliche Angst wie vor einer schmerzhaften und riskanten Operation, auch wenn sie wusste, dass sie keine andere Wahl hatte. Und sie musste es schnell tun, bevor sie es sich anders überlegte. »Silvio, die Entführer haben Ruggiero nicht umgebracht.«

Er warf seinen Kopf ungeduldig zurück. »Aber sie haben es zugegeben.«

»Sie haben es nicht getan.«

»Woher weißt *du* das?«

Der herablassende und selbstsichere Tonfall, in dem er das sagte, gab letztlich den Ausschlag und machte es ihr möglich, es ihm zu sagen. »Weil ich es getan habe.«

Er war einen Augenblick sprachlos. »Das ist Unsinn.« Er zog die Stirn kraus. »Sag doch nicht so etwas. Das ist schrecklich. Das macht mir Angst.«

»Es macht mir auch Angst. Aber wenn wir zusammenhalten, wird es nicht so furchtbar sein. Du weißt doch, dass wir nichts fürchten müssen, solange wir zusammen sind.«

Sie ging auf ihn zu. »Und von jetzt an werden wir nie mehr getrennt sein.«

Er bekam kaum den Mund auf. »Aber ... du ...«

»Als sie anriefen und sagten, dass er freigelassen worden sei, wurde mir plötzlich klar, was das hieß. Wir waren doch sehr glücklich während der letzten Monate, oder? So glücklich wie noch nie. Und dieses Glück ist kostbar, weil Leute wie wir das so selten erleben. Die anderen, die viel glücklicher sind, wollen uns noch das wenige nehmen, was wir haben. Denk bloß an den Brief, den er geschrieben hat. Denk daran, was er über uns gesagt hat. Warum sollten Leute so etwas sagen dürfen? Du weißt, das ist unfair, du weißt, das ist falsch. Und all das hätte wieder von vorn angefangen. Wir wären wieder getrennt worden, hätten nicht zusammen sein dürfen. Du wärst zu Hause gefangen gewesen und hättest dir seine grausamen und obszönen Sticheleien anhören müssen. Das konntest du nicht ertragen. Weshalb solltest du das ertragen müssen?«

Obwohl sie nun sehr nah bei ihm stand, berührte sie ihn noch nicht. Er wandte sich ab, und einen Augenblick lang glaubte sie, dass sie ihn verloren habe, dass er zur Tür stürzen, nach den Wachtposten rufen und sie verraten würde.

»Vielleicht habe ich etwas Schlechtes getan«, fuhr sie beinah flüsternd fort. »Vielleicht habe ich einen schrecklichen Fehler gemacht. Doch selbst Mamas sind nicht vollkommen, auch sie machen manchmal Fehler. Aber ihre Bambinos müssen ihnen vergeben, nicht wahr?«

Nach einem endlos erscheinenden Augenblick sah er sich nach ihr um, und sie wusste, sie war in Sicherheit. Der Sprung zur Tür würde niemals stattfinden, denn das wäre für ihn, als ob er von einer Klippe stürzte.

»Was sollen wir tun?«, stöhnte er.

»Wir müssen planen und handeln. Diese Aussage wird gegen mich verwandt werden.«

»Aber wenn das alles Lügen sind ...«

»Es sind alles Lügen, aber nicht alles ist unwahr.«

So wie damals bei ihrem Chef, musste sie jetzt auch Gianluigi Santuccis Geschicklichkeit anerkennen. Es war sehr clever gewesen, wie er die Details, die Perücke, die Pistole und die vorgetäuschte Verabredung mit Cinzia, in sein Lügengewebe eingeflochten hatte. Es war genug Wahrheit darin enthalten, um den Ermittlern reichlich Stoff zu geben, an dem sie sich festbeißen konnten.

»Außerdem, wenn sie die Entführer festgenommen haben, werden sie früher oder später herausfinden, dass es meine Nummer war, die sie am Montagmorgen angerufen haben, um Ruggieros Freilassung bekannt zu geben.«

»Aber das ist nicht wahr! Sie haben am Dienstag bei uns zu Hause angerufen! Daran kann ich mich gut erinnern. Pietro hat das Gespräch entgegengenommen.«

Ivy schüttelte müde den Kopf. »Nein, das war ein Tonband, das ich am Tag zuvor, als sie mich anriefen, aufgenommen habe. Vor der Lösegeldübergabe hatte die Bande meine Nummer bekommen, weil die nicht von der Polizei überwacht wurde. Weißt du das nicht mehr?«

Silvio machte eine ungehaltene Geste. »Wen kümmert es, was die sagen? Da steht nur deren Wort gegen deins. Ich besorge dir die besten Anwälte im Land …«

»Das reicht nicht. Die gerichtliche Untersuchung ist geheim, das darfst du nicht vergessen. Auch ein noch so guter Anwalt kann zu Anfang überhaupt nichts machen. Außerdem werden die Santuccis gegen uns arbeiten, und wir wissen nicht, wie sich Daniele und Pietro verhalten werden. Nein, wir werden kämpfen müssen, fürchte ich. Wir müssen uns darauf einstellen, auf einer viel breiteren Front zu kämpfen. Das bedeutet, dass wir Freunde brauchen, alle Freunde, derer wir habhaft werden können. Russo zum Beispiel, und Fratini. Eventuell Carletti. Ich schicke dir später eine Liste. Wir müssen flexibel denken. Wir müssen dafür sorgen, dass es so aussieht, als ob dies nichts weiter als ein Komplott ist, das Gianluigi inszeniert hat, um die Familie Miletti zu kompromittieren. Die neue Untersuchungsrichterin wird sich sehr gut daran erinnern, was mit Bartocci passiert ist. Sicherlich wird sie es sich zweimal überlegen, bevor sie sich trotz anhaltender Opposition aufgrund von fadenscheinigem Beweismaterial zu weit vorwagt. Und falls sie das doch tut, werden wir verbreiten, dass ihr Eifer nicht ausschließlich von der Liebe zur Wahrheit bestimmt ist und sie irgendwie mit Gianluigis Interessen in Verbindung bringen.«

Sie hatte laut gedacht, und ihre Augen funkelten vor Begeisterung, weil sie allmählich anfing, klarzusehen. Doch Silvio bewegte lediglich seinen großen Kopf von einer Seite auf die andere, als ob er versuche, einem Schlag auszuweichen.

»Das schaffe ich nicht!«, jammerte er.

Das brachte sie mit einem Schlag auf den Boden der Tatsachen zurück. Sie packte ihn fest an den Armen, um etwas von ihrer Kraft und Entschlossenheit auf ihn zu übertragen. »Unsinn! Denk nur daran, was mit Gerhard passiert ist, nachdem sie Daniele verhaftet hatten. Damals hast du es auch geschafft!«

»Aber da hast du mir geholfen!«

»Und ich werde dir auch diesmal helfen und dir sagen, was du tun musst. Aber tun musst du es selbst, weil ich das nicht kann. Siehst du das nicht ein? Du musst es tun! Niemand sonst kann es tun.«

Doch sein Blick blieb vage und besorgt. Sie nahm seinen Kopf in beide Hände und zwang ihn, ihr in die Augen zu sehen. »Du weißt doch, was mit deiner wirklichen Mama passiert ist, oder?«

Er warf den Kopf zurück wie ein Pferd, doch sie hielt ihn fest im Griff.

»Sie starb, Silvio. Sie starb, weil du sie nicht genug geliebt hast. Weil du zu winzig und zu schwach warst. Willst du, dass mir dasselbe passiert?«

Er entwand sich ihrem Griff mit einem unaussprechlichen Entsetzen im Gesicht. Einen Augenblick später seufzte er tief und wandte sich ihr wieder zu. »Ich tue alles, was du willst, was auch immer getan werden muss.«

Voller Zufriedenheit zog Ivy ihn zu sich herunter, sodass

sein Kopf an ihrem Schulterblatt ruhte, wo er sich so gerne anschmiegte.

Als sie sich umarmten, sah sie zu dem Kruzifix an der Wand. Die Figur am Kreuz war merkwürdig verzerrt und erinnerte nicht nur an die Tröstungen des christlichen Glaubens, sondern auch an reale und grauenhafte Qualen. Es sieht so aus, als ob das Kruzifix zerbrochen gewesen und dann grob wieder zusammengeklebt worden sei, dachte sie träge.

»Ja, ja«, murmelte sie. »Alles wird wieder gut.«

»Weißt du übrigens, dass man die Entführer verhaftet hat?«
»Silvio, die Entführer haben Ruggiero nicht umgebracht.«
»Aber sie haben es zugegeben.«
»Sie haben es nicht getan.«
»Woher weißt du das?«
»Weil ich es getan habe.«
»Das ist Unsinn. Sag doch nicht so etwas. Das ist schrecklich. Das macht mir Angst.«
»Es macht mir auch Angst. Aber wenn wir zusammenhalten, wird es nicht so furchtbar sein. Du weißt doch, dass wir nichts fürchten müssen, solange wir zusammen sind.«
»In Ordnung, das reicht.«

Geraci drückte den Knopf am Tonbandgerät, und Chiodini klatschte in seine riesigen Hände.

»Wir haben die Schweine, was? Wir haben sie tatsächlich!«

Zen sah beide an. »Da kann man nie ganz sicher sein. Aber alles in allem würde ich schon sagen, diesmal haben wir sie.«

12

In Rom regnete es. Man sagt, Venedig sei feucht, aber Zen hatte den Eindruck, in der Stadt seines Exils regnete es noch viel mehr. Das hatte was damit zu tun, wie die beiden Städte mit diesem lebensnotwendigen Phänomen umgingen. Venedig hieß Wasser in jeglicher Form willkommen und kam sowohl mit Nieselregen als auch mit Wolkenbrüchen wunderbar zurecht. In der Stadt gab es zahlreiche, gemütliche Bars, wo die Einheimischen Schutz suchen und bei einem Glas oder zwei wieder trocken werden konnten, insgeheim dankbar für dieses sichere Zeichen, dass ihre große Arche nie auf Grund laufen würde. Rom war eine Schönwetterstadt, eine Spielwiese für die Jungen, Schönen und Reichen. Es ging mit schlechtem Wetter genauso um wie mit Alter, Hässlichkeit und Armut, es wurde einfach ignoriert. Auch jetzt kauerten die Einheimischen wieder unglücklich in ihren zugigen Cafés und sahen, wie draußen ein adrett gekleideter Passant mit einem großen grünen Schirm und einem Blumenstrauß durch den Regen schritt.

Zen war seit zwei Wochen aus Perugia zurück. Seine Arbeitstage waren von dem Bemühen bestimmt, sich wieder in der stumpfsinnigen Welt der »Hausarbeit« zurechtzufinden, und sein Privatleben von der anscheinenden Unmöglichkeit, sich mit Ellen zu treffen. Jedes Mal wenn er versuchte, sich mit ihr zu verabreden, schien es der falsche Tag oder die falsche Uhrzeit zu sein. Schließlich vermutete er, dass sie ihn absichtlich hinhielt, doch nun hatte sie an diesem Morgen völlig unerwartet angerufen und ihn bei sich zum Abendessen eingeladen.

»Ich mache uns was zu essen. Nichts Besonderes, aber …«

Er wusste, wie solch beiläufige Bemerkungen bei ihr zu verstehen waren. Wahrscheinlich hatte sie das Essen seit Tagen geplant.

Ellens Einstellung zum Essen war zu Anfang einer der Bereiche gewesen, wo sich ihre unterschiedliche Herkunft am stärksten bemerkbar gemacht hatte. Aufgrund seiner Erfahrung hatte Zen angenommen, dass Frauen die regionalen Gerichte kochten, die sie von ihren Müttern gelernt hatten, und war über Ellens Eklektizismus erstaunt und erschreckt zugleich gewesen. Er würde ebenso wenig von Maria Grazia erwarten, dass sie ein venezianisches Gericht kochte, geschweige denn ein französisches oder ein österreichisches, wie jene erwarten würde, darum gebeten zu werden. Doch bei Ellen musste man mit allem rechnen. Eine typische Mahlzeit begann mit einer Vorspeise aus dem Mittleren Osten, gefolgt von einem Hauptgericht aus Mexiko und einem deutschen Pudding. Vermutlich war das ein Beispiel für den berühmten amerikanischen Schmelztiegel. Aber weit entfernt davon, miteinander zu verschmelzen, schienen die einzelnen Bestandteile ihre unverfälschte Individualität zu bewahren und miteinander auf eine Weise zu konkurrieren, die Zen zunächst ebenso beunruhigend fand wie die Entdeckung, dass die Quelle dieser Reichtümer nicht eine familiäre oder kulturelle Tradition, sondern ein Regal mit Kochbüchern war, die Ellen las wie Romane. Trotzdem hatte er mit der Zeit diese Erfahrung schätzen gelernt. Und wenn auch die Zusammenstellung eigenartig war, das Essen an sich war immer sehr gut und gab ihm das angenehme Gefühl, kultiviert und kosmopolitisch zu sein. Welche neuen Entdeckungen würde er heute Abend machen dürfen?

Ellen neigte dazu, sich leger anzuziehen. Doch die heutige

Aufmachung schien selbst für ihre Verhältnisse ziemlich extrem. Sie trug einen schlampigen, formlosen Pullover mit mehr als zwei Jahre alten Farbflecken, die noch aus der Zeit stammten, als sie ihr Badezimmer renoviert hatte. Als er ihr die Blumen überreichte, schien sie sich leicht unbehaglich zu fühlen. »Oh, wie schön. Ich stelle sie ins Wasser.«

»Das hat keine Eile, sie sind bestimmt nass genug.«

Sie führte ihn in die Küche. »Weißt du, das war ernst gemeint, als ich sagte, ich würde nur was Einfaches zu essen machen.«

Sie hielt ein leuchtend buntes Paket hoch. *Findus 100% Beef American-Style Hamburgers* las er ungläubig. War das mal wieder einer von ihren seltsamen Scherzen, über die man nur als Kind oder als Idiot lachen konnte?

»Ich nehme an, du hast in Perugia gut gegessen, oder?«, fuhr sie mit unermüdlicher Energie fort. »Erzähl mir die ganze Geschichte. Was ich nicht verstehe, ist, wie diese Cook jemals glauben konnte, ungeschoren davonzukommen. Das war doch ein wahnwitziges Risiko.«

Er setzte sich an den Küchentisch. »Das sieht nur so aus, weil die Entführer verhaftet wurden. Als ich erst einmal wusste, was passiert war, fielen mir natürlich auch andere Dinge auf. Beispielsweise bei dem Telefongespräch mit den Milettis, das wir am Dienstag aufgenommen haben. Der Sprecher der Bande hat den Namen einer Fußballmannschaft, nämlich Verona, als Codewort genannt. Pietro hätte mit dem Namen der Mannschaft antworten sollen, gegen die Verona am darauffolgenden Sonntag spielen würde, aber er hatte das nicht verstanden und einfach angenommen, dass sich jemand verwählt hatte. Dennoch besteht der Entführer nicht auf dem Namen oder hängt ein, sondern sagt, es sei in Ordnung und fährt fort, als ob er die richtige Antwort erhalten hätte. Was natürlich auch der Fall war, in dem ursprünglichen Gespräch mit Ivy. Außerdem bezieht sich der Sprecher auf den ›Vater der Milettis‹, weil er weiß, dass er mit jemandem spricht, der nicht zur Familie gehört. Wenn er die Milettis selbst angerufen hätte, hätte er gesagt ›Ihr Vater‹.«

Ellen zündete den Gasgrill an.

»Erzähl weiter!«, forderte sie ihn auf, während sie die Plastikfolie abzog, die zwischen den Hamburgern lag. Sie schien eher besorgt zu sein, dass er aufhören könnte zu reden, als an dem interessiert, was er sagte.

»Nun, den Rest kennst du zum größten Teil. Der Entführer, mit dem ich in Florenz sprach, sagte mir, dass sie dieselbe Nummer angerufen hätten, die auch benutzt worden war, um Einzelheiten der Entführung zu besprechen. Die Familie hatte nie preisgegeben, welche das war, und ich konnte sie natürlich nicht direkt danach fragen. Aber ich wusste, dass sich die Bande über Anzeigen in einer lokalen Zeitung mit einzelnen Leuten in Verbindung gesetzt hatte. Also ging ich in die Bibliothek und sah die Zeitung durch, bis ich auf eine Anzeige stieß, bei der es angeblich um ein Funksprechgerät ging. Telefon 8818 nach 7 stand dort. In einer großen Stadt wie Perugia gibt es aber keine vierstelligen Telefonnummern. Wenn man die Anweisung wörtlich nimmt, erhält man eine fünfstellige Nummer, nämlich 78818. Und das war Ivy Cooks Nummer.«

Man hörte ein Rascheln, als Ellen ein Stück Alufolie abriss, um die Grillpfanne damit auszulegen.

»Was die Sache ein wenig verwirrte, war, dass der Entführer mir sagte, die Person, die das Gespräch entgegengenommen hatte, sei ein Mann gewesen mit einem ähnlichen Akzent wie ich. Einen Augenblick lang glaubte ich, es sei Daniele gewesen. Aber Ivys Stimme ist so tief, dass man sie irrtümlich für die eines Mannes halten kann, und für einen Schäfer aus Kalabrien klingt ihr ausländischer Akzent wie einer aus dem Norden. Sie nahm den Anruf der Entführer mit ihrem Anrufbeantworter auf, schnitt ihre eigene Stimme heraus, rief am nächsten Morgen bei den Milettis an und spielte Pietro das Band vor.«

Ellen legte die Hamburger auf die Folie und schob die Pfanne unter den Grill. »Es überrascht mich nur, dass sie und Silvio nicht vorsichtiger waren«, bemerkte sie. »Dass sie so offen auf einer Polizeiwache miteinander geredet haben.«

»Sie waren auf keiner Polizeiwache, sondern nur in einem anonymen Raum in einem Anbau des Gefängnisses. Doch vollkommen unbefangen waren sie, weil alles zu ihren Gunsten zu verlaufen schien. Ich hatte einen meiner Inspektoren beauftragt, Silvio anzurufen und diesem anzubieten, ihm gegen ein paar nicht näher spezifizierte Gefälligkeiten einen Besuch bei Ivy zu verschaffen. So etwas passiert Leuten in Silvios Position ständig, deshalb fand er es vollkommen natürlich. Als er dann kam, schickte der Inspektor Ivys Bewacher fort und machte sehr viel Wind darum, dass er die beiden nun allein ließe. Die Macht des Miletti-Clans schien wie gewohnt für sie zu funktionieren. Von diesem Augenblick an kamen sie überhaupt nicht mehr auf die Idee, vorsichtig zu sein mit dem, was sie sagten. Sie hatten das Gefühl, sich auf gewohntem Terrain zu bewegen, sozusagen auf eigenem Grund und Boden.«

Die Hamburger brutzelten laut vor sich hin. Ellen war damit beschäftigt, Brötchen aufzuschneiden und sie zum Aufwärmen auf den Grill zu legen.

»Kann ich etwas tun?«, fragte er.

»Nein, mach es dir bequem.«

Normalerweise hätte sie ihn gebeten, den Tisch zu decken, aber heute Abend wurde er wie ein Ehrengast behandelt, außer dass sie sich kaum die Mühe gemacht hatte, etwas zu kochen. Zen hatte mal einen Film gesehen, in dem außerirdische Wesen von den Menschen Besitz ergriffen. Diese Menschen sahen noch genauso aus wie vorher und hörten sich auch noch genauso an, aber sie waren nicht mehr dieselben.

Was hatte von Ellen Besitz ergriffen? Sobald er sich die Frage gestellt hatte, war ihm auch schon die einzig mögliche Antwort klar, und alles bekam Sinn. Doch dieser Sinn war zu schmerzhaft, und er schob ihn beiseite.

»Trotz allem, so viele Komplotte, um eine Schuldige vor Gericht zu bringen!«, rief sie. »Macht ihr euch immer soviel Mühe?«

»Nein, normalerweise nicht. Aber man hatte mir praktisch die Verantwortung für den Tod Milettis zugeschoben. Außerdem ...«

»Was?«

Zen hatte sagen wollen, er hätte persönliche Gründe dafür, den Tod von Vätern gerächt zu wünschen. Aber ihm wurde bewusst, dass sich das anhören könnte, als ob er um ihre Sympathie werbe.

»Das soll wirklich keine Kritik an dir sein, Aurelio«, fuhr Ellen fort. »Es haut mich nur mal wieder um, wie dieses Land funktioniert.«

»O nein, nicht das schon wieder!«

Das war als Scherz gemeint, doch er ging daneben.

»Entschuldige«, sagte sie in einem Tonfall, der halb zerknirscht und halb trotzig klang. »Ich werde kein Wort mehr darüber verlieren.«

Sie servierte die Hamburger in Küchenkrepp und holte eine Literflasche Peroni aus dem Kühlschrank. Die Hamburger waren eine unglückliche Mischung aus amerikanischen und europäischen Elementen. Fleisch, Schmelzkäse und Ketchup versuchten so anspruchslos zu sein, wie sich das für einen guten Hamburger gehörte, doch sie wurden vom Dijonsenf, dem durchdringenden Zwiebelgeschmack und den Körnerbrötchen niedergemacht.

Zen fing an, seinen Hamburger auseinanderzunehmen, aß die appetitlicheren Stücke mit der Gabel und schob den Rest beiseite. Ellen schlang ihren hinunter, als ob ihr Leben davon abhinge. Nach wenigen Minuten zündete sie sich, ohne zu fragen, eine neue Zigarette an. Er benutzte die Gelegenheit, um seinen Teller von sich zu schieben.

»Schmeckts dir nicht?«, fragte sie.

Sie hörte sich beinah erfreut an.

»Es ist köstlich. Aber ich musste bereits bei meiner Mutter was essen. Du weißt ja, wie das ist.«

Ellen lachte leise. »Und ob ich das weiß.«

Die Unterhaltung kam zum Stillstand, als ob sie Fremde wären, die ihre wenigen gemeinsamen Themen erschöpft hätten.

»Aber jetzt erzähl mal, wie es dir ergangen ist.«

Sie schüttete sich noch ein Glas Bier ein. »Nun …«

Sie brach ab, um an ihrer Zigarette zu ziehen. Aber er wusste bereits, was sie sagen wollte. Sie hatte jemand anders kennengelernt, so etwas kam vor, sie hatte es ihm schon seit einiger Zeit sagen wollen und sie hoffte, sie würden Freunde bleiben. Das war ihm vorhin aufgegangen, die Antwort auf die Frage, warum sie sich so merkwürdig verhielt, was von ihr Besitz ergriffen hatte. Die einzig mögliche Antwort war ein anderer Mann.

»Ich wollte dir sagen, Aurelio, dass ich nach Hause fahre.«

Aber du *bist* zu Hause, dachte er. Dann wurde ihm klar, was sie meinte. »Auf Urlaub?«

Sie schüttelte den Kopf.

»Das ist nicht dein Ernst«, sagte er.

Sie ging zu dem Brett mit den Gläsern, in denen sie Reis und Hülsenfrüchte aufbewahrte, zog unter einem von ihnen einen Briefumschlag heraus und reichte ihn ihm. »Ob geschäftlich oder zum Vergnügen: Monditurist!« stand darauf. »Wir wollen, dass Sie angenehm reisen!« In dem Umschlag war ein auf ihren Namen ausgestelltes Flugticket nach New York.

»Ich habe mich eines Nachts letzte Woche entschlossen. Aus irgendeinem Grund war ich aufgewacht und konnte nicht wieder einschlafen. Ich habe wach gelegen und über dies und das nachgedacht. Und plötzlich wurde mir bewusst, wie fremd ich mich hier fühle.«

Sie hielt inne und kaute an einem Fingernagel. »Leute, die zu lange im Exil gelebt haben, werden entweder zu Zombies oder zu Vampiren. Ich will nicht, dass das mit mir passiert.«

Von der Straße hörte man den Lärm einer Metalljalousie, die heruntergezogen wurde, und dann das sanftere Geräusch, als sie gerade gerückt und das Schloss angebracht wurde. Der Gemüsehändler gegenüber machte seinen Laden zu und ging nach Hause zu seiner Familie.

»Ich glaube, wir sollten heiraten«, sagte Zen zu seiner absoluten Verblüffung.

Ellens Lachen klang wie ein Aufschrei. »Heiraten?«

Einer der anderen Mieter hatte eine Platte mit Rockmusik aufgelegt, und die Bässe dröhnten mit dumpfen Schlägen bis zu ihnen durch. Daneben jammerte, anscheinend völlig losgelöst, schwach eine blechern klingende Melodie.

»Du weißt nicht, wie oft ich mir vorgestellt habe, dass du das sagen würdest, Aurelio«, meinte Ellen mit einem Seufzen. »Ich habe immer geglaubt, das wäre es, was wir brauchten, damit alles gut würde.«

»Das ist es auch, bestimmt.«

Doch seiner Stimme fehlte die Überzeugung, das merkte er selbst.

Er sah sich langsam in dem Bewusstsein um, dass auch dies alles bald Teil seiner riesigen Erinnerungsgalerie sein würde. Der neueste Zugang zu unserer Sammlung. Eine bedeutende Anschaffung. »Sie machen aus der ganzen Stadt ein Museum«, hatte sich Cinzia Miletti beklagt. Aber nicht nur Städte mussten dieses Schicksal erleiden.

»Dann gehe ich wohl besser.«

Sie versuchte nicht, ihn aufzuhalten. »Es tut mir leid, Aurelio. Das musst du mir glauben.«

Es hatte fast aufgehört zu regnen. Zen wartete an der Straßenbahnhaltestelle, sein Kopf war vollkommen leer. Der Schock über das eben Geschehene war so groß, dass er unmöglich darüber nachdenken konnte. Das letzte, woran er sich noch deutlich erinnerte, war, wie er den Hamburger gegessen und Ellen über den Fall Miletti berichtet hatte. Er hatte die jüngste Entwicklung nicht erwähnt.

Die Verhaftung von Ivy Cook hatte die ungewöhnliche Wirkung, beide Seiten des politischen Spektrums zu vereinigen. Auf der einen Seite redete man von einem sorgfältig inszenierten Versuch der linken Kräfte, die Milettis zu schwächen, auf der anderen Seite von einem typisch zynischen Versuch der Rechten, das peinliche Problem der Verwicklung der Familie in Ruggieros Tod zu kaschieren. Kurz gesagt, ganz gleich welche politische Einstellung man vertrat, Ivy Cook erschien in der Rolle der bescheidenen Angestellten, die die Sache für die anderen ausbaden musste. Eine Ausländerin ohne Macht und Einfluss, der perfekte Sündenbock. Di Leonardo, der Vertreter der Staatsanwaltschaft, trug zu der Debatte bei mit seiner häufig zitierten, inoffiziellen Kritik an den »schwerwiegenden Unregelmäßigkeiten bei den polizeilichen Maßnahmen«; Senator Gianpiero Rossi erklärte öffentlich, dass die Tonbandaufnahme seiner Meinung nach ein unzulässiges Beweisstück sei, da sie weder von der Justiz genehmigt noch mit amtlichen Geräten erstellt worden war; Pietro Miletti kam mit dem Flugzeug von London und forderte ein Ende der »ständigen Belästigung der Familie Miletti und ihrer Angestellten«. Das Ergebnis war, dass Rosella Foria schließlich einem Antrag zustimmte, Ivy Cook bis zum Abschluss der Ermittlungen gegen Kaution freizulassen. Der Fall hing noch in der Schwebe, aber Ivy war frei.

Die Straßenbahn kam, und Zen wurde unter Rumpeln und Rütteln über den Tiber gefahren, über den Aventinischen Hügel und am Kolosseum vorbei bis zur Porta Maggiore. Von dort ging er drei Häuserblocks bis zu der Straße, in der Gilberto Nieddu mit einer dunkelhaarigen Schönheit lebte, die sich über seine hilflosen Annäherungsversuche lustig zu machen schien. Dabei waren sie seit acht Jahren verheiratet und hatten vier Kinder, die nun mit offenen Augen und Mündern am Tisch saßen und zuhörten, wie Onkel Aurelio das dramatische Ende seiner Beziehung mit *l'Americana* beschrieb.

Rosella Nieddu stellte fest, dass Zen nichts Vernünftiges gegessen hatte, und zwang ihn, einen Teller Ravioli zu essen, während Gilberto eine Flasche von dem sanften, aber tödlichen Rosé auf den Tisch stellte, den einer seiner Verwandten selber machte. Dann wurden die Kinder ins Bett gepackt, und die Erwachsenen spielten den ganzen Abend Karten.

»Pech in der Liebe, Glück im Spiel«, witzelte Gilberto, doch wie gewöhnlich schlug Rosella Nieddu mühelos alle beide, obwohl sie noch mit einem Auge das Fernsehprogramm verfolgte. Dann klingelte das Telefon, und während der Sarde das Gespräch entgegennahm, schaltete Rosella für den späten Spielfilm auf einen anderen Sender um und erwischte noch das Ende der Spätnachrichten. Es gab Meldungen über die Beschlagnahmung einer Schiffsladung Heroin durch den Zoll in Neapel, eine Konferenz über die wirtschaftlichen Probleme der Dritten Welt, die am kommenden Nachmittag in Rom beginnen sollte, und über eine Handelsmesse für italienische Landwirtschaftsmaschinen, die soeben in Genua eröffnet worden war.

»Und jetzt noch einmal die wichtigste Nachricht. Im Mordfall Miletti ist eine dramatische Wende eingetreten. Signora Ivy Cook, die Ausländerin, die ursprünglich im Zusammenhang mit dem Verbrechen festgehalten worden war, hat sich heute nicht, wie in den Bedingungen für ihre Freilassung festgelegt, bei der Polizei in Perugia gemeldet. Nach noch unbestätigten Berichten hat sie möglicherweise bereits das Land verlassen. Die ermittelnden Behörden versuchen denjenigen aufzuspüren, der heute am späten Nachmittag ein kleines Flugzeug von Perugia zu einem Flugplatz in Österreich gechartert hat. Und nun eine Zusammenfassung der sportlichen Ereignisse von diesem Wochenende mit ...«

»Ich muss gehen«, sagte Zen, sobald Gilberto zurückkam. »Mama macht sich sonst Sorgen.«

Es regnete nicht mehr. Er machte sich durch die fast ausgestorbenen Straßen auf den Heimweg. Auf den Charterflug nach Österreich würde mit Sicherheit ein internationaler Flug nach Südafrika folgen, von wo aus sie nicht ausgeliefert werden konnte. Ivy hatte ihre Pläne bestimmt tagelang vorbereitet, alles gründlich bei ihren Treffen mit Silvio besprochen. Da ihr Pass beschlagnahmt worden war, musste er ihr gefälschte Papiere besorgt, die Kaution bezahlt und den Flug arrangiert haben. Das Geld war sicher kein Problem gewesen. Alle möglichen Leute hatten bestimmt nur zu gern ihren finanziellen Beitrag geleistet, um sicherzugehen, dass der Inhalt des berühmten Schließfachs zusammen mit Ivy verschwände.

Sie war also aus allem heraus. Für Silvio waren die Konsequenzen möglicherweise schwerwiegender, zumindest kurzfristig. Die launenhafte öffentliche Meinung wurde allmählich ziemlich bösartig. Wichtige Leute waren blamiert worden. Der Name Miletti würde nicht mehr ausreichen, um Silvio zu schützen. Nachdem ihr die Hände nicht mehr gebunden waren, würde Rosella Foria ihn wegen Behinderung der Justiz verhaften lassen. Der Fall würde sich in die Länge ziehen und in müßigen Details verzetteln, bis alle das Interesse daran verloren hatten. In ungefähr einem Jahr, wenn das Ganze in Vergessenheit geraten war, würde Silvio sang- und klanglos aus Mangel an Beweisen freigelassen werden.

Plötzlich spürte Zen, wie etwas in seiner Brust nachgab. Das ist mein Herz, dachte er, ich sterbe. Nicht in der Lage weiterzugehen oder auch nur geradezustehen, beugte er sich über ein parkendes Auto und rang nach Luft. Nur ganz langsam wurde ihm klar, was los war. Er weinte. Das war das erste Mal seit Jahren, eine heftige und krampfartige Entladung, genauso schmerzhaft, wie sich mit leerem Magen zu übergeben.

»Brauchst du einen Arschfick, Opa?«

Jemand packte ihn an der Schulter und riss ihn herum. »Was richtig Geiles suchst du, was? Kommst du aus der Provinz und willst ein bisschen Spaß haben, oder bist du von hier? Ich kanns dir besorgen, kein Problem. Nicht persönlich, verstehst du, aber für die richtige Summe im Voraus kann ich dir einen Jungen beschaffen, der es sogar mit Pasolini getrieben hat. Aber jetzt wollen wir doch erst mal gucken, wies mit deinen Finanzen aussieht. Brieftasche raus, du Scheißkerl! Die Brieftasche!«

Eine Taschenlampe leuchtete ihm ins Gesicht. Dann hörte er ein leises Lachen. »Ach, Sie sinds, Dottore, was für ein Zufall! Erinnern Sie sich nicht mehr an mich? Die Sache im Zug vor ein paar Wochen, mit dem alten Arschloch, das den starken Mann markieren wollte.«

Er sah sich Zen genauer an. »Was ist denn los?«

»Nichts.«

»Was haben die Schweine Ihnen getan?«

»Ich bin okay.«

Davon nicht überzeugt, zog ihn der junge Mann am Arm. »Kommen Sie, wir gehen etwas Warmes trinken, Dottore. Gleich um die Ecke ist ein Lokal.«

»Nein, ich bin wirklich okay.«

Doch er zitterte unkontrollierbar am ganzen Körper und ließ sich wegführen.

»Sie sollten sich so spätabends nicht hier rumtreiben, wissen Sie«, bemerkte sein Begleiter beiläufig. »Das ist ein raues Pflaster.«

Der einzige Gast außer ihnen in der durchgehend geöffneten Bar war eine alte Prostituierte, die in der Ecke saß, mit sich selbst redete und zwanghaft mit beiden Händen ihre Haare glatt strich. Der junge Mann begrüßte den Barmann wie einen alten Bekannten und bestellte zwei Cappuccinos. Er zog ein Päckchen Nazionali aus seiner Jacke. »Zigarette, Dottore?«

»Danke.«

»Verdammte Schweine. Lassen Sie sich von denen bloß nicht unterkriegen. Wenn Sie das zulassen, ist alles aus.«

Als ihr Kaffee kam, hörte man draußen das Quietschen von Reifen. Die Tür ging schwungvoll auf, und zwei Streifenpolizisten kamen herein. »'n Abend, Alfredo.«

»'n Abend, Jungs. Was möchtet ihr trinken?«

»Für mich einen Cappuccino, ganz heiß und mit viel Schaum.«

»Und eine heiße Schokolade.«

»Sofort. Kalt draußen?«

»Nicht gerade warm. Hast du das Spiel gestern Abend gesehen?«

»Dieser Tardelli!«

»Wunderbar.«

Die Polizisten schauten sich in der Bar um, rieben sich die Hände und strichen ihre Schnurrbärte glatt, wobei sie mit unverfrorener Direktheit die anderen Gäste anstarrten. Von draußen hörte man das gedämpfte Krächzen des Polizeifunks.

Der junge Mann sah zu der Tür hinter der Videomaschine und dem Flipper am anderen Ende des Raumes. Dann warf er dem Barmann einen Blick zu, der fast unmerklich den Kopf schüttelte.

»Gabs in letzter Zeit Ärger, Alfredo?«, fragte einer der Polizisten.

»Nein, wir haben hier nie Ärger«, versicherte ihm der Barmann eine Spur zu hastig.

»Freut mich zu hören.«

Die Zeit verging, während sich der Rauch aus ihren Zigaretten langsam nach oben kringelte.

»War das für uns?«, fragte schließlich einer der beiden Polizisten.

Sein Kollege schlenderte zur Tür, hielt sie offen und hörte auf das Radio. Er wandte sich um und nickte. »Familiäre Auseinandersetzung, Via Tasso.«

»Da prügelt wohl einer seine Frau.« Der Polizist lachte schallend und fragte Alfredo: »Was kriegst du?«

»Soll das ein Witz sein?«

»Danke. Bis dann. Arbeite nicht zu viel.«

»Keine Sorge.«

Die Polizisten gingen hinaus und ließen die Tür weit offen. Einen Augenblick später hörte man ihr Auto davondonnern.

Der Barmann wollte zur Tür gehen.

»Ich mach schon«, sagte der junge Mann und stürzte seinen Kaffee hinunter.

Er nickte Zen leicht zu. »Passen Sie künftig auf sich auf, Dottore.«

Er schlenderte zur Tür und verschwand.

»Wie viel schulde ich Ihnen?«, sagte Zen undeutlich zu dem Barmann.

»Das ist schon erledigt.«

»Wie viel?«

Der Barmann betrachtete ihn eingehender. »Ein Cappuccino kostet achthundert Lire.«

Als er seine Brieftasche herausnahm, stieß Zen auf die interne Mitteilung, die er heute Morgen erhalten und ungeöffnet weggesteckt hatte. Es musste eine schlechte Nachricht sein, wahrscheinlich irgendwelche disziplinarischen Maßnahmen wegen seines unvorschriftsmäßigen Vorgehens im Fall Miletti. Aber jetzt hatte er nichts mehr zu verlieren. Machen wir uns auf das Schlimmste gefasst und bringen es hinter uns, dachte er, während er den Umschlag aufriss.

An: Hauptkommissar Zen, Aurelio.
Von: Enrico Mancini, Stellvertretender Staatssekretär.
Hiermit teile ich Ihnen mit, dass Sie mit Wirkung vom 1. Mai zum Vicequestore befördert sind und infolgedessen vom Inspektionsdienst zum aktiven Dienst bei der Polizia Criminale versetzt werden.

Er brauchte einen Augenblick, bis er verstand, was passiert war. Sein Deal mit Gianluigi Santucci hatte nur seine wahre Absicht verschleiern sollen, nämlich Ruggieros Mörder zu verhaften. Aber das Doppelspiel des Toskaners war offenbar unentdeckt geblieben, und dies war Zens Belohnung.

Ich bin wieder in der Meute, dachte er. Wieder ein gut funktionierender Teil des Rattenkönigs.

Der Himmel war klar und mit Sternen übersät. Zen machte sich auf den Heimweg in einer Stille, die nur von dem schwachen und beharrlichen Läuten eines fernen Telefons unterbrochen wurde.

Michael Dibdin

Michael Dibdin, geboren 1947 in Wolverhampton, studierte englische Literatur in England und Kanada. Vier Jahre lehrte er an der Universität von Perugia. Bekannt wurde er durch seine Figur Aurelio Zen, einen in Italien ermittelnden Polizeikommissar. Elf Bände dieser Krimiserie sind erschienen. Sie führen den schrullig-zynischen Ermittler in verschiedene italienische Städte und Regionen, nach Venedig und Perugia, Rom und Neapel, in die Toscana und nach Kalabrien. Seine Romane wurden in zahlreiche Sprachen übersetzt und von BBC als TV-Serie verfilmt. 1989 wurde er mit dem CWA Gold Dagger ausgezeichnet und 1994 mit dem Grand prix de littérature policière. Michael Dibdin starb nach kurzer Krankheit 2007 in Seattle.

Michael Dibdin im Unionsverlag

AURELIO ZEN ERMITTELT

Commissario Aurelio Zen zieht durch ganz Italien, von Fall zu Fall. »Unter den britischen Krimiautoren kann es keiner mit Michael Dibdin aufnehmen. Keiner reicht an seinen grandiosen Stil, seine Imaginationskraft und seinen Umgang mit den Abgründen der menschlichen Seele heran.« *The Times*

Entführung auf Italienisch Aurelio Zen ermittelt in Perugia

Vendetta Aurelio Zen ermittelt in Sardinien

Himmelfahrt Aurelio Zen ermittelt in Rom

Tödliche Lagune Aurelio Zen ermittelt in Venedig

Così fan tutti Aurelio Zen ermittelt in Neapel

Schwarzer Trüffel Aurelio Zen ermittelt im Piemont

Sizilianisches Finale Aurelio Zen ermittelt in Sizilien

Roter Marmor Aurelio Zen ermittelt in der Toskana

Im Zeichen der Medusa Aurelio Zen ermittelt in Südtirol

Tod auf der Piazza Aurelio Zen ermittelt in Bologna

Sterben auf Italienisch Aurelio Zen ermittelt in Kalabrien

Mehr über Autor und Werk auf *www.unionsverlag.com*

James McClure im Unionsverlag

KRAMER & ZONDI ERMITTELN

»James McClure ist ein grandioser Schriftsteller, dessen sprachliche Präzision, seine Erzählökonomie, das Gefühl für kleinste Nuancen, seine überraschenden und verblüffenden Wendungen und sein Gespür für die fürchterliche Komik der Umstände auch heute nur selten erreicht werden.« *Thomas Wörtche, Deutschlandradio*

Song Dog
Lieutenant Kramer und Sergeant Zondi ermitteln im Mordfall an einer jungen weißen Frau.

Steam Pig
Die Ermittler Kramer und Zondi decken in Südafrika unter dem Apartheid-Regime eine Tragödie auf.

Caterpillar Cop
Der 12-jährige Boetie wird erdrosselt und verstümmelt aufgefunden. War er Opfer eines Pädophilen?

Gooseberry Fool
Ein fliehender Diener, ein Autounfall und Verfolgung in entlegenen Dörfern: Es geht an die Substanz.

Snake
Raubüberfälle und eine von ihrer Python erwürgte Tänzerin: Schlaflose Nächte für Kramer und Zondi.

Sunday Hangman
Ein gekonnt erhängter Bankräuber, keine Beute, aber eine Bibel in der Hand. Wer ist der *Hangman?*

Blood of an Englishman
Ein brutaler Riese versetzt Trekkersburg in Schrecken – wer sonst könnte so unmenschlich kräftig töten?

Artful Egg
Kramer untersucht den Mordfall an einer berühmten Autorin, doch ein Postbote spielt auch Detektiv.

Mehr über Autor und Werk auf *www.unionsverlag.com*

Colin Dexter im Unionsverlag

»Inspector Morse wird zweifellos als einer der beliebtesten Detektive in die Geschichte eingehen.« *P. D. James*

Der letzte Bus nach Woodstock
Zuletzt gesehen in Kidlington
Die schweigende Welt des Nicholas Quinn
Eine Messe für all die Toten
Die Toten von Jericho
Das Rätsel der dritten Meile
Das Geheimnis von Zimmer 3
Gott sei ihrer Seele gnädig
Der Wolvercote-Dorn
Der Weg durch Wytham Woods
Die Töchter von Kain
Der Tod ist mein Nachbar
Der letzte Tag
Ihr Fall, Inspector Morse

»Einesteils hängt Dexter am alten Rätselkrimi, andererseits zwingt er seine Figuren hinaus aus der gut überschaubaren Isolation in verklärten Inseln der Landjunkerseligkeit. Immer setzt er voraus, dass seine Leser anderes suchen als billige Lacher, Brechreiz-Mutproben und Sadismus-Ventile. Er steht für jene schizophrene Tradition des Kriminalromans, die einerseits hinführt zu den schrecklichen Entgleisungsmöglichkeiten des Zusammenlebens und andererseits doch wieder ganz weit weg von der konkreten Alltagswelt.« *Stuttgarter Zeitung*

Mehr über Autor und Werk auf *www.unionsverlag.com*